U0782229

CHINA
MOTHER OF GARDENS

中国乃世界花园之母

〔英〕E.H.威尔逊 著

包志毅 陈波 章银柯 谢立山 袁惠坤 代树刚 译

陈俊愉 译审

中国青年出版社

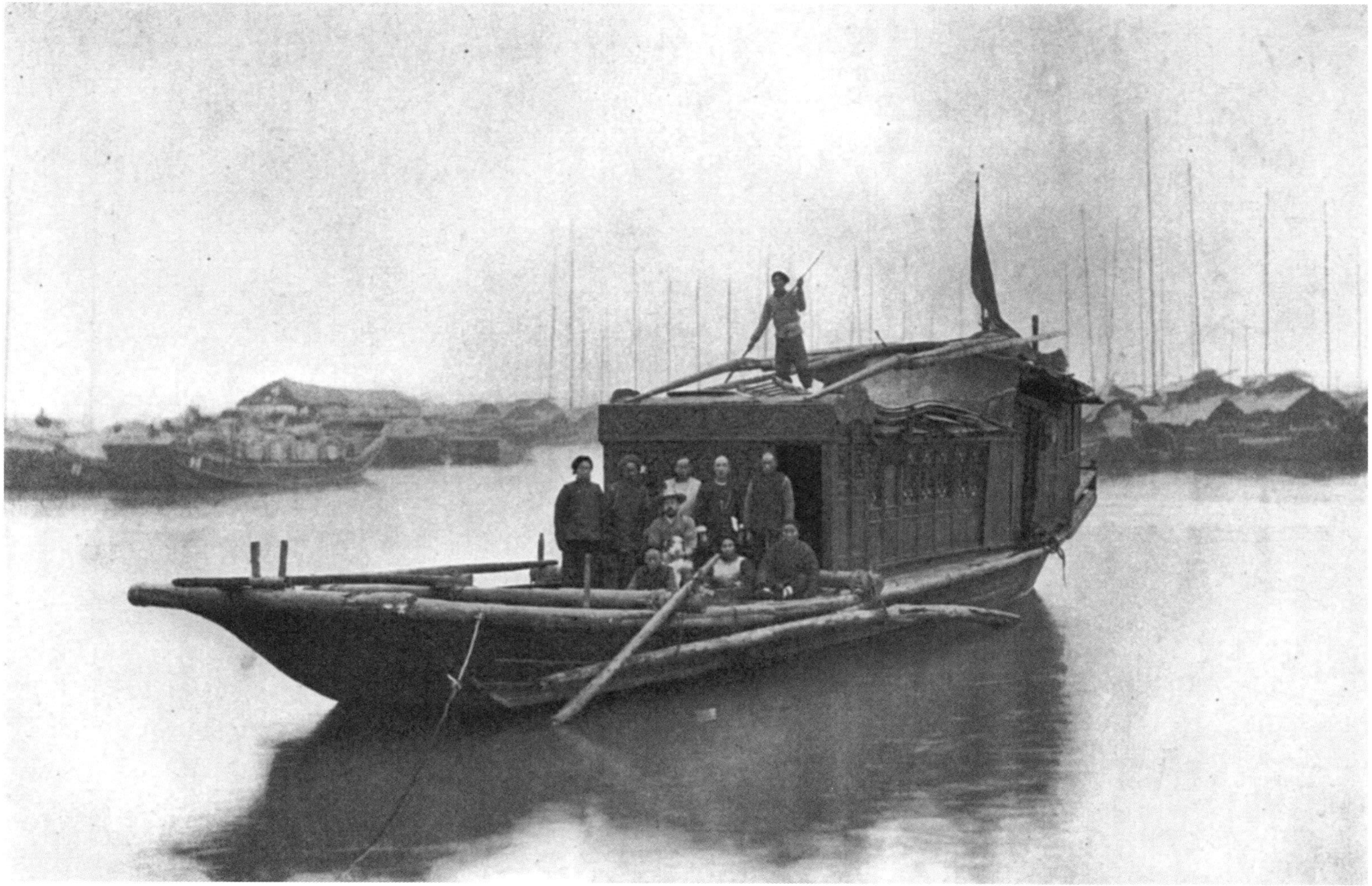

我的中国家

出版说明

"China，Mother of Gardens"，即"中国乃世界花园之母"，是由英国著名植物学家、博物学家威尔逊于20世纪初首先提出的。至今，我国相关行业的从业者都对这句话很熟悉，国际同行也对这个观点十分认同。

威尔逊一生中曾多次造访中国，考察了中国西部地区的植被、风土人情等，并将原产中国的1000多种植物引种到西方，其卓越的贡献在当时的西方社会引起了广泛的关注。威尔逊将这些难得的经历汇集成书，在第二版时，他有感而发，将书名改为*China, Mother of Gardens*，本书即为该版之中译本。

但遗憾的是，国内很多人对"中国乃世界花园之母"这个观点耳熟却未必能详，甚至并不知道还有威尔逊的这本书。好在有卓见者早于十几年前便开始着手将这部著作推荐给中国读者了。中国著名园林教育家和园林植物专家陈俊愉先生、其高徒包志毅教授以及一批专家学者便是此项工作的积极倡导者。

然而这项工作的进展并不顺利，期间陈俊愉先生的过世，其他版本的先行出版等很多不利因素导致翻译工作几度停顿、搁置。中国青年出版社在获知此项工作情况后，决定全力支持该书的出版。我们与包志毅教授几次讨论，将文本做了精细整理。后来想到威尔逊当年为美国哈佛大学阿诺德树木园引种木本植物和花卉，因此哈佛大学应该会有材料或线索。经包教授和北京植物园郭翎教授引荐，我们与哈佛大学阿诺德树木园图书馆馆长取得了联系。令人惊喜的是，在搜集图片的过程中，我们不仅找到了原书中的照片，还发现了其他一些威尔逊在中国西部拍摄的，但未收录到书中的照片。这些——300多幅意义非凡的照片，在今天看来真是弥足珍贵。读者从中不仅能发现威尔逊当年采集植物时留下的足迹，还能体会他所用的一些方法，欣赏到当年中国西部的旖旎风光，甚至可以看到当年中国西部住民的原始风貌。

在这里我们要特别感谢哈佛大学阿诺德树木园图书馆馆长丽莎女士（Lisa Pearson），经她协调，我们最终获得了这些珍贵图片的使用授权。

因此，读者将会在这个版本中看到全部300余幅老照片，我们根据图注，将原书中没有但文中有所提及的照片统一插在了相关章节后，而全文中都未提及的照片统一放在了书后。

最后，由于本书是以游记形式记录了威尔逊在我国西部考察、采集植物的过程，书中、照片中所提及的许多植物与地域至今仍能找到，所以希望广大读者有机会可以重走"威尔逊之路"，即可感受"世界花园之母"丰富的国土资源，亦可领略祖国之大美山河。

再次感谢为本版图书出版付出努力的所有参与者，既为感激，也为纪念。

中国青年出版社
2017年7月

2

序　言

  中国乃世界花园之母，真是当之无愧，在那些使我们花园深深受益的国家里，中国雄踞榜首。从早春绽放的连翘、玉兰，到夏季的芍药、蔷薇和牡丹，再到秋季的菊花，这些中国贡献的园林植物资源历历在目。花卉爱好者从中国获得了现代月季之杂交亲本，包括香水月季、杂种香水月季、半藤本的傲游蔷薇和小姊妹月季，当然还有温室里的杜鹃和报春花类的亲本；而果树栽培者从中国得到了桃、橙、柠檬、葡萄柚等种质资源。可以肯定地说，在美国和欧洲各国的花园中，那些最为美丽的乔木、灌木、草本及藤本植物，没有一处看不到来自中国的代表性植物。

  没有哪个国家能像中国那样能长久地受到全世界的关注，也没有哪个国家能像中国那样保有长久无中断的悠久历史。中国人什么时候出现、什么时候开始定居在那片称为"中国"的土地上，属于学术范畴，但中国人已经在那里生活了4000年却是个公认的事实。在美洲大陆发现之前，欧洲还处于一片荒蛮之时，中国已成为文明古国。

  中国与印度的财富传说引起了欧洲的贸易欲望，希望分享他们的财富。这正是葡萄牙航海家亨利王子（Prince Henry the Navigator）于1418年始创航海大时代的原动力，哥伦布的伟大发现便是其主要成果之一。1516年，葡萄牙人通过海路抵达中国，之后他们几经辗转将柑橘带回葡萄牙。据我所知，这是第一种被带回欧洲的外来植物，但很快其他种类也接踵而至。英国和荷兰各自的东印度公司分别成立于1600年和1602年，随后中国本土那些美丽和有用植物的贸易便正式展开了。通过各种方法，一些我们非常熟悉的植物开始正式引入欧洲。

在18世纪末至19世纪初，一些专业的植物采集家被源源不断派往中国。在这些人中，罗伯特·福琼（Robert Fortune）将植物采集做到了巅峰。这位最成功的植物采集家运回了190种观赏植物，其中有很多是今天我们的花园中最重要和最常见的种类。福琼搜集的所有植物，几乎都出自庭园。自此之后，几乎再也没有人在中国花园中发现新的植物种类了，这似乎表明福琼及其先行者的发现几乎已囊括了这一领域内的所有新资源。1870年，查尔斯·马里斯（Charles Maries）受雇于英国维彻苗圃（Veitch），他沿长江而上到达宜昌，在那儿采集到鄂报春（*Primula obconica*）。当他觉察到当地人有些敌意且乡间没有什么吸引力时，便转身回到上海。途中，他在江西庐山牯岭采集到檵木（*Loropetalum chinense*）种子和它的同科近缘植物金缕梅（*Hamamelis mollis*）的种子——在所有同属植物中，金缕梅最为雅致。查尔斯·马里斯发表声明说中国的植物资源已经枯竭，园艺家们一度为这个错误的观念而苦恼。现在看来，简直不敢相信这种观点竟能被人们接受。

早在1869年，佩里·阿曼德·戴维（Pere Armand David）进入四川西部的森林，采集了很多异乎寻常的植物，并将标本寄回巴黎植物标本馆。1882年，佩里·J. M. 德拉维（Pere J. M. Delavay）开始采集云南西部的植物，一直持续到1895年。从1885年至1889年，A. 亨利（A. Henry）着手研究湖北西部的植物。自1890年至1907年，珀尔·P. 法格斯（Pere P. Farges）在四川东北部开展植物采集工作。除上述这些外，从事这项工作的还有几个俄国旅行者。这些新颖绝妙的观赏植物标本让巴黎、圣彼得堡和伦敦的植物标本馆面貌一新。不过，这些采集家几乎全是对中国植物区系和植被感兴趣的纯植物学者，他们很少采集种子，只有德拉维和法格斯采了一些种子寄给了法国的威摩林（M. Maurice de Vilmorin），可以说是将中国植物引种到了欧洲。他们的工作使人们再度对中国植物产生兴趣，并让我有幸获得赴中国采集植物的机会。

1899年我首次来到中国，直到1911年才离开这片土地。在1905年之前，我为英国一家著名苗圃维彻苗圃工作，只可惜这个公司现已不存在了。1906年至1911年，我为哈佛大学阿诺德树木园工作。我在中国进行植物采集的成果是让1000多种新植物如今在欧美花园中扎根。特权和机遇都很重要，我只是很好地利用了这些。

我的中国之行是幸运的。中国人待我既彬彬有礼，又很和善，让我受到尊重。我在中国内陆时，正值义和团起义和日俄战争期间。我在反洋动乱之前或之后访问各处，但却从未受过任何粗野对待。在我的采集工作开始前，我雇用并训练了一些中国农民。在我的全部旅程中，他们忠心地为我服务，以至于和他们分别时我非常伤感。作为植物采集工作的前奏，我去云南西南部的思茅拜访了奥古斯丁·亨利先生（Augustine Henry），他给予我很多忠告，对我接下来的工作有很大帮助。我在中国工作取得的成果很大程度上是由于我的中国雇工的努力和亨利先生的指点。对于这些，我深表感激。

本书将会记述一些我在这个花卉王国游历11年的经历和观察到的现象。我尽可能全面地描述中国西部的植被和风景，以及居住在川藏（Chino-Thibetan）交会地区鲜为人知的少数民族部落的风俗习惯。我以一个对博物学的各个方面都很感兴趣的自然爱好者和植物学家的眼光来观察中国。

在20世纪，这个有着数千年文明、农业人口稠密的国家，人们依靠土地维持生活，但她却以世界上最丰富的温带植物区系而屹立于世，这本身就是一个奇迹。很难想象，这么多土地在投入农耕之前，中国的植物区系和植物资源该有多么丰富！作为一个去过北京、上海，甚至沿长江上行上千公里的旅行者，我从未想过中国竟拥有如此丰富的花卉资源。当然，这里所指的并非是在已垦土地上常见的乔木、灌木和草本花卉，而是在农垦十分困难甚至不可能耕作的山区。所以，我所游历并介绍的中国，并不是游客和城市居民所熟悉的中国。这里的中国不是一个充满城市人口和无数稻田的中国，而是一个有着森林、峡谷和终年积雪的高山的中国。

E. H. 威尔逊，1929年2月15日
于哈佛大学阿诺德树木园

3

译者序

一、"中国乃世界花园之母"的由来和威尔逊的贡献

"中国乃世界花园之母"是由英国著名植物学家、博物学家E.H.威尔逊（E.H.Wilson，1876～1930）于1929年首先提出的。威尔逊一生中曾多次造访中国采集野生植物，重点考察中国西部，以观赏植物为主。1913年，威尔逊在英国出版了记录他在中国采集野生植物和探险经历的著作——《一个博物学家在华西》，轰动一时；1929年，此书在美国出版时易名为《中国乃世界花园之母》（*China，Mother of Gardens*），在全世界范围产生了更大的影响。自此，中国即以"世界花园之母"和"全球花卉王国"之称号闻名全球。近90年来，"中国乃世界花园之母"的提法，已被众多园林学家、园艺学家所接受、传承。

威尔逊将原产中国的1000多种植物引种到西方，经他引种的中国杜鹃就有约60种，其中不少在西方国家广为栽培和应用。对于这一领域的贡献，无人可与威尔逊媲美。正是由于威尔逊这些植物采集和引种经历，他切身体会到西方乃至全世界的花园和园林都深深地受惠于中国原产的园林植物，因此威尔逊恰如其分地将中国尊为"世界花园之母"。

威尔逊1876年生于英国，1897年进入英国皇家植物园邱园工作，1919年任哈佛大学阿诺德树木园副主任，1927年升任主任，曾获英国皇家园艺学会"维多利亚"荣誉勋

章，美国人文与科学院院士。威尔逊前后5次、历时12年，到中国考察和采集植物。

1899～1902年和1903～1905年，他受英国著名园艺公司维彻苗圃派遣，两次来到中国，主要使命是引种珙桐和绿绒蒿。珙桐的花苞片白色、成对，像鸽子展翅，被美称为"鸽子树"（dove tree）或"手帕树"。威尔逊认为它是北温带"最有趣和最漂亮的木本植物"，1899年，他在鄂西山区收集到大量种苗，成功地引种到英国和其他西方国家栽培。现在，珙桐不但在欧美普遍栽培，而且成为世界著名的观赏树木。除珙桐外，威尔逊还引种了大量重要的观赏植物，如山玉兰、猕猴桃、血皮槭、青榨槭、枇杷叶荚蒾、巴山冷杉和绣球藤；还有多种杜鹃，如喇叭杜鹃和粉红杜鹃等。

1903年，威尔逊再次来华引种，成功地从川西北将全缘绿绒蒿和红花绿绒蒿引种到西方。

之后，威尔逊又于1907～1908年和1910～1911年两次来中国为美国哈佛大学阿诺德树木园引种木本植物和花卉，主要从湖北和四川，引种了大量木本观赏植物，其中包括在西方颇受欢迎的川滇木兰，著名的孑遗树种连香树，特有树种杜仲，颇具观赏价值的忍冬、四照花、绣线菊、圆叶杜鹃、卵果蔷薇以及大叶柳等。威尔逊还从川西大渡河和岷江流域引种多种百合到西方国家，包括泸定百合、岷江百合（亦称王百合）以及川百合和它的一个变种威氏百合。威尔逊发现、定名发表并推广的岷江百合引到西方后，备受关注，如今已成为全球百合育种不可或缺的关键性杂交亲本。1918年他去台湾地区考察，还从台湾引种了台湾百合和药百合，并到玉山采集植物，引种中国特有的著名观赏树木台湾杉。

中国工程院院士、北京林业大学教授、著名园林教育家和园林植物专家陈俊愉先生（1917～2012）认为，威尔逊的巨大贡献有三：

1. 威尔逊远赴中国山野，发现了极为丰富的树木花草新种；

2. 由威尔逊直接或间接从中国引种、繁殖、推广、应用的全新植物达1000种以上；

3. 威尔逊提倡、推广部分新种作为新品种选育中的关键性杂交亲本，收效显著。

中国的园林植物资源对世界园林和花卉园艺事业的发展做出了无可比拟的卓越贡献。但遗憾的是，在我们这个被称为"花园之母"的国度里，在威尔逊的《中国乃世界花园之母》出版近90年之际，中国原产的优异园林植物资源却缺乏有效开发、利用和推广，园林中应用的园林植物种类还很少，在各类园林和室内装饰植物中，外来品种占据重要地位。洋花洋草充斥花卉和苗木市场，传统的中华名花和优异的中国野生园林植物亟待研究、开发和推广应用，重现"世界花园之母"的辉煌迫在眉睫、任重道远！

二、"中国乃世界花园之母"的翻译过程

大约在2005年底至2006年初,我还在浙江大学工作的时候,恩师陈俊愉先生嘱我一起组织翻译此书,认为本书中文译本具有重要价值和现实意义。因为在2001至2004年,我和我的学生们翻译出版了大部头的《世界园林乔灌木》(*Trees and Shrub*)一书,我是主译,陈俊愉先生是译审,所以先生认为由我来主持翻译此书是合适的。于是我组织了当时浙江大学在读博士生陈波同志和硕士生章银柯同志等,陈俊愉先生组织了中国科学院昆明植物园的谢立山、袁惠坤同志和北京林业大学的代树刚同志开展初稿翻译工作。

大约在2006年底至2007年上半年,我们完成了初稿,并由我和陈俊愉先生共同进行初步修改和完善。我于2010年8月16日将全部翻译稿交给陈俊愉先生,当时,陈先生已经93岁高龄,但仍在孜孜不倦地工作,虽然抽时间做了部分译稿的修改审核工作,但大部分没能完成修改,当时陈先生计划先集中力量完成菊花起源专著,再开展本书译稿的修改和审核。

不幸的是,恩师于2012年6月8日在北京仙逝,大部分译稿未及修改和审核,翻译工作又停了下来。为了完成陈俊愉先生的嘱托,2012年9月师母杨乃琴先生找到了全部译稿,由我继续完成翻译稿的修改和统稿工作,又重新联系出版社。此时我已经到浙江农林大学风景园林与建筑学院、旅游与健康学院工作,作为学院院长,行政事务和教学科研工作繁重,加上本人视力问题,翻译工作进展缓慢,翻译难度也确实比较大,特别是书中许多中国西部地名的翻译。好在后来有了印开蒲先生的《百年追寻——见证中国西部环境变迁》(中国大百科全书出版社,2010年2月)一书做参考,我核对了地名,解决了大部分地名问题。让我惊喜的是,好友安友丰先生居然在网上旧书市场给我买到了几乎全新的英文原著。2014年底,中国青年出版社编辑力邀我将该书翻译出版。而后我们又通过北京植物园工作的师姐郭翎教授引荐,向哈佛大学阿诺德树木园图书馆提出请求,希望提供威尔逊当年拍摄的照片档案以提高译本质量,图书馆馆长丽莎女士(Lisa Pearson)欣然应允,无偿提供了所有相关照片。

2015年3月,华南植物园胡启明先生翻译的译本《中国——园林之母》(广东科技出版社)出版,此时我们的翻译工作还在进行中,这对我打击很大,我一度想放弃这个译本。在各位朋友、师长的鼓励下,也是作为对恩师陈俊愉先生的纪念,我还是继续开展翻译工作,并请主要初稿翻译者陈波副教授和章银柯高级工程师协助参与修改部分章节。经过一段时间的艰苦努力,终于于2016年11月28日定稿。最后的修改过程中,我认真学习了胡启明先生的译本,获益匪浅。据胡先生译后记,"翻译工作于2012年4月开始,每天伏案工作3~4小时,于2013年4月完成初稿,再用一年多时间查证、修改和补

充。"胡先生开始翻译时已届77岁高龄，出版时刚好80岁！我作为晚辈，时时受到前辈们工作精神的激励！希望这个译本能够与胡先生的译本有相互参照的价值。而因有哈佛大学园阿诺德树木园图书馆提供的照片档案，此译本的图片更为丰富而精彩。在译本最终修改过程中，中国青年出版社苏小珺编辑对译本的修改和润色付出了大量心血。

在这里，我对所有关心、支持本书翻译出版的各位朋友和同行表示衷心感谢，也感谢各位参与翻译的同志付出的辛勤劳动！

关于本书译名，曾有"中国，世界园林之母"、"中国——园林之母"等译法，经认真考虑，认为还是采用"中国乃世界花园之母"的译法，这也是陈俊愉先生的意见。回顾此书翻译过程，前后竟超过10年，不禁让人感慨万千！2017年是恩师陈俊愉先生100周年诞辰，谨以此《中国乃世界花园之母》译本作为对先生的纪念！

三、关于本书内容的说明

本书内容非常广泛，除园林植物和花卉资源的内容非常丰富之外，书中还涉及大约100年前中国西部的农林业状况、社会状况和风土人情，对我们回顾这片土地的过去有特殊的参考价值。

但是，必须指出的是，本书作者威尔逊先生对于当时中国国家和民族的认识，有其历史局限性，他的观点也许代表了当时比较典型的西方外来旅行者的观点，但以现代的眼光看，有些看法和观点是不正确的。希望读者注意其局限性，注意鉴别。本书翻译尽最大可能尊重原著，但不代表译者认同原著者的全部观点和看法。

由于本人学力所限，虽经多方努力，但译本不当甚至错误之处在所难免，敬请读者和专家不吝赐教，批评指正！

主译者　包志毅
于杭州西溪诚园
2016年12月1日

目 录

第一章 中国西部
——山脉与水系

　　大致说来，中国正好是一个纵跨22个经度，横跨20个纬度，边界轮廓近似方形的国家。北面以贫瘠的蒙古沙漠和戈壁滩为界，西面由冰雪覆盖的山脉与西藏高原相隔[①]。中国南部刚好位于热带地区，而北部却有非常寒冷的冬季。气候为典型的大陆性气候，北部年降雨量约760毫米，南部年降雨量约2540毫米。整个国家由险峻的高山、富饶的谷地和冲积平原组成，河网密布，其中黄河与长江位居世界长河之列。

　　本书所提及的中国西部地区由一系列平行的、几乎均为南北走向的山脉及深切的河谷与西藏高原分隔。这一地区大部分是由山脊如刀锋般陡峭的山脉组成，这些连绵不绝的山脉被狭窄的山谷（或者准确地说是沟壑）分隔。较高的山峰都远高于雪线，山顶的蛮荒壮阔和奇妙景色可与喜马拉雅山相媲美。整个地区从未进行过勘测，我坚信，其中某些山峰的高度可与喜马拉雅山的最高峰相匹敌。

　　大约在北纬33° 松潘厅[②]（Sungpan Ting）附近，这些常年积雪的山脉中分出一条巨大的支脉，向东部稍偏南方向延伸了大约10个经度，止于湖北省东北部近安陆县（Anluh Hsien）的低山区域。这一山系又延伸出无数侧支，地貌非常破碎，特别是本书涉及的部

---

① 译注：这是原著者当时对中国地域的认识和理解，请读者注意鉴别。

② 译注：今四川省松潘县。

分。贵州、湖北西部和四川南部都山脉纵横。这三个地区的支脉很高，且走向各异，构成了多样而复杂的山系。这个位于东经112°以西的整个地区最显著特点为：除了成都平原外，几乎没有其他平原、高原或者自然平整的地面。关于这些我会在后面的章节进行介绍。在东经112°以东，长江流过一个平坦的冲积平原，其间，也有孤立或者略微相连的山脉与支脉，但是这些地区不在本文探讨之列。

在上述东经112°以西的山系形成的地区中，最重要的是里希特霍芬（Richthofen）命名的"四川红色盆地"（Red Basin of Szechuan），其范围包括岷江（Min River）以东到靠近湖北边界的整个四川地区。该地区水资源丰富、农业发达，有许多城市和乡镇，人口数量巨大。除了棉花需要从沿海地区输入外，其他物品都能自给自足，并将剩余产品输向外地。这里还盛产盐、煤、铁和其他贵重的矿产。总之，红色盆地是中国最富饶美丽的地区之一。

中国西部地区全在长江流域的河谷盆地内。根据现有地理资料，长江的源头位于加尔各答（Calcutta）正北方[①]，大约在中亚大草原东南边缘，北纬35°附近。其准确长度尚不得而知，但估计超过4820千米。从其源头开始的约1600千米，河流蜿蜒曲折，向着正南方向流淌，穿过荒野和尚不知名的地区。然后，突然向东转向，直接穿过中国的中部地区约3218千米，最后从上海北部汇入大海。

从长江入海口到宜昌（Ichang）的1600多千米，汽轮可全年通航，但冬季可能会有浅滩和沙洲阻碍。汉口（Hankow）和宜昌之间航行的困难最大，只有一些吃水浅的汽船可以在这些小水道中通过，这里主要用于通商。上海和汉口之间有定期往返的商用汽船，非常豪华舒适。除了枯水季，吃水深的海轮都能逆流而上到达汉口。夏季，江水泛滥，会淹没航线附近许多较低的土地，此时航行中的最大困难是保证不偏离航道。在宜昌，长江江面宽度约1000米，夏季和冬季水位落差约为12米；而在宜昌以西约8千米处的峡谷里，长江水面缩减为平常宽度的1/3，夏季和冬季水位落差超过30米。

在宜昌上游，长江受到湍滩、岩石和其他障碍物的阻碍，在这里航行需要本地特制的船只，其排水量最多可达80吨。在屏山县（Pingshan Hsien）上游的某些受阻航段，只有当地特制的小舢板可以通过。江水大多在峡谷或者陡峭的山脉间穿流，河道经常被危险的急流和大瀑布阻断，形成激烈而充满泡沫的漩涡，任何生命都无法在其中生存。1911年秋季，一个喜欢探险的法国海军军官进行了一次特别的旅行，他乘坐当地特制的小船从长江上游顺流而下到达叙府[②]（Sui Fu），并写了一篇激动人心的报道。

---

① 译注：即相同经度。

② 译注：今四川省宜宾市。

长江中游最险的航段在宜昌和万县[①]（Wan Hsien）之间，世界闻名的长江三峡（Yangtsze gorges）就在这里。这里共有5段峡谷，东起宜昌，西至夔州府[②]（Kuichou Fu），长约240千米。整个江段位于垂直的悬崖之间，江面宽度仅为原来的1/3或更窄，因此江水很深。1900年，英国炮艇在该江段选取了两个点进行测量，测得水深约116米，而长江宜昌段的水深不足1.8米。由巨大而坚硬的石灰岩构成的悬崖高150～610米，甚至更高，垂直高差通常150～300米。沿途景色壮丽，令人敬畏。

　　从宜昌逆流而上至重庆（Chungking），善于观察的旅行者都会察觉到长江各条支流的明显特征。在右岸，涪陵江[③]（Kienkiang）是唯一一条重要的支流。它发源于贵州西部，穿过贵州的心脏地带，最后从涪州[④]（Fu Chou）汇入长江。其河口到思南府[⑤]（Szenan Fu）一段可以通航，再往上就只有当地特制的小船可以通过了。虽然除了涪陵江外，似乎没有其他重要的支流了，但几乎每个城镇和乡村都位于一些小河流与长江的交汇处，常常可以见到纤夫拉着底部结实的小船走过河口的石滩。在地图上可以明显看到，长江主流由许多支流汇聚而成。湖北西部遍布高山，河流都很湍急。四川东部山相对较少，河流特征各不相同，但是不知为何不能通航。普遍的说法是由于这些支流带来大量的碎石堆积在河口。倘若是山间的激流，这一说法是有道理的，但是这里的大多数河流在汇入长江之前约80千米或更长的距离就已经开始平静地流淌了。即使在夏季洪水期，它们的流量和推动力也不足以携带大量的碎石阻塞河口。我个人认为，应该是长江主河道本身的原因造成的。在夏季洪水期，长江会携带大量的泥沙和碎石，淤积于任何条件适合的地方。由于长江流经之处，两岸大多是悬崖峭壁，支流的河口成了碎石淤积的最有利地点。主河道的流量非常大，因此它的推动力比支流更强，从而可以轻易地推动碎石在支流河口淤积。同时，由于支流流速缓慢，其本身携带的少量碎石也会堆积而堰塞其河口。

　　在重庆，通常被称作"小江"的嘉陵江（Kialing River）从左岸汇入长江。在地图上可见嘉陵江由三条河流在合州[⑥]（Ho Chou）附近汇聚而成。它们在长江北岸形成了一个扇形区域，其面积占整个四川盆地的一半以上。在嘉陵江及其支流中，东边的支流最

---

① 译注：今重庆市万州区。

② 译注：今重庆市奉节县。

③ 译注：今乌江。

④ 译注：今重庆市涪陵区。

⑤ 译注：今贵州省思南县。

⑥ 译注：今重庆市合川区。

▲ 大炮山的山峰，海拔约6400米

为重要，小船可以在此通航至东乡县^①（Tunghsiang Hsien）以北约64千米；另一条支流通航至通江县（Tungchiang Hsien），还有一条支流能到达巴州^②（Pa Chou）以北。中段的白龙江（Paoning River）通航至广元县^③（Kuangyuan Hsien），较大的船只可以通过，还有一些装满药材和其他土特产的小船从甘肃碧口^④（Pikou）出发，沿着白龙江顺流而下到达广元。西部的河流可以通航至中坝^⑤（Chungpa）以北几千米的白石铺（Pai-shih-fu），最西面的一条支流延伸至成都平原东北角。

岷江发源于松潘县以北约56千米处，靠近四川西北部与北纬33° 安多（Amdo）地

① 译注：今四川省达州市宣汉县。
② 译注：今四川省巴中市。
③ 译注：今四川省广元市。
④ 译注：今甘肃省碧口镇。
⑤ 译注：今四川省江油市中坝镇。

区^①的边界，除枯水期外，从灌县^②（Kuan Hsien）和成都都可以顺流而下。成都支流是人工修建的运河，它从灌县穿过平原，在江口^③（Chiangkou）与灌县河及其支流交汇。在新津县（Hsinhsin Hsien）汇入岷江的一条支流，在高水位时可通行小船，能到达位于成都平原西南角的邛州^④（Kiung Chou）。

实际上，岷江只是铜河（Tung River）的一条支流，它们在嘉定府^⑤（Kiating Fu）交汇，由于岷江可以通航，更具实用价值，因而中国人也对它更加重视。虽然从铜河西部的上游可以乘坐木筏顺流而下，但在嘉定上游段只有几千米可以通航。铜河的另一条支流雅江^⑥（Ya）在嘉定西部汇入铜河，雅江具有重要的商业用途，有很多木筏通过雅江往来于嘉定和雅州^⑦（Yachou）。雅州是川西砖茶产业的中心。

铜河是四川最长的河流之一，发源于西藏东北角，约北纬33°处。它流经这个民族部落的西部边界，在那里被称作"大金川"，最后在瓦斯沟（Wassu-kou）——打箭炉^⑧（Tachienlu）以东约29千米的一个小村庄——转入成都到拉萨（Lhassa）的大路。从这里到与岷江在嘉定交汇的河段叫作铜河，但在富林^⑨（Fulin）附近的河段被称为"大渡河"。由于这一河段不可通航，其商业价值很小，但不能因此断定地理学者对它不够重视。

雅砻江（Yalung River）在屏山县以西汇入长江，这是一条水量与长江主河道相当的干流。它发源于西藏高原东北边界，与长江发源地在同一地区，但更靠东南部。雅砻江全段流向几乎都是正南方向，与长江相比，它流经的地区更加鲜为人知。由于雅砻江上游流经Niarung部落地区，所以其上游被称作"扎曲（Niachu）"，雅砻一名可能是Niarung的音译。

长江右岸有许多发源于云南和贵州北部的河流，但是它们的重要性都无法与长江左岸的河流相比。不过，虽然它们在地理学并不重要，但依然是这些地区货物流通的重要

---

① 译注：今安多藏区，四川、青海、甘肃接壤的高山峡谷地带。

② 译注：今四川省都江堰市。

③ 译注：今四川省平昌县。

④ 译注：今四川省邛崃市。

⑤ 译注：今四川省乐山市。

⑥ 译注：今青衣江。

⑦ 译注：今四川省雅安市。

⑧ 译注：今四川省康定县。

⑨ 译注：今四川省汉源县。

媒介。需要注意的是，在本章提到的水系中，长江是全中国，特别是中国西部的主要水利命脉，但四川丰富的农产品和繁荣景象则应主要归功于嘉陵江和岷江，以及它们可以通航的支流和运河形成的水网。叙府以西的河流流经的地区荒凉且人口稀少，其河道经常淤塞，几乎没有船只航行，甚至连渡船都很少。

▶ 宜昌附近，长江右岸。小船在湍急的河流上航行，河对岸是村庄
▶ 宜昌附近，长江左岸。村庄坐落在丘陵上和河边
▶ 峡谷和蜿蜒的岷江
▶ 长江和两岸的山脉
▶ 长江边的港口

- ▶ 长江上的船和岸上的人
- ▶ 万县，河流边的城镇
- ▶ 万县附近，山上的佛塔和村庄
- ▶ 万县西部上游，长江，横跨岩石河床的大桥，岸上的建筑和河里的人

第二章　湖北西部
——地形和地质

　　本书涉及的地区，包括湖北西部，都位于东经112° 以西。坐落于长江边的宜昌市就在这个范围里，它距离长江入海口约1600千米。对于考察整个华西地区来说，宜昌是一个便利的起点。宜昌于1877年开始对外贸易，是重要的通商口岸。据粗略估计，宜昌人口约3万，有由英国领事、海关关员、商人，以及罗马天主教和各种新教的传教士组成的小型外国人社区。宜昌的本地贸易很少，但由于它位于长江轮船航运的起点，因而是一个极其重要的转运和换乘港口。除了定期往返于宜昌和汉口的汽轮外，还有数千只本地小船排成长列，足以见得宜昌是一个重要的贸易和集散中心。相信不久的将来，宜昌必定会成为川汉铁路[①]的重要枢纽之一。宜昌远近闻名，来访其附近著名长江峡区的外国游人逐年增多。从汉口乘坐汽船逆流而上，在宜昌下游约64千米的地方开始出现山地。沿途山地逐渐抬升，到达宜昌时，人们已置身山中。在宜昌周边，山的轮廓呈金字塔形，旁边是陡峭的悬崖。宜昌城区北面、南面和西面的山被侵蚀切割，形成了众多610～1220米高的群岛状山峰；这些山峰又是几天路程之外的海拔约2130～2740米高的山脉的分支。这些金字塔形的山峰非常吸引人，深受旅行者喜爱。它们的底土层由多卵石的砾岩组成，其上是薄而水平的海积石灰岩、红色页岩和砂岩岩层，上面覆盖着砂土。当堆积得规则有序的岩层各个方向受到的侵蚀力量相同时，就可以形成并保持典型的金字塔

---

① 译注：四川至汉口的铁路。

形。这种地质构造从大平原的边缘至宜昌普遍存在，偶尔还会有薄的煤层。其形成年代较晚，为中生代初期岩层。岩层所含有的主要化石是苏铁类，最年轻的岩石可能属于鲕状岩系列。宜昌北部、南部和西部的山峰主要由古生代的石灰岩组成，也有一些中生代的页岩和砂岩。地层整合褶曲明显，但变质不显著。在四川东部，这些岩石延伸至红色盆地下。长江从这里穿流而过，形成一系列巨大的峡谷，使各种优美的地质和地层构造呈现出来。

在宜昌以西约48千米的黄陵庙（Hwangling Miao），以及再向西约16千米的崆岭急滩（Tungling Rapid）附近，都有花岗质片麻岩露头。这是该地区最古老的岩石，也是长江中游唯一已知的前寒武纪构造。正是由于这些岩石的存在，长江的这一段被称为"大石河"可谓是实至名归。

年代仅次于花岗质片麻岩的重要岩石是那些构成南沱（Nanto）对面峭壁、牛肝峡（Niukan gorge）以及巫峡（Wushan gorge）东半部的岩石。这些巨大的岩石厚达1200～1500米，主要由深灰色或肝褐色的石灰岩构成，其中不含燧石，但含有寒武纪和奥陶纪化石。实际上，这是一块巨大的各时期海积石灰岩。岩体被风化成绮丽的绝壁，一般有300～600米高，顶部略微突起，并绵延数千米。从南沱对面的江右岸一直延伸到黄陵庙附近的峭壁最为典型。在宜昌以西约72千米的一个主要浅滩急流之一——青滩（Hsintan），有一处典型的露头页岩岩床，厚约550米，主要由橄榄绿色的泥板岩构成，并混有当地黑色页岩和石英岩。该页岩岩床形成于中古生代。

在这些页岩上，明显沉积着巨大的始石炭纪石灰岩，厚度至少1200米。这种典型构造贯穿整个宜昌峡①（Ichang gorge）和米仓峡（Mitan gorges），并从巫峡最西端一直延伸到夔府（Kui Fu）或风箱峡。岩石以暗灰色和带黑色的石灰岩居多，其中布满海洋生物化石，并形成壮美的绝壁，但通常浑然一体，缺少层次感。在整个鄂西地区的长江两岸，这种构造最为普遍，北岸较南岸尤甚，南岸寒武—奥陶纪构造居多。再晚些形成的岩层是二叠中生代红页岩和砂岩以及薄层的海洋石灰岩和煤，这在之前有关宜昌的描述中有所提及。这些岩床是米仓峡西部的乡村直到巫峡的入口处所特有的，大部分位于左岸。这段岩床有多处煤矿资源，尤其是靠近巴东县（Patung Hsien）的地方。

在湖北西部的许多地区，冰川沉积物和冰川运动痕迹明显，但各处的规模都不大，

---

① 译注：今西陵峡。

南沱对面的长江边最为典型。南沱是一个地处宜昌城上游约 32千米，位于宜昌峡西端的小村庄。在这里，可以看见一块被寒武纪—奥陶纪的海积石灰岩覆盖的约36米厚的冰川沉积物，所有冰川作用的痕迹全都暴露在外。由于各种物质的沉积产生了区域性的大干扰，通常岩层从很深的地方就开始弯曲。山地的最高峰通常由志留纪页岩组成。

湖北西部有价值的矿藏并不丰富。虽然整个区域散布着煤，但是储量都很少，质量也一般。有些地方分布着铁矿石，但质量好的地方只有一两个。有两个地区产铜（建始和兴山），但产量都不大。四川红色盆地盛产的盐这里也没有。但这里有丰富的黏土和石灰岩，它们属于二叠纪—中生代的岩层，开采出的砂质黏土和泥灰土可用于制造砖瓦，石灰岩烧制石灰用于建筑，还有一些石炭纪石灰岩用于各种工程建设。

在峡区两侧，有许多支流汇入长江主流，支流的分支蜿蜒于异常美丽的峡谷间。这些小河水量充沛，几乎充满了整个河床，两岸是高90～300米的崖壁。有很多瀑布，植物也异常繁茂。悬崖顶部被侵蚀得奇形怪状。洞穴很多，里面有大量钟乳石和石笋。地下泉水随处可见，许多小河发源于这里，它们或从洞穴中流出，或从悬崖表面流下，或从水平岩石中涌出。兴山河（Hsingshan River）就是这样发源于地下泉水的例子。中国人为这些洞穴和泉水赋予了神奇的传说，并常常在这里修建外形精美的寺庙。

在长江附近地势险要的山顶和峭壁之上有许多道观，它们通常都建在看似无法到达的地方，观者往往非常惊奇，这究竟是如何修建的？在道观周围，凡有条件，通常种植树木，如毛柞木、冬青、皂荚、柏木、银杏和松树，为整个景观增色不少。这些道观外形修建得十分精美，建筑风格与周围环境十分和谐，其独特的风味和文化令人为之倾倒；但遗憾的是，它们内部通常很昏暗，而且不干净，凑近一看风采大减。在中国，人们对城镇、乡村和聚居地的趋吉避凶、趋利避害十分重视，寺观便与此紧密相关。中国很多地方修建宝塔也是以此为目的。风水论深入道家思想，在中国人心中也占有重要地位，它实际上左右着很多人的日常生活。

由于鄂西地区十分荒蛮，不适于大规模发展农业，而且缺乏有用的矿产，因此是中国最为贫困、人口稀少、鲜为人知的地区之一。然而，植物学家对这个地区却有着特别的兴趣，因为这里的原始植被受到的干扰较中国其他地方少。虽然在这里，可利用的土地都被开垦了，但大多数地区还很原始，即使在中国人的耐心和聪明才智下也没能发展农业。

在长江两岸海拔900～1220米高的地方，条件允许的山坡、山顶和谷地都已被开垦，但由于这个地区悬崖峭壁十分陡峭，多为岩石，即使能耕种的地方收成也很少，入不敷出。在海拔约1830米以上的陡坡和高山上，即便再有耐心和聪明才智都无法耕作，所以这些地方还保存着许多未采伐过的森林和林地。更高的山上盛产各种中药材，人们采集药材以贴补家用。人们曾在那里种植过马铃薯，但由于遭到病虫危害，全无收成，农民被迫迁移至海拔较低、适宜耕作的地方。破烂坍塌的房屋和大量的坟墓长满杂草、荆棘和灌丛，表明此处曾经有人居住。如今，在较高海拔的山地，可能从早走到晚都看不见房屋和人。在山谷中，凡有足够的耕地维持生计的地方，就有靠近河流的小村落。在海拔约1370米处还常见小村庄、农舍和茅屋，再高的地方，农田就很少了，人口也非常稀少。

▶ 靠近夔府的风箱峡入口处，坐落在山坡上的村庄
▶ 夔府，长江。平原上的房屋背靠山
▶ 伏龙观，从台阶上看道观的入口
▶ 长江牛肝峡景色，崖壁高耸，江上有船

第三章　旅行攻略
——道路和旅行装备

随着长江中上游开始通行汽轮，中国西部的商业之都——重庆与海岸和西方国家间的距离缩短了三周的行程。对于打算来此旅行的人来说，这无疑是一个好消息，不过也仅仅是将艰辛的旅程推后了一点，后面的困难依旧不可避免。旅行者迟早都要告别舒适而奢侈的现代旅行方式，继续依靠那些原始而艰辛的方式前行。在我们考察的区域，除了成都平原有简易的独轮车外，其他地方任何带轮子的交通工具都没有，连一匹马都很难见到。在陆路，只能乘坐当地的轿子或者步行；在水路，可以乘坐当地的小船。耐心、机智和充足的时间缺一不可，如果不具备这些条件，最好还是选择到不这么原始的地方旅行。其实，若是具备了这些条件，你可以到中国的任何地方旅行，每个地方都会让你获得极大的乐趣和丰富的知识。中国有千百万勤劳的人民，各地风景都很优美，这令所有在中国长期旅居的人们陶醉、着迷。没有其他任何国家能够像中国这样长期吸引着全世界人的兴趣。几千年来，中国不断发展变化而又保持着固有的文化特色，是联系20世纪文化和公元前文明曙光的纽带。能够有幸在这个幅员辽阔的大国游历的人都会受益匪浅，并留下不可磨灭的印象。不过在中国旅行必须始终牢记一点，那就是中国人与西方人的时间观念不同。

大多数旅行者从宜昌上行仍需乘坐当地的小船，由汽轮代替小船定期往返于这段危险的水域可能还需要较长的时间。由于宜昌至重庆及其上游的旅程常有人论及，已是老生常谈，我就不再多说什么了。

我曾在这一航段上下旅行了很多次，对峡谷壮丽风景的印象一次比一次深刻。这壮阔的风景远非语言和文字所能描绘，只有身临其境才能体会到。而且，旅行的次数越多，对诸多险滩、急流和无数困难越是敬畏。

当地小船是这里的人们世世代代经验的结晶，非常适合在艰难的水域航行。平衡舵和塔式结构在船只上的应用要远早于西方国家。以驾船为生的船夫技术非常熟练。有不少轻率的外国旅行者写下文章，指责船夫的缺点和无能，这是不真实的。恰恰相反，这些中国船夫细心、谨慎，能很好地驾驭他们的船只，与他们接触得越久，就会越钦佩他们。东方的驾船方法不同于西方，西方人必须尽量适应，若是强制用西方驾船方法，大多都会以灾难告终。长江上曾发生过多起事故，都是由于外国人忽视当地的环境条件和危险，强迫船主改变他的正确判断造成的。现在，在租用小船时，负责任的商家都会建议旅行者签订一份协议，明确规定船主按照自己的方式行船，其他人不得干预。这是确保安全的唯一办法，即便如此，还是有违反者，结果总是遇到危险。

由于下面我还会对陆路旅行做进一步描述，因此有必要先简要介绍一下这里的道路。对于不了解情况的人来说，这一话题似乎微不足道，但是对于有经验的人来说，它却是很重要的。中国的道路会给所有的旅行者留下深刻的印象，一般人很难完全清晰地描述出来。总的来说，这里的道路分为铺砌石板的和不铺石板的两类。我曾经遇到过一个旅行者，他说这些道路非常糟糕，很难行走，我认为这是非常不妥的。一位作家曾巧妙地写道："在中国，驰道并不是由皇帝维护和管理的，而是人们是为了皇帝而维护和管理的。"（明恩溥，《中国乡村生活》，第35页。）只有重要的政府官员远道而来巡视的时候，地方官员才定会将他必经的道路做一些表面上的修整。这项工作通常都是强迫民众仓促完成，投入的费用也很少，在山区，一场大雨就会使之毁于一旦。

没有专人对道路进行管理和维护。道路用地也是强制无偿征收的，所以在农村，农民仔细地将这些道路的宽度缩减到最小。道路年复一年变得越来越窄，直到一些重要官员的到来才迫使地方官员将它们修复到原来的宽度。

皇家的驰道遍布全中国，虽然数量不多，但是非常重要，因为它们联系着首都和各个省会。早期皇帝攻占城池，扩大疆域，出于军事目的修建了驰道。这些在战略上十分重要的驰道最初是用条石铺砌的，有些路段实际上是从坚硬的岩石上爆破、开凿出来的。道路的宽度根据当地的地形和交通工具而异。在北方，陆路旅行通常乘坐马车，道路的宽度便与此相适应。对于本书涉及的地区，道路太过崎岖而不便行车，唯一常用的交通工具是轿子。驰道一开始修得很宽，约三四米，足够两顶轿子自由通行。这种宽度的道路实际完全够用了，但遗憾的是，用不了多久，道路就会越变越窄。道路的路基坡

▲ 长江峡谷的激流险滩

度做得相当好，充分体现了古代工匠的能力和才智。这些道路曾经十分壮观，不过在被忽视后，就大不如从前了。有些道路被洪水破坏，铺砌的石块也常常被盗去修房或作他用，导致在多雨季节道路变成泥淖，几乎无法通行。一些保留完好的古代道路常激起人们对古时工匠技艺和远见的赞叹。

在中国相对发达的地区，大道连通了所有主要的城市和村镇。大道通常2.4 ~ 3.0米宽，尽管最初全部铺砌了石块，但现在差不多都处于年久失修的状态。中国西部的城镇和乡村几乎都坐落于河边，原因很简单，在山谷中，依靠河流出入最为便捷。即便河流不能通航，从这里进入内陆也比从山地和林地方便。所以中国古时的道路一般都尽可能靠近河流沿线修筑，只有在环境条件不允许，比如有分水岭阻隔时，才不得不远离河道。

中国的小路和狭窄的小径四通八达，即使在人烟稀少的山区也一样。曾有人非常明智地推断，食盐交易是人类普遍开展的最早的商业和贸易活动。在中国，食盐长期以来被政府垄断，因此，很早就有人从事食盐走私，大量的山道很可能是走私者开辟出来的。实际上，现在中国许多重要的商业贸易线路都是这样产生的。四川省盛产食盐，因而有很多山间小路。经过长期的观察和分析，我认为这种小路网是食盐流通，特别是私盐流通的结果。川鄂边界现存的许多这种小路，实际上除了运盐别无他用。现在，私盐仍然从这些小路非法运到某些地区。虽然在这里前行很艰辛，但是旅行者发现这些小路很有价值，因为没有这些小路就不可能详细考察和研究中国中西部一些非常有趣的地区。

在中国陆路旅行时，最好不要使用帐篷，而是住在当地的客栈。中国人没见过帐篷，不要试图在一个人们好奇心很强的地方弄点新花样。旅行者应该尽量避免引起公众注意。所有主要道路上都有各种客栈，但客栈通常很脏，蚊子、爬虫、臭虫按季节轮番而至，特别是臭虫，一年四季都有。在小道上，尤其是在山里，很难找到住处，连最差的客栈都没有。不过旅行者一般都很疲倦，只要能够勉强栖身就可以对付一宿。但在多雨季节，或者遇到山洪暴发阻挡了道路，没有住处便会格外难熬。在中国的荒郊野岭旅行，人们很渴望旅途中能有像印度和克什米尔的小木屋，或者一些类似的住处可以投宿。

在中国旅行最好随身携带大量装备，包括简易床、被褥、食物、烹饪用具，以及杀虫粉。这听起来似乎不可思议，但是要知道当地的劳力很便宜，稍有经验就可以把装备的数量控制在合理范围内。只需要找一个值得信赖的劳动力中介所雇用挑夫，并签订一份协议，列清所有条款和细节。在挑夫中要挑选一名夫头作为领队，负责管理其他挑夫。

在中国民众对外国人出入习以为常的地区，可能无须使用奢侈的轿子，但必须知道，轿子是威严和地位的象征。轿子看似是普通的代步工具，但它的实际用途并非如此，使用轿子就是为了得到别人的尊重，所以说轿子是必备之物。对于旅行者来说，在中国的偏远地区，即使是散了架的破轿子，关键时刻也比护照管用。不过护照也很重要，根据相关规定，所有在中国旅行的外国人必须携带护照，一经要求必须出示。

在旅行队伍整装待发之前，最好雇用一位厨艺精湛的厨师。如果不会讲中国话，还要找一个能够讲一些英语的中国人作为随从。优秀的随从可遇不可求，一般旅行者都希望能雇一位翻译。当然，一位称职的本国随从也是非常必要的。

第四章　宜昌的植物

我们的旅行始于宜昌，就先介绍一下宜昌城区附近的植物。从宜昌附近采集的植物数量来看，它在中国植物考察工作中占有重要的位置。宜昌及其附近海拔约610米以下山地的植物区系本质上属于暖温带性质，而且含有一些亚热带植物。然而，我们还发现了许多寒温带植物。其实这里的植被是三种地带植物的结合，不过暖温带植物为主。以下13种典型植物可以说明这一点：油桐（*Aleurites fordii*）、枫香（*Liquidambar formosana*）、女贞（*Ligustrum lucidum*）、云实（*Caesalpinia sepiaria*）、飞龙掌血（*Toddalia asiatica*）、紫藤（*Wistaria sinensis*）、映山红（*Azalea simsii*）、细圆齿火棘（*Pyracantha crenulata*）、巴蜀报春（*Primula calciphila*）、打破碗碗花（*Anemone japonica*）、斑叶蜘蛛抱蛋（*Aspidistra punctata*）、亚麻（*Linum trigynum*），以及顶芽狗脊蕨（*Woodwardia radicans*）。

宜昌周边的低山看起来很贫瘠，主要覆盖着黄茅（*Heteropogon contortus*），各处散布着少量灌木和草本植物，以及小片的马尾松（*Pinus massoniana*）林和柏木（*Cupressus funebris*）林，偶尔还能见到毛竹（*Phyllostachys pubescens*）林。然而，我们探寻的宜昌植物宝库并不在低山，而是在峡谷的石灰岩峭壁之上。这里的植物种类惊人的丰富，特

▶　冬季长江宜昌段

别是有非常多著名的花灌木，令人震撼。

　　早春最先开花的两种灌木是芫花（*Daphne genkwa*）和马桑（*Coriaria sinica*）。芫花是瑞香属中最美丽的植物，但非常遗憾的是，引种栽培至今还没有成功。在宜昌，芫花遍地都是，在裸露的山头上，在岩石堆和巨大的石灰岩间，在坟地和耕地边的石缝里。它们有时生长在部分遮阴处，但通常完全暴露在强烈的阳光下。一般说来，芫花约60厘米高，很少有分枝。想一想李树每年的根出条，你就知道芫花的模样了。芫花花密生，覆盖了2/3的茎干，好似一个巨大的聚伞圆锥花序。花色通常为紫色或淡紫色，但深色较多，也常见白花。其外表与丁香花类似，因此住在宜昌的外国人常常把它们叫作丁香。

　　马桑没有芫花那么美丽，为杂性花，但果实很艳丽。中国人认为它的叶片和茎干对牲畜有毒。

　　这里分布较为广泛的灌木是紫藤（*Wistaria sinensis*），它常攀缘大树，但多半呈灌木状，花繁多，花色多变，但白花者很少见。

　　另一种广泛分布的著名灌木是檵木（*Loropetalum chinense*）。它们在悬崖顶上、松散的岩石堆和巨大的石灰岩上构成了几乎无法穿越的灌木丛。檵木高常不足90厘米，多分枝，盛花时远看犹如大片白雪。在美国加州（California），若是将它种植于山石之间，应该能生长得很好，就像在英国德文郡（Devon）和康沃尔郡（Cornwall）一样。

　　蔷薇属灌木也很多，每年4月是它们的盛花期。金樱子（*Rosa laevigata*）和小果蔷薇（*R. Microcarpa*）是野外十分常见的种类。野蔷薇（*R. multiflora*）、卵果蔷薇（*R. helenae*）和木香（*R. banksiae*）在山谷和峭壁上十分常见，当然其他地方也有分布。木香通常攀附于大树上，布满花朵的花枝点缀着树干，好似树木开的花一样，分外美丽，令人难忘。每当清晨或小雨过后漫步于山谷间，空气中充满无数蔷薇花散发的柔和宜人的芳香，让人仿佛置身于天堂。

　　在三四月间，山谷中遍布的白刺花（*Sophora viciifolia*）开出带蓝色的白花，非常美丽。白刺花在云南和西藏边境的温暖河谷很常见。生长于宜昌的种类比云南和川西的种类刺少。后者可能是产于印度的砂生槐（*S. moorcroftianum*）。

　　枇杷（*Eriobotrya japonica*）和蜡梅（*Meratia praecox*）①在山谷和峭壁上很常见，花期都在圣诞节前后。与很多其他植物一样，以前被错误地认为原产于日本。

　　在松散的岩石堆上，兰香草（*Caryopteris incana*）很常见，但是其生长状况远远比不上西部地区的种类。细圆齿火棘（*Pyrantha crenulata*）、黄荆（*Vitex negundo*）和云实（*Caesalpinia sepiaria*）都十分常见。云实是一种多刺的半攀缘性灌木，与人们较熟悉的

――――――――――――――――――――

① 译注：*Meratia praecox=Chimonanthus praecox*。

日本云实（*C. japonica*）非常相似，其舒展的叶片和直立的亮黄色聚伞圆锥花序非常引人注目。

白檀（*Symplocos paniculata*）也分布广泛，它是一种既美丽又有实用价值的灌木，优美的白花和蓝色果实十分迷人。长江溲疏（*Deutzia schneideriana*）、紫薇（*Lagerstroemia indica*）、映山红（*Azalea simsii*）[①]、探春（*Jasminum floridum*）、南天竹（*Nandina domestica*）、枸骨（*Ilex cornuta*）、烟管荚蒾（*Viburnum utile*）、密蒙花（*Buddleia officinalis*）都是很常见的灌木。其他较为常见的灌木，有些已为人熟知，有些还知之甚少，有糯米条（*Abelia chinensis*）、小叶六道木（*A. parvifolia*）、黄栌（*Rhus cotinus*）[②]、白背枫（*Buddleia asiatica*）、具柄冬青（*Ilex pedunculata*）、珊瑚冬青（*I. corallina*）、异色溲疏（*Deutzia discolor*）、饿蚂蝗（*Desmodium floribundum*）[③]、胡颓子（*Elaeagnus pungens*）、蔓胡颓子（*E. glabra*）、中华绣线菊（*Spiraea chinensis*）、柃木（*Eurya japonica*）、金丝桃（*Hypericum chinense*）、蜡莲绣球（*Hydrangea strigosa*）、铁包金（*Berchemia lineata*）、卫矛（*Euonymus alata*）、长毛籽远志（*Polygala mariesii*）、短序荚蒾（*Viburnum brachybotryum*）、球核荚蒾（*V. propinquum*）、尖连蕊茶（*Thea cuspidata*）[④]、茅莓（*Rubus parvifolius*）等。具有粉红色花的木瓜（*Chaenomeles sinensis*）和具有白色或粉白色花的毛叶木瓜（*C. cathayensis*）也广泛栽培。虽然植物清单较为冗长，但是这里不能不提月月青（*Itea ilicifolia*）。它具有长而下垂的白色圆柱形总状花序，形似冬青，是宜昌所有灌木中最优美的种类之一。滨水灌木中最常见的种类包括：中华蚊母树（*Distylium chinense*）、秋华柳（*Salix variegata*）、爬藤榕（*Ficus adpressa*）、冻绿（*Rhamnus utilis*）、水团花（*Adina globiflora*）、疏花水柏枝（*Myricaria laxiflora*）[⑤]和狭叶黄杨（*Buxus stenophylla*）。常见的藤本植物有：金银花（*Lonicera japonica*）、络石（*Trachelospermum jasminoides*）、葛藤（*Pueraria thunbergiana*）、单叶铁线莲（*Clematis henryi*）、巴山铁线莲（*C. benthamiana*）、小木通（*C. armandi*）、柱果铁线莲（*C. uncinata*）、葛藟（*Vitis flexuosa*）、花叶地锦（*Parthenocissus henryana*）、俞藤（*P. thomsonii*）和常春油麻藤

[①] 译注：*Azalea simsii=Rhododendron simsii*。

[②] 译注：*Rhus cotinus=Cotinus coggygria*。

[③] 译注：*Desmodium floribundum=Desmodium multiflorum*。

[④] 译注：*Thea cuspidata=Cammelia cuspidata*。

[⑤] 译注：原著为水柏枝（*Myricaria germanica*），此处有误，水柏枝原产于欧洲，分布于宜昌的应为疏花水柏枝。

（*Mucuna sempervirens*）。

常春油麻藤是一种奇特的植物。在宜昌上游约3.2千米的右岸有一株巨大的常春油麻藤，外国人称它为"大爬藤"。它占地几十平方米，攀附于几棵松树和竹林之上。主干基部几乎和人的身体一样粗，总状花序着生于老枝上，花深褐色，有异味，花期为5月；荚果长60～76厘米，内含许多黑色的豆状大粒种子。

宜昌的乔木虽然数量不多，但是种类繁多，令人惊奇。春季，具有大型圆锥花序的泡桐（*Paulownia duclouxii*）和苦楝（*Melia azedarach*）十分壮观。秋季，乌桕（*Sapium sebiferum*）满树红叶，异常美丽。冬季，常绿的女贞（*Ligustrum lucidum*）和柞木（*Xylosma racemosum pubescens*）格外显眼，后者常见于路边的龛旁。其他常见的乔木包括：皂荚（*Gleditsia sinensis*）、盐肤木（*Rhus semialata*）、化香（*Platycarya strobilacea*）、枹栎（*Quercus serrata*）、香椿（*Cedrela sinensis*）[①]和枫杨（*Pterocarya stenoptera*）。枫杨上常有槲寄生。还有一些不太常见的树种，如梧桐（*Sterculia platanifolia*）[②]、响叶杨（*Populus adenopoda*）、湖北山楂（*Crataegus hupensis*）、朴树（*Celtis sinensis*）、黄檀（*Dalbergia hupeana*）、飞蛾槭（*Acer oblongum*）、杉木（*Cunninghamia lanceolata*）、樗树（*Ailanthus glandulosa*）、构树（*Broussonetia papyrifera*）、榔榆（*Ulmus parvifolia*）、枳椇（*Hovenia dulcis*）、无患子（*Sapindus mukorossi*）、垂柳（*Salix babylonica*）和槐树（*Sophora japonica*）。槐树有一个奇特的变种，其叶片和嫩枝密被白色绒毛。

宜昌的草本植物虽不及花灌木种类多，但数量也不少，其中有许多人们喜爱的花园植物。最常见的是鄂报春（*Primula obconica*）。这种迷人的草本植物遍及各处，特别是长江两岸潮湿、草木繁茂之地。在环境条件适宜的地方，其植株高度、花的大小和叶片的数量都可以达到人工栽培的水平，但由于植株较小，易被当作杂草。其他人们喜爱的草本植物有：

岩黄连（*Corydalis thalictrifolia*）、打破碗碗花（*Anemone japonica*）、垂盆草（*Sedum sarmentosum*）、虎耳草（*Saxifraga sarmentosa*）、蝴蝶花（*Iris japonica*）、忽地笑（*Lycoris aurea*）、石蒜（*L. radiata*）、裂叶地黄（*Rehmannia angulata*）、萱草（*Hemerocallis fulva*）和北黄花菜（*H. flava*）。还有一些典型的草本植物，比如沙参（*Adenophora polymorpha*）、白芨（*Bletia hyacinthina*）、大叶马蹄香（*Asarum maximum*）、广州蛇根草（*Ophiorrhiza cantonensis*）、白花地丁（*Viola patrinii*）、翠雀

---

① 译注：*Cedrela sinensis=Toona sinensis*。

② 译注：*Sterculia platanifolia=Firmiana simplex*。

（*Delphinium chinensis*）、宜昌过路黄（*Lysimachia henryi*）、矮桃（*L. clethroides*）、委陵菜（*Potentilla chinensis*）、翻白草（*P. discolor*）、蛇莓（*Fragaria indica*）[①]、欧亚唐松草（*Thalictrum minus*）、美丽通泉草（*Mazus pulchellus*）、马鞭草（*Verbena officinalis*）、桔梗（*Platycodon grandiflorum*），以及许多菊科（Compositae）、豆科（Leguminosae）和伞形科（Umbelliferae）植物。

宜昌之所以闻名于园林界或许是因为它是湖北百合（*Lilium henryi*）的原产地。这种倍受喜爱的植物长于石灰岩和松散砾石之上，但是现在已经不多了。不过，野百合（*Lilium brownii*）及其变种（var. *colchesteri*）倒是很常见。这里还分布着少量渥丹（*L. concolor*）。

蕨类植物种类并不多，但是顶芽狗脊蕨（*Woodwardia radicans*）、紫萁（*Osmunda regalis*）、蜈蚣草（*Pteris longifolia*）、凤尾蕨（*P. serrulata*）、齿牙毛蕨（*Nephrodium molle*）、宜昌旱蕨（*Cheilanthes patula*）和铁芒萁（*Gleichenia lineata*）很丰富。铁线蕨（*Adiantum capillus-veneris*）的一个变种在峡谷中石笋状石灰岩上很常见。这种附有铁线蕨的岩石非常著名，常被采下运到全国各地销售，人们称它为"宜昌蕨石"。

最后，对宜昌周围池塘和沟渠中分布的常见漂浮植物作一简要介绍。最常见的是具有舒展叶片的芡实（*Euryale ferox*）和人工栽培的荷花（*Nelumbium speciosum*）[②]。其他常见的水生植物包括：荇菜（*Limnanthemum nymphoides*）、水龙（*Jussiaea repens*）、槐叶苹（*Salvinia natans*）、菱角（*Trapa natans*）、蕨状满江红（*Azolla filiculoides*）、苹（*Marsilea quadrifolia*）、鸭舌草（*Monochoria vaginalis*）、谷精草（*Eriocalon buergerianum*），以及几种眼子菜属（*Potamogeton*）和狸藻属（*Utricularia*）植物。深秋，满江红变成深红色，整个池塘看起来非常美丽。在宜昌附近的一些稻田里，奥古斯丁·亨利发现了一种奇特的植物——茶菱（*Trapella sinensis*），它成为一个新属的代表，在分类系统中属于胡麻目（Pedalinae），但还有待商榷。

> ▶ 垂柳（*Salix babylonica*）、树下的人和远处的山脉
> ▶ 两株垂柳（*Salix babylonica*）、一个人和外观华丽的桥
> ▶ 宜昌的景色。积雪覆盖的道路，远处的山和房子，人在左边
> ▶ 俯视宜昌城镇和河流
> ▶ 宜昌附近河边陡崖上的房子
> ▶ 宜昌，农舍里的人和树
> ▶ 宜昌，站在纪念碑前的人

---

① 译注：*Fragaria indica=Duchesnea indica*。

② 译注：*Nelumbium speciosum=Nelumbo nucifera*。

當貴橋

0331.

01.

第五章　花卉搜索
——鄂西北之行

　　1910年6月4日，我从宜昌出发前往成都，沿着一条新的路线穿越鄂西北的蛮荒之地。在开始长达960千米的陆路旅行之前，整个采集队在我的指导下已经成了一支训练有素的队伍。我信心十足，觉得任何困难都能克服。毕竟我的同伴以前几乎都在类似的旅行中跟随过我。

　　由于通往兴山县的主干道挤满修建川汉铁路的劳工，所以我们只能穿过三游洞（San-yu-tung）峡谷走小路去兴山县。整个采集队包括20个挑夫，几个负责沿途采集标本和处理日常杂务的人，还有我和男仆的两顶轿子。一开始我的行程并不顺利，还没有走出外国人居住地，我的轿子就突然断了一根轿杆。好在附近就能换新轿杆，不过还是耽误了1小时时间。第一天能顺利出发是很不容易的，所以要有充足的思想准备。下午1点，我在宜昌上游8千米处的三游洞峡谷谷口，赶上了大队伍。天气十分炎热，我们又走了7千多米到达下牢溪（Sha-lao-che），这一天总共走了约17千米。这个小村庄只有分散的几间房屋，我们选了最大的一间落脚，那里以前是一个酿酒作坊，发酵的酒味至今还很浓。

　　沿三游洞峡谷而上的旅程非常有趣，虽然道路崎岖，但风景很壮丽。坚硬的石灰岩悬崖至少有150米高，是羚羊等动物和许多崖生植物的家园。在岩石裂缝中，生长着著名的巴蜀报春（*Primula calciphila*），此时花期已过，所有花梗都弯向岩壁，以确保种子落入岩石缝隙中。它的花期是2月至3月初，紫红色的花将岩壁覆盖，恰如优美的图画。在崖壁不太陡峭的地方，植被繁茂。崖顶边缘生长着马尾松（*Pinus massoniana*）。大部分植物的花期已过，只有小果蔷薇（*Rosa microcarpa*）的花正在盛开。多数春天开花的灌木已经长出幼果。

第二天早上有一两个挑夫不干了，我必须重新雇人，所以又耽误了很久才出发。整天的路程都很艰辛，我们花了10.5小时才走了20多千米路。前5千米是从峡谷向上攀登，道路很窄，但是沿途的风景胜过昨天。我们途经一个很美的天然洞穴，里面布满石笋，水滴在长有铁线蕨的岩石上，这种岩石就是著名的宜昌蕨石。

峡谷里有很多花叶地锦（*Parthenocissus henryana*），它的嫩叶具有明显的白色条纹，非常迷人，但叶子成熟后斑纹褪去，看起来就很普通了。

峡谷中很快就没有路了，我们只能向悬崖上爬，最终登上了崖顶。俯瞰整个地区，有明显的梯田，每寸可用的土地都被开垦耕种。小麦、大麦和豆类是主要的农作物，它们黄色的茎秆让这里充满生气。有一两小块长势很差的罂粟隐藏于大树下。这一带普遍栽植着梨树和李树，竹林和柏木也很多。随处可见白色尾巴的寿带鸟（*Tchitrea incei*）。能听到雉鸡的叫声，声音与英国布谷鸟相似。

在我们当天的目的地——牛坪（Niu-ping）周围，种有许多水稻，农民正忙着插秧。整个地区背靠寒武纪—奥陶纪的石灰岩峭壁，到处都是精耕细作的梯田。在离牛坪不远处，我们路过一株美丽的银杏树，枝干上有奇特的根状瘤。在路旁岩石较多的地方，特别是梯田的田埂石壁上，有很多裂叶地黄（*Rehmannia angulata*），植株高0.5～0.6米，花较大，一株上通常有6～12朵，花色粉红，形类似毛地黄，当地人把它叫作"蜂糖花"。

牛坪是一个只有十多座房屋的小村庄。我们的住处非常狭小，但很舒适，人们非常友善。从此地到莲沱有一条15千米长的道路。在我1901年第一次来到这里时，当地人都对我很好奇，好像看到一个怪物。后来我又多次来到这里，现在已经成了他们的朋友。

这里晚上很凉爽，睡觉需要盖毛毯。但是宜昌比较热，一想到毛毯都会让人出汗。我们次日清晨6点左右动身，经过多次上山下山，最后来到一条小河边，它在莲沱汇入长江。沿着小河逆流而上几千米后，我们开始了一段陡峭的上坡路。忽缓忽陡的坡路在山间蜿蜒，直到下午6点半我们才赶到住宿地，最后一位挑夫晚1小时才到达。整个路程据说只有30千米，但我们都认为至少有35千米。不管距离多长，总之这一天的旅行是非常艰辛的。

下面为大家讲讲这一天的行程和见闻。这里山坡非常陡峭，山脊很锋利。到处都是梯田，水稻栽培在低处的河滩地，玉米种在斜坡上，偶尔可见一小片马铃薯。在过于陡峭或由于其他原因不适宜耕作的山坡上生长着乔灌木，主要是低矮的栎树和普通的松树。随处可见光皮梾木（*Cornus wilsoniana*），这种小乔木正处于盛花期。四照花（*C. kousa chinensis*）也处于盛花期，它们点缀于林缘，十分独特、亮丽。四照花开花非常多；枝条水平伸展，形成平顶树冠；花直立，生于叶上；花朵由4个白色苞片形成，直径常超过12厘米，苞片成熟后变为淡红色；果实较大，红色，可食。它喜光，喜排水良好的土壤环境。这一中国类型在人工栽培下很可能比园丁熟知的日本类型生长得更好。不过，今天的主角应该是各种野生蔷薇。在河岸边，开着白色和粉红色花的野蔷薇（*Rosa multiflora*）色彩纷呈；在林地里，空气中充满卵果蔷薇（*R. helenae*）柔和的清香。中华猕猴桃（*Actinidia chinensis*）随处可见，它们攀附于大树之间，盛开带有香味的白色和浅黄色花。我注意到陡峭、多石而充满阳光的地方生长着很多裂叶地黄（*Rehmannia angulata*）。

我们中途在老母峡（Lao-mu-chia）停下休息，这里海拔约1070米，有6间房屋和一个砖窑。这一带有大量木炭销往莲沱及其下游地区。途中我们遇到了几个背着大包湖北海棠（*Malus theifera*）树叶的人。这些树叶通常用作茶叶的替代品，被大量销往沙市（Shasi）。

离开老母峡，我们便开始攀登陡峭的香龙山（Hsan-lung shan），向上爬了约300米到达了山顶，上面有一座小破庙。在急剧而下一百多米后，小路蜿蜒到一座由易风化的花岗质片麻岩构成的小山顶部，并向下延伸至山涧溪流的河床，与宜昌至兴山县的主干道会合。

香龙山近山顶处由寒武纪—奥陶纪石灰岩组成。附近树林里有很多鹅掌楸（*Liriodendron chinense*）和开着雪白花朵的蝴蝶戏珠花（*Viburnum tomentosum*）。老鸹铃（*Styrax hemsleyanum*）和唐棣（*Amelanchier asiaticasinica*）也开着很多白花，非常美丽。在较开阔的山坡上，有美丽的白檀（*Symplocos paniculata*）、金银忍冬（*Lonicera maackii podocarpa*）、半边月（*Diervilla japonica*）和野山楂（*Crataegus cuneata*），还有马尾松（*Pinus massoniana*）和板栗（*Castanea mollissima*）疏林。马尾松的树干被划开，外溢的松脂可用作引火材料。在开阔地，有很多山莓（*Rubus corchorifolius*），它形似覆盆子的红色果实很美味，有葡萄酒香。在下山的路上，金钱槭（*Dipteronia sinensis*）和中华猕猴桃（*Actinidia chinensis*）很常见。金钱槭是丛生小乔木，具有直立簇生的白色小花。中华猕猴桃有两性花和雄花植株，目前还没有发现仅具雌花的植株；它的花大，呈白色，但很快会变为浅黄色，具有宜人的香味。到了山脚下，我们沿着宜昌至兴山县的大道继续前行，大约下午5点到达了水月寺①（Shui-yueh-tsze）。这个小村庄坐落在水稻田中间，有100多间房屋。当地人非常好客，我像是参加了一场即兴招待会，直到睡觉大家才散去。

在沿着主干道去水月寺的路上，我们看见了为修建川汉铁路而进行勘测的标记。选定的路线用竹竿标出，旁边的岩石上还标有以罗马字母开头的阿拉伯数字。标记的线路在靠近水月寺的地方沿着一条河流而下，直到两河口（Liang-ho-kou），然后继续沿着兴山河向下延伸到长江边，在香溪（Hsiangche）与另一段相接。在这一地区修建铁路非常困难，需要进行大量的隧道挖掘和爆破工作，必须有能力很强的工程师才行。然而，与后面的路段相比，从汉口到这里的路段还算是比较简单的。即使在这个劳动力很廉价的地方，修建铁路仍需要巨额的费用。令人难以置信的是，乡绅强烈反对利用外资修建铁路，他们并没有真正认识到修建铁路任务的艰巨和费用的巨大。

次日的行程非常有趣，但仍充满艰辛。我们沿着起伏的小道来到山顶，这里叫作椴树垭（T'an-shu-ya），因有一株巨大的毛糯米椴（*Tilia henryana*）而得名。这株椴树高达24.4米，干围约8.2米，虽然树干已中空，但长势良好。其嫩叶银白色，由于树体庞大，成为周围数千米的一个明显地标。

我们向下穿过一片耕地后，进入峡谷中，接着向谷底走了约10千米。近谷景色十分壮观，坚硬的石灰岩峭壁至少有610米高。峡谷上部，常见湖北枫杨（*Pterocarya hupehensis*）沿溪生长，还能看到一两株珍稀的青檀（*Pteroceltis tatarinowii*）。整个峡谷中木香（*Rosa banksiae*）很多，这种灌木高3~6米，盛开着散发芳香的簇簇白花。数千株木香生长在岩石和溪边的鹅卵石之上，十分壮观。云实（*Caesalpinia sepiaria*）也广泛分布，其花黄色，有芳香气味，为直立聚伞圆锥花序。峭壁上生长着开暗红色花的红茴香（*Illicium henryi*），非常引人注目。穿过峡谷后，一条水浅、多石，但很宽的溪流挡住了我们的去路，于是我们先沿河而上一小段，接着走上一段高达600多米的陡坡。之后翻过一道山脊和一块平地，一路下坡，在傍晚时分到达石槽溪（Shih-tsao-che）。这个小村庄有十几座房屋，分散在狭窄的山谷里。

这一天，我采集了30种木本植物标本。下午的行程中，遇到了迷人的唐棣和双盾木（*Dipelta floribunda*），都开着很多花。核桃（*Juglans regia*）和漆树在海拔914米以上的地方很常见；山坡和山顶上长满栎树和松树，尤其栎树特别多。我们还看见许多优美的柳树和臭椿。鄂报春（*Primula obconica*）、异花珍珠菜（*Lysimachia crispidens*）和一种开蓝花的鼠尾草在海拔610米以下很常见。客栈附近有几株灰楸（*Catalpa fargesii*），但

_____

① 译注：现湖北省宜昌市水月寺镇。

没有开花。这一带芫花（*Daphne genkwa*）很多，但是在此高度很少开花。

第二天早晨下了一点小雨，全天不时有阵雨，不过这种天气很适合旅行，因为不是很热。大多数路程都是下坡。早上出发后不久，我们就翻过了一两道低矮的山脊和其间狭窄的台地，大约在中午时分，我们开始下山前往兴山县。大多数山坡都比较平坦，被开垦为耕地，只有一段下坡路较陡。在下到约一半时，我们见到一个煤矿，但是煤炭的质量一般。在靠近兴山县的地方还有几家小石灰窑和造纸作坊。

兴山县是这片荒蛮地区唯一的一座县城，可以说是全中国最小、最穷的县城之一（县是清代行政的第四级城市）。它位于河流左岸，有100多座房屋，但大多数房屋都破烂不堪。临河的城墙高1.2～3.7米不等。围绕着城墙顶部有一条主干道。东门被污水堵塞，北门太低，人们必须低着头才能进出。整个县城商业萧条，显得灰暗而没有生气，但是小孩很多，就像中国其他地方一样。县城背靠一座陡山，两侧筑有城墙，城墙内的山坡多用作梯田。城外的河很宽，河水清澈见底，河底石头很多。有厚底小船在这里定期往返于响滩（Hsiang-t'an）和香溪（Hsiang-che）之间，香溪是长江边米仓峡入口处的一个小村庄。我们没有在兴山县停留，而是直接前往响滩。因为当地非常贫困，加上我们还辞退了一个挑夫，可能要费很大工夫才能找到住处。香滩①这个名字意为具香味的险滩，或许这里的河水是香甜的，但是这个小村庄却又脏又臭。

这一天中看见的花很少。我们在路上看到了一株巨大的铁坚油杉（*Keteleeria davidiana*），高约24.4米，干围约4.9米。这株大树下有一些坟墓，说明它可能是很久以前栽植的。下山途中我们遇到一个果园，里面的湖北山楂（*Crataegus hupensis*）正处于盛花期，这是中国作为果树栽培的山楂之一。齿叶鞘柄木（*Torricellia angulata*）零散地分布着；常春油麻藤（*Mucuna sempervirens*）随处可见，它们攀爬覆盖在大树上。梓树（*Catalpa ovata*）在高地上很常见；而小叶杨（*Populus simonii*）很少，偶尔见于农舍周围。

由于有通航长江的河道，响滩的商业发展得很快。药材是主要的外销商品，除此之外还有胡桃木，用来制造来复枪枪托的胡桃木半成品运往汉阳的数量逐年增加，在当地每件值300枚铜钱（约15美分）。这个坐落于河流左岸的小村庄，有一个鸦片厘金②局和一间总督的银行。我曾前后4次经过这里，印象最深的就是这里养的猪非常多。响滩海拔

---

① 译注：应为响滩，原著者将中文"响"误作"香"。

② 译注：中国自清代至中华民国初年征收的一种商业税。

仅比宜昌高90米左右，气候也很干热。

离开响滩，我们立刻摆渡过河，沿着一道狭窄的河谷而上，越走越深，最后来到了一个荒芜但迷人的峡谷中。在峡谷尽头，我们顺着一条狭窄、陡峭的山间小道，从河床向周围的山顶攀登。途中，麝香蔷薇是一道亮丽的风景；檵木（*Loropetalum chinense*）也很多，但还没有开花。到达山顶之后，我们从一条崎岖小路走到了白羊寨（Peh-yang-tsai），在那里住进了一间相当干净的新农舍。

在峡谷中，我采集到了湖北地黄（*Rehmannia henryi*），它是一种不足30厘米高的草本植物，具有类似毛地黄的大型白花。当地人在这一带采收木香的根皮，干燥后捆压成包运到沙市。这种根皮可用来染渔网，能增加渔网牢固性，而且据说用它着色后，鱼就看不见渔网了。峡谷中还有复羽叶栾树（*Koelreuteria bipinnata*），但是很少。总的来说，这里的植物组成类似三游洞峡谷。

山上遍布栎树（多为灌木状）、马尾松和柏木，也有一些油杉和枫香。树皮呈灰白色的响叶杨（*Populus adenopoda*）随处可见。油桐（*Aleurites fordii*）也很常见，是一道壮丽的风景。在深谷里，油桐枝叶丰满，果实膨大；但海拔450～915米处的油桐正在开花，还未长叶。在低海拔处的河流两岸，野蔷薇（*Rosa multiflora*）开着白色和粉红色花，非常可爱。然而今天的主角是麝香蔷薇［包括卵果蔷薇（*R. helenae*）、软条七蔷薇（*R. Gentiliana*）和悬钩子蔷薇（*R. rubus*）］，这些灌木高1.8～6.0米，冠幅更大，开满白色、芳香的花。在一些老坟墓上，我发现了开着黄花的木香（*Rosa banksiae*），这一定是以前人工种植的。蔷薇属植物是这一带的特色，也是最常见的灌木。我们住处周围栽有杜仲（*Eucommia ulmoides*），杜仲的树皮是一种补药。

白羊寨是一个分散的小村庄，位于一道狭窄河谷中，海拔约760米。我们的住处面对着一座高大的山峰，叫作万朝山（Wan-tiao Shan），山的正面是坚硬的石灰岩峭壁，山顶和山坡林木繁茂。村民都特别友好，像其他地方的乡民一样，和他们在一起真的很愉快。

万朝山看起来太迷人了，必须去调查一番，因此我们花了一天时间上山下山，这的确是非常艰难的一天。我们早上8点离开住处，花了几个小时围绕着山坡穿过耕地和灌丛。在海拔约1830米处出现了一片竹丛，沿着小径穿过竹丛，是一片种植药材的土地，其中有大黄和党参。在海拔约1980米处，我们走进一片树林，树林边缘与道路左侧之间种植了很多黄连（*Coptis chinensis*）。这种有趣的植物被栽在一个高于地面0.9～1.2米的木筐里，它是滋补和净化血液的良药。

沿着小路蜿蜒而上，是一些小树，还有大量竹丛。但这一条带很窄，而且很快被大树取代。树林带向上延伸到距离山顶约150米处，再向上，又是难以通行的竹丛。海拔约

1500米以上凡树林稀疏之处，阳光透射林下导致竹子蔓延。穿越竹丛非常困难，只有用刀砍断竹子才能前行。在树林浓荫下，竹子就很少了。

虽然树林中满是壮观的树木，但种类并不丰富。米心水青冈（*Fagus engleriana*）是最常见的树种，树高18～21米，干围0.9～1.8米，通常有多条树干。迷人的水青树（*Tetracentron sinense*）也很常见，树高18～21米，干围2.4～3.0米，其叶片较薄，很有特点。白桦和几种槭树的高大植株分散在林中，光叶珙桐（*Davidia involucrata vilmoriniana*）零星地分布着，各种樱桃、稠李、花楸和野梨的大树都很常见。多花勾儿茶（*Berchemia giraldiana*）攀缘在大树顶部。还有几种杜鹃属（*Rhododendron*）植物，其中四川杜鹃（*R. sutchuenense*）可长成高达9米，干围约1.5米的大树。这里灌木也很丰富，蝴蝶戏珠花（*Viburnum tomentosa*）生于林中空地，其雪白的花呈环状。在较为宽敞的地方，多种麝香蔷薇十分繁茂。近山顶处有很多峨眉蔷薇（*Rosa omeiensis*）。

山顶是一块有些起伏的高地，面积约4000平方米，被草和少量灌木覆盖。在山的最高处有一个小庙，现已部分坍塌。一条险峻的岩石山脊从山顶延伸出来，与北部的山脉相连。山脊两侧是竖直的悬崖，足有600米高。在海拔约2393米的山顶，周围的景色一览无余。目之所及到处都是山，在北面和西北面，层峦叠嶂，山间被狭窄的山谷分隔，谷底的急流汹涌澎湃。见到此景，知道前路必定艰辛，但内心探求未知的呼唤更强大。我们沿着原路下山，实际上，也没有其他的路可走。在夜幕降临时，我们回到了住地。我采集了40多种不同植物的标本，总算没有辜负这一天的辛劳。其中有几个还是新种，很有价值，比如毛序紫丁香（*Syringa julianae*），它与山顶最高处常见的灌木黄杨伴生，是一个丁香新种。

第二天我们继续向北前进。离开白羊寨后，我们经过一片栓皮栎（*Quercus variabilis*）林，林中有一片人工栽培的黑木耳。黑木耳的栽培方法并不难：将约15厘米粗的小栎树砍下，除去枝条，切成2.5～3.0米长的木段。将其埋入地下数月，真菌的菌丝会侵入其中。之后将其倾斜堆放，就会长出黑木耳。黑木耳为耳形、凝胶状，是中国人喜爱的美味佳肴。我亲口尝过，但并没有觉得很好吃，结果还引起了严重的腹痛。

离开木耳种植场，我们沿着一条蜿蜒的小路走了两三千米，来到了一个峡谷中。峡谷里的许多灌木都在开花。我在这里发现一个新属，它与八月瓜属（*Holboellia*）相似，具有很香的黄色花。之后我采到了它的种子，并引种栽培成功，它后来被命名为大血藤（*Sargentodoxa cuneata*）。在峡谷尽头，我们顺着一条陡峭的上坡穿过栎树和桦树林，来到一片农耕地。那里有两三座分散的房屋和许多茶树灌丛。一座房屋旁边长着肥皂荚（*Gymnocladus chinensis*），它的豆荚具皂素，可用于洗涤衣物。

从茶园开始，有一条穿过松林的上坡路，时而平坦，时而陡峭，我们沿着它到达了当天目的地——新店子。新店子附近有许多美丽的老树林，各种各样的落叶乔灌木很丰富。我看到了天师栗（*Aesculus wilsonii*）、两种水青冈、老鸹铃（*Styrax hemsleyanum*）、暖木（*Meliosma veitchiorum*）、珙桐（*Davidia involucrata*）和许多种槭树和栎树，都是高大的乔木。在林地边缘，宜昌荚蒾（*Viburnum ichangense*）特别优美，开着红色和白色花的樱桃树也很常见。在林地中阴湿的地方，开蓝色花的卵叶报春（*Primula ovalifolia*）绵延几千米，就像蓝色的地毯。开黄花的金罂粟（*Stylophorum japonicum*）、一种淫羊藿（*Epimedium*）和各种紫堇（*Corydalis*）在林地及其附近都很常见。

新店子是一个小村庄，海拔约1700米。整个村庄只有一座稍大的房屋，建在距离山顶约100米的山坡上。站在这座房子前，可以俯瞰周围壮丽的景色。目之所及皆是山，连十几平方米的平地都没有。我们的住处虽然很狭小，但是物品一应俱全，非常舒适，我们最好的期待也不过如此。

新店子距离茅牯岭30千米，为了赶路，第二天早晨我们很早就出发了。一离开村子，我们就走进了一片老树林。这里槭树的种类十分丰富，珙桐和水青冈也很常见；有趣的川鄂山茱萸（*Cornus chinensis*）高达12米，具有黑色果实，比较少见。还有一些华山松（*Pinus armandi*），但在这个特别的地方，针叶树一般很少见。

穿过老树林后，我们沿着一条蜿蜒的小道绕山而上，一直走到一个山脊隘口，穿过隘口是一段600多米的极陡的下坡路。在这里，我发现一个杨树新种，它的嫩叶呈红褐色，在路旁很常见。在下山途中，我采集到灰绿报春（*Primula violodora*）、毛肋杜鹃（*Rhododendron augustinii*）、血皮槭（*Acer griseum*）和开粉色花的膀胱果（*Staphylea holocarpa*），后两种都是小乔木。最令人兴奋的是我发现一个绣球属的新种——紫彩绣球（*Hydrangea sargentiana*），该植株高1.5~1.8米，枝条密被短硬毛，叶大，呈深绿色，具天鹅绒般的光泽，十分美丽，仅凭叶子就能看出这是一种非常漂亮的观赏植物。

在山脚下，我们偶然遇到一小片巴山松（*Pinus sinensis*）林。巴山松平均高度约18米，略呈金字塔形，树干常较粗糙，黑色，有时上部呈红色。球果大小各异，可以在树上保留几年。在松林旁的河谷里，有很多耕地。核桃和杉木很常见。

离开山谷，经过一段很长但较为平坦的上坡路，我们走到了另一个山脊，紧接着又一段陡峭的下坡路把我们引入了另一条狭窄的河谷。这些上下坡道让我们非常疲惫，每天都要上上下下很多次。又往上攀登了约610米后，我们到达了当天的目的地。我们住在

一个江西富翁的客栈里，这家客栈也兼作中药仓库。客栈很大，为不规则的两层结构，有几间偏舍和一个大天井。由于没有足够的平地安置整座房屋，客栈前面一部分由柱子支撑。它还是这个地区的杂货店，此外，也是一座名副其实的陈列馆。里面到处都布满灰尘，各种药材的香味和附近猪圈飘来的臭味混杂在一起。这里的商业味儿很浓，我兑换了一些银子，还买了一只山羊。人们每天早晚都严格进行祭祖仪式，目的是让这里更加繁荣。燃烧香烛和神秘的跪拜动作或许能激起人们对这里的好奇心，但是如果能注重一点清洁卫生，会更加吸引外国游客。至少这是我在此停留了36个小时后得出的结论。

第二天一直在下雨，不过之前我们就决定休息一天，所以下雨并没有给我们带来不便。上午我花了几个小时考察了茅牯岭周围的林地。这里有一些高大的檫木（*Sassafras tzumu*），最大的差不多有30.5米高，干围约3.7米。檫木没有药用价值，其木材只能用于制作木箱或作为燃料。栎树和板栗很多，形成小树林。锥栗（*Castanea henryi*）是一个奇特的树种，其多刺的果实中只有一颗卵形坚果，花具有特别难闻的气味。客栈周围种植了许多杜仲和厚朴（*Magnolia officinalis*），核桃和漆树也很多，屋后还有一株优美的麦吊云杉（*Picea brachytyla*）。山顶覆盖着禾草、悬钩子、胭脂栎、粉色的满山红（*Rhododendron mariesii*）和鲜红的映山红（*R. simsii*）灌丛。

在客栈里向外望，只能看见一条陡峭的山脊和被深而窄的峡谷分隔的群山。这真是一个令人神往的地方，但是走遍这里的确令人筋疲力尽。

次日一早，雨过天晴，整个地区看起来焕然一新，空气中充满花香。挑夫们大声抱怨客栈昂贵的收费，几个小时后心情才平复。当天的行程始于一条通往山脊顶部的平缓上坡路，随后是陡峭的下坡。途中随处可见一种开花的小乔木——膀胱果（*Staphylea holocarpa*），它开着白色和粉红色的花，非常美丽。另一种有趣的植物是巫山柳（*Salix fargesii*），这是一种矮小的柳树，具有暗绿色的大叶片。下坡路的尽头有一条湍急的溪流，我们从这里开始，花了几个小时，艰难地爬到另一个山脊，翻越了海拔约2225米的顶峰。在登山过程中，我们看到了具有四边形短叶和小球果的青杆（*Picea wilsonii*），还有许多铁杉（*Tsuga chinensis*）的小树。靠近山脊顶部的岩壁上有许多小叶黄杨（*Buxus microphylla sinica*），草丛中广泛分布着一种开粉红色花的报春花。山脊风口处密布矮生竹丛。

翻过山脊后，我们沿着下坡路很快进入一片桦树林，接着是一片由各种落叶乔灌木和一些针叶树组成的优美林地。我们花了很多时间在林子里采集了50多种木本植物

的标本。林中有一两株珙桐大树和许多水青树。樱桃树种类也非常丰富，形成粉白交织的美丽景观。我总共发现了6种杜鹃，采集了其中3种。槭树种类也非常多，其中有一株十分美丽、珍奇的血皮槭（*Acer griseum*）大树，它的树皮红棕色，像河桦的树皮一样呈片状剥落。各种苹果亚科（Pomaceae）植物和一两种樟科（Lauraceae）植物构成了小乔木的主体。各种荚蒾属（*Viburnums*）、忍冬属、黄锦带属（*Diervillas*）、溲疏属（*Deutzias*）、山梅花属（*Philadelphus*）植物和中华绣线梅（*Neillia sinensis*）都很丰富。在岩石较多且较为开阔的地方，皱叶荚蒾（*Viburnum rhytidophyllum*）长势良好，其叶片长而厚，具褶皱。在阳光充足的地方，湖北海棠（*Malus theifera*）开着粉红色和白色的花，非常美丽，宛若仙境。在潮湿、有腐殖质覆盖的岩石上，独蒜兰（*Pleione henryi*）茂盛地生长着，还有各种草本植物遍及各处。无数小溪汇聚成一条激流，从狭窄的山谷中飞流而下，形成一连串100多米高的叠瀑，激流跌落的声音打破了森林深处的寂静。

由于当地人谨小慎微，我们住宿遇到了一些困难，最后终于在温漕（Wen-tsao）的一个农民小屋中留宿。此处海拔约1870米，整个村庄只有4座小房子，散布在陡峭的山坡上。险峻的高山四面环绕，山上森林茂密。人们在房子周围清理出小片土地，种植小麦、玉米和一些豆类，还有蔬菜。

该地区森林植被特别丰富，为了更好地加以说明，我在此摘录一些我另一时期的旅行日记：

"5月30日——温漕。在我们住处对面的陡坡上，大约有20株珙桐，开着白色的花，花团锦簇，当夜色降临时非常耀眼。两株白辛（*Pterostyrax hispida*）大树夹杂在珙桐之中，乳白色的花如长链般垂下。

"5月31日——调查珙桐和整个森林。我们穿过一片狭窄地带，沿着一条樵夫开辟出的迂回小径穿过一片树林，下到狭窄的峡谷中。接着艰难地向上攀爬，攀上悬崖很快便找到了珙桐。这里共有20多株珙桐，它们生长在陡峭而多石的斜坡上，高10~18米不等，最大的一株干围约1.8米。由于处于密林中，珙桐树干下半部没有枝条，但是地面散落的无数白色苞片使它们很容易被发现。珙桐树皮黑色，呈小而不规则地薄片状剥落。我爬上一棵长在悬崖边的高大水青树，砍掉一些枝条，从枝叶空隙中设法拍摄了几张珙桐树冠上部盛花的照片。这项工作非常艰难，也十分危险。我们三人爬到大树的不同高度，用一根绳子将斧头和照相机依次传递上去。我跨坐在约10厘米粗的侧枝上，下面就是100多米高的悬崖深谷，而我非常清楚，水青树质地松脆，这更令我十分不安。好在一切都很顺利，我们为珙桐奇异的美所陶醉。珙桐之美在于那两片托着花的白色苞片。两片苞片大小不等，较大的长约15厘米，宽约7.5厘米；较小的长约9厘米，宽约6.5厘米。苞片大小一般介于20厘米长、10厘米宽和12厘米长、7.5厘米宽之间。苞片最初稍带绿色，当花成熟时变为纯白色，最后变成褐色。珙桐花及其苞片着生于长长的花梗上且下垂，微风吹过，犹如小鸽子在树上飞舞盘旋。苞片略呈船形，质地轻薄，常被树叶遮挡，但是它们轻盈飘逸，从不远处看，树上好似覆盖着片片白雪。在阴天的清晨和傍晚，白色的苞片最引人注目。珙桐的果实看似小核桃，但是内核无法打开。我认为珙桐是北温带树木中最有趣、最美丽的树种。

"与珙桐长在一起的是一株天师栗（*Aesculus wilsonii*）大树，高约15米，干围约1.2米。高一点的地方常见鹅耳枥、水青树，还有多种桦树，比如白桦、红桦和黑桦。

"这些树林的特色是有多种槭树，它们都很高，但不是很粗。遗憾的是，几乎都没有开花。实际上，今年森林中的树木都很少开花。

"林中最常见的树种或许是水青冈，还有部分水青冈纯林。它们的需光性很强，容不得其他树种与其竞争，甚至包括林下植物。这是我第一次能确定这个地区有两种不同的水青冈。一种单干，另一种多干。前一树种叶片绿色，无毛，具光泽，树冠大，上部分枝多、枝叶浓密，树高12~15米，干围1.5~3.0米，除了树高较低外，很像欧洲水青冈，它被命名为亮叶水青冈（*Fagus lucida*）。另一种是米心水青冈（*F. engleriana*），长得更高，但是干围较小，通常0.6～1.5米；多主干，一般有6～12个；树干丛生，生长时彼此分开；该树种树皮灰白色，叶背具白粉和茸毛，枝条稍向上，幼嫩小枝细长下垂，当地人称它为"白栎子"。其小树苗很常见，但没有看见开花的。[1910年，我将这两个树种以及第三个种——水青冈（*F. longipetiolata*）的小树苗从这个地区采集后，进行引种栽培，获得成功。]

"在树荫下，小花茶藨子（*Ribes longeracemosum wilsonii*）很常见，其总状花序30～60厘米长；鬼灯檠（*Rodgersia aesculifolia*）也十分繁茂，它具有大而直立的白色聚伞圆锥花序。

"这里有5种栎树，其中落叶的3种和常绿的两种。暖木（*Meliosma veitchiorum*）、苹果亚科（Pomaceae）植物和樱桃很常见，漆树也很多。在浓荫下，分布着各种常绿的小檗；在开敞处，中华绣线梅（*Neillia sinensis*）形成浓密的灌丛。

"至于针叶树，华山松（*Pinus armandi*）和巴山松散布于悬崖上；青杆（*Picea wilsonii*）和麦吊云杉（*Picea brachytyla*）较为罕见，但铁杉（*Tsuga chinensis*）在悬崖上很常见，它树形整齐，枝叶浓密，嫩叶初展，成熟球果很多。较高海拔的山上华山松（*Pinus armandi*）很常见，其针叶长而优雅，树皮灰白色，非常美丽；球果下垂，着生于光滑的松枝上；木材含树脂，当地用来作为火把，燃烧时火焰清晰而明亮。"

▶ 山坡上开花的油桐（*Aleurites fordii*）
▶ 开花的油桐（*Aleurites fordii*）和穿着传统服饰坐在树下的男人
▶ 山坡上的油桐（*Aleurites Fordii*）
▶ 开花灌木中华猕猴桃（*Actinidia chinensis*）
▶ 麦吊云杉（*Picea ascendens*）
▶ 麦吊云杉（*Picea ascendens*）的球果
▶ 水青树（*Tetracentron sinense*）

110

- 悬崖上的马尾松（*Pinus massoniana*）
- 天师栗（*Aesculus wilsonii*）和溪流
- 青檀（*Pteroceltis tatarinowii*）、建筑和人
- 青檀（*Pteroceltis tatarinowii*）和岩壁上的神龛
- 四照花（*Cornus kousa chinensis*）的花枝
- 青杆（*Picea wilsonii*）、华山松（*Pinus armandi*）和铁杉（*Tsuga chinensis*）
- 花楸（*Sorbus aperta*）和人

98

0332.

- 小叶杨（*Populus simonii*）树林里的房子
- 宜昌三游洞峡谷悬崖上的花
- 三游洞峡谷镶嵌在悬崖中的寺庙
- 三游洞峡谷镶嵌在悬崖中的寺庙和下面的河流
- 三游洞峡谷悬崖下的房屋
- 三游洞峡谷的岩石峭壁和房屋
- 三游洞峡谷悬崖上的植被和梯田
- 兴山县狭窄的街道和站在房屋外面的人

040.

第六章　森林与悬崖
——穿越川鄂边界

　　离开温漕，我们沿着陡峭的下坡路行走了几个小时来到兴山河上游，几天前我们曾到过兴山河下游。从一座廊桥越过兴山河，便到了女儿沟（Li-erh-kou）村。人们在村子周围种植了杜仲（*Eucommia ulmoides*）和厚朴（*Magnolia officinalis*），以利用其树皮。离开女儿沟，我们踏上一条平缓的上坡路，途中偶尔穿过栎树林和桦树林，林间有耕地，人们正忙于播种玉米，最后来到了一个叫作青天袍（Chin-tien-po）的小村庄，在那里吃了午饭。在青天袍附近，我发现一个美丽的新树种——珂楠树（*Meliosma beaniana*），它高达18米，还没有长叶，但已经盛花，花色乳白，为下垂的圆锥花序。在珂楠树旁边，有一小株垂丝紫荆（*Cercis racemosa*），树高约7.6米，树冠呈扫帚形，虽然从根部开始有一半树干已经腐朽，但它看起来仍然很健壮，花呈亮玫瑰红色，总状花序较短，树叶背面有毛。此前，我仅在宜昌西南部大约15天路程的地方见到过两株垂丝紫荆。漆树和核桃树在这里很常见，我们遇到了几个挑着油饼的挑夫，油饼的油就是从漆树的（*Rhus verniciflua*）果实中榨取的。周围的墓地上常长有花团锦簇的重瓣李叶绣线菊（*Spirae aprunifolia*）。

　　离开青天袍不久，我们走上一个陡坡，攀爬几千米后，到达了山脊的隘口。这里分布着很多生长旺盛的皱叶荚蒾（*Viburnum rhytidophyllum*）。从这里开始，坡度变得平缓，但还是接近当地农作物栽培的极限，所以几乎没有农作物种植。石灰岩悬崖附近有两株高大的马鞍树（*Maackia chinensis*），平均高20米左右，干围约2.1米，其树皮光滑，呈灰绿色，尚未展开的嫩叶银灰色。还有许多膀胱果（*Staphylea holocarpa*）小树和桃树，都处于盛花期，很多美丽的小太阳鸟（*Aethopyga dabryi*）在花间飞来飞去，采集花蜜。映山红（*Azalea simsii*）①在海拔1660米以上就少有分布了。

在石灰岩悬崖前数百米处，我们越过了海拔2130米的山峰，进入房县（Fang Hsien）。眼前是一条长满禾草的狭窄沼泽谷地，两面都是覆盖着矮丛林的小山丘。在沼泽中，有十余亩落新妇（*Astilbe davidii*）和大落新妇（*A. grandis*），以及数种千里光（*Senecios*）和其他观赏性草本植物。矮丛林主要由桦树和柳树组成，还有一些杨树和冷杉，偶见叶子扁平的云杉。植被的叶片都很少，从地面上能看出是因为积雪刚刚融化。我们惊起了一只鸸鸟，捕获了一只野鸡留作食用，但是在这些高山地区很少能见到生命的迹象。穿过沼泽谷地，我们踏上了一条狭窄的小道，沿着山侧穿过一片有很多槭树和茶藨子的矮树丛，最后到达红石沟（Hung-shih-kou）。红石沟村位于海拔约1920米处，在一条很大的溪流旁边，被陡峭而林木茂密的高山围绕。这里只有一座破烂简陋的木屋，屋里的人衣衫褴褛。

晚上，几个挑夫睡在我房间上面的阁楼里，他们每动一下，就会有灰尘和泥土掉到我的床上。早上醒来后，我发现自己全身都是灰尘和污垢，差点儿令我窒息。房主是一位猎人，他曾在这一带捕杀过鬣羚，当地人称之为"明鬃羊"。他存有两对羊角和一张光滑的外皮，从这些物件来判断，这只鬣羚的体型一定比其他已知的野生羚羊更大。〔1907年，我的助手查培（Zappey）先生曾多次在野外追踪鬣羚，但都无功而返，只是匆匆地瞥见过一只。〕

"红石沟"字面意思是"红色石头的山口②"，与这一带的红色砂岩露头有关，这种岩石一直延伸到10千米外的小龙潭，那是我们第二天的目的地。虽然只有10千米路程，但第二天早上我们还是很早就动身了，因为想快点离开这个破旧的住处重新进入林地。沿着溪流向上，我们穿过由柳树、桦树、绣线菊和蔷薇等组成的灌木林。在到达目的地之前，两次从简易的破旧独木桥上越过溪流。一路上我们看见了几株漂亮的青杆（*Picea wilsonii*）长在古老的墓地上，最大的植株高约21米，干围约1.8米，叶片鲜绿色，树形伟岸壮观，球果簇生，许多球果仍宿存树上。还有华山松（*Pinus armandi*）小树，其球果长达23厘米。我还发现了一种新的杨树——椅杨（*Populus wilsonii*），它正在开花。新叶初展的维奇荚蒾和绣线菊也很常见。

不过，这个地方最美丽的树种要属红桦（*Betula albo-sinensis*）。它的树皮橙红色，

---

① 译注：*Azalea simsii=Rhododendron simsii*。

② 译注：原著者将"沟"误作"口"。

呈片状剥落，有灰白色条纹；树高约12米，塔形，多分枝，枝条细长向上，皮孔明显。山顶的老树树冠呈扫帚形，树高18～24米，树干光滑，树冠下长达12米的树干没有枝叶，虽然受强风侵袭，但仍十分壮观。

小龙潭（Hsao-lung-tang）是一个地处海拔2250米的小村庄，村里只有两座破旧的木屋，建在一条美丽的小河对面，小河从一条正东西走向的狭窄河谷穿过。河谷两侧是险峻的山岭，山上的主要植被是野草和灌木丛。残存的桦树和巴山冷杉斑块表明这里的森林曾遭受火烧。从大片老坟墓和废弃的田地可以看出，以前有不少人居住在这里。小屋周围栽种了一小片青菜和马铃薯，还栽植着一种珍贵的中药材——当归（*Angelica polymorpha sinensis*）。当地人说，河谷中太冷，不适于种植小麦和大麦。

1901年我第一次偶然来到这个地方，1907年又来过一次，但当时由于缺乏供给，我不得不原路返回。此后，没有白种人来过这个地区。在我们前方百里之内，仅此人烟。

到达客栈后，我拍摄了一张客栈外部的照片，我本来打算拍摄客栈内部，但里面实在太暗了，即使在中午，要看清最里面的角落也需要点灯。客栈里到处都是灰尘和垃圾，虽然有充足的树木可以砍伐，但是由于房主太懒惰，任房子破烂不堪。房屋仅有低矮的一层，里面有4个房间，除了大门和房顶的洞之外，没有其他门窗；地面是土的，当然，大地母亲嘛。其中一个房间是猪圈，我们来了，主人只能住到猪圈里。牛和羊养在距离大门约1.8米的小屋中，地面上至少有30厘米厚的污秽。幸好天气一直不错，让周围的环境显得不那么糟糕。（顺便提一下，这是我在此地唯一一次遇到好天气。前两次我在这里被困了好几天，看着下不完的雨，我只能躺在床上睡觉，要么站在门边发抖哀叹。）

养蜂是这个荒野之地农民的主要收入来源。客栈周围有20多个蜂箱。蜂箱由巴山冷杉原木掏空制成，长约1米、宽约0.3米，两块木头中部十字交叉固定在一起，在其对面钻有三四个孔，使蜜蜂能够进入。人们也常用粗制的箱子来代替原木。取蜂蜜时，不从中分离蜂蜡，而是将蜂巢从蜂箱中取出一起吃掉。虽然天气很恶劣，但蜜蜂都很健壮，尚未发现它们有任何疾病。

次日早上，我们攀登了客栈后面的山峰——杉木尖（Sha-mu-jen）。前150米非常陡峭，但是后面的上坡路就比较容易了。在海拔约2440米处，分布着巴山冷杉（*Abies fargesii*）林。一开始没有大树，但是随着我们向上攀登，树木逐渐增大。多数大树都被砍伐，制成了棺材；剩下的几千株分散在周围。在许多腐朽的树干上，生长着大型杜鹃花灌丛，可以看出这些树木是很多年前砍伐的。经过测量，很多倒伏的树干长约40米，干径约1.8米。现在，这样的大树已不复存在，但30多米高的大树还有很多。山脊上部是约60米高的悬崖，背风处常见桦树和槭树，还有野生大黄。我们找到一条好走的小径登上悬崖，到达海拔2960米处，山脉的最高峰可能还要再高出100多米。山顶由硬质石灰岩构成，少有红色砂岩露头。受大风影响而发育不良的巴山冷杉和几种茶藨子一直蔓延到山顶。杜鹃和矮化的高山柏（*Juniperus squamata*）也很常见。下山时穿过桦树林和竹林后到达一片开阔的沼泽坡地，里面长满野草和灌丛，一条较大的山溪从沼泽地旁急流而过。附近有很多竹子，形成宽0.9～3.0米的竹丛，非常美丽。竹秆高1.5～3.7米，金黄色，叶片深绿色，如羽毛一般；新生的竹秆上有较宽的叶鞘保护小枝。总之，这是我所见过最美丽的竹子。1910年，我对这种竹子进行引种栽培，获得成功。为了褒奖我的女儿穆里尔（Muriel），我将其命名为神农箭竹（*Arundinaria murielae*）[①]。

在山溪附近，灌木种类很丰富，其中以柳树、蔷薇、绣线菊、山梅花、八仙花、粉红杜鹃（*Rhododendron fargesii*）灌丛和楤木（*Aralia chinensis*）丛居多。粉红杜鹃是最美丽的杜鹃花之一，花常为玫瑰红色，或呈白色，偶见深红色，簇生；叶小，更衬托出花的艳丽；植株通常1.5～2.4米高，冠幅也差不多，偶尔能见到4.6～6.1米高的植株。山谷中的陡坡都被野草覆盖，几乎没有树木，美丽的草地和典型的沼泽使这里与华中其他地区大不相同。

下午，我们来到大龙潭（Ta-lung-tang），这是一个深而平静的池塘，轮廓近圆形，直径约投石之遥，四周生长着芦苇，被野草覆盖的陡坡所围绕。在乡间传说中，这种池塘的位置和外观总是充满神秘色彩，因此，许多有关妖魔鬼怪的神话故事总是用这个池塘做文章。虽然天气特别晴朗，但山谷中吹来的大风还是让人觉得非常寒冷。我不能确定是由于当地条件还是高度所限，这里的树种组成相当贫乏、无趣，与海拔1220～1980米之间的地带大不相同。不过，这个高度适合粗大的草本植物生长，它们非常茂密。也有许多有趣的灌木，但是除了巴山冷杉、桦树和杨树外，其他乔木很罕见。

考虑到前面30千米的路程未知，我们原计划天一亮就出发，结果因为准备早餐耽误了。食物的匮乏令我们一路上都特别艰辛。昨天，有4个挑夫为了购买食物往回走了20多千米，天黑之后才回来；有几个随从几乎整夜都在磨玉米，制作玉米饼作为途中的食物。

离开小龙潭，我们沿着一条较小支流向上走，走进一条狭窄的河谷，河谷两侧都是覆盖着野草的山峰，山上散布着巴山冷杉和桦树林。这段上坡路很平缓，但是有一片难以穿越的竹林。腐烂的树桩和树干充分说明这里曾经有一片茂密的森林，后来毁于砍伐和山火。对于植物学家和热爱大自然的人来说，这种恶意破坏的行为令人痛心，但也有可能是经济发展的需要，因为这里曾经被开垦种植马铃薯。但大自然也对人类的行为进行了报复，马铃薯病害导致农作物颗粒无收，也毁灭了乡村，人们被迫迁移。大自然很

[①] 译注：*Arundinaria murielae*=*Fargesia murielae*，神农箭竹是欧洲引种中国高山竹类中最成功的，在欧洲庭院中普遍栽植。

▲　裂叶地黄（*Rehmannia angulate*）

快就重新统治了整个地区，但森林更新却是一个缓慢的过程。

在山口附近，我们走进了一小片残留的原始森林，这里完全由巴山冷杉、桦木以及林下浓密的杜鹃灌丛组成。其中包括4种杜鹃——粉红杜鹃（*Rhododendron fargesii*）、麻花杜鹃（*R. maculiferum*）、四川杜鹃（*R. sutchuenense*）和弯尖杜鹃（*R. adenopodum*），大多高3.0～6.1米，花朵非常艳丽。巴山冷杉（*Abies fargesii*）和红桦（*Betula albo-sinensis*）都是大树，但都没有结实。从森林出来，我们进入一片延绵起伏的沼泽地，上面覆盖着竹丛，远处竹丛逐渐被低矮的高山柏、粗大的禾草类和其他草本植物替代，其中还大量分布着一种野葱。这片沼泽地穿过山脉浑圆的山脊一直延伸到另一侧数千米。山脊顶部海拔约2900米，在这里我们清楚地看到一连串荒凉的、锯齿状的山峰，山脉因此得名神农架（Sheng-neng-chia）。神农架最高峰海拔可能超过3350米。不过这个地区似乎并没有什么吸引力，虽然较低的山坡上森林繁茂，但几乎没有兽类出没，甚至连一只鸟都看不见。这个偏僻、人迹罕至的地区显得十分孤寂，只有水流声和树顶的风声。在阴暗处，冰雪尚未融化，山石周围的野草刚开始泛绿。除了一种高山报春花和一种蒲公英外，没有看到其他花卉。

越过山口，我们又进入了兴山县。在沼泽地中迂回了几千米后，我们沿着一条短而陡峭的上坡路，穿过一条侧脊进入巴东县。从这里经过一条约610米的陡峭下坡路，来到一个破败的小屋。此地叫瓦棚，这个小屋是当地唯一的住处。在下山途中，我们看见了数百个奇怪的石堆——光秃秃的页岩有着锋利的边缘，它们像瘦弱的哨兵，守卫着这一地区。山坡曾被开垦过，但是现在已经废弃了，长满了杂草。小屋周围生长有少量药用大黄和许多党参，说明这里曾经是药材种植园。整个地区山势陡峭，沟谷深切，但那些以前森林唯一的残迹——腐烂的树干，完全破坏了这壮丽的景观。

下午，我们很早就到达了海拔约2560米的瓦棚。大家都忙着捡拾柴火，直到黄昏才搭好晚上睡觉的竹棚。晚上的天气和白天一样好，但日落之后非常寒冷。熊熊的篝火让周围的一切看起来都很欢快，每个人都精力充沛，热情高涨。竹棚四处漏风，大风不停地吹，棚顶一部分被刮没了，可以清楚地看到天空中的繁星。这里虽然寂静、偏僻，但我们感到非同一般的幸福和快乐，因为难得有机缘来到如此远离世俗的地方旅行。

第二天大家都起得很早，天刚蒙蒙亮，我们就出发了。不过周围大雾弥漫，什么都看不清。大雾持续了约1个小时，随着太阳升起，大雾也消失了，很开心又是晴朗的一天。我们先沿着一条陡峭而险峻的下坡路走了约300米，走进一条狭窄的河谷，谷底林木

繁茂，四周青山环绕。从瓦棚向下约150米，就看不到巴山冷杉了，取而代之的是铁杉（*Tsuga chinensis*）。铁杉虽然不多，但多为高达24米，干围约3.7米的大树。在我们下山途中，针叶林很快变成了混交林，最后针叶树完全消失了。这里乔灌木的种类多得令人惊讶，几乎鄂西所有有价值的树种都有分布，而且数量也特别多。槭树种类格外丰富，我采集了12种正在开花的槭树标本。有4种杜鹃散布各处，数量都不多。在岩石缝里，一种有趣的兰花——独蒜兰（*Pleione henryi*）很多，花团锦簇。珙桐也特别多，奇特的领春木（*Euptelea franchetii*）和水青树（*Tetracentron sinensis*）也很常见。膀胱果（*Staphylea holocarpa*）是林中的特色，它是一种小乔木，白色和粉红色的花形成下垂的花序。天师栗（*Aesculus wilsonii*）、香槐（*Cladrastis wilsonii*）、老鸹铃和白辛（*Pterostyrax hispida*）等高大乔木都很常见；樱桃、稠李和许多种苹果亚科（*Pomaceae*）植物很丰富。桦树是林中最常见的树种之一。在较为开阔的地方，有浓密的矮竹丛；竹丛上层是高7.6米、胸径约30厘米的麻花杜鹃（*R. Maculiferum*）。

到处都有林地被开垦栽种药用植物黄连（*Coptis chinensis*）。在一块废弃的黄连地中，数百株卷丹（*Lilium tigrinum*）旺盛地生长在杂草间。在庇荫处，珍贵的大百合（*Lilium giganteum yunnanense*）很常见，其花呈管状，颜色雪白，上面有红色斑点，亮绿的叶片呈心形。偶见云杉和松树，森林边缘长有杉木。许多山崖上覆盖着铁杉。桦树很多，有一两种常绿的栎树，少量的鹅耳枥和木兰属植物。白蜡很常见，还有三四种椴树也很丰富。樟科植物有4种，都是落叶树，其中一种具有红褐色嫩叶，非常优美。除了开着金黄色花的盘叶忍冬（*Lonicera tragophylla*）外，其他忍冬很罕见。多种铁线莲在这里都很常见，特别是具白色和玫瑰红色两种花的绣球藤（*Clematis montana*）和具陀螺形黄花的须蕊铁线莲（*C. pogonandra*）。几种五味子（*Schisandra*）、五月瓜（*Holboellia fargesii*）和有趣的串果藤（*Sinofranchetia sinensis*）是主要的藤本植物。

山路边是一条从瓦棚附近流下的山溪，它很快变成一条宽大的溪流。山路狭窄、多石，很难行走，我们的轿子怎样通过是个难题。溪流和山路最后都进入一条狭窄的深谷，深谷两旁是巍峨的悬崖，悬崖光秃秃的，无法攀登。这里的岩石由石灰岩组成，但是海拔约1520米以下则以页岩和泥板岩为主。

在海拔约1370米处，我们到达森林边缘，进入一块农耕区。这里有几户人家——这是两天以来我们第一次见到人烟。大麦和马铃薯是主要的农作物。在森林边缘，溪流潜入地下，在地下潜流约1.6千米。湿润的岩石上分布着大量湿生灌木蕊帽忍冬（*Lonicera pileata*），暴露在阳光下的干燥岩石上则有一种奇特的藤本植物无须藤（*Hosiea sinensis*）。在开阔地带，我看到一株处于盛花期的鹅掌楸（*Liriodendron chinensis*），高约21米，干围约1.5米，非常美丽壮观。

▲ 盛花的珙桐（*Davidia involucrate*）

　　我们沿着一条陡峭的下坡路，穿过一块边缘种着茶丛的耕地，来到了一个叫作下谷坪（Sha-kou-ping）的小村庄。山路边的溪流在这里汇入一条源于东北方向的大河流。两条水系交汇后很快流入一条深谷，最终在巴东上游几千米处汇入长江。下谷坪海拔仅790米左右，四周被高耸的悬崖包围。这里的植物多为宜昌周围峡谷中的常见种类，花卉资源特别丰富。木香是附近最常见的灌木之一，花白色、芳香、成团成簇。罂粟很多，整个乡野都开满鲜艳的花。乳白安息香（*Styrax veitchiorum*）也有分布，株高6～12米，乳白色花呈环状簇生。

　　离开下谷坪，我们在布满乱石的深谷中艰难而缓慢地跋涉，山溪的主流在脚下匆匆流过。这里有一两间造纸坊，但是房屋很少，而且相距很远。岩石为板岩状页岩，很容易风化。山溪形成一连串险滩和瀑布，尽管激流汹涌，里面还是有很多鱼，有的还很大。

　　我们计划的目的地原本是麻线坪（Ma-hsien-ping），但这个小村庄非常贫穷，几间简陋的小屋里住满了采茶人，我们只得继续前进5千米，赶往水田梁子（Shui-ting-liangtsze）。太阳下山的时候我们赶到了，找到一间很大的农舍入住，此处海拔约1190米。整天的行程非常艰辛，但令我们高兴的是，这里的景色非常壮观，植物种类特别丰富。我总共采集了50多种新的木本植物标本，其中有许多未知的种类。这个地区是我所见过的植物资源最丰富的地区之一，后来我还采集了大批种子，其中很多在美国和欧洲的花园被广泛栽培。（后来，我又来过一次这里，但由于连续大雨，我被巨大的山洪困了3天，从小龙潭到水田梁子，花了一周时间。）

　　昨晚差不多快到午夜时，周围一片寂静，挑夫们突然大发牢骚，反对我们不去巫山县（Wushan Hsien），而去大宁县①（Taning Hsien）。这些闲言碎语足以表明前方的旅程有多艰辛，特别是对挑夫而言，因为大宁县实在是太贫穷了。我躺在床上，听着他们争吵，但幸好他们没有到我这儿抱怨。

　　第二天早上我们出发得比平时晚。经过一段陡峭的上坡路之后，我们沿着山坡迂回前进，最终越过海拔约1700米的山口，再次进入房县。这里是汉水（Han River）和长江水系真正的分水岭。神农架是从山系主脉延伸出的一条巨大的支脉，从支脉三面流下的河流汇入长江。在这个分水岭上，我们看到了东-南-东走向的神农架主峰，以及位于东部邻近长江的巍峨高山。分水岭两侧是被开垦的宽阔谷地，谷地边缘是陡峭的山峰，山上覆盖着栎树林和松树林。谷地边有很多漆树和核桃树。农舍散布各处，到处都可听

---

① 　译注：今重庆市巫溪县。

0114.

见野鸡、斑鸠和布谷鸟的叫声。路旁有许多板栗和木兰属树木，还有一棵巨大的华榛（*Corylus chinensis*），高约36.6米，干围约3.7米。附近普遍栽培中药，尤其是大黄和党参。具有大而优美叶片的大叶杨（*Populus lasiocarpa*）是这里最常见的树种之一。

继续前行数千米，我们离开被开垦的谷地，进入一条狭窄的峡谷，两旁是陡峭而林木繁茂的高山。有趣的山白树（*Sinowilsonia henryi*）随处可见，它是一种灌木状小乔木，具有美丽的叶片和长而下垂的总状花序，花朵倒不太显眼。不过，最具观赏价值的树种是美丽的毛山荆子（*Malus baccata mandshurica*），它具有纯白色伞形花序，气味芳香，花梗细长。从峡谷出来，我们进入一小片平坦的农耕区，后来在海拔约1590米的坪阡村（Pien-chin）找到了住处。

这一天里，虽然见到的植物都很普通，但我还是采集了16种植物标本。值得一提的是生长在岩石和悬崖上的皱叶荚蒾（*Viburnum rhytidophyllum*），其白色的伞房花序大而平，上面有些斑点而显得不太干净，气味也不太宜人。峡谷里有很多种灌木，以各种杜鹃为主，映山红（*Azalea simsii*）很常见，还看到了刚开花的峨眉蔷薇（*Rosa omeiensis*）。一路上有很多栎树林，林中没有特别有价值的种类。在废弃的耕地里，有一种小罂粟，类似常见的冰岛罂粟，具有很多迷人的深黄色（偶见橙色）花。在庇荫处，开着较大黄花的金罂粟（*Chelidonium lasiocarpum*）非常美丽。裸露的石灰岩峭壁上常见川鄂黄堇（*Corydalis wilsonii*）和毛黄堇（*C. tomentosa*），它们都具有黄花和有一层白霜的绿叶。在我们住处周围，有许多耕地，主要农作物是玉米、大麦、豆类和马铃薯。河边有几间造纸坊，他们利用竹浆作原材料。

离开坪阡，我们沿着一条小溪走到它与另一条支流交汇处。越过此支流后，我们沿着岸边的道路继续往上走。这条小溪比湖北境内的激流平缓得多，河边的5千米路也很好走。山坡上长满了乔灌木，其中连香树（*Cercidiphyllum*）很引人注目。整个地区人口稀少，偶尔可见房屋和小块耕地。大叶杨（*Populus lasiocarpa*）很多，人们常常将其粗大的枝条插在地里作篱笆，这些枝条会生根，形成树丛。途中我们看见了一株高大的刺楸（*Ailanthus vilmoriniana*），高达45.6米，干围约6.1米；此树如此巨大，我感到十分吃惊。藤本植物中华猕猴桃（*Actinidia chinensis*）和各种野生蔷薇到处都是，空气中充满柔和的花香。离开这条可爱的山中小溪，我们沿着一条陡峭的上坡路，向上攀登了约270米，来到了一个宽阔、平坦的河谷，这让我们惊喜万分。很明显，这个河谷曾经是一个山中湖泊，如今其边缘已被开垦，中部是一个沼泽。这个地区叫作九湖坪（Chu-ku-ping），也叫大九湖（Ta-chu-hu）——因为这里以前曾是一个湖泊。据我所知，这是该地区唯一的一块平地。几条道路穿过这块平地，我们从其中一条前往大宁县。路旁的野草莓非常茂盛，有白的、红的，非常可口。很多马和牛在河谷里吃草，这里草地丰美，还可以养育更多牲畜。

在平缓的道路上蜿蜒前进了约7.5千米之后，我们沿着一条非常陡峭的上坡走到海拔2225米处，进入四川省境内。在分水岭的隘口向东南偏东方向望去，我们看到了神农架的主、次山脉和顶峰——除了我们刚才穿过的河谷地，到处都是高山。在上山途中，有许多正处于盛花期的灌木，各种荚蒾属（*Viburnum*）、溲疏属（*Deutzia*）、六道木属（*Abelia*）和山茱萸属（*Cornus*）植物都特别迷人。沿着一条陡峭的下坡路穿过一个峡谷，我们到达了位于瓦口岭（Hwa-kou-ling）的客栈，这里海拔约1936米，普遍种植着大黄，也栽培有其他几种药用植物。

我们走的这条路叫作大盐路，但一天里只遇到了4个盐贩。实际上，整个旅程中，我们都没有看到任何货物运输。此地多山且人烟稀少，商业和贸易很难开展。我们最大的困难是获得足够的食物。在九湖坪，我们设法在村长那里美餐了一顿，还买了一些新鲜野猪肉。在这个客栈里，什么也没有，我们不得不用自己携带的少许口粮尽力维持。甲状腺肿在这一地区很普遍，几乎每个人都有，很有可能是遗传性的，因为我注意到抱在手里的小孩子喉咙部位也明显肿大。

我们在四川东部的第一天时而风起云涌，时而阳光明媚。我们再次进入了由硬质石灰岩构成的悬崖地带，这里的风景与长江三峡及其附近地区惊人地相似。整个地区过于陡峭，不适合耕种。房屋很少且相距很远，大多都很破旧。土壤板结，属于黏壤土，只有小麦、燕麦（*Secale fragile*）、马铃薯、玉米和豆类等少许农作物。大多数山崖都林木茂盛，湖北常见的乔灌木在这里也有分布。华山松（*Pinus armandi*）非常丰富，巴山松（*P. henryi*）也较常见，还有奇形怪状的云杉和铁杉。一天旅行的最大收获是看见了一株优美的血皮槭（*Acer griseum*），高约18.3米，干围约2.1米，具有红棕色纸质树皮。遗憾的是，它的位置无法拍照。水青冈、香槐和金钱槭（*Dipteronia sinensis*）都是常见的乔木。

山路漫长，一直上上下下，令人非常疲劳。下午，经过一段特别难走的上坡路之后，我们走进一片由栓皮栎（*Quercus variabilis*）、槲栎（*Q. aliena*）和板栗（*Castanea mollissima*）组成的树林，在林中漫步了大约1小时。板栗开着具有奇怪气味的白花。核桃树和漆树是常见的乔木，紫斑风铃草（*Campanula punctata*）是常见的杂草。以前没有外国人来过这里，因此当地人很小心，看到我们靠近，就关上门，躲在家里。周围的岩壁上有很多洞穴，其中不少洞穴用砖砌起来用作避难所。晚上，我们住在了苹果园（Peh-kuo-yuen）村的村长家，此地海拔约1140米。当地食物短缺，我们费了很大力气才说服他们高价卖给我们一些。

第二天早晨我们沿着一条较为平缓的小径下山，走到一条山溪旁，接着艰难地向上攀登了大约800米。天气非常炎热，我以前从没流过这么多汗。我再也不想来这个崎岖、险峻、人口稀少的地方了。这里的石灰岩虽然非常壮观，但是对于旅行来说，其险峻和艰辛的程度无法用语言来表达。我们当天的目的地是小平池（Hsao-pingtsze），没有人知道还有多远。每次问路都得到同样的回答："离苹果园三四千米，到小平池也有三四千米。"傍晚时分，我们已经走了大约15千米，直到我们突然看见两间小屋，才算到达小平池！

上坡路两旁主要是耕地，只有最后一段路穿过一片丛林。盘叶忍冬（*Lonicera tragophylla*）很常见，正值盛花期，但是我们没有看见长势很好的植株。开着白花的钻地风（*Schizophragma integrifolium*）灌丛长在悬崖上，十分显眼。总的来说，这里的植物种类很平常，随处可见喇叭杜鹃（*Rhododendron discolor*）和满山红（*R. mariesii*）。快到山崖顶部的斜坡有耕地，周围种植了大量的核桃树和漆树。这个地方叫作太平山（Ta-pingshan），有几间分散的农舍，耕地里种有玉米、豆类、大麦和马铃薯。在一间农舍里，我的随从为大家做了一顿美餐，大家都精神高涨。

离开太平山，我们继续沿着一条平缓的小径围绕起伏的丘陵迂回向上。开始的几千米，路上散布着一些房屋，但大多都废弃了。再往前走，很快就看不见耕地和人烟了。丘陵上没有乔木，大多被野草和柳树、小檗、绣线菊等灌木丛覆盖。山间的低洼地长满蓝色的勿忘我。这里特别适合放牧。翻过海拔约2400米处后，我们沿着一条平缓的道路向下走了大约1.6千米，路上看见了几间小屋，周围是大片的药用大黄种植地。到处都有美丽的草本植物，其中大片的黄花鸢尾（*Iris wilsonii*）开着黄花，非常引人注目。最后，我们来到一处悬崖边，从这里下去的道路非常陡峭，向下走2.5千米即到小平池。小平池坐落于一块很小的平地上（可能是塌方形成的），真是名副其实，有两间简陋、破旧的房屋。我们住在较小但相对干净一点的房子里，其实也没有什么选择余地。小村庄的三面都被陡峭的石山围绕，第四面就是悬崖边缘，离我们的住处只有20多米。我从未见过如此非凡壮观的景色。在我住处的斜下方（第二天证实海拔高差约1220米）还有一个小村庄，旁边有一条宽阔的河流流过。远处都是裸露的山脉，层峦叠嶂，山上没有树木，山脊非常陡峭如刀锋一般，平均高1500~1830米，远处还有更高、更大的山脉。岩体主要由石灰岩组成，呈白色和灰色并泛红，非常奇特。我从未见过比这更蛮荒、更原始、更引人入胜的地方。突然间，怒云翻滚，一场暴风雨即将来临，天色很快暗了下来，拍照是不可能了，当然也无法拍出和眼前景象一样壮观的照片。说实在的，这景象非常令人敬畏和惊恐，它深深地刻在我的脑海中，我在多年以后仍能感受到这令人难忘的寂静。顷刻间，雷暴降临。这场暴风雨持续了一整夜，我们住处的屋顶就像一个筛子，雨水很快让小屋的地面变得泥泞不堪。我们挤在一起，想尽一切办法避免淋湿和保暖，但夜晚非常漫长，令人焦虑万分。

第二天早晨天一亮，我们就逃出了这个鬼地方。雨一直在下，昨天壮丽的风景现在都看不到了，唯有茫茫云海。下山的路非常陡，开始的600多米海拔高差，我们几乎是摔

▲　乡村集市——谭家墩村

着跟头下去的。后来道路变得稍平缓，路上有被开垦过的坡地，土壤主要是红色黏土，非常难走。其实这段下坡路几乎没有好走的地方，好在我们是下山，而不是上山。到了山脚下，道路通向一个多石的峡谷，我们沿着道路走到了一条清澈的河流边，河流宽约55米。我们摆渡过河，到达了谭家墩（Tan-chia-tien），就是昨晚我们在住处附近看到的小村庄。谭家墩有50多座房屋，彼此间距离很近，房屋一面悬在河上，一面紧紧固定在后面的悬崖石壁上，非常特别。一条大路从谭家墩一直延伸到约3.2千米外的溪口村（Chikou），大路两旁散布着许多房屋。溪口村坐落于这条河流与另一条几乎同等宽度河流的交汇处。从溪口村沿着第二条河流上行约1.6千米，就是大宁（Taning-ching）盐井。

我们在谭家墩走的大道向北通往陕西省，向南通往位于长江边的夔州府。大道往北不知延伸多远，我只知道距大宁县约19千米。路面上有开凿或爆破岩石形成的台阶，有1.8米宽。

从溪口村到大宁县，据说有15千米，途中一间房舍都没有。我们费了很大力气才租到几条又长又窄的小船。小船很简陋，船头和船尾上翘，而且没有桨，只能靠伸出船头和船尾的长篙来操控。水流很急，险滩也很多；不过在大水的推动下，我们花了半小时就到达了大宁县。在短暂的旅程中，我们穿过了一个壮观的峡谷，陡峭的悬崖竖立在水边，连容纳石滩的空间都没有。悬崖上没有树木，除了有些地方有草或优美而纤细的箭竹（*Arundinaria nitida*）丛外，大多是裸露的。在河右岸的崖壁上有一条蜿蜒曲折的道路，小路高出洪峰水位很多，呈"之"字形，每一寸都是从坚硬的崖壁上爆破出来的。每隔一段距离就有石门和栅栏，但是没有房屋。道路修建得很好，虽然长时间被人们忽视但并没有太多变化，现在除了河流不能通行时偶尔有行人和贩盐者外，几乎没人走这条路。我曾试图了解道路的修建时间和建造者，但是没人知道。不过可以确定的是，它是中国古代的主要干道之一，建造时间可回溯至盐井发现的年代。我猜想它曾经可能是一条军事要道，可能是在几个世纪之前修建的，那时夔州府比现在重要得多。

我前面提到的这条河流被当地人称为"大宁河（Taning Ho）"，它发源于陕西省、湖北省与四川省的交界处，向正南方向流淌，在巫山县汇入长江。从溪口乘船顺流而下到达河口的距离是10千米。

大宁县海拔约229米，是四川省最东部的内陆城镇，坐落于大宁河右岸。大宁河在此处宽约90米，从峡谷中流出，形成一条优美的曲线。县城楔在山坡上，城墙沿山坡延伸，高差达100多米。有一面城墙临河而筑，店铺、房屋和衙门都聚集在河边。山坡上部被城墙所包围的土地都用于耕作。城里有400多座房屋，地方官的住所也在这里。城里食盐和小商品贸易繁盛。这里曾是大型的鸦片贸易中心。

大宁县有很多黄葛树（*Ficus infectoria*），该树种在四川中部非常多，是代表性树种。我从船上看到在距离北城门几百米的一座寺庙附近的石灰岩壁上似乎有一个石窟。经询问得知，附近还有四五个这样的石窟。能够在四川东部边界看到这种石窟是非常难得的，因为它们是四川西部的特征之一。后面我再为大家详细介绍这些石窟。就地理而言，大宁河以东的地区属于鄂西，在河的西面，具有四川特色的红色砂岩开始出现。

连续22天，我和随从们艰难地穿过鄂西北蛮荒、偏僻的山区，虽然途中道路崎岖险峻、住宿条件恶劣、食物供给缺乏，但我们都一一克服了。这是第一次由外国人完成而记录在案的旅程。想到前方是相对舒适和繁荣的地区，大家都非常高兴。

▶ 黄葛树。根系支撑着树体，树前有一条狗
▶ 黄葛树。树旁有穿着传统服装的人，后面是成片的野花
▶ 树木繁茂的山坡上的红桦（*Betula albo-sinensis*）和巴山冷杉（*Abies fargesii*）
▶ 巴山冷杉（*Abies fargesii*）林
▶ 巴山冷杉（*Abies fargesii*）林
▶ 山坡上的巴山冷杉（*Abies fargesii*）
▶ 红花五味子（*Schizandra rubriflora*）灌丛

356

- ▶ 神农箭竹（*Arundinaria murielae*）灌丛和树木
- ▶ 夔州府附近。华丽的牌坊，门下有一条狗，右边有一个人
- ▶ 长江岸边的罂粟花田
- ▶ 巴东县峡谷中河上的窄桥
- ▶ 杨树（*Populus suavelolens*）、桥和人

281

0118.

第七章 四川红色盆地
——地质、矿藏和农业

在四川省东部和中部地区，从湖北边界至岷江河谷，岩石主要为红色黏土质砂岩，形成年代可能是侏罗纪时期。这些岩石很厚，表面呈红色，因此，已故的里希特霍芬将整个地区称为"红色盆地"。该盆地近似三角形，夔州府是其顶端。夔州府与其西北部龙安府[①]（Lungan Fu）的连线，以及与长江北岸屏山县之间的连线，可看作三角形的北边线和南边线。从龙安府沿着岷江河谷到达屏山县的另一条线则代表三角形的底边。整个盆地面积约25.90万平方千米，四面被崇山峻岭包围，西部的山脉高达雪线之上。东部边界的山脉主要由后石炭纪石灰岩组成，西部边界的山脉主要由页岩组成。长江自西向东穿过盆地，与盆地的南部界线几乎平行。在这个三角形里，动植物资源丰富、社会繁荣、物产丰富、水上交通十分便利。盆地之外的临近地区人口稀少，生产力不发达，除长江外没有能够通航的河流。

在古地质时期，该地区无疑是一个底部非常平坦的巨大内陆湖泊。后来湖水渐渐枯竭，长江及其支流在穿过湖底松软的沉积岩时，将其冲蚀成450～760米深的河床，使整个盆地完全变成丘陵地区。现在，盆地中仅有的一块大的平地，即成都平原，它长约128千米，宽约105千米，平均海拔550～610米。盆地的其余部分则破碎成低矮、起伏或平顶的山脉，平均海拔约915米，最高不超过1220米。整个地区农业发达，尤其是成都平原，

---

① 译注：今四川省平武县。

可能是全中国最富饶的地方。

没人知道盆地中的湖水是何时枯竭的，我们只能推测。由于在盆地东部边界海拔610米以上的地方发现的植物，在盆地西部边界的山上几乎见不到，因此，可以确定这个三角形地区在很久以前就形成了明显的边界。当然，植物的属大多相同，只是种不同。盆地东西部边界山脉相隔不过800千米，但植物组成差异之大，是无法用距离解释的。两地的野禽和走兽等动物种类组成也是如此。

从现有的植物组成来看，红色盆地曾经是否被大量森林覆盖，是值得怀疑的。我认为在湖水消失后，该地区就和美洲某些地区大片的不毛之地一样。当然，这只是纯粹的猜测。现在盆地里乔灌木和草本植物随处可见，但与周边地区相比，这里的植物组成相当贫乏，大部分都是相同的种类。而且，其中很多种类又广泛分布于中国较为温暖的低海拔地区，有的甚至在中国的最东部仍有分布。不过，在对中国的地质有更准确的了解之前，我还是将上述事实予以保留，不做定论。

回顾历史，我们知道，在秦始皇统一中国之前，该地区有土著民居住，分为两个王国，东部是巴国，西部是蜀国。如今，这些土著民已不复存在，但散布于整个红色盆地的精美石窟记载了这段历史。石窟入口呈方形，在嘉定府附近特别多。有人曾对这些有趣的石窟进行勘探，发现了一些陶器的碎片和零散的物品。石窟的入口只能从外面关闭，从这一点以及其他一些细节可以判断，它们应是部落首领或富人的墓地，而不是住所或者避难所。虽然后来也被用作人们的住所，但原来是墓地，这似乎是最好的解释。在中国历史上，早在公元前600年，巴国与其北面的楚国就有一些联系，后来巴国公主嫁给了楚王。秦灭楚后逐渐吞并了巴国，最后在公元前315年灭了蜀国。公元前220年，秦始皇下令从汉中府[①]（Hanchung Fu）附近修建一条通往成都的军用道路。这条路穿越广元县附近的秦巴山脉进入四川，如今是成都通往汉中府、西安府，直到北京的一条大道。此后的1500年间，这一地区战争、叛乱和厮杀不断。不时有叛逆者在此地建立小政权，但很快就消失于残忍的杀戮中。整个地区几乎连一个没有发生过战争和屠杀的地方都没有。13世纪下半叶，著名的鞑靼可汗忽必烈统领大军几乎占领了整个中国，并建立了帝国[②]，后来明、清两朝基本继承了其疆土。

自忽必烈时代，多场叛乱席卷四川，致使生灵涂炭，人口剧减，各行各业都处于瘫痪状态。四川省现有的人口主要是于18世纪上半叶迁移至此的移民（包括自发的和非自发的）。据1710年的一次人口普查记载，全省仅有144154人，而现在估计人口已达4500万了！虽然历经长期的战争和血腥的叛乱，但是农业生产仍得以维持，整个红色盆地是中国

---

① 译注：今陕西省汉中市。

② 译注：即元朝。

▲　红色盆地中的典型稻田景观

人在农业上的才华和勤劳的永恒纪念碑。充足的水分供应和持续的精耕细作是农作物从这些砂质土壤和泥灰土中获得丰收的必要条件。幸运的是，整个地区有一个巨大的河流网，所有河流最后都流入长江。中国人充分利用这个错综复杂的水系，创造出多种灌溉方法。这些发明创造与人们的吃苦耐劳相结合，已经将最初的不毛之地转变为富饶、肥沃的梯田。在我去过的中国其他地区，没有一个地方的农业能与红色盆地相匹敌。

　　盆地部分地区的河谷受到严重侵蚀，几乎没有可开垦耕作的河滩地。因此，水稻只能种植在山坡或平缓的低山山顶。而在石灰岩地区，河谷滩地则是水稻的主要种植区，与砂岩地区恰好相反。整个地区的气候温暖宜人，冬、夏两季都能种植作物。夏播作物主要是水稻，还有玉米、小米、甘薯、甘蔗、烟草、豆类等。冬播作物有小麦、油菜、豌豆、蚕豆、白菜、马铃薯等。以前，鸦片曾作为冬播作物被大量种植，但后来被彻底禁止了。棉花无法在红色盆地正常成长，很多地方尝试种植棉花，尤其是仪陇县（Yilung Hsien）和潼川府①（Tungchuan Fu），但都失败了。棉花是这里唯一需要输入的农产

---

①　译注：今四川省三台县。

品，几乎所有剩余的产品都被用来弥补其短缺。因为棉花种植得很少，所以有很多麻类植物，虽然这类植物纤维现在已经很少用于纺织了。丝绸生产在各地都是重要产业，还有不少地方将其作为主要产业。虽然丝绸是富人的日常穿着，但实际上，大部分人都有丝绸服装，只有非常贫穷的人没有。很多地方种茶，既供给本地需求，又用于外销。在四川西部，茶叶是销往西藏的主要产品。油桐和许多经济价值高的其他树种也都大量种植。桃、杏、梅、苹果、梨和柑橘等水果普遍栽培。红色砂岩地区盛产柑橘，每年12月大片的柑橘园是的一道美丽的风景。红皮橘最普遍，鲜果大量上市时，价格很便宜，50美分至少可以买到1200个橘子！果皮包裹紧密的柑橘很少，所以价格最贵。在泸州（Lu Chou）一带还有荔枝种植园。可见当初移民从故乡来到这里时，带来了他们喜爱的果树和谷物，并将其种植在他们的新家。这些引进的作物，加上有利的气候条件，使这里栽培植物的种类非常丰富，可能是中国栽培植物最丰富的地区。

就连那些陡峭崎岖的地方都覆盖着栎树、松树和柏木的小树林，而在其他地区，树木通常仅分布于河流、房屋、寺庙、路旁神龛和坟墓附近。

河流航运被充分利用，道路网也很完善，能通向盆地的各个地方。总的来看，这些道路在中国算是修得很好的，但道路维护却不如其他地方。河流上有渡口和桥梁，桥梁修建得很好，大多用石头建造，而且维护得很好，是整个地区的一大特色。大城市、集镇、小村庄和农舍散布在大地上，到处都呈现出一片繁荣的景象，人们安居乐业。偶尔的干旱会带来饥荒，但总的来说，红色盆地遭受的灾害远比中国其他省份少，因为红色盆地自然条件相对优越。

红色盆地的矿藏种类不太丰富，不过有大量卤水[1]散布于整个盆地，分布深度从地表到地下约900多米。例如，在东部的夔州府和温汤井[2]（Wen-tang-ching），河水冲刷岩石，使卤水暴露在外。然而在西部，如岷江左岸嘉定府下游几千米的五通桥（Wu-ting-chiao），卤水深度为地下150米。在沱江（To River）左岸的自流井[3]（Tzu-liu-ching），卤水最丰富，分布深度大致为地下300～915米。

红色盆地内约39个地区产盐。各地的盐都被政府垄断专营，其生产和销售都受到严格控制。每年盐产量约有30万吨。在自流井，大多数卤水通过烧天然气来蒸发浓缩，其他地区则依靠燃煤。钻探深井有可能发现卤水，也有可能发现天然气，无论哪一种都很有价值。天然气的存在说明在更深的地下有可能还分布着油床。

贮存量大小不一的煤矿几乎散布红色盆地各处，而且通常离盐井不太远。煤的种类

---

① 译注：盐类含量大于5%的液态矿产。

② 译注：今重庆市开州区温泉镇。

③ 译注：今四川省自贡市自流井区。

从褐煤与无烟煤都有，不过通常质量较差，只有一两处质量较好，位于重庆以北几千米外的龙王洞（Lung-wang-tung）产的煤质量最好。

下面我要对红色盆地内的煤和其他矿物做进一步解释。尽管在大部分地区，沉积的砂岩都处于未受干扰的状态，然而，详细分析后发现，红色盆地内有上升带，其下层石灰岩从地下很深处向上弯曲隆起。这种石灰岩构成了轴向分布的核心，其两侧的地层都高度倾斜且成带状排列，其中值得注意的是，紧靠石灰岩轴，有两条煤带，在其两侧都是直立于边缘的红色砂岩地层。里希特霍芬推测："四川的煤层面积可能超过了中国其他各省份煤层面积的总和。"但可能90%的煤层都深埋在叠层之下，除了极少的例外，都不可能开采。与上述隆起带相邻的煤带虽然窄，但很长。在河流深切的地方，煤带易在地层裂痕处暴露出来。采煤主要依靠一个从暴露的表面向内挖掘的水平平硐。在红色盆地，煤是很普通的燃料。

铁矿散布于整个地区。尽管冶炼工业总量不小，但没有哪个地方大规模产铁。只有一两个地方发现了与煤伴生的硫酸亚铁（绿矾），如江安县（Kiangan Hsien）。

石灰在上述隆起带中很常见，常与煤在一起。采出后通常用窑烧制。有一两个地方能开采石膏，主要在眉州[①]（Mei Chou）和彭山县（Pengshan Hsien），两地都在岷江边，位于嘉定与成都之间。

石油在蓬溪县（Pengch'i Hsien）有少量分布，当地的一家公司尝试开采，但结果并不理想。

盆地内其他矿物产量较小。金、银等贵重金属虽然在红色盆地内没有分布，但盆地以西的山区有，此外还有铜、铅、锌等矿物。

关于黄金，应当提及的是在冬季进行的粗放的淘金，范围遍布长江、嘉陵江和岷江河床上无数的鹅卵石滩。在长江上，这个不稳定的行业最初发起于宜昌下游约80千米的地方，但是在长江三峡以西的地区并不普遍。一般只有失业的农民从事淘金，因为报酬很低。金砂可能是长江及其主要支流在夏季洪水期冲下来的。红色盆地内几乎没有含金石英的记录，只有盆地西部和西北部边界的山区发现了数量各异的含金石英，而盆地内的主要河流要么发源于这些山区，要么流经这些区域。这一事实解释了为什么这里几乎没有含金地层，却有少量金砂。

▶ 岷江河谷中的河流和田地

第八章　四川东部

——从大宁县至东乡县的旅行纪事

　　我不确定是1903年还是1904年，马尼福尔德中校（C.C. Manifold）和马洪上尉（E.W.S. Mahon）在为修建川汉铁路进行路线勘测时，曾经过本章所要描述的川东地区。除此之外，没有其他旅行者穿越川东地区的记录，但也不排除曾有传教士来过这里的可能。我不知道那些铁路勘测者的感受如何，至少沿着我经过的地方修建铁路无疑是一项既困难又花费巨大的工程。

　　下面的叙述是根据我的日记汇编而成，其中包括红色盆地东部地区乡村的简要特征和植物种类。由于需要进行标本采集，我花了10天时间才走完全程，如果是休闲式的单纯旅行，可能6天就能走完。

　　1910年6月28日——昨天我们在大宁县花了1天时间重新装备，准备向西去成都府。兑换货币是一件复杂而困难的事情。湖北和四川10文钱面值的铜圆在这里都要打20%的折扣，也就是说1000文钱铜圆的购买力仅相当于800个铜钱。再往西，湖北的10文铜圆不再流通，四川的仅在大宁县以西两天路程的距离之内流通。因此，我们必须携带足够的铜钱，这给我们增加了很大负担。100个10文铜圆的重量约0.9千克；但同等价值的铜钱重约3.6千克！如果中国急需进行一项改革，那就应该是货币改革。

　　从西城门离开大宁县，我们经过一个缓坡后走进一条被高度开垦的狭窄河谷，河谷右侧的山很高，左侧的山较低。河谷中农田散布，几乎没有树木。由于大宁县城处于低洼处，清晨的薄雾使视野变得模糊。县城很小，城墙内的土地多作耕地。西城门有大门、城墙和碉堡守卫。

顺河谷而上，路比较好走，基本沿着大宁河的一条较大支流前行，不到中午就走到了鸡头坝[1]（Che-tou-pa）。这里大量种植着水稻，依靠巨大的水车灌溉。冬小麦之后种植了许多棉花。玉米约1.5米高，正在开花。细长的短柄铜钱树（*Paliurus orientalis*）很常见，树高9～15米，树上长满白色、圆形、形态古怪的果实。垂柳、柏木和毛脉南酸枣（*Spondias axillaris pubinervis*）[2]都很引人注目，尤其是叶片多毛、果实较小、树形优美的毛脉南酸枣。竹林也很常见。

离开鸡头坝，我们沿着大宁河一条较小的支流继续往上走。河谷很窄，山上林木茂密，树种主要是柏木。道路有不少地方都需要修补，但还算比较好走。我们走得很慢，最后越过一个低山山脊，于下午5点到达老石溪（Lao-shih-che）。这个小村子海拔约595米，距离大宁县约27.5千米，有6座房屋散布在狭窄的河谷中，周边都是稻田。当地村民很友好，也对我们充满好奇。

我们已经来到了红色盆地的边缘，许多土壤呈现出红色。油桐常见栽培，但一下午都没有看见棉花。在一个小树林中，我看见了一些高大的黄连木（*Pistacia chinensis*）和无患子（*Sapindus mukorossi*），非常壮观。黄连木的嫩枝煮熟后可食用，无患子的圆形果实可用作肥皂。朴树也很常见，光滑的灰白色树干非常引人注目。山脊上有许多有趣的水团花（*Adina racemosa*），高9～18米，干围0.6～1.2米，是我所见过最美丽的水团花植株。马尾松（*Pinus massoniana*）很普遍，不过今天最常见的树种是柏木（*Cupressus funebris*）。

道路有了可喜的变化，景色也不再荒凉。周围是被陡峭的高山围绕的圆形低丘，山上几乎没有树，到处都是庄稼，所见之处都是如此。不时能看到几个突出的石灰岩峭壁，偶尔还能看到矗立于孤耸的峭壁之上的寺庙。我在大宁县新雇用的几个挑夫称下午经过的地区为老林，引得那些在宜昌雇用的挑夫们哈哈大笑，他们建议这帮新人先去体验一下神农架，再谈什么深山老林吧！

天气非常炎热，到达老石溪时，大家都筋疲力尽。不知是天气原因还是因为昨天休息了一天，将近一半的挑夫都生病了。大多数人肚子痛，还有几个人生了脓疮。我用泻盐、高锰酸钾和碘仿敷料给他们治疗，多数人很快就有所好转。

第二天天气晴朗，但没有前一天那么热，也许是海拔升高的原因。一整天我们都顺

---

① 译注：今重庆市巫溪县凤凰镇。

② 译注：*Spondias axillaris pubinervis=Choerospondias axillaris pubinervis*。

着一个被两条平行山脉夹持的狭窄河谷向正西方向前行。道路一直很好走，偶尔有上下坡。我们仍然在红色盆地边缘，但到下午灰色的沙质土壤更加明显。水源充足的地方都栽种了水稻，目之所及几乎都有水稻。另一种主要农作物是玉米，此外还有各种豆类和马铃薯。到处都种着甘薯，油桐（*Aleurites fordii*）也比之前的地方多。这个地区产油量很大，我们看到许多榨油坊。河谷两侧平行的山脉高150～300米，山上有一些农田，而大多数山体都被茂密的柏木（*Cupressus funebris*）、马尾松（*Pinus massoniana*）和枹栎（*Quercus serrata*）覆盖。杨树也是常见树种，河流两岸还有很多垂柳。各种灌木丛生，最引人注目的是月月青（*Itea ilicifolia*）和角叶鞘柄木（*Torricellia angulata*）。我在其他地方从未见过如此多的角叶梢柄木，这种灌木高2.4～3.7米，枝叶浓密，喜欢生长于河岸、沟渠边和溪谷石缝中，果实成熟后呈黑色，着生于大而下垂的聚伞花序上。月月青多长于岩石处，花白色，略带绿色，尾状花序下垂，通常约45厘米长，其叶片与普通的冬青相似，不开花的时候很容易被误认为是冬青。

道路两旁散布着一些房屋，但是人烟稀少。路上来往的运输队也非常少，我们只遇到了一些骡队。晚上，我们住在了下垭口（Hsia-kou），这里海拔约850米，距离老石溪32.5千米，是个景色优美的小村庄。我们的住处很宽敞，但房主看上去是一个讨厌的烟鬼。

在到达下垭口之前几千米处，我们经过了一个叫作屠家坝（To-chia-pa）的小村庄。那里有一条向北通往城口厅（Chengkou Ting）的岔道，据说非常难走。

离开下垭口，我们进入一个深谷，深谷两旁是陡峭的石灰岩峭壁，高90～150米。我们沿着干涸的河床前进，在深谷尽头走上一缓坡，迂回数千米后越过一低矮的山顶，然后下山，从一座廊桥上越过夔江支流。马尾松和杉木（*Cunninghamia lanceolata*）在这里很常见。我在桥上拍到了一株我见过的最大的化香树（*Platycarya strobilacea*）。这株树至少23米高，干围约1.8米，我从未想过化香树居然能够长这么大！再往前几千米，我们涉水穿过了夔江的主要支流，这条支流很宽，水很浅，清澈见底。大约中午时分，我们抵达朝阳洞（Chiao-yang-tung）村，随后遇到了一场突如其来的猛烈雷暴。在很短的时间里，大雨倾盆，之后雨势有所减弱，但一整天都没有停。大雨使道路更加泥泞，因此我们前进的速度很慢，也很艰难。整个下午，我们沿着山坡不断上行，穿过松树林和栎

树林，最后进入一个狭窄、倾斜的河谷。河谷尽头是三岔口（Shan-chia-kou）村①，我们在那里找了两间房屋过夜。这一天我们共走了32.5千米路。这个地方的植被有所不同，具有寒温带特征。到处都有开满了纯白色花的山梅花（*Philadelphus incanus*）灌丛，很引人注目。在我们住处周围有很多麝香草莓，这是一种香甜可口的白色草莓，我仅用了几分钟就采够了晚餐享用的。角叶鞘柄木依然很多，它可以分布至海拔约1070米处，但通常是外形不太美观的小乔木。

这一天中我们很少看见水稻，玉米和马铃薯是主要农作物。一路上几乎没有往来的行人，昨天看见的骡队显然是从城口厅来的。这里人烟稀少，而且人们看起来似乎吸食鸦片成瘾。然而，直到现在我们也没有发现任何种植罂粟的迹象。

今天是这个月的第一天。早上不太热，但下午骄阳似火。我们离开住处，走了100米左右来到一条山脊，然后沿着陡峭的下坡路走了600多米后，进入一个狭窄的山谷。山谷里种植了很多水稻、玉米和马铃薯，还有一些大麻（*Cannabis sativa*）。山谷两侧平行的山脉由石灰岩构成，岩石和悬崖裸露，耕地很少，但是有茂密的马尾松林。山谷里随处可见美丽的檫木（*Sassafras*）、板栗、枫香（*Liquidambar formosana*）、杉木和杨树。在山谷尽头，我们沿着一条平缓的坡道登上山脊顶部。在我们脚下约760米处，有一条较宽的河流，河流两旁耸立着陡峭的石灰岩悬崖。我们到达山脊顶部的时间是上午10点半，今天剩下的路程就是从一段陡峭的下坡路走到位于河边的沙沱子②（Sha-to-tzu），到达沙坨子的时间是下午3点。下坡路的前半段很难走，路上有很多松散的碎石，到处都很陡，而且十分泥泞。我们经过了一两处被开垦耕种的坡地，但是大多数道路都是沿着悬崖边的。在一个高150～305米的峭壁边缘，有一条长约45米的狭窄隧道，隧道出口仅约1米宽。隧道一部分是天然形成的，另一部分是在硬质石灰岩中人工爆破出来的。除了出口处有一点微弱的光线外，隧道里面非常昏暗。轿子和行李都很难从中通过。道路较新，是最近修筑的，这在我中国之行的经历中是非常难得的体验。尽管隧道很简陋，但是避开了一段非常陡峭的上坡和下坡，而且缩短了大约5千米路程。

穿过隧道，又是一段沿着悬崖边缘的坡路，数不清的上坡下坡让我们又恼火又疲惫。最后，我们下到主河道的一条小支流旁，穿越小河后终于到达了沙坨子。沙坨子有一个繁忙的乡村集市，非常热闹，就这一地区的自然条件而言，算是相当规模了。从小支流逆流而上约5千米，有铁矿开采和冶炼，据说质量很好。在沙坨子周围，有采煤点和烧制石灰点。

---

① 译注：今重庆市云阳县上坝乡。
② 译注：今重庆市云阳县沙市镇。

这条我们经过艰难跋涉到达的河流，在75千米外的云阳县（Yungang Hsien）汇入长江。河很宽，河水十分清澈，小船可以从沙坨子行驶至距河口7.5千米处。一路上有不少运送食盐和叫卖的商贩，也有人运送药材，如杜仲（Eucommia ulmoides）的树皮。这些产自云阳县的食盐不允许进入大宁县，但据说云阳食盐的质量要好于大宁县的。

这一天中看到的植物与宜昌周围峡谷中的植物很相似，没有看到特别有趣的。我采集了旌节花属（Stachyurus）的一个新种和短枝六道木（Abelia engleriana）的标本。在岩石较多的地方，南天竺（Nandina domestica）特别多，它具有美丽的叶片、大而直立的白色花束和明显的黄色花药，非常迷人。秋冬季，南天竺鲜红的果实簇生，十分美丽。很多油桐也生长在多石的地方。山崖上到处都是金丝桃（Hypericum chinensis），它们开满金黄色的浓密花朵，十分美丽。有的地方栽有一些苎麻（Boehmeria nivea），人们正忙于从茎上剥下含纤维的皮。苎麻的叶片和很多其他植物一样，用来喂猪。苎麻茎皮的剥离和清洗完全都由手工操作。

这一天的旅程充满欢乐，虽然炎热的天气和30千米崎岖的道路让大家筋疲力尽，但到达目的地时，大家都很高兴。这里的风景非常壮观，让我们不由得回想起宜昌周围的峡谷。川汉铁路的勘探者看到这片陡峭的石灰岩地区时，一定非常绝望。

沙坨子的海拔仅210米，虽然有一条流速很快的河流从村口流过，但这里仍热得令人窒息。我们打算找一家远离街道的安静客栈。在这里兑换银子很容易，但是10文钱面值的铜圆不再流通，当地人只接受铜钱。

在沙坨子下面一点，我们从一个渡口摆渡过河，然后开始攀登陡峭的山坡。走了100多米后，沙坨子的美景一览无遗。村里大概有100座房屋，聚集在一个狭窄的扇形山坡上，大榕树下有几座寺庙非常显眼，构成了一道美丽的风景线。一路上我们穿过农田、油桐林和松树林，在海拔约945米处，越过了一个山坳，又向上走了60多米，到达了山顶。这一天余下的时间我们一直沿着一条起伏但好走的道路，穿梭于覆盖着松树和柏木的多石山顶，最后下山到达今天的目的地——窄口子[1]（Che-kou-tzu）。

窄口子的乡野非常美丽，农舍散布于道路两旁，能利用的土地都被开垦为耕地。有水的地方都种着水稻，其他地方种植了玉米和马铃薯。这里还种有烟草，自从离开大宁县，几乎每天都可以看到种植的烟草。石灰窑也随处可见。我们还看见有几个人拿着枪追麂子，他们开了几枪，但还是没抓到。

在到达窄口子前几千米的地方，我们看到了一座建筑风格罕见的漂亮的大房子。这是一位陶姓富人修建的，他在当地曾经富甲一方，还买了一个县官做。不幸的是他20多

---

[1] 译注：今重庆市云阳县农坝镇。

年前就过世了，而且由于后代懒惰，加上吸食鸦片，家族因此走向没落。

这一带的植被并不是特别有趣，不过一些美丽的柏木和零星的川泡桐（*Paulownia fargesii*）值得一看。松树极多，有很多簇生的球果，100多个很小的球果聚集在一起，似乎取代了雄花。窄口子海拔约625米，有40多座房屋，坐落于多岩石的河口之上，背靠低山，山顶有一座古代碉堡。

离开窄口子，我们很快走进一个美丽的山谷，山谷中种植了很多水稻，周围是起伏的低山。在这个繁荣的小山谷里，有许多农舍和一个小村庄。整个上午，在我们向上攀登的途中，穿过了许多被较低的山脊分隔的谷地，越往上山谷越窄，最后变成了被周围石灰岩山峰环抱的小盆地。在越过最后一道山脊后，我们到达了距离窄口子约17.5千米的一个叫作石垭子（Shih-ya-tzu）的地方，从这里进入开县（Kai Hsien）境内。开县境内风景非常优美，多石的山顶覆盖着松树和柏木，栎树也很常见。在较为开阔的地方以及村庄周围，我们看见了美丽的槟榔青（*Spondias*）、黄连木、泡桐、银鹊树（*Tapiscia*）和枳椇（*Hovenia dulcis*）。枳椇满树都开着白花。

下午的路都是下坡，在经过最后一段陡峭的下坡路之后，我们到达了温汤井。一路上我们穿过小块的玉米地、零星的稻田和光秃秃的山顶，并没有看到很吸引人的植物。快要到达今天的目的地时，天气变得很热，想找个遮阴处都没有。山顶常能见到由石头砌成的碉堡。这些动荡年代的遗迹也叫寨子，在四川东部产盐区和较为富裕的地区有很多。黏土砌成的小型石灰窑也很常见，许多稻田已经施用了熟石灰。

温汤井是一个具有相当规模的集镇，是我离开宜昌后见到的最大的集镇。它建在陡峭的山坡上，两边是清澈的河流，河岸边是很高的石灰岩峭壁。在西南边，峭壁裸露在炽热的阳光下。这里盛产食盐，盐井位于河滩上，紧靠河流。食盐的产量取决于河流的状态，水位越低，可得的盐水越多。在夏季洪水期，暂时不能产盐。这里的食盐呈白色、粉末状，质量中等，每斤（16两称）价值26个铜钱。这些食盐被销往开县北部和西部，但是不能进入开县县城。附近出产的粉煤用于煮盐。

全镇大约有1000座房屋，还有几座寺庙和会馆，最著名的当属陕西会馆，因面积巨大、建筑华丽而非常引人注目。两座小塔守护着当地的福祉，周围的山顶挤满寨子。我对当地居民没有好感，他们非常脏，而且好奇心很重。有些人不太礼貌，我的随从还和一些流氓产生了一点小纠纷。我们住的客栈昏暗，而且热得令人窒息，总之各方面都不令人满意，但这是我们能够找到的最好的一家客栈了。客栈后面有一个巨大的洞穴，里面有大量钟乳石，有凉爽的微风从洞中吹过。它是镇里的珍宝，当地人引以为豪。

从大宁县开始，一路上我们与当地人经常因食物的价格而争吵。他们总是漫天要价，但通常都以我们得到合理的价格而告终。我的随从们经过长途旅行，对讨价还价的

▲　华丽的墓碑

诀窍已经谙熟于心。

温汤井海拔仅228.6米，周围裸露的岩壁和数百只煮盐的火炉散发出巨大的热量，使这里如"地狱"一般。尽管此地可能很富裕，但对我们没有丝毫的吸引力，我们只想尽快离开这里。

爬过一段100多米的陡坡后，我们离开了温汤井。接着我们穿过一片很大的墓地，下到了一个冲积河谷中。河谷中种植了很多甘蔗、玉米、烟草和一些棉花。道路很宽，由坚硬的石头铺砌而成。穿过河谷，我们到达了距离温汤井约6千米的马家沟（Ma-chia-kou）。马家沟是为盐井提供煤炭的口岸。煤炭经过大约15千米陆路运输，在这里装上小船运往盐井。煤炭每斤价值3文钱，搬运工每斤收取1文钱。运送煤炭的船只很小，船夫在船头和船尾用长桨划船，可以顺流而下到达温汤井下游30千米外的开县，再从那里下行55千米能到达长江边的萧庄（Hsiao-ch'ang）。在马家沟，道路偏离向北流淌的主河道，翻过山隘下到一条宽阔多石的溪流边。我们沿着道路走过一段乏味无趣的上坡，最后进入一个石灰岩深谷。煤炭供给对于盐井而言至关重要，因此，运煤的道路维护得很好。一上午，我们遇到了几百个运煤的挑夫，其中还有很多妇女。附近还有铁矿，生铁块也用船运输。

离开石灰岩深谷后，我们穿过一个有稻田的山谷，在中午到达了意家漕（Yi-chiao-tsao）。在意家漕村上游2.5千米处，有一个狭窄的河谷，河谷周围是覆盖着柏木的陡坡。河谷中种植了很多甘薯、水稻和玉米。房屋很多，人们看起来生活得还不错。

晚上，我们在海拔约410米的黄桶漕（Wang-tung-tsao）村找到住处过夜，这一天一共走了30千米，与平时差不多。天气特别热，一天下来我们都筋疲力尽。客栈坐落在美丽的竹林和柏木林中，但是客栈很破旧，还散发着恶臭。说真的，这个简陋的破屋真是亵渎了如此迷人的地方，实在令人遗憾。

第二天依旧特别热，完全没有雷雨降温的迹象。向下走了几千米后，我们来到一条较宽的河流边，河床上有很多大块的红色砂岩。道路沿着河流向上到达其源头，一路上都是上上下下的陡坡。中午我们在高桥（Kao-chiao）村吃了午饭，我从未经历过如此恶劣的环境——天气炎热，苍蝇横飞，臭气熏天，当地人对我们特别好奇。成群的狗凶猛地狂吠，加上其他不愉快的事情，令我食欲大减，我的随从和我同感，他们纷纷大声抱怨和咒骂。我们草草结束了午餐，当逃离了这个肮脏、黑暗的地方时，大家的心情都好多了。

一整天我们都走在灰色和红色的砂岩上，稻田几乎随处可见。松树很多，但柏木比前几天所到之处少很多。油桐极为常见，但是总的说来，没有特别吸引人的植被。胡颓子（*Elaeagnus*）灌丛很常见，它们果实已经成熟，当地人称其为"三月黄子"或"羊母奶子"，它们的茎干常用来制造烟斗的长柄。在多岩石处，牛蒡（*Arctium major*）[1]很常见，这是当地的一种药材，名为"牛蒡子"。

在距离我们的落脚点还有1.5千米的地方，我们越过了一道山梁，从一座石门进入东乡县境内。最后在距离黄桶漕32.5千米、海拔约800米的破池（P'ao-tsze）村找到一家客栈。客栈很干净，坐落在一个美丽的小山谷中，两旁是红色岩石构成的低山，都已开垦耕种。房主显然是个富有的人，他有一张制作精美的躺椅，他很为之骄傲。

晚上一点风都没有。由于天气太热，再加上有的房客直到深夜还在大声吵闹，我睡得一点都不好。

破池村距离南坝场[2]（Nan-pach'ang）只有25千米，一大早挑夫们兴高采烈地出发了。由于路很好走，中午1点我们就到了南坝场，而且中途还长时间休息了几次。离开破池村，我们先爬了一段较短的陡坡，然后沿着一条平缓的下坡路穿过了砂岩组成的山崖。走了12.5千米后，我们来到一条小溪边，然后顺着溪流走到它与一条河流的交汇处，这条宽阔的河流源自北方，河水清澈见底。河流经南坝场，通航至东乡县，上行约145千米是土里沟（Tu-li-kou）。在接近南坝场时，我们遇到了许多搬运无烟煤的挑夫。这些煤炭出自25千米外的富溪口（Fu-che-kou），每担（约100斤）需要200文钱的搬运费。我们还看到有人搬运扁平的生铁板，这些生铁块产自12.5千米外的东溪口（Tung-che-kou）。

松树还是很常见，柏木也相当多，不过松树显然比柏木更适宜在砂岩上生长。我们还看见了两三株稀有的红豆树（*Ormosia hosiei*），其木材贵重，而且密度较大，能沉于水中。油桐一直都很多。南坝场周边修建了桑园，显然这里正在尝试发展蚕桑产业。

南坝场是一个相当大的村庄，坐落在河岸边的平地上，海拔约470米。它曾是四川最重要的鸦片贸易中心之一，其鸦片质量非常好。鸦片贸易现在完全停止，这里的经济因此遭受重创。虽然仍有日用商品供应到北部的大部分乡村，但鸦片才是其真正的财富来源，随着鸦片贸易的消失，所有商业和贸易都衰败了。南坝场北部种有许多茶树，这里的乡绅贤达正努力将茶叶贸易总局从现在的太平县[3]（Taiping Hsien）转移过来。

南坝场周围有一些石窟。村子里十分安静，我们的到来并没有引起人们特别的关注。我们见到了几个穿着制服的警察、古怪的路灯和其他体现现代观念的迹象。第二天早上7点我们离开村子，乘坐4只小船从美丽而清澈的河流顺流而下，于下午3点到达东乡县。我们共走了70千米水路和45千米陆路。一路上有大量险滩阻碍我们前进，但是由

---

① 译注：*Arctium major=Arctium lappa*。

② 译注：今四川省南坝场镇。

③ 译注：今四川省万源市。

于水量很小，所以并不危险。河流两岸是砂岩构成的峭壁，上面覆盖着松树、柏木和各种灌丛。沿途常见到寨子，还经过了几个村庄。农田很多，农作物受干旱的影响开始突显。种植较多的是各种豆类种植，还有水稻和其他粮食作物。整个地区繁荣富足。

在这美丽的河流上乘小舟快速漂流，大家都感到新奇、愉快，到达东乡县时，一场雷雨又使空气清新凉爽，真是令人欣喜。

东乡县海拔约427米，我们从东门进入县城，在一家安静、整洁的客栈安顿下来。尽管县城不大，但很热闹。以前这里的鸦片交易量很大，现在普通商品的贸易量也还不小。东乡县坐落于河流右岸的低山之中，对岸是陡峭、高耸的山峰。周围砂岩构成的悬崖峭壁很多，让我不禁想起了嘉定府周边的风景。

关于货币兑换问题，经过询问我们得知，四川的货币在这里可以流通，但是10文面值的铜圆仍然不能流通。罗马天主教和中国内地教会在这里建立了分部。我遇到了一位中国内地会的爱尔兰传教士，我们聊了大约1个小时，相谈甚欢。自从35天前离开宜昌，我还没有遇到过一个西方人，很高兴在这里又听见自己的母语。

▶ 云阳县。围墙后是林木繁茂的山丘
▶ 云阳县贫瘠的小山坡
▶ 云阳县对面的城镇，长江，坐落在山上的寺庙
▶ 黄连木（*Pistacia chinensis*）
▶ 黄连木（*Pistacia chinensis*）
▶ 黄连木（*Pistacia chinensis*）
▶ 川泡桐（*Paulownia fargesii*）
▶ 川泡桐（*Paulownia fargesii*）的花枝
▶ 毛脉南酸枣（*Spondias axillaris var. pubinervis*）

- ▶ 柏木属植物和带有格子窗和装饰屋顶的寺庙
- ▶ 柏木（*Cupressus funebris*）、柞木（*Xylosma racemosum*）和神龛
- ▶ 悬崖上的柏木（*Cupressus funebris*）、植被和神龛
- ▶ 无患子（*Sapindus mukorossi*）、身着传统服装的人和田地
- ▶ 石墙上的无患子（*Sapindus mukorossi*）、建筑和人
- ▶ 无患子（*Sapindus mukorossi*）和人

第九章　古老的巴国
——从东乡县到保宁府的旅行纪事

　　从东乡县到成都或保宁府^①（Paoning Fu）的常规路线是沿河流顺流而下，经绥定府^②（Suiting Fu）到渠县（Ch'u Hsien），然后向西到成都，向西北到保宁府。我对这条大路不感兴趣，于是决定探寻一条新路线，从东乡县直接向西去保宁府。我的地图（四川省东部地区军用地图）上没有这条路线，但是标明了一路上的小村庄，显然这些村庄由某些道路联系。江口似乎是比较理想的起始点，我吩咐随从找一条穿过乡野通往江口的路。最初，客栈老板、商行会长和地方官员都否认有这样一条路，甚至否认有江口这个地方。但任何在中国旅行过的人都会衡量这些信息的价值，所以我并不气馁。负责打探路线的随从跟我合作了10年，非常忠诚，尽管我们对该地区的地理条件一无所知，但我相信，只要这条路存在，他一定能找出来。经过大约6小时的调查探寻，随从告诉我，从衙门向下，有一条小山路可以通往那里，但路非常难走，而且住宿条件也很差。不过这都不是问题，我吩咐他们去安排这次旅程的详细路线图，又雇用了几个当地人作为挑夫。晚上10点半我就睡了，令我惊喜的是，第二天早上6点，我们这次横穿乡野旅行的所有准备工作都已妥当。我在中国游历，从未与当地人发生过任何冲突，可以说非常幸

---

① 译注：今四川省阆中市。

② 译注：今四川省达县。

运。1900年春天，我在宜昌附近雇用了大约12个农民。他们全程都跟随着我，并忠实地为我服务。经过几个月的训练，他们完全熟悉了我的习惯，不会给我带来任何麻烦；而且一旦他们领会了我的想法，我就能完全信任他们，所以我的旅程总是有诸多乐趣和收获。1911年2月我们分别的时候，彼此都依依不舍。他们非常忠诚可靠、聪明机智，在恶劣的环境中依旧乐观，并总是尽力把事情做到最好，没有人能比他们做得更好了。

这次从东乡县经江口至保宁府的乡野之旅，似乎比平常的旅行更有趣、更新鲜，因为尚未有外国人走过这条线路。路线横贯古时的巴国，我希望能找到一些关于这个古老部族的遗迹。中国的历史书单调乏味且难读，很难探寻出历史的真相。和平时期很少，战争、叛乱和屠杀将历史淹没在血流中。中国的历史学家看待土著民族总是带有偏见，因此，几乎不可能发现关于这些消失民族的任何艺术和生活细节。今天的四川省以中国统一之前它自己的王国和朝代而自豪，这是历史事实。秦朝的第一个皇帝——秦始皇或称为始皇帝（公元前221～前209年）将巴国的一部分吞并，同样被吞并的还有都城在现今成都府附近的蜀国的一部分。随后的汉朝（公元前206年～25年）将巴蜀两国完全征服了。自此以后，四川红色盆地几经汉族和外族的政权更替，但再也没有土著首领统治过这里。221～265年间，中国被分成3个国家，其中一个国家的皇帝叫刘备，定都于成都。如今，刘备及其3位将军和谋士被人们奉为神灵，四川各地都流传着这些古代英雄的英勇事迹。经过简要的介绍，下面开始我的旅行纪事：

我的随从再次证实了他们的能力，7月8日，本次旅程的一切都准备妥当。他们制作了一张路线图，县官给我们派了两名士兵（他原本给我们派了6人，但我要求减至2人）。虽然派护卫是四川的惯例，但在这之前我们都设法避免接受官方的护送。普通的旅行者一般都不想得到如此礼遇，但若是强加于你，则不能轻易拒绝。根据条约，有了护送队伍官方就对旅行者的安全负责。我们需要向护送兵支付一定费用，事实证明他们在某些方面确实是有用的。虽然每天要额外给每个士兵100个铜钱，但铜钱价值低廉，所以加起来也并不多。问题在于很难将护送兵减少至2人。按惯例是4～6人，如果不坚持反对，任何衣衫褴褛的人都能以护送兵的名义加入你的旅行队伍。等到发饷时，正规的护送兵就会充当他们的头目，领更多的钱。官员会给护送队一封信函，上面写着派遣人数和目的地，可以查验信函防止被骗。到达目的地后将护送队遣返时，需要让他们将一张卡片带回给上级。信函是由派遣护送队的官员签发的，带回的卡片表明他们的任务已经顺利完成。如果他们返回时没有这张卡片，那么无论出于什么原因，他们都将受到处罚。

我们从西城门离开东乡县，顺着一条通往绥定府的大路走了几千米，然后沿着右边的岔道前进。道路铺筑得很好，来往的行人很多。前10千米道路很平坦，蜿蜒在低矮的山间。接着，经一段陡峭的上坡到达一片高地，明月场①（Mien-yueh ch'ang）就在这里，它距离东乡县城约15千米。今天剩下的路都很好走，我们在高90～150米的低山顶部和浅谷中穿行。这里有很多柏木和松树，黄连木（Pistacia）和山合欢（Albizzia kalkora）也很常见，它们都是具有浓密伞形树冠的大树。荆条（Vitex negundo）是最常见的灌木，有时呈小乔木状，开满了淡紫色的簇生花。

这个地区是高度开垦的农耕区。农作物以水稻为主，其次是各种豆类（特别是绿豆）。很明显，水稻和豆类种植在小麦收获后。我们还看见了几块棉花地和许多李树。该地区人口众多，小路纵横，很容易迷路。在一个分叉口，一条路通往双河场（Shuang-ho ch'ang），另一条路通往双庙场（Shuang-miao ch'ang），后者是我们今天的目的地。这两个地名听起来很像，就连中国人也容易混淆。我的随从差点儿被搞糊涂，带我们走错路。

途中我们经过一个叫王家场（Wang-chia ch'ang）的集市（"场"表示乡村集市），这是一个奇特的小地方，一座寺庙位于中心，房子的屋顶相连形成一个中间有顶的街道，横贯整个村庄。

双庙场是我们当天计划的目的地，但由于碰到集市，村子里人满为患。足有100多个人跟着我们来到客栈，很快屋子就挤满了人，让我几乎透不过气。很多人明显借着酒兴而来。炎热的天气加上人们如此过度的好奇心，令我们实在难以忍受，于是我们继续前行了2.5千米，碰巧遇到一座像样的农舍，便住了下来。农舍的男主人外出了，他的妻子最初非常不安，但是几个小时后她放下了戒心，变得一切自如。不过这里没有足够的食物和住处提供给我的随从们，于是大多数人又返回那个镇子去了，好在没有人抱怨，因为他们都知道不可能挤在这里过夜。

我们住的农舍是新建的，在一片竹林和柏木林的树荫下，不过蚊子很多，非常难受。这个地方叫作辛家坝（Hsin-chia-pa），海拔约600米。今天我们一共走了40千米，穿过了一个富饶而有趣的地区。木香特别多，其干围约0.6米，繁茂的花攀缘于12～15米高的树上。偶尔能见到石窟。我们还在一些地方看见了种有稗子（Panicum grus-galli frumentaceum）的小块土地。

第二天我们与女主人道别，给了她一份小礼物和400文钱，她特别高兴，真诚地向我们道谢。出发不久就是一段长约305米的陡峭上坡，之后翻过绥定河（Suiting River）与三汇河（Sanhui River）的分水岭，沿着一条下坡路走到一条小河的源头，这里有一个名叫三溪庙（San-che-miao）的小集市。集市非常热闹，很短的街道上挤满了人，道边是简陋

---

① 译注：今四川省蓬溪县明月镇。

的小屋。为了不引起人们的好奇，我们没有停留。有好几条路在这个村庄汇合，我们选择其中一条继续沿着河流向下走，穿过一个被丛林覆盖的多石峡谷。陡峭而崎岖的悬崖由红色和灰色的砂岩组成，上面长满松树和柏木。有很多湿生的中华蚊母树（*Distylium chinense*）、各种女贞属植物（*Ligustrum*）和小梾木（*Cornus paucinervis*）等灌木。小梾木是梾木属的一种低矮灌木，具有伸展的枝条和白花组成的平顶伞房花序，在水边非常迷人。在丛林覆盖的山坡上，道路蜿蜒曲折，茶树非常多，高约4.6米，它们不像是野生植株，可能是很早以前人工种植的，其中有一些已经自然归化。偶见美丽的红豆树（*Ormosia hosiei*），它曾经可能是此处的常见树种，因其木材非常贵重，现在基本被伐光了。山谷里没有耕地，方圆10千米也没有房屋。

我们在这个蛮荒而有趣的深谷中穿行几小时后，沿着一个陡坡到达悬崖顶部。在上山途中，我发现了野生的月季（*Rosa chinensis*），这是我第一次见到野生月季。站在悬崖顶放眼四周，到处都是农田，大多栽培了水稻，每隔一段距离都有房屋。继续走了几千米后，我们下山来到河边，踩着石头汀步穿过河流，到达碑牌河①（Peh-pai-ho），我们找了一座大房子住了下来。碑牌河也叫碑牌场（Phe-pai ch'ang），海拔约490米，村子很小，我们对村民的印象不太好。我们的住处昏暗、肮脏，挤满了懒散的人群，直到睡觉才离开。

这一天我们共走了30千米，穿过了一片人口稀少的地区，这里海拔很低，非常荒凉，灌木丛生。有一些有价值的植被，最有价值的是生长在多石山谷中的茶树和月季。在裸露的砂岩峭壁上，宜昌百合（*Lilium leucanthum*）很常见，白色的大花呈喇叭形，它们的茎干几乎垂直伸出崖壁。一路上很少能看见行人，妇女大多没有裹脚。清晨，我们经过很多栽有稗子（*Panicum crus-galli frumentaceum*）的土地。

虽然我的随从制作的路线图没有差错，但我们仍然需要经常询问，不过结果总是令人糊涂。一条流经碑牌场的河流被说成在35千米外与江口溪交汇的江陵溪（Chiang-ling-che）。

晚上，一场猛烈的雷暴降临，倾盆大雨时断时续，一直持续到第二天上午。这个地区非常需要雨水，雨后的早晨空气凉爽清新。碑牌场又脏又臭，破旧房屋成堆，当地人非常闲散，四处游荡，而且好奇心很强。晚上，一个轿夫的缠腰布被偷了，我的随从对

---

① 译注：今四川省达州市碑庙镇。

这个村子和当地居民几乎没有好感。

沿河流下行2.5千米，我们到达地图上标注的雷鼓坑（Lei-kang-keng）。这个小村庄［又叫作雷鼓潭（Lei-kang-t'an），该名称源于小河上的美丽瀑布，小河发源于北面，在这里汇入主河流］中有一座破庙、一些分散的房屋和悬崖上高耸的古碉堡。这个古碉堡和另一个叫"大陈寨"的古碉堡是地图上仅有的地标，但现在它们都已不重要了。真正重要的集市村在地图上并没有标出，也许因为这些村子是近来才形成的，我认为这是最合理的解释。这个地方只能从现在的中国地图上找到，而我们的地图可能编绘于很久以前的战争时期。

从雷鼓坑开始一路上坡，经15千米到达山脊顶部，那里有一个重要的集市村——北山①（Peh-shan）。北山有一座美丽的寺庙和近百座房屋。和其他村庄一样，它有一条中心街道，而且两边房屋的屋檐几乎连在一起。集市是四川部分地区的一大特色。各个集市彼此相距约15千米，每个月有9个集市日。临近3个村庄的集市在不同时间举办，这样，一个月几乎每天都有集市日。在集市日，村民从各地聚集到一起进行买卖。小贩和流动商贩不断地从一个集市赶赴另一个集市。集市在人口稀少的地区是非常重要的，它让村民免受太多空闲之苦。集市日是他们赖以谋生的日子，而其他时间就在赌博和四处闲逛中度过。集市的历史可以追溯到中华文明诞生之初，我们关注的这一地区自古至今都没什么变化。

到达北山场之前2.5千米处，有一条源自60千米外的绥定府的道路。这一带被低矮的山脉分隔，山脉平均海拔约915米，由灰色和红色砂岩组成。河谷很深，覆盖着茂密的灌丛、松树和柏树，谷底没有河滩地和任何耕地。耕地从山上约150米高处延伸到山顶。有很多种植水稻的梯田，层层排列，层间被低矮的山崖隔开，所有山崖顶部都被开垦。整个地区非常美丽，与我走过的其他地区相比，这里独具特色。妇女大多没有裹脚，很多人在水稻田中忙于除草和固秧。

离开北山场，我们一路下坡走到一条小溪边，然后又沿着一陡峭的上坡再次到达悬崖顶部，绕着山脊蜿蜒前进。我们今天的目的地青凤场（Yuen-fang）就在山脊上，海拔约945米，非常美丽。我们按计划走了30千米，在一座干净的新房子里住了下来，从屋外的回廊里可以俯瞰松树和柏木林。围观的人群不多，他们虽然好奇，但出于尊重还是保

---

① 译注：今四川省达州市北山乡。

持了适当距离。

植被与前几天旅途中看到的相同。我在灌丛里又看到了半野生的茶树，也看见几株红豆树。今天最有意思的东西或许是墓碑了，它们用毛石制成，制作工艺上乘，通常经过精雕细刻显得精美而高贵，与其他地方的很不一样。有一两座古老的石质陵墓装饰得非常豪华。墓碑上的图案明显不是纯粹的汉族样式，我猜测当地的土著居民中有手艺高超的石匠，他们的作品可能是汉人模仿的原型。

佛二堂（Fu-erh-tang）有一座特别漂亮的神龛，神龛附近的一块孤岩上有石窟。很多陵墓和神龛周围都有一些古老的石柱。路旁常见供奉观音和其他守护神的神龛和小庙，神像由石头雕刻而成，大多为蓝色和白色。今天的路程比平时更有趣，我们似乎正在穿过一个与古人联系紧密的区域。

早上6点刚过，我们就离开了青凤场，经过与昨天类似的地区，在上午10点到达板庙场（Pai-miao ch'ang）。地图上此处标有河流，但我们却没看到。经询问得知，还要向前15千米才会有河流，事实证明的确如此。该地区的地图完全不对，所以我们不能按照地图继续前进了。板庙场是一个位于山脊顶部的小村庄，部分被柏木和松树林环绕。我们穿过一片起伏的地区，之后沿着一条平缓的小道下山，来到了位于江口上游5千米的通江河（Tungching River）边。这条河至少90米宽，河水泛红色，流速缓慢。我们很快找到了船只，顺流而下前往江口。下午3点，刚好在一场猛烈的雷暴来临之前赶到了江口。这一天的路程据说有35千米，路很好走，植物和风景与前一天看到的相似。

江口海拔约488米，是巴州地区规模和重要性位列第二的城镇。全镇约有500座房屋，位于两条河流之间的山脊边缘，背靠低矮、陡峭、林木繁茂的山地。两条河流在此交汇，往下游方向可通航至重庆。东边的河流源于通江县，西边的河流源自巴州，这两个城镇都距离江口90千米。两条河都能通行小船，可逆流而上到达这两个城镇。

有一个副职州官驻守江口。从远处看，江口似乎很繁荣，但近看其实不然。江口的地理位置极好，在商业上相当重要，然而，我们想在这里兑换20两银子却十分困难。像我们经过的其他城镇一样，江口正在禁止鸦片交易，当地的经济无疑会受到严重影响，急需发展代替鸦片贸易的新兴产业，以重振经济。

我们在一个破旧、安静的客栈中住下来，由于正巧雷暴来临，没有好奇的人群打搅我们。我的随从花了几个小时才找到一条通往仪陇县的路。

离开江口，我们乘船渡过巴州河，然后沿着一条高约100米的陡坡向上走。我们一整天都沿着一条起伏的小径，在一系列低山顶部穿行。有的道路很好走，有的道路却很泥泞，脚踝会深深陷入烂泥中。雷阵雨断断续续，但天气相当凉爽。

总的说来，该地区与前几天我们经过的地区类似。这里大量种植水稻，烟草也很常见，还有少量棉花，不过玉米非常少。有很多维护很好的神龛和小庙，庙里多供奉观音和土地神。土地神被奉为地方的保护神，它的形象是一位老人和他的妻子。高贵而华丽的墓碑和陵墓也随处可见。

我们今天的目的地是距离江口30千米的青龙场（Chen-lung ch'ang）。到达青龙场时正赶上热闹的集市，为了避开人群，我们继续前进了3千米。对于一个外国人来说，集市日是无法忍受的。我坐在轿子里穿过村子，看到街头已经聚集了几百人。集市上到处都可以看见酒，好像不要钱一样，许多人都喝醉了，非常兴奋。在中国内陆地区旅行时，要想舒适安逸，最好尽可能避开人群。集市上有很多妇女，她们简直就是集市的主要推动力。相对于中国其他地方的妇女，她们行动自由，而且都没有裹脚。

青龙场坐落在一道砂岩山脊的狭窄隘口，和其他乡村一样，也有一座漂亮的寺庙。晚上，我们在海拔945米的核桃坎（Hei-tou-kan）村，找到一个破旧的路边客栈落脚。

第二天很凉爽，偶尔有阵雨，但是对我们没什么影响。除了一段陡峭的下坡和傍晚的一段上坡外，全天的道路都比较平坦。我们在低山顶部穿行，这些砂岩组成的山脉被无数狭窄的深谷分隔，山上覆盖着松树、柏木和浓密的杂灌丛。与石灰岩地区不同的是这里没有河滩地，耕地位于山坡较高的地方。农舍零散地散布各处，村庄都位于山顶，多在山脊隘口处。

从核桃坎前行7千米，我们经过大罗场（Tai-lu ch'ang）村，这里的集市正热闹，有很多猪出售。从这里前行15千米，是鼎山场（Ting-shan ch'ang），这个村子相当大，坐落于山脊隘口，位置十分优越，背靠一个寨子和美丽的柏木林。寨子是这些地区的特色之一，它们是古时的堡垒，据说大多建于白莲教叛乱时期（1796～1803）。一个小官驻守鼎山场。虽然村子的位置很好，但是很脏乱，到处都充满酿酒厂的气味。我们离开这个村子时，一群游手好闲的人跟了我们很久。

走了37千米后，我们于傍晚时分到达了海拔915米的龙背场（Lung-peh ch'ang），住进了一个杂乱、破旧的客栈，好在客栈非常干净。房间距离街道有一段距离，街道简直就像臭阴沟。今天不是集市日，好奇、游手好闲的人群较少。

沿途的植被不是特别有趣，但是我们看见了许多美丽的樟树（*Cinnamomum camphora*）。这里的农作物很丰富，以水稻和甘薯为主。我们还看到了小片的棉花和山蓝（*Strobilanthes flaccidifolius*）。下午，我们遇到几个挑着食盐的挑夫。这种纯白色颗粒状的盐产自南部县（Nanpu Hsien）。从我们的住处可以看到位于正东方向的鼎山场，它距离此地15千米。地图上显示有一条河流经这个村子，但是我们唯一能找到的一条河是在25千米外。

舒服地休息了一夜之后，我们继续前进，经过的地区与前几天类似，但是植被较少，山坡更加陡峭、荒芜，河谷很宽阔，大多被开垦为耕地。我们沿着巴州和仪陇县的边界，经过了两个集市，晚上住在了距离福临场（Fu-ling ch'ang）仅0.5千米的一间农舍中，此地海拔约850米。我们在这里过夜是为了避开福临场的集市，但在客栈关门之前，人群始终持续不断。虽然人们安静有序，但是这些长时间面无表情的人们堵住了我们的房门，遮挡住光线和空气，着实令人厌烦。集市对于乡村很重要，但对于一个旅行者来说却很麻烦。这些小村庄其实比城市更需要良好的警力维护治安。地痞流氓和不法分子惧怕县官（地方官），但一点都不把地保（村长）放在眼里。集市上有很多本地农产品出售；此外，还有一些原产于日本的针、苯胺染料和花里胡哨的小杂货，这些是唯一的外国货。

我们今天看见了更多的棉花，生长得非常繁茂。高粱（*Sorghum vulgare*）很常见，但作物仍以水稻和甘薯为主。高粱和水稻都在抽穗。这里有油桐，但是不多，在这里它的经济价值不高。与棉花混合种植的是芝麻（*Sesamum indicum*），可用于压榨香油。

傍晚我们经过的地区与东乡县附近很像——目之所及是一道道无穷无尽的砂岩山脊，这些山脉平均海拔约915米，东部和北部的山脉高于西部和南部。这个地区地图标注全是错的，因此我无法确认路线。我们并没有见到地图上明确标注的Sheng-to河，如果地图是正确的，我们应该已经越过此河。我们经过的集市比以前的更小，而且又脏又臭，但它位于低矮山脊隘口的一片美丽的树林里。树林中樟树很常见，苦楝（*Melia azedarach*）也特别多。据说这段路有35千米，但很好走。天气阴沉而凉爽。

晚上我们选择住进农舍，但结果并不好，因为外面一直围满了人，直到我们睡觉才离开。虽然房东允许我和4个随从住在屋里，但是既没有晚餐也没有被褥。作为惩罚，我只付了平常价格的一半，这令房东非常懊恼。当我们第二天早上来到福临场时，发现这里非常荒芜。与其他村庄相似，它位于一个砂岩山脊隘口。15千米外的石垭场（Shih-ya ch'ang）也是如此。从石垭场前行5千米，我们看到一座9层宝塔，还看见了0.5千米之外的仪陇县城，它位于正北面，海拔与这里相同，约760米。仪陇县城很小，坐落于山顶，背靠陡峭的悬崖，周围是表面光滑的砂岩城墙。城墙内2/3的土地用于耕种。我们沿着一条陡峭起伏的道路从小镇的西南方向经过，然后沿着山顶曲折前行，一直走到土门铺（Tu-men-pu）。这里的山更低、更平，河谷很宽，树木很少。到处都种植着棉花，显然仪陇棉花产量很大。水稻和甘薯是常见的农作物，甘薯在炎热而少土的沙石中生长得很茂盛。种植甘薯的土地被整成垄，垄间通常有裸露的岩石。人们在土垄上插入甘薯的插条，插条带有叶片，长约15厘米，能很快生根形成完整的植株，而且产量很高。高粱也很常见，但是玉米依然很少。石碑明显较少，不过我们看到一个刻着"阿弥陀佛"的精致石碑，石碑顶上有一个可怕的怪兽石雕，古老的六角亭保护石碑免受日晒雨淋，石碑前面有一大堆灰烬和许多未烧完的香。当地人告诉我们，这里的守护神因其仁慈而闻名，他们希望尽快建造一个神龛。

我们运气不佳，一路上总遇上集市，在土门铺又碰到了集市日。之前我们总是刻意避开集市，要么在到达村子之前停下，要么再往前赶一段路，但结果好像并不怎么样，所以这次我们决定在此留宿。一切都如预想一般，一群人冲进我们的客栈，吵嚷了好几个小时。最后，大多数人散了，但还有一些好奇的人一直待到我们睡觉前。虽然很嘈杂，但人们倒是非常友善。令我欣慰的是，这是到达成都前最后一个集市村落了。

土门铺也叫土门场，海拔约950米，距离福临场约35千米，是一个富庶的大村庄，集市日的贸易量很大，当地的农产品都有销售，狭窄的街道已人满为患。在到达这里之前2.5千米处，有一条经仪陇县通往巴州的道路。

由于直到凌晨一直有人大声说话，我一晚上都没有睡好，一个妇女（通常如此）是罪魁祸首。这样的喧闹声从我们到达这里就一直包围着我们，离开土门铺时我真的很高兴。走出村庄几千米，我们离开大路，沿着通往南部县的岔道继续前进。南部县盛产食盐，之后的两三天，我们遇到了许多运盐的挑夫。

从土门铺前行20千米，我们经过一个破旧的小村庄——水观音（Shui-kuan-ying），村外有破烂的大门保护，表明这里曾有军事价值，多年前它可能是相当重要的关卡。继续前进10千米，我们到达海拔约655米的金垭场（Chin-ya ch'ang），它有一条宽阔而完全没有屋檐遮盖的主街，与我们之前经过的小村庄很不一样。令我们高兴的是今天不是集市日。我们住在一家安静而崭新的客栈里，在这里我们很受欢迎，人们不那么好奇而且很有礼貌。今天出奇的热，当走了30千米到达计划的终点时，大家都很高兴。在到达金垭场之前6千米处，我们沿着通往南部县的大路，穿过一个孤立而华美的大门进入村子。村子对面是一片灰色砂岩石壁，上面散布着方口的石窟。这些石窟不同于之前看到的，这是汉人建造的拙劣仿造品，而且年代不远。

这一天所到之处比平常更加乏味。宽阔的河谷和几乎没有树木的山地都被开垦为耕地。上午经过的地方常见到棉花，但之后少了许多。这些棉花看起来长得不错，与中国其他地方的一样茂盛。烟草种植得很少，而且烟叶使用前仅晒干，所以质量较差。甘薯比其他地方多，贫瘠的砂岩沙土很适宜这种作物生长。当然，水稻到处都是，高粱很常见，但是由于干旱，玉米非常少。这些地方很少种植马铃薯。在土门铺周围，栽有一些女贞（*Ligustrum lucidum*）树，它能产出少量的白蜡[①]，但是女贞的栽培管理很马虎，因此，树木矮化，病害滋生。这里还有一些柏木，泡桐也很常见，油桐更是相当多。这里

[①] 译注：即虫白蜡，是白蜡虫分泌在所寄生的女贞或白蜡树枝上的蜡质，因主产于四川，又称"川白蜡"，国际上称"中国蜡"，用途广泛。

生产少量蚕丝，但是蚕桑业在这一地区并不重要。房屋和神龛附近有几株黄葛树（*Ficus infectoria*）。我们还看到一些修得较好的坟墓，但墓碑不如之前的华丽。

清早，我们经历了一场短暂而可怕的雷暴，离开金垭场时，仍有淅沥的小雨。我们沿着一条泥泞、湿滑的道路走了10千米，一路上有很多人摔跤。随后，我们走上一条石板路，走了3千米后到达嘉陵江的一条支流。这条支流很宽，被大瀑布和急流分成几个河段，不能通航。它在河溪关（Ho-che-kuan）汇入嘉陵江，当地人称之为"保宁河（Paoning Ho）"。河溪关是一个小河港，那里有一家商店，主要出售煤、石灰和特制的中国酒（烧酒），店面装饰得很美观。路上我们遇到几个运送孟买棉纱的人——这是整个旅程中第一次见到外国货物的运输。

在河溪关，嘉陵江平静地流淌，但在洪水期间，河道至少宽360米。我们乘船到达右岸，来到一片很大的河漫滩。这里种植了很多水稻和高粱，苘麻丛也随处可见。在距离河流5千米的河漫滩尽头，我们经过一些平缓的小丘，进入一个盆地——显然这是一个古老的湖床——周围是60~150米高的光秃秃的山体。盆地盛产水稻，各处都有房屋隐蔽在树丛中。我们穿过盆地，越过山间一个低而狭窄的缺口，突然又来到河溪关下方不远处的保宁河边。我们摆渡过河后，在一个大而舒适的客栈住了下来。这一天没有看见什么特别的植被，柏木是唯一常见的树种。不过在河溪关对面的一块墓地上，有一株非常大的苦楝，树高约21米，干围约3米，是我见过的最大的苦楝。

保宁府有一段辉煌的历史，虽然现在它仍是重要的行政中心，但地位已远不如从前。在汉人征服这里之初，它是战略要地。在明代（1368~1644），一位大元帅在这里修建了一座宫殿，后来，凶残的叛军首领张献忠（1630~1647）洗劫了周围的乡村，但留下了保宁府。因此，城中许多官邸和寺庙都有着久远的历史。

保宁府曾是非常繁荣的蚕丝业中心，但是近20年来逐渐衰落，现在丝绸业几乎没落了。官府正试图重振蚕丝业，但由于缺乏经营能力和坚韧不拔的精神，至今还没有成功。听说附近的山上产天然野蚕丝，人们将蚕放养在灌木状的枹栎（*Quercus serrata*）树上。

保宁府占据了河流左岸的一大片冲击地，周围是低矮、光秃的金字塔形山地，高90~180米，使保宁府看起来就像一个圆形剧场。除了一座亭子外，从对岸看不到其他突出的建筑，实际上亭子打破了单调的水平屋顶。城墙内很大一部分土地被衙门、寺庙和富人的住宅占据。商业主要集中在城外的一条街道上。雨伞是最显眼的商品，但是保宁府的特产是醋，我们看到不少装着保宁醋的大坛子。

枸桔（*Citrus trifoliata*）组成的刺篱也是这一地区的重要特征，它使安静的街道看上去犹如乡间小径一般。整个城市都用井水，井通常很深。据说水质很好，但是客栈里的水却有一股泥土味。在城里停留了一天，我的印象是整个城市都很干净，人们彬彬有礼，但是曾经繁荣的保宁府正在衰落。保宁河很浅，在洪水期间河道大约460米宽。河水流量可容船只通航至重庆。小船逆流而上可至广元县。有些货物可以用小船从甘肃碧口顺流而下运至昭化县（Chaohua Hsien）。河流对于保宁府而言极为重要，因为除了对外贸易外，城里使用的煤炭和木材也要通过水路运送。城镇对面的河右岸是一片山崖，山崖上的柏木林中有几座寺庙和亭子。繁忙热闹的小村南津关（Nan-ching-kuan）就在山崖的缺口处。保宁府周围的木材只有少数几种。柏木常用于修建房屋，桤木（*Alnus cremastogyne*）主要作为燃料，偶尔也用来做窗框。松树除了作为燃料几乎没有别的用处。附近连中国用得最多的针叶树——杉木都没有。木材价值很高的红豆树（*Ormosia hosiei*）以前非常多见，也很便宜，但现在要从很远的地方运来，因此价格昂贵。栎树和黄连木（*Pistacia chinensis*）是这里仅有的两种用材树种。保宁府是重要的传教中心和新教徒主教的驻地。在短暂的停留中，我有幸与仁慈的卡塞尔斯主教（Bishop Cassels）和他的一位副主教愉快地度过了几个小时。

离开保宁府，我们沿着大路前进，路上经过潼川府，终于在9天之后到达成都，从宜昌到成都共历时54天。

从东乡县到保宁府，一路的乏味超出我的想象。集市日拥挤的人群是一大问题，但好在我从未受到骚扰。当地人非常贪婪狡诈，他们总是提高食物价格，导致我的随从经常与他们发生争吵，有几次我不得不出面调解。四川农民和小店主的贪婪是外省人的笑柄，他们将四川人称为"川耗子"。虽然四川人较为吝啬和贪婪，但他们也是了不起的农业行家。"人错与己过"①，让大家评说吧！如前所述，四川人多是移民后代，保留了各自故乡的习俗，总是称自己是祖先所在省区的人。

四川这个古老地区的显著特征是：

1．农村集市经过精心设计，各集市平均相距约15千米。每个集市村每月有9个集市日，临近村庄的集市日互相错开。集市村通常位于山顶分水岭的隘口处，有一条多少有些遮盖的中心街道。

2．稻田分布于山坡和山顶，都是梯田。河谷很深，通常覆盖灌丛，可开垦的河漫滩和河谷平地非常少。这一地区农业高度发达。仪陇县周围种植了大量棉花。

3．有很多精雕细刻的华丽陵墓，非常壮观；墓碑通常独特而庄严。路边的神龛和神

---

① 译注："Mote and Beam"，出自《圣经》，原文为"a mote in somebody's eye, and a beam in one's own eye."字面意思为"别人眼中的微尘，自己眼中的梁木"，指看见别人的小缺点而不知自己的大错误。

像都维护得很好。

4．妇女体态丰满、行动自由，她们是集市的重要购买力。该地区的妇女都没有裹小脚。

5．该地区人口稀少，不算富裕，但能自给自足。

6．人们好奇心很强，因为此前他们几乎没有见过外国人。

▶ 生长在石地上的中华蚊母树（*Distylium chinense*）灌丛
▶ 红豆树（*Ormosia hosiei*）和建筑
▶ 巴州耕种的山谷

第十章　成都平原
——中国西部的花园

　　成都平原是四川这个大省唯一一片辽阔的平原，也是全中国最富饶、最肥沃、人口最多的地区之一。它南起江口[①]（Chingkou），北至绵竹县（Mienchu Hsien）城外的秀水河（Hsao-shui Ho），直线距离约129千米；东起赵家渡[②]（Chao-chia-tu），西至灌县，直线距离约105千米。从西南端的邛州到东北端的德阳（Teyang）县城外，距离约129千米。成都平原四面的边界很不规则，总面积接近9065平方千米。成都是四川省的省会，成都平原上还有17个具有城墙的城市和许多没有城墙的较大规模的乡镇。农舍散布于平原的各个角落，总人口可能超过600万。

　　成都平原部分是盆地，部分是有一定坡度的冲积扇，东部和南部海拔约460米，西部和西北部海拔约700米。西面和西北面边界是陡峭的群山，山的高度临近雪线。西北端常年被冰雪覆盖的九顶山俯瞰着整个平原。另一边的边界，红色盆地的砂岩突起形成300～460米高的陡峭悬崖。高大的山系保护着平原免受北方和西方冷空气的侵袭，但这也造成了成都平原气温多变、多雾、空气潮湿和天空阴霾等特点。

　　成都平原的富饶和肥沃归功于完善而绝妙的灌溉系统，这是大约2100年前一位名叫

---

① 译注：今彭山县江口镇。

② 译注：今金堂县境内。

中国乃世界花园之母

李冰的官员和他儿子一起创建的。灌溉系统的中枢在成都平原西部边缘的灌县，在群山中奔流的岷江从那里流出。灌溉系统的原理很简单，但是细节错综复杂。他们首先凿开挡住河流的离堆（Li-tiu）山将河水引入，之后修建了一座倒"V"形的堤坝，将岷江水一分为二，分别叫作南江与北江。北江的水穿过离堆山的通道，流过灌县后分成3条主要河流。其中最南边的一条叫作走马河，直接向东流，灌溉郫县（P'i Hsien）和成都。中间一条叫作柏条河，流向为东北方向，灌溉了上述地区的西部和北部。这两条河流经成都的南面和北面，并在东城门附近交汇。第三条河，即最北部的一条叫作蒲阳河，向北流经彭县①（Peng Hsien），然后转向东南流经汉州②（Han Chou）。所有这些分支的次一级支流及网状灌渠在赵家渡附近交汇，并成为沱江的源头。沱江流向正南，流经著名的盐井——自流井，最后在泸州汇入长江。数不清的山溪从平原西北边界的山脉流下，汇入蒲阳河。这些溪流宽而多石，没有固定的河岸，仅在雨天或者春季冰雪融化时才出现。旅行者在穿过平原北部时能推测出在挖掘灌溉渠道和修建堤坝之前，整个地区是什么样子。让我们重新回到位于灌县的灌溉系统。南江占据了岷江的原河床，在离堆山的正对面分成4条主要河流。最东边的一条叫作江安河，灌溉了灌县、郫县和双流县的部分地区。第二条河叫作羊马河，灌溉了上述三县的其他地区，在新津县与江安河交汇。第三条河叫作黑石河，灌溉了崇庆州③（Chungching Chou），在新津县与其他河流交汇。第四条河叫作沙沟河，向西南流经大邑县（Tayi Hsien）和邛州，也在新津县与其他河流交汇。除了形成沱江上游的河流外，其余所有横贯成都平原的河流都在江口交汇，江口是成都平原东南部边缘的小村庄，距离成都市南部约72千米。

交汇的运河、沟渠、人工及天然河流形成了一个复杂但完美的水系网。总的来说，水流快速而稳定，堤岸稳固，没有洪水危害。所有河流和运河不但可用于灌溉，还可以作为各种工业的能源和动力。很多面粉厂就靠垂直或水平安装的水车提供动力，类似的还有研磨菜籽榨油的加工厂。

我们今天看到的水利系统并不完全是李冰父子完成的。他们是创始人，而一代代后人遵循他们制定的治水路线和方法并将其发扬光大。这个著名的灌溉工程或许是全中国唯一得到持续保护和全面修缮的公共设施，每年都会维修堤岸、清除淤泥。水利府（Shui-li Fu）是专管水利事务的官方机构。每年冬末，他们把北江水转入南江，以便清除淤泥。早春，这里会举行一年一度的放水仪式，场面非常宏大。李冰的治水格言"深

---

① 译注：今四川省彭州市。

② 译注：今四川省广汉市。

③ 译注：今四川省崇州市。

淘滩，低作堰"已成为定律并得到了严格执行。在当时存在诸多腐败的中国，这个古老的制度能始终得到严格高效地执行，真是让人耳目一新。这项工程的发明者已经被奉若神明，灌县有两座可以俯瞰这一伟大工程的宏伟庙宇，足以见得数百万人民对李冰父子的感激之情，人们享受着李冰父子带来的富裕和繁荣，并永远记住了英雄的贡献。

　　这两座庙中较大的一座值得详细描述。它是迄今为止我在旅途中见过的最精美的庙宇，可能在中国没有任何寺庙能超越它。它隐蔽于美丽的树林中，背靠山坡，面对河流，一阶阶宽敞的台阶通向庙宇前。整座建筑为木结构，有精美的雕刻和涂漆。石材铺设的庭院很宽敞，有古老而工艺独特的青铜和铁制装饰物。庙里供奉着李冰夫妇及其儿子的塑像，还有许多镀金雕刻的匾额、历代帝王御赐的宝物，以及总督、王公贵族、行会等敬献的供品。道士们很细心，将庭园打扫得干净整洁，连一颗杂草都没有。庭院里有许多有趣的乔灌木，修剪得非常有中国特色。有两株紫薇（*Lagerstroemia indica*）大树被修剪成高约7.6米、宽约3.7米的扇形，非常壮观，据说它们的树龄在200年以上，我从未见过如此美丽的植株。

整个平原被分成很多小地块，各个地块或各组地块与相邻地块高度不同（有时高差仅三五厘米）。这就需要一个复杂的灌溉系统，因为需要确定每条水渠的水量供给其支流的比例，以及不同地块的供水顺序。这个系统现在已经很完善了，每块稻田都能够准确及时地得到充足的水。完善的灌溉系统使成都平原从未发生过粮食短缺，更不用说饥荒了。

这个地区没有极端天气。夏季，庇荫处的温度很少达到38℃；冬季很少低于2℃。全年湿润、多云，特别是在冬季，由于多雾，很少见到太阳。土地常年种有庄稼，一年两季，分别在四五月份和八九月份收获。两季作物间还间作有其他作物。水稻是主要的夏季作物，但有些地区生产小米、甘蔗、豆类、山蓝（*Strobilanthes flaccidifolius*）和烟草，郫县的烟草最为著名。小麦和油菜是主要的冬季作物，蚕豆（*Vicia faba*）、豌豆、大麦和大麻（*Canabis sativa*）在某些地区也很常见。温江县①（Wen-chiang Hsien）以大麻而著名，这种大量栽培的冬季作物主要销往四川其他地区和长江中下游地区。大麻的俗名是火麻，许多旅行者都曾搞错。夏季作物苎麻（*Boehmeria nivea*）和苘麻（*Abutilon avicennae*）或多或少，而黄麻（*Corchorus capsularis*）很少见，我唯一一次看见黄麻是1910年7月在姚家渡②（Yao-chia-tu）附近。成都平原北部的绵竹县和德阳县③种有少量棉花，但是没有商业价值。罂粟在平原上从没有大量种植。

中国所有蔬菜和油料作物在成都平原都有一定规模地栽种，质量与其他地方差不多。如果一一列出，除了生长在中国寒冷地区的作物外，其他所有作物都要列入清单。这一作物清单在后面的章节中会做详细介绍。

成都平原的一个显著特征是到处都散布着不计其数的大宅院和农庄，而且多位于竹林、楠木林或柏木林中。房屋四周的树林相当密集，使整个地区看起来林木茂密，所以无论在哪里都无法看到数千米之外的地方。

关于树木种类，随便就可以列举50种。在河流和沟渠边缘，有很多桤木（*Alnus cremastogyne*），它们是薪柴的主要来源。在平原北部，有奇特的喜树（*Camptotheca acuminata*），它们具有光滑的树干、灰色的树皮和大量小白花组成的头状花序。在房屋周围，竹子、栎树、苦楝、皂角树、柏木和楠木是最常见的树种。楠木是寺庙周围的一大特色，润楠属（*Machilus*）好几种树木都叫作楠木，它们的共同特征是非常高大、树荫浓密、常绿。楠木的树形优美且木材很贵重。偏南部地区有很多榕树，但在成都很

---

① 译注：今四川省成都市温江区。

② 译注：今四川省金堂县境内。

③ 译注：今四川省德阳市。

少，松树与杉木（*Cunninghamia lanceolata*）也都不常见。偶尔可以看见红豆树（*Ormosia hosiei*），但多在寺庙庭院中或者路旁的神龛边。成都府的重要产业是养蚕，因此，桑树很多，柘树（*Cudrania tricuspidata*）也比较常见，它们的树叶都可用来养蚕。

在如此高度开垦的农耕地区，天然植被必然会遭到破坏。残留的少数乡土灌木和草本植物生长在河流和墓地边缘。有些地方可见到芒（*Miscanthus sinensis*）和阔叶芒（*M. Latifolius*），到了秋季，它们浅黄褐色的羽状花序非常吸引人。偶尔可见具刺灌木，如小檗、滨枣、马甲子（*Paliurus ramosissimus*）和白簕（*Acanthopanax trifoliatus*），它们可用作绿篱，但用竹子编成的篱笆最常见。

由于城市、乡村和农庄散布平原各处，必须要有道路网连通。一条主干道从北部延伸至东北部，穿越成都平原直达陕西省，最终到达遥远的北京。公元前220年，伟大的秦始皇（他下令修建了万里长城）下令从陕西省开始修筑这条道路，从成都向西南延伸至邛州，然后通向遥远的拉萨。其他的大道将省会与位于东南部的重庆、西部的灌县和数民族地区连接起来，其中重庆是长江边上重要的贸易中心。次一级的道路将这些主干道与其他道路连接，并将省会与平原内外的所有大城市相连。大多数道路中间最初由一两块石板纵向铺砌而成，两边是裸露的泥土。这里特有的独轮手推车来来往往，在石板上磨出了很深的凹槽。由于碾压太频繁，大部分石板现在已经被磨没了，只剩下很长的土路。天气干燥时，道路上有很多灰尘，但不难走；而在雨季，路上全是深及脚踝甚至膝盖的烂泥浆，根本无法通行。雨天在这样的道路上行走是一种难以言喻的经历。这些恰恰体现了中国的矛盾性，这里就算不是全中国最富裕的地区，也至少是中国西部最富裕的地区，但政府对于道路建设却极其吝啬，道路不但很窄，维护得也很糟糕。关于中国的铁路，我也有很多话想说——的确，中国非常需要铁路，不过更加迫切地需要良好的公路和普通道路。成都平原上的大道和小路对于这个繁荣、富有地区的人民来说是一个耻辱。"众人之事不关任何人之事"这句谚语在西方国家和中国同样适用。道路的存在是为了大家的便利，但没有人负责维护；事实上，包括乡绅、农民、官员和王公贵族在内的所有人都忽视了道路。

道路虽然不宽，但横跨道路却建了很多牌坊和拱门。它们大多数用红色砂岩建造而成，少数用灰色砂岩或木材建成。在更加富裕的城市附近（例如汉州），牌坊特别多，很多是中国建筑的杰作。它们建造精美，上面有表现神话故事或者日常生活场景的浮雕。檐角通常延伸上翘，使整体建筑格外轻盈美丽。这些夸张的长翘角是该地房屋、寺庙和神龛的典型特征。

沟渠、运河和溪流无数，上面都修建了桥梁。桥梁维护得很好，体现人们对桥梁工程师的信赖。桥梁多用红色或灰色的砂岩建造，与汉州的一样，很少用木材。这些石桥

▲ 成都平原路边的竹子

从单孔至十多孔不等，有的是拱桥，但通常是半圆形；有的是堤道或栈桥，栏杆或有或没有，从横跨狭窄沟渠的单块石板到一系列立于河床中间桥墩上的石板，形式各异。在新都县①（Sindu Hsien）附近，有一座长约110米的栈桥。在成都东门外，有一座用红色砂岩建造的9孔桥，通常被认为是马可·波罗游记中提到的那座桥梁。在姚家渡附近也有一座类似的桥梁，但它有20个孔。在汉州城外，有一座木结构的廊桥，长达110米，宽约5.5米，架在8个石头桥墩上。这座桥叫金雁桥，非常漂亮，是我在旅途中见过的最华丽的木结构桥梁。

关于河流和运河堤坝加固的方法，普遍使用的是竹石笼，即将鹅卵石放在腊肠状的竹笼里作为堤坝。据说，其历史可追溯到明代末年。在这之前，桥墩和护堤都是铁制的，铸成巨大的牛、龟、柱子等。在运河交汇或分叉的地方，以及高差较大、河水泻落的地方，通常用牢固的石墙保护泥岸。

令旅行者惊讶的是那些建造桥梁的巨大石块，特别是竖立的桥墩石。我没有精确测量过，但这些条石至少长11米，端截面为正方形，边长约50厘米。石材通常是硬质石灰岩，偶尔为砾岩。砂岩石板用于建造跨度小的桥梁。在赵家渡，砂岩石板被用作桥板栏。

描述成都平原上的诸多城市，需要很多时间。除省会成都外，省内各城市大体相似。但在规模上，它们差异很大，有的是没有城墙的大城镇，其商业价值比有城墙的城市大。大多数城市及其附近地区都因地方特色而闻名。例如，绵竹县的小麦粉和纸张，郫县的烟草，温江县的大麻，彭县的槐蓝属植物，双流县的稻草编织品，等等。这些城市大多很古老，都有精美的寺庙，这些寺庙像是财富的中心。马可·波罗在13世纪到访过成都（东经104°2′，北纬30°38′），他称赞成都是一座"富饶华贵之城"。众多现代旅行者都认同这位伟大威尼斯人的看法。成都人口35万，可能是中国最美丽的城市。它的布局与北京完全不同，与广州也很不一样，很难进行比较。如今成都比较现代化了，但它还是在古蜀国都城的位置上。古蜀国于公元前221～前209年被秦始皇所灭，并在名义上并入其疆域，随后的汉代（公元前206年～25年）将其并为中国的一部分。在三国时期，这里是刘备统治的蜀国都城。随后的朝代这里一直是重要的行政地区，皇亲国戚和总督常驻于此。成都现在仍然是掌管四川和西藏事务总督的驻地。

英国、法国和德国分别在此建立了总领事馆，但在条约上成都并不是开放口岸，中国人成功阻止了国外领事馆在此购买土地建造员工宿舍和办公室。因此，外事人员只好在一些破旧的房屋里办公、居住，这些地方不卫生、有害健康，与这些国家的庄重权力

---

① 译注：今四川省成都市新都区。

很不相称。让他们住在如此糟糕的地方，简直是耻辱。成都府远离伦敦、巴黎和柏林，也远离北京，但把各国领事搞得像边远地区的乡下人一样合适吗？每个教派的传教士都盘踞成都，他们只要有钱就购买地皮，建造住宅、医院、学校或者教堂。

城市四周都是高大的城墙，周长约14.5千米，有8座城楼和4座漂亮的城门。城墙基部宽约20.1米，高约10.7米；顶部宽约12.2米，沿着城墙有锯齿形的栏杆[①]。城墙的墙面和地面都用硬砖铺砌（平原上其他城市的城墙都用砂岩铺砌），并维护得很好。在清朝时期，一支鞑靼军队在此驻扎。城市西南部的一大片地方被围起来形成一座满族城。满族城里有许多私人和官府的精美住宅，以及寺庙、阅兵场等。城里很干净，而且秩序井然。漫步街头，各行各业都有中国文化韵味。多种多样的商品表明他们都很富裕。垂直悬挂的店铺招牌涂漆镀金，上面用很大的汉字写着店铺名称和出售的商品，体现了中国独有的书法艺术。城里有很多官员，他们乘坐轿子快速地在街道上穿梭。轿子很特别，轿杆长而弯曲，轿身置于弯曲轿杆的顶部，当轿子抬起时，轿身正好高于人们头顶。街道上总是挤满行人、轿子和独轮手推车。不同的行业占据自己特有的区域，如专营木器的街道，还有鞋店、骨制品和角制器皿店、皮毛店、刺绣店、旧服装铺、丝织品店、洋货店，等等。丝绸纺织业是成都的一大产业，有数以百计的丝织机用于生产。

成都受西方影响的迹象很多。已有一所省立大学和许多传授西方知识的学校，还有两所试验农场、一家兵工厂、一家铸币厂、一间百货商店，以及许多半西方风格的建筑物。兵工厂和试验农场均在城外。一家供照明用的发电厂在我上一次到访时（1910年）已经建成运转，电话服务也正在进行中。邮局在欧洲人的控制之下运营得很好，这是唯一顺利完成并运营良好的西式革新。其他（包括我没有提及的）都还在纯粹而简单地尝试中。这些都掌控在官员手中，他们总是相互猜忌，中饱私囊的事情不计其数。正直官员的良好意图很容易被心怀妒忌的献媚者和极端的保守势力破坏。有无数试验失败的例子，其中一些还非常荒唐；但若能恰当管理，大多数改革是有利的，也是可以成功的。官员们都在疯狂而草率地学习西方知识，他们认为这很有用。实际上他们并不知道自己想要什么，而且各个方面都缺乏协调合作。学生统治着大学，他们的父辈和乡绅统治着全省。他们的口号是"中国属于中国人，外国人与外国势力滚出去"！这个声音完全合理，但应当放慢脚步。他们自认为已经羽翼丰满，然而他们所掌握的知识还处于幼儿时期。一些鲁莽的人发起了一场叛乱[②]，它传播很快，给国家带来了深重的灾难。它的最初目的并不是反对朝廷，而是反对外国资本。为了修建汉口至成都的铁路，中央政府允

---

① 译注：即垛口。

② 译注：即保路运动。

许向外国贷款。这笔贷款无疑是火上浇油，成为引发叛乱的导火索。清朝政府被推翻了（清政府衰弱无能，50年前就应当灭亡），在中国政治混乱、即将分裂的形势下，袁世凯打着共和政体的幌子成立独裁政府，成为唯一能挽救中国的人。但是外债的需求比以前更加迫切。现在的政府机构只是暂时的，另一个朝代必定出现。我前面提到，四川省由总督统治，实际又受地方乡绅的控制，这是最麻烦的地方。总督必须遵循中央政府的指令，但他又不得不取悦地方乡绅。如果两股力量直接对立，再聪慧的外交官也无法挽救这个局面。四川总督赵尔巽被调到满洲①，他的弟弟赵尔丰被从藏区调回四川，任新总督。但新总督到得太晚，无法制止叛乱，最后被杀。乡绅们宣布，不允许外国资本以及相关势力参与四川铁路建设。这些专制者说，用中国资金和中国工程师，建设计划也一定可以完成。而中央政府的想法不同，做了另外的安排。于是在乡绅们的煽动下，叛乱爆发了，局势很快失去了控制。清朝在1644年建立政权后，立即将四川从匪首和杀人狂魔张献忠的血腥统治中拯救出来，给这片土地带来了和平。没想到267年后，清政府又被成都平原乡绅发动的叛乱推翻。王朝也好，共和也罢，政权总是兴衰更替，但是将来如同过去一样，这块肥沃而美丽的土地——中国西部的花园，将依靠农业技术继续赢得支持，获得财富、影响和力量。

▶ 新津县，麦田、房屋和树木
▶ 新津县郊区，河流边的城市
▶ 成都，河边的亭子和寺庙
▶ 成都街上的建筑和树
▶ 成都闲适的男女
▶ 绵竹县，田地和旁边的树

① 译注：东北三省。

02.37

第十一章　四川西北部
——翻山越岭前往松潘厅的旅行纪事

　　1910年，在我们到达成都数日后，我决定前往边境小城松潘厅，主要目的是采集我以前发现的某些针叶树新种的种子和标本。1903年和1904年，我曾两度到访这个有趣的城镇。第一次，我沿着主干道经灌县和岷江河谷到达那里。第二次，我沿着向北的大路穿过成都平原，到达绵州^①（Mien Chou），然后又沿着另一条大路经中坝和龙安府到达松潘。在两次旅行中，我发现了一条小路，它从石泉县^②（Shihch'an Hsien）穿过群山，最后与上述两条大路连接。我想这条小路一定充满趣味和新奇。据我所知，只有天主教传教士曾走过这条小路。这次我们选择安县（An Hsien）作为旅行的起点。

　　抱着这个目的，我们于8月8日清晨从成都北城门启程，沿着向北的道路，一直到达汉州，然后沿着岔道经什邡县^③（Shihfang Hsien）和绵竹县，到达了距成都约150千米的安县，共花费3天半时间。我们走的这条道路穿过富饶的成都平原，到达靠近秀水河的平原西北端。随后，我们穿过低矮的小丘陵，顺着一条小河到达安县。路很好走，但由于天气特别热，我们感到很疲劳。

---

① 译注：今四川省绵阳市。

② 译注：今四川省北川县。

③ 译注：今四川省什邡市。

安县是一座不怎么重要的小城，位于溪流左岸，背靠光秃秃的山峰，山峰比河面高约610米，位置和环境条件十分优越。两条小溪在此交汇，形成河流，在高水位季节可以通航至绵州，绵州位于嘉陵江水系西部支流——涪江边。安县靠近成都平原西北边缘，其河运至少在夏季能直接通航至重庆。

我们从北门离开安县，道路沿着河流主河道而上，河边修建了低矮的堤坝防洪，堤坝由石块砌成，非常坚固。穿过一条种有庄稼的小河谷后，我们进入了岩石较多的峡谷，并从一座长约100米的铁索桥过了河。这座桥很老旧，维护得很差，我们走过时，摇晃得很厉害。再往前几千米，我们又从一座类似的桥上越过河流，下午6点到达了今天的目的地——擂鼓坪[①]（Lei-ku-ping）。擂鼓坪附近种植了一些水稻，但玉米是主要农作物。魔芋（*Amorphophallus konjac*）常作为玉米的下层作物栽培，其块茎通过漂洗去除辛辣味后，可作为食物。路上有很多行人，大多是来自松潘运送羊皮和药材的苦力，他们在安县将货物装船，然后运到重庆。有很多用小桶装的碳酸钾和油菜籽粕饼。附近山上有煤，但质量很差，多为粉状，我们遇到了20多个运送煤炭的骡子，还有许多运煤的民工。

擂鼓坪海拔约838米，是一个很大的集市村，有一条主要的街道，两端各有一道门，日落时关闭。擂鼓坪还是重要的茶业中心，茶主要销往松潘厅等地。附近地区都种有茶树。后面我还会对这个产业做进一步描述。

清晨雨下得很大，尽管我们出发时天气晴了，但一上午都有阵雨。离开擂鼓坪，我们攀爬了100多米，到达一个低矮的山头，然后，下山到达位于一条大河流右岸的曲山（Che shan）村[②]。曲山村产的茶叶也销往松潘，但地位没有擂鼓坪重要。

从曲山到石泉县的道路是一条沿着河流右岸的上坡路，河流从陡峭险峻的山中流过。小路普遍高于河流100多米，大部分宽阔、好走，但总是不断地上上下下。山坡很陡，但只要不是完全垂直的地方都已开垦为耕地，玉米是主要的农作物。山上石灰岩非常少，主要是松散的砂岩和泥板岩。这些泥板岩风化得很快，坡度最大的耕地通常由泥板岩组成。

这条河很宽，高水位季节船只易于航行，即使现在木筏也可以顺流而下，但我们没有看见任何水上交通。河水很脏，岸边有很多漂浮的木头。人们将它们捞上岸，干燥后堆积起来作为主要燃料。这里树木很稀少，但房屋周围都种有槐树（*Sophora*）、黄连木（*Pistacia*）、青檀（*Pterocelts*）、梧桐（*Sterculia platanifolia*）、复羽叶栾树

---

① 译注：即擂鼓镇。

② 译注：今四川省北川县擂鼓镇陈山村。

（*Koelreuteria bipinnata*）和桤木。复羽叶栾树正值花期，金黄色的花组成大型、多分枝的直立圆锥花序，叶片很大，有许多分叉。这里的灌木不多，但令我吃惊的是，野生月季（*Rosa chinensis*）非常常见，路旁、悬崖上和溪边都有。

从石泉县城下行数千米，河上横跨着一座竹吊桥，长约73米，悬挂在用竹篾编成的缆索上。缆索有8股，直径约0.3米，固定在河两岸的支柱上。吊桥两侧有两根相同的缆索从桥上方较高处横贯河流，并由竹索与支撑桥面的缆索相连。一个绞盘装置用来拉紧缆索，较低的缆索上铺有结实的柳条编制物，形成桥面。和其他吊桥一样，由于桥很重，中部下凹得厉害，在上面行走时非常不稳。这种桥的寿命只有几年，大风常使它们变得非常危险。

石泉县是座小城，海拔约850米，位于两条河流交汇处下游一点的左岸，位置很好、环境迷人。小城四周都是陡峭的山体，或多或少被开垦耕种。城内有许多树木，给我留下了很深的印象。一座亭子和一座小塔矗立在两座小山顶部，庇护着本地的福祉。城外郊区狭长，呈带状位于河流和城墙之间。城墙有几处坍塌，城门矮小。我们住在一家造型古怪的大客栈中，客栈里散发出强烈的臭味，蚊虫也很多。这一天共走了32.5千米，但这里的路似乎很长，挑着担子的挑夫们很晚才到。由于要支付铜圆，当我们打开盒子，准备取出银子兑换时，发现有人从中偷了30两银子和5美元。盒子一直由一个我们在大宁县雇用的挑夫负责搬运，由于我们对他非常满意，所以一直留用下来。前一天他因身体不适，雇用了一个当地的挑夫帮他挑担子。当我们走到曲山附近时，他仍然不能挑担子，于是就将他辞退了。他显然是嫌疑犯，但还算有点儿良心，给我们留下大约一半的钱。由于他已经离开快一天了，因此我没有声张以减少损失。如果将这件事告到官府，必定会给我们带来更多麻烦，免不了还要增加开销，而且追回钱财的机会很小。这是我在中国第一次遇到这种事，也是唯一一次。

我们沿着河流右岸，在通往松潘的主干道上继续前行，到达河流源头后翻越山脉，从茂州①（Mao Chou）进入岷江上游河谷。1908年，我曾走过这条路线的大部分。当时我从绵竹县附近翻过九顶山（Chiuting shan），再经土门（Tu-men）到达茂州。现在走的这条路是从石泉县向西北方延伸。从成都到这里，我们没有要护卫护送，但由于对前面的路况不熟，我想最好能在这里配备护送队。按照通常的做法，我把卡片递交到县衙，告诉官员我的行程，并要求提供护送。半小时后我的卡片被退了回来，并通知我们松潘有动乱，因此不能提供护送。这样的拒绝草率而无礼，我不知道县官是否认真负责。我在中国的11年旅行中，这是第一次，也是唯一一次遇到官方的无礼对待。好在这两次不愉

---

① 译注：今四川省茂县。

快的经历都无关紧要，记录着我在石泉县的旅行。我一直热切渴望去石泉县，因为从这里我就开始了川西之旅。

第二天一早，太阳刚刚升起，我们就离开石泉县，逃离了那个臭气熏天、蚊虫滋生的客栈。衙门的人没有露面，也没有人试图阻止我们走计划的线路。我非常担心发生这种事，但幸好我的担心是毫无根据的。我们从北城门离开，沿着一条水量几乎与主河道相当的支流前进。道路沿河左岸而上，很快通向一条狭窄、荒芜的深谷，我们花了一天时间才穿过深谷。和所有类似的道路一样，道路沿着山坡，通常高于河面之上100多米，而且不断地上上下下。虽然这里的岩石是松软的泥板岩，而且时常可见山体滑坡的迹象，但道路维护得较好。凡能耕种的地方都种植了玉米，房屋很少，而且相隔很远。这个地方令我想起岷江上游河谷汶川县（Wench'uan Hsien）附近的地区。树木非常稀少，梧桐（*Sterculia platanifolia*）[1]或许是最常见的树种。几乎所有灌木的叶片都很小，有些很厚，有些覆盖了一层茸毛，可见这里气候很干燥。小叶六道木（*Abelia parvifolia*）、蕊帽忍冬（*Lonicera pileata*）、宜昌女贞（*Ligustrum strongylophyllum*）和多种绣线菊（*Spiraea*）等是常见灌木，野生月季灌丛也不少。在距离今天的目的地开坪镇（Kai-ping-tsen）还有2.5千米处，我们从一座建造精良的石拱桥上越过一条清澈的溪流。一天中我们经过了数座由竹篾编成单条缆索构成的吊桥——这是边陲乡村贫困的标志。在石泉县附近，我们经过了一座类似的竹吊桥；在开坪村，也有一座这样的吊桥。路上运输非常繁忙，运送的货物主要是碳酸钾、木板和油粕饼，全都由挑夫背运。

开坪村海拔约975米，是一座有大约50座房屋的小村庄，坐落于石泉县以北约25千米的河流左岸。我们住在一座新盖的空房子里，非常舒适。当地人很友好，与乡民的短暂相处非常愉快。村里有一块相当精美的墓碑非常醒目，据说是最近才立的，墓主人是村里一位备受尊敬的寡妇，这是村子最值得一提的事。

离开开坪村，我们继续沿着河流左岸而上，穿过了与前一天类似的地区，走了15千米后到达小坝地（Hsao-pa-ti）村[2]。这是个集市村，村子规模较大，约有100座房屋，农舍分散在各处。山不甚陡峭，种有玉米。房屋低矮，由泥板岩建造，屋顶覆盖着板岩块。今天正好是集市日，食物、柴火和碳酸钾是主要商品。一座竹吊桥横跨在河上，一条道路穿过这里，最后与石泉县至茂州间的主干道连接。走出小坝地，道路远离河流，我们穿过玉米地向上翻过一道低山梁，然后下到一条小支流旁，越过支流后继续向上攀登了约300米，来到另一个山脊的顶部。从这里我们又看见了主河流流过优美的山谷。山

---

[1] 译注：*Sterculia platanifolia=Firmiana simplex*。

[2] 译注：今四川省北川县小坝乡。

谷尽头就是今天的目的地——片口（Pien-kou）村。虽然片口看起来近在眼前，但实际上，路程不下10千米。我们沿着道路穿过玉米地到达山谷，最后从一座老旧的竹吊桥上走过，吊桥很不稳固，摇晃非常厉害，很不安全。

片口［地图上标注的是元口（Yuan-kou）］海拔约1160米，是一个比较重要的集市村，但最近一场火灾烧毁了一半房屋，所以难以找到住处，唯一合适的客栈也都住满了，房客都不愿意离开。经过一段时间的交涉，房客终于被说服，我们才得以住下来，虽然很挤，但很舒服。一位房客因发烧而病倒了，我给他服用了奎宁，并为他留下足够几天服用的药，令他十分感激。这件事很快便传开了，一下子有很多人向我求药。中国人很看重奎宁，大概这是他们唯一相信的西药。

据说这一天路程有35千米，路途很长，而且索然无味。植被很贫乏，桤木是唯一常见的树种。

我们走的那条道路在离松潘城约80千米的镇坪关[1]（Chun-ping-kuan）附近与茂州至松潘的主干道交会。我们没有打听到通往龙安至松潘的路，但我们仍然相信能够找到。目前为止，地图上的线路都是错误的，我完全不知道我们现在身在何处。不过，我早就习惯这样了。

离开片口，我们走了20千米到达白羊场[2]（Peh-yang ch'ang），这个小村庄有20多座分散的破旧房屋。由于山体滑坡，一些道路非常糟糕。壁立于路边的岩石主要是泥板岩。我们沿着河右岸（从石泉县开始，我们就走在这条路上）走了11千米，然后从一座临时搭建的由两根原木组成的桥上摇摇晃晃地穿过河流到左岸，这里原本有一座竹吊桥，现在已经垮塌。在桥头住着一位中国官员，当地人叫他"屠素"。这位官员彬彬有礼，他为我们出主意，还引领我们过河。

总的说来，今天的行程与前两天差不多，我们穿过了一条多石且无趣的峡谷。凡能利用的地方都种植了玉米，我们仅看见了两小块水稻田。房屋很少，且相距很远，路上仅有几个挑夫背运碳酸钾、木炭和木板。植被都没有什么价值，桤木、枫杨（*Pterocarya*）和灯台树（*Cornus controversa*）是仅有的几个常见树种。河边有很多大叶醉鱼草（*Buddleia davidii*），正处于盛花期。月季很常见。有些地方有很多宜昌百合（*Lilium leucanthum*），这种百合除了不具鳞芽，其他方面与通江百合（*Lilium sargentiae*）很像。在白羊场海拔约1250米处，我们发现一条转向右侧的道路，它在水晶

---

① 译注：今四川省阿坝藏族羌族自治州镇坪乡。

② 译注：今四川省松潘县白羊乡。

堡① （Shui-ching-pu）与龙安至松潘的大路相连，于是我们决定走这条路。

在白羊场，我们住处上方的河流分为两支，其中一支很清澈，当地人认为这是较大的一支。就在这条溪流上游，道路与茂州至松潘的大路连接。当地人告诉我们，这条路要比我们来时经过的路难走，主要是因为最近洪水冲毁了桥梁。在通往岷江河谷的岔路口有一个叫作桦子岭（Hwa-tsze-ling）的地方，那里的冷杉和云杉林很美。片口是一个相当大的酒市，大多数酒类通过崎岖的乡野道路销往松潘。

前往龙安至松潘大路的第一天，我们一直在赶路，一天下来非常疲惫。途中我们经过两次上下坡，在走上第三个上坡后又走了27.5千米到达小沟（Hsao-kou），并在那里过夜。第二段上坡路高差至少610米，而且非常陡，途经一片玉米地和野草丛生的荒地。下坡路经过矮林和灌木丛。房屋散布各处，凡有条件的地方都种有作物，主要是玉米，也有马铃薯和豆类。道路很难走，不过我们之前走过比这更差的路。

森林已经被毁，未开垦耕作的区域覆盖着灌丛。在较高的峭壁上和人畜无法到达之处，零星分布着几株针叶树，但我们没能接近它们。总的说来，植被与川西地区海拔1520～1830米分布带常见的种类相似，但比其他地区种类少。河谷里桤木很常见，山坡上漆树（*Rhus verniciflua*）和核桃（*Juglans regia*）大量分布。在矮林中，多毛和无毛的珙桐（*Davidia*）都很多，但没有看见大树。在河漫滩和废弃的耕地上，大叶醉鱼草（*Buddleia davidii*）形成一道美丽的风景线——成千上万的灌木丛，开满紫色的花，令人大饱眼福；其变种绲花醉鱼草（*Buddleia davidii magnifica*）花瓣反卷，花色更艳，非常引人注目。我还采集到一种白色变型，仅有一小株。柔毛绣球（*Hydrangea villosa*）分枝繁多，高1.2～2.4米，花紫红色，是一种非常艳丽的观赏灌木。在潮湿多石的山坡上，有数百万株鬼灯檠（*Rodgersia aesculifolia*），现在正值果期，如果是在花期，那大片雪白的圆锥花序一定非常迷人。我在其他地方从未见过如此茂盛的鬼灯檠。大片的升麻绣线菊（*Spiraea aruncus*）开着纤细、拱形、羽状排列的白花。有一种没有花瓣的溪畔落新妇（*Astilbe rivularis*）非常特别。

小沟村海拔约1800米，仅有3座分散的房屋，周围是玉米地，附近还有些废弃的房屋。村庄四面都是陡峭的高山，那些高耸的石灰岩悬崖和崎岖挺拔的山脊都无法到达。在客栈后面，有几株落叶松，附近还有几株叶子扁平的高大云杉。我们所经之处的房屋附近还有很多厚朴（*Magnolia officinalis*）。客栈主人栽种了一种药用乌头（*Aconitum wilsonii*），其块茎是一种珍贵的中药。

我们全天只遇到三个运货的挑夫，其中两人运的是钾盐，另外一人运的是椴树的树

---

① 译注：今四川省绵阳市平武县水晶镇。

▲　一个牌坊

皮，当地用它来制作草鞋。沿途经常能看到林火痕迹。

第二天的雨破坏了原本很有意思的旅程。从早上7点到下午2点，我们艰难地攀登了约1220米，到达顶部山口，并翻越了土地梁山（Tu-ti-liang shan）。然后下行约1220米来到一座叫木梳坝（Hsueh-po）的小村，找到一座舒适的大房子住了下来。雨从上午11点开始一直下到晚上。我们的视线范围仅百米，不时有一阵狂风驱散薄雾，我们便可以瞥见覆盖着灌丛和针叶树的悬崖，以及可望而不可即的山峰，但是能看到这样景色的机会很少。

小沟村的房屋非常分散，离开住处不久，我们遇到了两三座房屋。但大约走了1.5千米后，房屋和耕地没有了，之前极多的大叶醉鱼草和柔毛绣球也消失了。最初平缓的上坡很快变得十分陡峭，穿过灌木和野草组成的丛林。人们会定期对这些稀疏的野草丛和灌丛进行刈割和焚烧。将焚烧的灰烬放在底部有筛孔的木桶中，并将沸水浇在灰上，经蒸发浓缩，剩下的残留物就是碳酸钾。将碳酸钾装瓶，可运送到集镇上销售。路上我们看到了几处加工制造碳酸钾的简陋小屋。小路沿山溪而上，非常难走。伐木工用原木铺设了一条穿过河流和沼泽地的小径，但这些潮湿、光滑的原木很难走。在过溪流时我滑倒了，我立即跳进满是岩石的溪水中，避免了一场事故。在山顶附近，距龙安一侧的山口有一段距离的地方，有一段用劈开的木头做成的长而窄的阶梯。再往下数百米，道路变得平缓，山坡变得开阔，像公园一样，这和我在中国其他地方看见的很不一样。树木被砍伐后形成草坡，放养了不少马、山羊和猪。

以前这里一定覆盖着针叶树，但伐木工将森林完全破坏了。只剩下一些衰老且毫无价值的小树，有铁杉、云杉和冷杉。这一区域的突出特征是有很多连香树（Cercidiphyllum），在潮湿的山坡和山体两侧类似公园的地带都很常见。有很多腐烂的大树桩，我测量了其中一个树桩，并拍了照，它的干围达16.8米！这棵巨树在离地约9.1米处折断，树干已经中空，但仍有茂密的枝叶。这些树桩是我在中国见到的最大的阔叶树残留。散布于这些残留树桩间的连香树，高18.3～24.4米，干围2.4～3.0米，树形优美，有无数整洁、近圆形、鲜绿色的树叶。其中一株刚开始结果，这是我第一次采集到连香树的果实标本。（后来，我采集了成熟的种子，该树种现种植在美国哈佛大学阿诺德树木园中，希望它能耐寒。已证实它是日本原种的一个变种。）

毛叶连香树（Cercidiphyllum japonicum sinensis）比东亚温带地区已知的其他阔叶树都高大，只有同科的水青树（Tetracentron）能与它相比，水青树也是土地梁山森林中很常见的树种。当地人将连香树叫作"白果"，严格地说，在中国这是银杏（Ginkgo biloba）的俗称。

山顶由泥板岩构成，似乎很适于普通植物生长。在海拔约2440米处和山顶之间，美容杜鹃（*Rhododendron calophytum*）特别多，树高12～15米，干围1.5～2.1米，具有美丽的红棕色树皮，大片的美容杜鹃林覆盖了上万平方米。附近也有很多有趣的领春木（*Euptelea pleiosperma*）和湖北枫杨（*Pterocarya hupehensis*）。当地用湖北枫杨的树皮盖屋顶。柳树很常见，而且有数种，农民常用某种柳树的树皮和椴树皮来制作草鞋。紫药荚蒾（*Viburnum erubescensprattii*）或许是最常见的灌木，其花白而芳香，圆锥花序下垂，果实最初猩红，后变为黑色。各种楤木类（*Araliads*）植物附生于树皮粗糙可积聚腐殖质的大树上。树林中还有各种槭树、结满果实的花楸和许多其他有趣的树种。高大的草本植物非常壮观，主要是没有花瓣的溪畔落新妇（*Astilbe rivularis*），升麻绣线菊（*Spiraea aruncus*），开着白色和粉红色花类似秋牡丹的野棉花（*Anemone vitifolia*），具有乳白色大型圆锥花序的白苞蒿（*Artemisia lactiflora*）和具有黄色、粉红色和紫色花的凤仙花；与它们混合生长的有唐松草、乌头（*Aconites*）、多种千里光（*Senecios*）和黄花绿绒蒿（*Meconopsis chelidonifolia*）。黄花绿绒蒿高约0.9米，花黄色，有光泽，呈浅碟状，花径约6.4厘米。满山坡都是大片各种各样的草本植物。

实际上，这里有大量有价值的植物。该地区的植被非常丰富，但不幸的是大雨阻碍了我们进行深度调查。

木梳坝海拔约1830米，有数座房屋，周围都是高山，山上有一条很大的溪流，发源于附近的山口，流经狭窄的河谷。玉米是主要农作物。前面提到的大叶醉鱼草和柔毛绣球在这一海拔高度也有分布，都繁花盛开。还有桤木和杨树，杨树的树形非常优美，嫩叶具有红色的叶柄和叶脉。

整夜都在下大雨，但幸运的是，我们的住处很好，能够遮风挡雨。直到第二天上午11点雨才停了，但依然乌云密布，薄雾使我们的视线变得模糊。客栈周围有几株叶扁平、小枝下垂的麦吊云杉（*Picea ascendens*）①，很漂亮。云杉在当地叫作麦吊杉或麦吊松，是这里最好的木材。树木被砍伐后，锯成约7.6米长、30厘米宽、12.7厘米厚的木板，人们将其背到河边，用木排运输。在这些山区，木材业是一个相当大的产业，有大量木材销往中坝。这种美丽的云杉能结很多果实。（后来，我得到了许多种子，成功地将其引种到西方国家的花园中。）

离开木梳坝，我们穿过山溪，沿着左岸下山。在孔桥（K'ung chiao），山溪与另一条大小相同的溪流交汇，形成一条清澈而美丽的河流。从这里向下便种有水稻。不断有溪流汇入这条河，一条相当宽的支流在土店子汇入河流。在土店子上游5千米的柏木桥（Peh-muchiao），人们将周围山上砍伐的木材编成木排，漂流而下。在水晶堡下游，河

---

① 译注：*Picea ascendens*=*Picea brachytyla*。

流汇入龙安河（即涪江）的主要支流，木排经龙安城到达中坝，中坝是一座具有重要商业价值的大村庄，通过嘉陵江水系可直达重庆。

土店子是一个小集市村，也是一个天主教传教中心。从安县到这里，有很多教徒。这里的乡民很客气，也很有礼貌。我认为，这可能归功于具有献身精神的天主教牧师的影响。但不管原因如何，这个知之甚少的地区和这里的人们给我留下了美好的记忆。

这一天的路都很好走，道路围绕山坡在河流上方延伸。在土店子，我们沿着一条长约65千米的乡野道路向龙安府前进。在土店子下方5千米处，我们从一座廊桥上过河，到河流左岸又向下走了几千米，穿过一个岬角，来到涪江边，对面就是水晶堡（Shui-ching-pu）。我们乘船到达水晶堡，在一座大房子里落脚，房主是一位信奉伊斯兰教的陕西人。

水晶堡海拔约1280米，是一个约有200座房屋的集市村。它坐落于一个冲积河漫滩上，周围的山地大部分已开垦耕种。一条宽阔的河流携带大量碎屑在村子下方汇入涪江。沿着河流有一条上坡路通往甘肃省文县（Wen Hsien），据说很难走，途中经过西番（Sifan）人聚居的山区。铁是这一带较为重要的产品。附近地区也分布着黄金。将石英碎成小块，在平常用来碾米的水椎上碾为粉末，之后将粉末冲洗掉，再用水银可将金子分离出来。一些农民沿着整条龙安河淘金，但收获很少。1904年，在我第一次经过绵州、中坝和龙安前往松潘时，官府张贴告示禁止淘金，理由是移去河滩的砂石会引起滑坡和塌方。

从木梳坝到水晶堡据说有30千米。我们经过的河谷都已开垦为耕地，到达柏木桥后，农庄越来越多。桤木、胡桃和杨树是常见树种，房前屋后多栽有梨、李和桃。在一个庭园里，我看见一株壮观的紫薇（Lagerstroemia indica），它高达7.6米，干围约0.7米，满树都是洋红色的花。在潮湿的岩石上，覆盖着美丽的蕨类植物，有生根狗脊蕨（Woodwardia radicans）、天长乌毛蕨（Blechnum eburneum）和铁线蕨等。前面提到的大叶醉鱼草和柔毛绣球也非常多，它们繁花似锦，异常美丽。

在水晶堡，我们踏上了龙安府至松潘的大路。1877年6月，英勇的吉尔上尉（Captain W. J. Gill）是第一位走过这条线路的西方人。此后，又有少数几位旅行者和传教士走过这条路。

如上所述，1904年我第一次走这条路。那时我没有照相机，所以这次重走这条路主要是为了补充收集照片。我以植物学者的身份考察这个地区，希望接下来的描述能准确无误。

大约在早上7点我们离开水晶堡，轻松地走过了25千米，在下午4点到达小河营（Hsao-ho-ying）。接着沿着在河流左岸的上坡路走了大约10千米，刚好到达小村庄叶塘（Ye-tang）上方。在这里，另一条大小相近的支流在河右岸汇入河流。一条小径沿着这条支流而上，穿过高山和西番人居住的地区，在松潘厅下方几千米处与茂州至松潘的大路交汇。我们经一座长约22米的铁索桥越过涪江的左侧支流。前行数千米，进入一风景壮美的荒野峡谷。石灰岩悬崖上覆盖着植被，在305～610米高的悬崖上，一条山溪飞流而下，冲到巨大的岩石上。可利用的山坡上都种植了玉米，冲积河漫滩上种有水稻。一处山崩形成了一连串瀑布，在其下方，我们从一座廊桥上过河，到达河右岸。大约在距离小河营1.5千米处，峡谷突然敞开，变为一圆形小山谷，山谷中部就是小河营村。小河营村四周环绕着围墙，从一个古老的大门处看过去，村子呈现出一番平和而迷人的美景，村庄被陡峭的高山完全围住。然而，一旦进村，就会发现这里非常贫穷。在一条较宽的主要街道两侧都是破旧的房屋，很多土地用来种植玉米。这里的村民已经适应了周围破败的环境。

小河营海拔约1615米，意为"建于小河边的兵营"，是古时的设防村。80年前，约有700个士兵在此驻扎。由于周围地区陆续被攻克，驻军数量很快减少。现在，驻军减少到40人，但不知是否真的有这么多。低级军官的3个衙门是这里唯一像样的建筑物。

在水晶堡，我们听人说可以在小河营兑换银子。事实证明，这是无稽之谈，我们陷入了进退两难的局面。然而，正如当地人所说——"莫来头"①。

今天旅途中的植物不是特别丰富，但还是有一些有价值的植物。小河营周围，核桃（*Juglans regia*）、漆树（*Rhus verniciflua*）、杨树、苹果、梨、李、桃树和杜仲（*Eucommia ulmoides*）都很常见。在山溪边，醉鱼草（*Buddleia*）呈现出壮观的美景。在叶塘附近的寺庙庭院里，有一株巨大的珂南树（*Meliosma beaniana*），高达18米，干围约3.7米，冠幅至少24米，其羽状复叶形成浓密的树荫，树上长满豌豆状的紫色小果实，我采集了许多成熟的种子。这一小科中的羽状复叶树种都是美丽的乔木，以前从未见过。我成功地引种了3种，全都有希望栽培成功。其中一种是暖木（*M. veitchiorum*），现在栽培在英国皇家植物园邱园（Kew Gardens）的正门入口处，生长得非常旺盛。

从小河营到施家堡（Shuh-chia-pu）有15千米，我们沿着道路攀登到一个狭窄河谷中，河漫滩和山坡下部种植了玉米和荞麦，没有什么特别的植物。不时可以看见房屋。在施家堡约有20座房屋，非常贫穷，河流在其正上方分叉。我们沿着左边较大的一条支流向上走，走进一条狭窄的峡谷。总的来说，道路尚好，但还有待改善。峡谷里景色壮观，十分罕见。悬崖主要是由石灰岩组成，非常陡峭，高610～910米。凡有立根之处，植被都生长茂盛，除了垂直的石壁，到处都覆盖着茂密的灌木丛。山溪边有很多野草、灌木和小乔木，山顶和山脊覆盖着云杉和松树。不时可以看到树木线上的高耸而

---

① 译注：四川方言，意思是天无绝人之路。

荒凉的山峰。山溪激流咆哮，奔腾澎湃，奔向更广阔的乡野。在平缓的地段，河流形成一系列"S"形曲线，覆盖着水柏枝（*Myricaria germanica*）和柳叶沙棘（*Hippophae salicifolia*）的沙石滩伸入水中。在峭壁稍退缩形成狭窄河谷中，有三四间农舍，农舍周围的小块土地上种有玉米、荞麦、白菜、唐古特大黄（*Rheum palmatum tanguticum*）和当归（*Angelica polymorpha sinensis*）。废弃的荒地上覆盖着野草，其中齿叶蠹吾（*Senecio clivorum*）高1.2~1.5米，具有金黄色花，十分引人注目。大卫氏落新妇（*Astilbe davidii*）和醉鱼草也很多。一种亚灌木状的接骨木高0.9~1.5米，具有簇生的橙红色果实，在所有开阔而潮湿的地域都很多。［该植物后来被确认为新种，在1912年出版的《威尔逊植物志》（*Plantae Wilsonianae*）第二卷第306页被命名为血满草（*Sambucus schweriniana Rehder*）］植物种类的确丰富多样，我采集了大量标本，没有辜负一天的辛勤劳动。沿山谷攀登约15千米后，我们在天黑之时赶到老堂房（Lao-tang-fang）的客栈。一路上我们遇到了很多行人。来自松潘的挑夫主要搬运药材、羊皮和羊毛制品，而前往松潘的挑夫主要搬运特制木桶盛装的酒、腊肉和大米。老堂房海拔约2320米，除了一家新的大客栈，没有别的房屋，我们来到时还没有完工，里面一侧是长排铺位，另一侧是用于放置行李和货物的长凳。整个建筑木结构，房顶覆盖着简陋的木瓦。泥地非常潮湿，墙角和床铺下都长出了植物。床垫和长木椅的靠垫是黑羚羊和扭角羚的毛皮，每张毛皮的颜色都不一样。据说这两种动物在附近很常见，黑羚羊尤其多。大熊猫也在这里的竹林里出没。

客栈虽然非常拥挤，但满足了人们急迫的需求，为以后的旅行者着想，我真心希望店主能早日将客栈建好。这里曾有一座非常简陋的客栈，1904年我在这里度过了一个不愉快的夜晚。客栈附近除了一块很小的白菜地，没有种植其他农作物，但林中空地已经被清理出来种植当归和其他中药材。这里的景色原始而壮观，无法用语言形容。到处都是陡峭的高山，多高于溪流910米以上，山上林木茂密。面向河流的一面几乎全部是石灰岩峭壁，植被极少。其背后是几乎垂直的陡坡，有枯死的针叶树残干。回看来路，远远可见裸露、陡峭的山峰，高达4270~4880米。客栈周围的小山坡都覆盖着密集的阔叶落叶树林，更高的山上和悬崖生长着高而少分枝的针叶树，不过树都不大。总之，这里呈现出一片壮丽的自然风光，目前尚未遭到人为干扰和破坏。

夜晚很冷，风从尚未建好的客栈中吹过，为了保暖我们穿上了最厚的衣物。

第二天，我们比平时出发得晚，不慌不忙地走了20千米，在下午5点前到达三舍驿（San-tsze-yeh）。全程都在一个荒凉的深谷中向上攀登，轿子不得不拆开搬运，到达目的地时大家都很疲倦。我们很享受这种晴朗的好天气，从深谷的底部能看见很窄一条藏蓝色的纯净天空。我拍到了许多美景，但这个地区太过陡峭，树林也太过浓密，无法拍摄树木的照片。

小路沿着溪岸蜿蜒曲折，布满岩石的山溪咆哮翻腾，几乎占据了整个深谷底部，给道路留下了很少的空间。我们多次穿越山溪，有时涉水而过，有时从半腐朽的圆木桥上走过。好在水很浅，没有给我们带来麻烦。1904年，在大雨过后我曾攀登过这个深谷，想起遭遇的困难如今仍然历历在目——许多道路和桥梁都被冲毁，必须在丛林中砍出一条小路，许多地方还需要砍倒树木作为临时桥梁。

无法用语言来形容这个蛮荒的深谷原始而令人敬畏的风景。巨大的石灰岩悬崖高915～1220米，都非常陡峭，以至于植物难以找到立根之处，但是山溪及其山路两旁则被或稀疏或浓密的林木覆盖。这里的瀑布很多，但是小山溪很少。植被非常丰富，但大多无法靠近。实际上，所有常分布于海拔2134～2740米地带的乔木、灌木和草本植物，在这里都能见到。树种主要为针叶树，有岷江冷杉（*Abies faxoniana*）、云杉、铁杉、落叶松、白松、刺柏和紫杉等。华山松（*Pinus armandi*）是海拔约2590米以上最常见的树种，它以一种异乎寻常的方式"钉"在陡峭的悬崖上。它树干矮小，叶片很小，几乎看不出是华山松，看起来更像是绿色的五月花柱[①]。云杉和冷杉正值果期，直立、匀称的蓝紫色冷杉球果非常美观。红杉（*Larix potaninii*）比其他针叶树都多，但植株较小。在这里，所有的针叶树都被称作松树。但就建筑用材而言，较受青睐的依次是红杉、云杉和白松。在落叶阔叶树中，槭树、椴树和桦树最常见，杨树也有一些，栎树特别少，而且植株矮小。灌木种类很多，高丛珍珠梅（*Sorbaria arborea*）是最吸引人的种类之一，它的花朵白色，形成很大的圆锥花序。还有绣线菊（*Spiraea*）、荚蒾（*Viburnum*）、忍冬（*Lonicera*）、悬钩子（*Rubus*）、山梅花（*Philadelphus*）、花楸（*Sorbus*）和许多其他科植物，有的正值花期，有的正值果期，就像是大自然的花果展。各种千里光（*Senecio*）、落新妇（*Astilbe*）、乌头（*Aconitum*）和银莲花（*Anemone*）等高大健壮的草本植物在路旁绵延数千米。在庇荫处，掌叶铁线蕨（*Adiantum pedatum*）优雅迷人；在阳光充足的地方，可爱的龙胆（*Gentiana purpurata*）开着鲜艳的深红色花，这样的景色令人永生难忘。

在三舍驿下方约5千米处，深谷变宽成为一个狭窄的河谷，山溪左岸的山坡不太陡，覆盖着草本植物。我们路过一些老碉堡的旧址，还看见了一个西番人的小村庄，村里有三四间农舍，屋顶上插着很多经幡。这个小山谷中种有小麦、大麦、荞麦、燕麦、豌豆和蚕豆等农作物，都即将成熟。

三舍驿海拔约2804米，几间简陋的小屋建于一块平地上，山溪在这里分为3条等大的

---

① 译注：庆祝英国传统节日五朔节的装饰花柱。

支流。我们路过的所有较高的山峰都光秃秃的，最高的山峰上还有斑驳的积雪。整个山系由雪宝顶（Hsueh-po-ting）的侧脉和支脉组成，雪宝顶很高大，上面覆盖着积雪。三舍驿东北方向则是其他高大的山峰，山峰表面裸露、贫瘠，并不吸引人。村庄周围是典型的藏区风貌。贫乏的农作物和乡民的赤贫，清楚地表明这里的海拔和气候不利于发展农业和工业。汉人对这些地方望而却步，不会在这里定居。西番人赶着牛羊，过着游牧生活，他们是这片土地的主人，不过在政治上服从中国政府。征服这个荒芜的地区一定非常困难，需要大批军事精英才行。

在三舍驿，整个晚上我都在剧烈地打寒战，可能是受凉引起的，一阵呕吐之后才稍微好转。身体的不适加上群狗的狂吠，使一夜好觉成为泡影。因此，第二天我比平时更多地乘坐轿子。

从三舍驿上行12.5千米，在河右岸有一个非常有意思的地方。山溪的水从终年积雪的雪宝顶流下，溪水中富含钙质，沿着溪流沉积了一层乳白色的石灰厚壳。这里被西番人视为圣地，他们认为任何自然现象都很神圣。他们在这里建了一座寺院，从溪流中引水，并构筑小型的半圆形水坝，建造了50多个连续的小水池。小水池间稍有高差，溪水从一个池子流入另一个池子，钙质沉积物会使水坝不断增高。每个小池的底部都是乳白色的，但由于深度不同，在阳光下会反射出不同的颜色，有清澈的天蓝色，还有乳白色、粉红色、绿色、紫色等。这座寺院叫作黄龙寺（WangLung-ssu），崇尚自然的西番人将自己视为大自然的儿子，他们认为这个地方很神圣。寺院附近有很多壮观的瀑布，水流中倒伏的乔木和灌木上包上了一层钙质外壳。寺院上方的河流至少有70米宽，河床具有柔软的乳白色钙质层，钙质层波纹轮廓鲜明，十分美丽。这些钙质沉积物延伸了两三千米，呈现出动人心魄的奇景。

在寺院上方不远的河床上，可以看到积雪覆盖的雪宝顶。山坡上的积雪不多，冰川下部是红色岩石构成的悬崖。色彩对比的鲜明，非常引人注目。据说再往上走几千米，在靠近雪线的地方还有一座寺庙，但我太累了没有前去参观。

黄龙寺四周有云杉（*Picea asperata*）、岷江冷杉（*Abies faxoniana*）、桦树，以及各种乔灌木组成的美丽森林。钙质沉积物附近的树木看起来很不健康，许多已经变白、死亡，还有一些发黄、濒临死亡。从这些植被可以看出，这些钙质沉积物是最近产生的，但蔓延得很快。一些杜鹃生长在河流边缘和树林中，但长势不佳。在河右岸，我采集了一种非常矮小的高山灌木北极红果（*Arctous alpinus ruber*），它的果实红色，很像

越橘，在加拿大不列颠哥伦比亚省的冰川附近也曾发现过这种植物。这种可爱的小植物，高仅10～15厘米，在附近很常见，但以前中国并没有记录。在小水池附近，黄花杓兰（*Cypripedium luteum*）非常多，它的黄花与北美鬼督邮（*C. spectabile*）很相似。（后来，我将这种植物的根茎成功引种到哈佛大学阿诺德树木园。）

　　附近的森林里有很多美丽的云杉，高24～46米，干围1.8～3.0米，短小的枝条形成尖塔般的外形，它是这里的特征树种。冷杉相对较少，但与云杉一样，都正值果期。（这两个树种后来都引种到西方庭园栽培。）在海拔更高处，只有落叶松，到了海拔约3658米的树木极限以上，就没有任何乔木分布了。大路延伸到狭窄河谷两侧的山脉上，两侧山上的植被呈现出显著差异。河流左侧的山脉海拔约3048米，仅覆盖着灌丛和草；而右岸的山脉直到海拔约3658米处，都还林木繁茂。我们走了约20千米路，午后不久便到达了三岔子（San-chia-tsze）的偏僻客栈，这里海拔约3900米，位于隘口下面约183米处。今天的前12.5千米路途中，我们见到了几座很大的农舍，但几乎所有的都废弃了，濒临倒塌。在房屋周围，有几块种植小麦、大麦、亚麻和马铃薯的土地，也有一点儿白菜、大蒜和其他蔬菜。在三舍驿附近，栽有少量黄花烟草（*Nicotiana rustica*），主要作为家用，它们看上去长势很好。从这些零星的作物可以看出汉族移居者曾努力在这片荒凉的土地上寻求生存的方法，但都徒劳无功。隘口这一侧明显比松潘那一侧冷，尽管松潘一侧海拔更高，但小麦、大麦和豌豆等农作物都长得不错。

　　除了上面提到的森林，草本植物也很丰富。很多种类仍在开花，各种千里光和龙胆非常引人注目。扁蕾（*Gentiana detonsa*）是一种纤细的植物，高至少0.3米上，看起来特别健壮，繁茂的深蓝色大花在阳光下尽情开放。在多石的山坡上，有很多开着黄花的甘青铁线莲（*Clematis tangutica*）花为陀螺形，簇生。农地周边的树篱主要由大刺茶藨子（*Ribes alpestre*）和高丛珍珠梅（*Sorbaria arborea*）组成；高丛珍珠梅正处于盛花期。自溪流旁边的杂树林至海拔约3505米处，鹅耳枥、樱桃树、红桦、柳树、槭树和榛树都很常见。榛树主要是刺榛（*Corylus tibetica*），其果实有刺，形似板栗。

　　三岔子的客栈主要供旅客住宿，但现在有一队士兵驻扎在这里以防匪患。客栈很宽敞，但房间很简陋，由页岩建造，房顶盖着由石块镇压的木瓦。地面是泥土的，很不平整。客栈里没有排烟口，也没有窗户，只能从大门透气。即使在中午，室内也要点蜡烛。我曾在这个孤寂的地方经历了许多日夜，有一次连着3天被大雪困在屋子里。客栈位于一个东西走向的狭窄河谷的坡地上，在树木线之上约一两千米，北面是坚硬的碎石组成的山脊，南面裸露的山峰一直延伸到终年积雪的雪宝顶。周围高山沼泽具有典型的藏东特征，请允许我稍加描述：山嘴和山谷几乎没有乔木，全部覆盖着灌丛，主要是几种绣线菊属（*Spiraea*）植物［包括毛叶绣线菊（*S. mollifolia*）、高山绣线菊

（*S. alpina*）和细枝绣线菊（*S. mytilloides*）]、鲜卑花（*Sibiraea laevigata*）、刺毛忍冬（*Lonicera hispida*）、西蜀刺毛金银花（*L. chaetocarpa*）、平卧忍冬（*L. prostrate*）、岩生忍冬（*L. thibetica*），以及几种小檗、茶藨子、灌木状委陵菜（*Shrubby potentillas*）、黄芪属（*Astragalus*）植物、沙棘、叶小枝细的杜鹃和刺柏。随着海拔升高，这些灌木一个接一个地消失，最后只剩下刺柏。到海拔约4572米处，所以灌木都消失了；高山草本植物还可以再往上约305米，植被分布的极限海拔大约4877米。刺柏灌丛高0.3～0.8米，非常浓密，很难穿越，但它却是非常好的燃料。各种草本植物与刺柏混生，绿绒蒿（*Meconopsis*）特别多。在海拔3810～4267米之间，最常见的草本植物可能是红花绿绒蒿（*Meconopsis punicea*），它很可爱，具有大而下垂的深红色花。1903年，我从附近成功引种了该植物。开蓝紫色花的川西绿绒蒿（*M. henrici*）在海拔3962～4267米之间常见，但比打箭炉周围少很多。多刺的总状绿绒蒿（*M. racemosa*）开着蓝色花，常见于海拔3962～4420米间的多石地带。绚烂的全缘绿绒蒿（*M. integrifolia*）高约90厘米，生长于海拔3505～3962米之间，但不多见，花类似牡丹，亮黄色，直径约20～28厘米。所有的高山花卉都色彩鲜艳，引人注目，无一例外。开黄色花的多是千里光属（*Senecio*）、风毛菊属（*Saussurea*）和其他菊科植物（*Compositae*），以及纤细的虎耳草（*Saxifrage*）。开蓝色和紫色花的是各种乌头（*Aconites*）、飞燕草（*Larkspurs*）和龙胆（*Gentians*）；其中，蓝玉簪龙胆（*Gentiana veitchiorum*）的花大而直立，成片地大面积生长。马先蒿属（*Louseworts*）和紫堇属（*Fumeworts*）有很多种，都开着深红色的花。还有一些报春花属（*Primulas*）植物，但种类不多。点地梅属（*Androsace*）、景天属（*Sedum*）、蓝钟花属（*Cyananthus*）等高山植物种类很多。

有羊群在这些高地上吃草，但这一带牦牛较少。猎物的种类也不多，最常见的是岩羊。在树木线附近可以看到羚牛；在更高的峭壁上，偶尔有成群的黄羊和西藏岩羚出没。雪鹑、西藏松鸡、雪鸡和类似的野禽，以及西藏野兔数量很多。狼是唯一常见的食肉动物。

天气晴朗时，从成都的城墙上可以看到雪宝顶的积雪，它被人们看作"平原之福"。中国人认为，只要山顶覆盖着积雪，成都及周围平原的繁荣就能得到保障。上次我在三岔子停留时，在一个完美的月夜里，我凝望着"平原之福"，山顶的皑皑白雪在皎洁的月光下显得格外明亮。孤独、寂静、白雪皑皑的瑰丽山峰，给我留下了极其深刻的印象。

在这里度过了一个美妙的夜晚，接着是一个晴朗的清晨。我们从海拔约4084米的隘口，在西—南—西方向看到了雪宝顶的美丽风景，还拍摄了几张照片。山顶海拔大概有6700米，看起来是一个不规则的四面体，西南部的山坡覆盖着大量的积雪，东北部山坡非常陡峭，积雪较少。周围裸露的山峰看起来很荒凉，没有任何生命的迹象，尽管一切都沐浴在灿烂的阳光下，但景象还是非常荒凉，令人恐惧。

三岔子下面是旧时的碉堡和围栏，它们是古代战争时期的遗迹，上面长满了各种草本植物，主要是虎耳草（Saxifraga），开着成片黄色和其他颜色的野花。隘口有已荒废的碉楼和堡垒，顶上还飘着藏人的经幡。在隘口附近，有一副还没盖盖儿的棺材，这让我们意识到这里有强盗出没。几个星期之前，一个贫穷的民工去龙安府买米，在这里被强盗抢劫并杀害了。强盗逃跑了，苦力的"排子"（背货用的架子）和其他物品放在棺材顶上，似乎在向人们诉说着这一罪行。周围的草场在这个季节开满了蓝色和黄色的高山花卉。

小块的砂岩、大理石、花岗岩等散布在隘口四周，其下方的沉积物类似煤灰，可能是火山爆发的产物。

我们从隘口很快下到一个河谷中，河谷里种植着金黄色的小麦和大麦。作物已经成熟，到处是忙着收割的乡民。经过一座废弃的堡垒、几座西番人的农舍和一座喇嘛庙，我们沿着道路来到了满布草地的山顶。从山顶向下走了100多米后，我们看见了位于一条狭窄、优美的河谷中的松潘城，四面被种植着金黄色谷物的农田包围。岷江的源头——一条清澈而宁静的河流，蜿蜒曲折形成一系列优美的曲线。农田里一派繁忙景象，男人、女人和小孩穿着奇异的民族服装，像画里一样粗犷、健壮，大多为当地少数民族。他们一边收获，一边说笑、歌唱。我们经历了很多艰难险阻，困乏而疲惫，但当看到这纯净的藏蓝色天空，这沐浴在温暖阳光里的大地和丰收的忙碌景象时，我们的心情变得非常愉快，充满喜悦。

▶ 岷江冷杉（Abies faxoniana）的4个球果和松针
▶ 岷江冷杉（Abies faxoniana）的分枝和球果
▶ 茂州北部，山坡上的军营
▶ 茂州北部，山后的村庄
▶ 茂州北部，山谷里有河流和山
▶ 茂州北部，三个运茶的男人
▶ 茂州街景和面对镜头的人们

0343.

- ► 树木繁茂的山坡上的云杉（*Picea asperata var. notabilis*）
- ► 山前寺庙里的云杉（*Picea asperata*）
- ► 云杉（*Picea asperata*）
- ► 云杉（*Picea asperata*）的球果
- ► 云杉（*Picea asperata*）的枝条和球果
- ► 山坡上繁茂的红杉（*Larix potaninii*）

0308.

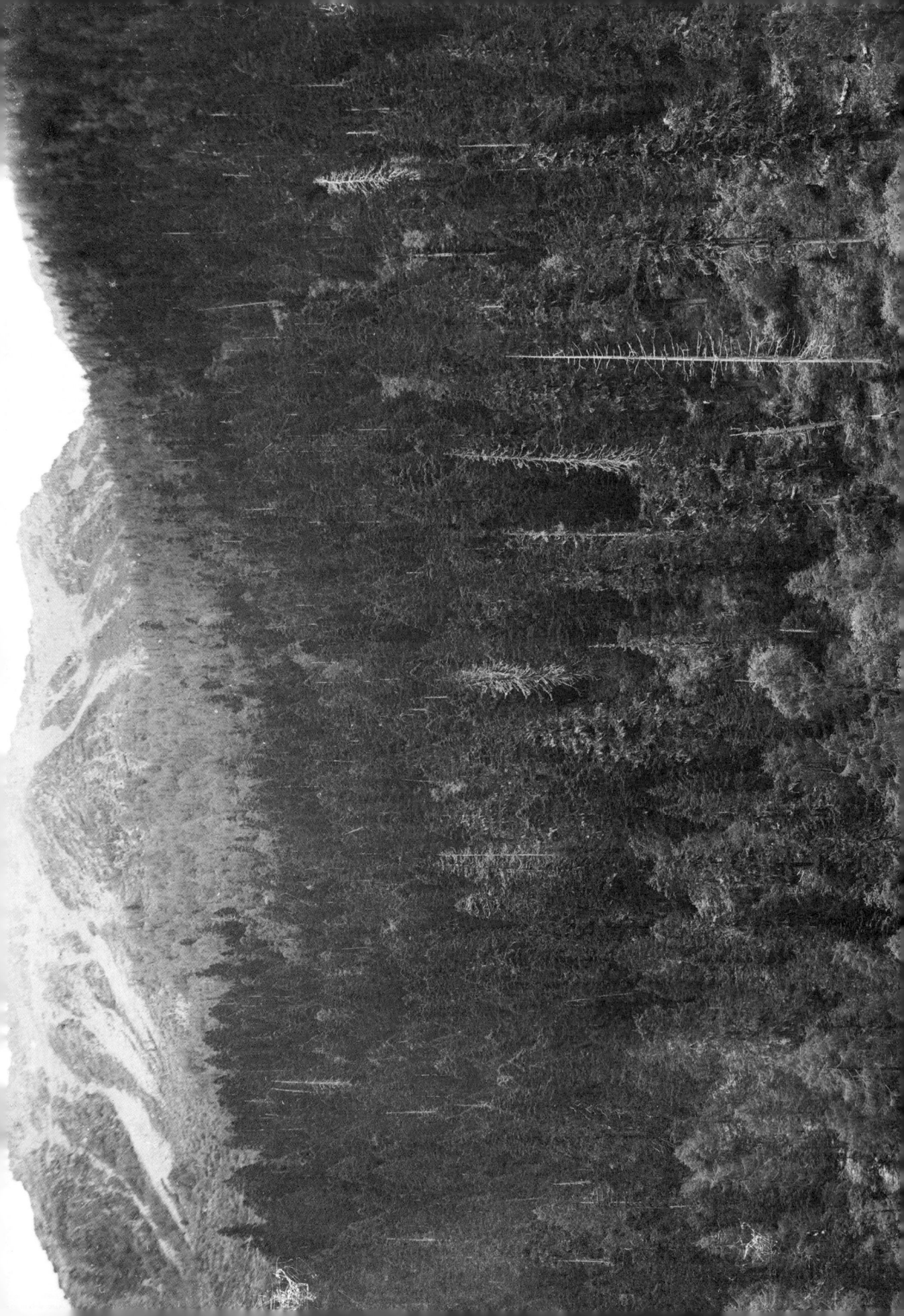

第十二章　松潘厅
——西番人的领地

　　松潘城位于四川西北角，东经103° 21′，北纬32° 41′，海拔高度约2804米，是中国西南边远地区最能体现中华文明的地方。西番人居住在松潘附近的地区，特别是西南部、西部和西北部，外人对西番人知之甚少。松潘最初为军事要塞，大约在1775年，乾隆皇帝平定了周围地区，将松潘逐渐发展为最重要的贸易中心。它属于第二级的城市（"厅"级），但是其行政主官具有府一级的官衔，官衔全称是"抚夷利民府"（Fu-I-Li Min-Fu），表明了朝廷对西番人的爱护。这个奇怪的官衔表明官方对附近西番部落的控制纯粹名义上的控制。这个要塞在军事上的重要性至今依然存在，它的战略价值毋庸置疑。有一位统领指挥10个团的中国将领，将总部设在松潘，他的管辖区域南至灌县），东至龙安府，东北至甘肃南坪[①]（Nanping）。

　　松潘城所处的位置极佳，它在一个狭窄的河谷里占据了相当大的空间，河谷中大部分为耕地，两侧是300～460米高的陡坡。岷江发源于其北部约56千米处，蜿蜒曲折流入河谷，以"S"形曲线穿过松潘城，流进与流出城市的地方河水很深，都无法涉水而过。松潘城西侧是陡峭的山坡，山坡两侧修建了城墙。西城门位于山坡顶部，高出河流约300米。除了一个衙门和一两座寺庙外，城墙内的山坡都被开垦成了层层梯田，房屋聚集在

[①]　译注：今四川省九寨沟县。

河边。围绕城市的三面城墙完全由砖砌成，至少有6米厚、6米高，但沿着山坡上升时，有几处只有约0.6米厚、1.2米高，城墙外就是一条深谷，增强了其防御能力。自从汉人在此定居，松潘城经历了诸多兴衰变迁。西番人一次次突袭、占领这里，屠杀了所有落到他们手里的俘虏。他们的侵袭十分频繁，汉人非常担心西番人反叛，因此，直到近几年，汉人才允许西番人在城里过夜。

1910年，松潘常住人口约3000人，流动人口与常住人口持平，或更多一些。房屋几乎都是木结构，总的说来建造优良，门廊雕刻得相当奇特。建筑用的木材大多是方枝柏（*Juniperus saltuaria*），它是从东北方向的岷江上游约24千米处顺流运输而来。1901年10月，松潘城被大火焚毁了2/3，但1910年我到访这里时，遭到毁坏的地方几乎都重建了。街道铺装得很糟糕，维护管理也很差，城里的建筑缺乏美感。在军队驻扎的南城门附近，有对外交易的花卉园艺场，规模不小。当地人非常喜欢花卉，几乎家家户户都种花。有独具特色的蜀葵，它花色丰富，很是华丽；还有卷丹、翠菊（*Callistephus hortensis*）和小花的罂粟，呈现出亮丽宜人的景色。翠菊是附近野生的；小花的罂粟是一种与高山罂粟（*Papaver alpinum*）类似的植物。这里的居民多是信仰伊斯兰教的回民，他们靠与周围部落进行物品交易而获利。最重要的交易货品是茶叶，当地部落的人常用药材、兽皮、羊毛制品和麝香来交换茶叶和一些杂货。7月，这里会举行一年一度的交易大会。人们从四面八方赶来参加交易会，交易量非常大，有的商队甚至从西北部库库诺尔（Kokonor）地区[①]长途跋涉到这里。大量的羊毛制品、羊皮和各种药材从松潘输送到中国各地。

我确信，松潘的贸易不但比以前的大，而且逐年递增。1903年，在我第一次来到这里时，我有幸与海恩斯·沃森（W. C. Haines-Watson）先生结伴而行，那时他是重庆海关的专员。沃森先生调查了这个地区的贸易，估计输出到西藏的商品贸易额为801000两白银，到中国内陆地区的商品贸易额为512000两白银（见"松潘之旅"，《英国皇家亚洲学会中国分会会报》，1905年，第36页。"Journey to Sungp'an," Jour. China Branch Roy. Asiat. Soc., 1905, xxxvi.）。我们到达那里时，松潘城尚未从那场严重火灾中恢复，贸易也受到了影响。1910年，贸易恢复了原先的繁荣。我没有数据可参考，但与前两次来这里相比，我认为松潘仅与中国其他内陆地区的交易额就有上百万两白银。贸易路线主要有3

———————————————

① 译注：今青海省。

条：一是向东经龙安府到达中坝；二是向东南方向经茂州、石泉县到达安县；三是经灌县到达成都。前两条线路分别在中坝和安县经水路运输，到达长江边的重庆。通过这两条线路，大多数货物都能运达重庆及其周边地区。第三条通往成都和成都平原上其他城市的线路虽然被看作是最重要的一条，但实际上它的重要性远不及其他两条线路。

第一位来到松潘的西方人是已故的吉尔上尉，他于1877年到访松潘。从那以后，也有一些外国人去过松潘，新教的传教士也曾尝试在那里建立教会，但都失败了。我曾3次到访松潘，每次都很愉快，离开时依依不舍。如果要我在中国西部生活，那么我一定在松潘定居。尽管那里海拔很高，但气候怡人，终年都很温和，天空总是呈现出清澈的藏蓝色。夏天，睡觉时需要盖一条毛毯；冬天，需要生火取暖、增加衣服。牛肉、羊肉、牛奶和黄油都物美价廉。小麦粉制作的面包非常可口，还有各种时令的野味。这里有新鲜的蔬菜，如马铃薯、豌豆、卷心菜、萝卜、胡萝卜；还有各种水果，如桃、梨、梅、杏、苹果和野生的黄果悬钩子（*Rubus xanthocarpus*）。在中国内陆，没有哪里比松潘厅更适合西方人生活。这里的人们擅长骑马和射击，他们有趣又奇特，非常值得研究，植物就更不用说了，这里比华西的任何一个城镇都更具吸引力。

宽400～800米的河谷和两侧高300～460米的山坡上都种植着小麦和青稞，偶尔还有豌豆和亚麻。亚麻的种子很有价值，可榨油供照明用。8月中下旬，到处都是大片被风吹弯的金黄色麦子。麦子收获后，留下大量麦茬，用犁将其翻入土中可作肥料。犁很简单，由铁犁头、直木柄、长木辕组成，辕上套两头黄牛或者杂种牦牛。

来自大金川（Tachin Ho）上游部落的人是收获谷物的主要劳动力，他们从西—南—西方向跋涉数天到达这里。每年他们都会为这项工作来到这里，已经成为不可或缺的劳动力。庄稼收割后被捆成小捆，麦穗朝下，晾在像栅栏似的高晒架上等待脱粒。脱粒用木制的连枷，男女都参加这项劳动。谷物由水磨碾磨成粉。

松潘这个地名与云杉、冷杉森林和岷江曲折的河道有关。现在岷江依然蜿蜒曲折，但森林早已消失，只有寺庙的庭院和墓地上还残存一些树木。山上一棵树都没有了，在没有开垦耕作的地方长满了灌丛和高草。山坡表层由肥沃而成层的壤土组成，可能源于冰川的作用，土壤有些黏重，但特别适合种植谷物。在农田附近的草地和灌丛中，有很多雉鸡和浅灰色的长耳野兔。麝鹿、麋鹿和白鹿在附近出没。沼泽地中有一种土拨鼠，叫作雪猪，它们成群居穴。

松潘西北面的安多地区是一片草原，汉人称之为"草地"，可能是大草原的意思。

0319.

这个地区海拔约3350米，稍有起伏，饲有成群的牛、羊和许多矮种马。大部分土地居住着西番牧民，但是更遥远的地方在果洛（Ngo-lok）和阿坝（Nga-ba）游牧部落的控制下，他们抢劫、偷盗，声名狼藉，汉人和比较平和的西番人都很畏惧和憎恨他们。这些强盗部落是唐古特人（Tangut）的后代，来自库库诺尔附近。他们具有游牧习性，离乡背井四处游荡，掠夺商队并杀害不少实力不如他们的旅行者。在我1910年到达松潘时，看见了大约200个来自成都的士兵正在剿灭这帮匪徒。大约1年前，一位中国官员在距离松潘几天路程的安多地区被杀害，但没有得到任何赔偿。有9个人涉嫌犯罪，但是部落不顾汉人的要求，不愿交出这些人。最后，以这支小部队杀死了捕获的俘虏而告终。松潘大多数羊毛、羊皮和药材是从安多地区获得的，因此，贸易很大程度上依赖于这里的和平。

西番人无疑源于西藏。他们实际上不是游牧民族，而是过着亦牧亦农的生活。他们在穿着、语言和面部特征方面，以及房屋建造的方式都与前藏的居民非常相似，而且同样信奉喇嘛教（Lamaism）。西番人又分为几个部族：松潘附近的部族自称"毛儿盖"（Murookai）；松潘城西南部的部族把自己称为"拉帕"（Lappa）。在松潘城郊，基本可用汉语交流，但稍远的地方，人们只讲当地藏语，每个小村庄都有一个翻译，负责与汉人沟通相关事务。部族人受头人管理，头人负责维护法律和秩序。汉人对待西番部落的政策是非冲突性的，只要承认政府的统治地位，就不加干涉。

就像在松潘街头及附近看到的西番人那样，他们都皮肤黝黑，身高一般1.68米以上；他们行走时有些步态笨拙，近看显得木讷和沉闷。他们的衣服是由宽大的灰色或紫红色哔叽布料制成的长袍，腰部束着一条腰带；一般都光着右臂。这种长袍通常用毛皮镶边，有时完全由羊皮制成，羊毛向内。裤子较短，毡靴很高，套着腿和脚，不过在街上常常看见他们赤脚行走。他们的头饰有时是一个低矮、石头色、柔软的毡帽，边缘卷起，有黑色镶边；有时是一个较高、圆锥形、浅灰色的毡帽，白色羊皮镶边。那些居住在汉人聚居地附近的西番人偶尔会戴上一块很脏的头巾。他们头发很长，都包在帽子里。喇嘛留着短发或者光头，上街时通常不戴帽子。他们在穿礼服时，会戴上由灰色哔叽布料制成的鸡冠状帽子，上面覆盖大量松软的浅黄色羊毛状材料。赶骡人和男人外出时一般会带上剑、刀和长枪，长枪上装有一根导火线和一个叉状部件，在瞄准时用来放置枪管。所有人的胸前都有一个装着护身符的盒子，腰带上挂着燧石盒和火绒，有时他们也随身携带常嵌有银线的木碗。有钱人会穿一件非常昂贵的豹皮外衣，并以此为傲。

偶尔能见到漂亮的年轻女子，但由于艰苦的劳动和日晒雨淋，早已失去了迷人的青春光彩。妇女一般都是平平的脸，而且很脏。然而，她们在家庭和所有商业事务中地位较高，很有发言权。面对外国人，她们很羞怯，但是她们自己相处时很爱开玩笑，自然而随意，她们总是一边劳动一边嬉笑和歌唱。她们的外衣是一块没有形状的哔叽布料，一直包裹到脚踝。通常是蓝色的，也有灰色的，但前面和底部都有精致的深红色或者黄色镶边。未鞣制的皮革制成的高靴子包住她们的脚和小腿。她们的头发长而黑，从中部分开，在后面编成一个大辫子；额头附近有一些小辫子，装饰着珊瑚珠、琥珀色宝石和小贝壳。大辫子通常盘在头顶，并包裹一块头巾，再用贝壳和珠子装饰。她们偶尔会戴上浅碟状的毡帽，穿节日盛装时，会在头饰上增加银环和艳丽的红色和黄色流苏。她们非常喜欢装饰着绿松石珠和珊瑚珠的银环、手镯和大耳环。穿着节日盛装的她们简直美丽如画。

男人会帮忙耕地、播种和收割农作物，但妇女承担了主要的农活，男人在外放牧或者外出。虽然生活很艰苦，但他们似乎很愉快，也很满足，可显然他们几乎毫无例外地遭受着甲状腺肿大的折磨。他们的房屋是由木头和页岩搭建的，有的是一层，平顶，有时后部有一个凸起的部分；更普遍的是两层的平顶房屋。他们用牛、马和羊的头数来计算财富。小麦、青稞和豆类是主要农作物。他们的饮食中肉类、酥油和牛奶占很大比重。他们常常饮用酥油茶，但更偏爱当地的一种青稞酿造的酒，也喜欢喝汉人的白酒。

他们通常是一夫一妻制，但也常有一妻多夫，这与财富有关。一妻多夫制没有公开实行，但和信奉喇嘛教的其他地区一样，他们的道德规范非常松弛。婚姻需要得到女方同意，新郎要准备牛羊等礼品送给女方父母。这里的小孩很受重视，但西番人的儿女不多。他们的第二个儿子一般都被送进喇嘛庙，这是整个西藏地区的习俗。寡妇准许再婚。人死后要么埋葬，要么投进河里。

喇嘛教的标志随处可见，祈祷用的经幡在屋顶、山顶、河边和小石堆顶部随风飘动，玛尼石堆在路旁，由手摇、风吹或者水流驱动的祈祷轮也随处可见。劳作的人群低声哼唱或者高声合唱着神秘的六字真言"唵嘛呢叭咪吽"，祈祷声不断向天上传去。西番人的唱经十分悦耳，随着抑扬顿挫的柔和节奏起起伏伏。我常在较远的地方倾听，因为如果有人靠近，他们便匆匆离开了。他们非常迷信，喜欢符咒，害怕邪恶的鬼怪，敬畏自然。尽管我与西番人接触得很少，但他们总是双手合十，给我最高的礼遇。这些幸福、淳朴的自然之子给我带来了很多欢乐和趣事。

0333.

- ▶ 松潘县东部的山脉和河床
- ▶ 松潘县东部，近处是河床，远处是雪山
- ▶ 松潘县东部，多石的田野和远处的山脉
- ▶ 松潘河谷，河水流经田野
- ▶ 一群商队的牦牛

第十三章　汉藏交会地区

　　四川与西藏之间的政治边界很难界定。实际上，现实的边界也从未达成一致。在从打箭炉经过巴塘（Batang）去往拉萨的大路上，在巴塘向西约3天半旅程的宁静山（Ningching Shan），有一个四方石柱，约0.9米高，建立于1728年。《西藏旅行指南》上说："柱子东面的土地由北京管控，而西面的土地则由拉萨管控。"石柱以南和以北地区的归属没有提及。

　　从实际出发，岷江可以被视为边界，它源于西北部的松潘厅，流经灌县。想象一条线从灌县向南，穿过邛州、雅州和富林，到宁远府^①（Ningyuan Fu），并延伸至长江，或许可看作完整的边界线。它将两边信仰不同的人们分开，而且与红色盆地的西部边界非常吻合，那是一条准确无误的自然地理界线。实际上，在某些地方，例如理番厅^②（Lifan Ting）、懋功厅^③（Monkong Ting）、天全州（Tientsuan Chou）和打箭炉，汉人已经成功建立了贸易中心和军事据点。但是所有这些地方都人口混杂，中心地区两侧或多侧被汉族之外的民族包围。汉人占领了边界以西非常有限的聚集区，多局限于大路和一些适于

---

① 译注：今四川省西昌市。

② 译注：今四川省理县。

③ 译注：今四川省小金县。

▲　打箭炉河，典型的山溪激流

种植水稻和玉米的峡谷，其中最大的是建昌（Chiench'ang）河谷①，宁远府是其府城。这条狭窄地带向下延伸至长江上游，东面以独立彝族领地相连，彝族领地占据了大凉山（Taliang Shan）较高的山地，从未被汉人征服。河谷西部地区居住着类似西藏人的部族。的确，岷江及其西部适于栽培水稻的地区，也就是从长江上的叙府至四川省西北角的松潘厅，可视为川西的真正边界。从松潘厅，经巴塘以西的边界石柱，并由此向南，沿则曲（Drechu）②画一条弧线，便是西藏与四川的大致边界。名义上整个地区属于四川省。在某些书籍和地图中，这个地区的某些部分被称作"西藏东部"，这个错误的名称引起了诸多混乱。

上述界线内的地区组成了四川和西藏之间的交汇缓冲地带，如果没有一个更明确的术语，可以将其叫作汉藏交会地区，虽然比较冗长，但它是一个具有描述性和准确性双重优点的名称。有数条商贸路线穿过这个边境，但除了成都府到拉萨的大路外，其他线路几乎无外国人问津。这条从雅州经打箭炉和巴塘到达边界的大路被汉人控制。除了这条大路，以及向西直到打箭炉附近的地区，边境的其他地区都是未知的土地。它由一系列巨大的山脉组成，山脉间被狭窄的河谷分隔，山脉下部森林茂密，较高的山峰位于雪线之上。这些山脉可与喜马拉雅山脉（Himalayas）相比，实际上，其中一些山脉就是喜马拉雅山脉向东北部的延伸。这个崎岖的地区有许多独立或部分独立的部落，除彝族外，他们多数都是西藏人。

这一地区的边界是由海拔和气候界定的，而非经度和纬度。中亚高地西北部比西南部更靠近红色盆地，形成了适于牦牛、牛、马和羊群放牧的高地。这些地区居住着游牧的西藏人，农业对于他们并不重要。腹地大部分是高山和河谷，这个崎岖起伏的地区由各部落占据，农业是这里最重要的产业，小麦、大麦和荞麦是主要粮食作物。这个地区的森林里有很多猎物，当地人擅长捕猎。最近，较为肥沃的河谷，有少数汉人居住，水稻和玉米生长得非常旺盛。但是如上所述，由于这些地方远离贸易中心和成都至打箭炉的大路，因此，汉人不多。

前面的章节简要介绍了这个地区的山系与水系，在这里我要对一些突出特征做更详细的介绍。红色盆地东部边界的山系主要由石炭纪和奥陶纪的硬质石灰岩组成，西部山系则主要由泥板岩和花岗岩组成。例如，峨眉山及其姐妹山瓦山和瓦屋山上，随处可见从较老的岩石中被挤压出来的硬质石灰岩，它们形成了陡峭的山峰和巨大的悬崖。实际上，虽然石灰岩遍及整个腹地，但前寒武纪岩石更多，它们和泥板岩（可能属于志留

---

① 译注：即安宁河谷。

② 译注：即金沙江，长江上游。

纪）暴露的部分被迅速风化和侵蚀。在森林被砍伐的地方，常有山体滑坡。这个地区有丰富的金、银、铜、铅、铁和其他矿物，但是很少开采。不过煤炭很少，只存在于少数几个石灰岩占优势的地方，如峨眉山及其周边地区。只有一个地方产盐，即建昌河谷的白盐井（Pai-yen-ching）。在打箭炉附近，含钙和铁的温泉很常见，它们或多或少都含硫黄。这些温泉通常位于山溪激流附近，常常就在这些溪流的河床中。许多温泉的水温达到沸点，可以煮鸡蛋。周围地区的人们常去这些温泉里沐浴，他们认为温泉水可以治疗风湿、皮肤病和其他疾病。

有三条大河——铜河（Tung）[①]、雅砻江（Yalong）和则曲河流经边境区域，由于山脉的限制，它们主要呈南北走向。这些河流大多从终年积雪的山峰流下，水流巨大，携带了大量碎石，而且有无数支流。只有结构简单的小船，如木排和小皮筏，可以在间断的河段短时间航行，其他船只则无法通航。这个地区的大路和小道都沿这些河流及其主要支流的河岸，但桥梁和渡口很少。

河水从陡峭的山坡或者峭壁间流过，侵蚀着河谷，灌县上游的岷江河谷是典型的例子。这些河谷都很类似，狭窄，被高耸而光秃秃的群山夹持，气候出奇地干热，与海拔很不相符。大部分地区都很贫瘠，像沙漠一样，尤其是岩石露头全为花岗岩的地区。由于气候干热，在河谷中可以看到有趣的反常现象。比如，在雅砻江上的河口[②]（Hokou），海拔约2900米的地方都可以种植玉米，然而在相同纬度的打箭炉，海拔仅比河口低约300米，玉米却不能成熟。绿鹦鹉（*Palaeornis derbyana salvadori*）是一种夏候鸟，但却出现在雅砻江和金沙江河谷海拔约3048米的地方。岩鸽大量出现在海拔约1220米以上的河谷中，猴子也很常见。植物一般都特别耐旱，近似云南高原的种类，但与附近地区的植物差别较大。这些河谷两侧的山坡上都曾有林木，虽然较低的山坡未必有茂盛的森林；但现在山坡上树木早已消失，只剩下杂草和灌丛。这些地区极易发生山体滑坡，特别是在周围高山积雪融化期间或者大雨之后。发生滑坡时，在附近旅行非常危险，几乎每个旅行者都能亲眼看到。我曾经看见过几次灾难性的滑坡，它吞噬了生命并造成了巨大的财产损失。1910年，当我沿着岷江河谷向下走的时候，不幸遇到了一个小型滑坡，导致右腿脚踝上部开放性骨折。很多地方都常有岩石滑落，在岷江上游河谷常能见到警告旅行者不要逗留的告示。

小村庄和农舍散布于这些河谷之中，由于生活条件非常艰苦，居民不得不想尽办法从荒凉的土地上获得食物。在能够种植水稻和玉米的地方，有汉人居住，但更高的地方

---

① 译注：大渡河的俗称。

② 译注：今四川省雅江县。

完全被部族人占据，由于不适宜种植水稻和玉米，他们种植了小麦、大麦、荞麦、豆类和亚麻等农作物。此外，这些河谷里也种有优质的辣椒，岷江河谷的茂州等地出产的辣椒远近闻名。房屋周围有许多树木，主要是能够遮阴的杨树、桤木和柳树。干香柏（*Cupressus duclouxiana*）在这些峡谷中很常见，这是一种优美的树木，常高达24～30米，它可能曾经覆盖周围很多地区。该树种很适宜在干燥的暖温带地区造林。其他适宜在这里种植的树木有：槐树（*Sophora japonica*）、君迁子（*Diospyros lotus*）、黄连木（*Pistacia chinensis*）、刺桐（*Erythrina indica*）、栾树（*Koelreuteria apiculata*）、刺楸（*Ailanthus vilmoriniana*）、朴树（*Celtis spp.*）、无患子（*Sapindus mukorossi*）和皂荚（*Gleditsia spp.*）。也有许多果树适宜种植，包括梨、苹果、桃、杏和胡桃。胡桃（*Juglans regia*）最为常见，可生长至海拔约2438米处。当地人用刀斧砍伤树干下部促使其多结果实，他们将其称作"打胡桃树"，可见这个古老的谚语在欧洲之外的地区也广为人知。桑树、柘树（*Cudrania tricuspidata*）和高大的竹子也很常见，它们分布至海拔约1370米处。

河谷里的许多灌木是有刺的，几乎都很耐旱。大多数灌木的叶片很小，覆盖着很厚的绒毛。这些灌木通常很低矮，许多种类具有观赏性的花或果实。蒿属植物（*Artemisia spp.*）具有银灰色、优美而多裂的叶片，以及黄色花，可能是附近一带最常见的灌木。小檗是另一种常见灌木，当出现成簇的红果和秋色叶时，非常迷人。各种栒子（*Cotoneaster*）也一样，所有种类都具有漂亮的果实。这里也有多种蔷薇，但通常仅分布于局部地区。川滇蔷薇（*Rosa soulieana*）在所有峡谷中都很常见，在雅砻江河谷中最丰富，它具有芳香的花，花最初呈黄绿色，逐渐变为白色。小叶蔷薇（*R. willmottiae*）也很常见，它长有很多淡黄色的刺，整齐的带白粉叶片，粉红色花，以及橙红色果实。美丽的黄蔷薇（*R. hugonis*）只生长在岷江河谷中海拔约910～1524米的狭窄区域，这是我在中国见到的唯一一种开黄色花的蔷薇，其果实为深红色，很早脱落。多苞蔷薇（*R. multibracteata*）是一种具有可爱的粉红色花的灌木，外形看起来很奇怪，在岷江上游河谷很常见，而在大渡河河谷少见。麝香蔷薇和峨嵋蔷薇（*R. omeiensis*）的几个变型仅分布于局部地区。除了蒿属植物外，上述所有的灌木种类都仅生长于水边。在较干旱的地方，兰香草（*Caryopteris incana*）和同属的其他种类很多，它们于7月下旬盛开鲜艳的蓝色花，还有开着粉红至紫红色花的各种木蓝属（*Indigofera*）植物。有数种醉鱼草（*Buddleja*），还有粉绿铁线莲（*Clematis glauca*）的两个变种，其叶表背白粉，花陀螺形，最初呈黄色，逐渐变成青铜色，非常独特。多砂石的河滩上生长着柳树、沙棘和水柏枝（*Myricaria germanica*）。在大渡河河谷海拔1220～1524米高度，有已经归化的仙人掌（*Opuntia dillenii*）。这种原产美洲的外来植物，无拘无束地生在贫瘠、多石的山坡

▲　岷江百合（*Lilium regale*）

上，它高1.8～3.0米，其黄色或淡黄色的花盛开时，非常美丽。其果实可食，但当地人对此并不感兴趣，他们更在意其肉质的茎，其肉质的茎煮煎出的汁液可用来治疗痔疮。

　　在杂草和灌丛之间，有多种艳丽的草本植物，几乎所有的种类都具有鳞茎或较粗的根茎。对于园艺爱好者来说，这些河谷特别有趣，因为它们是许多美丽百合的原产地。每个河谷都有其特有种类或变种，分布海拔可高至2438米，虽然这些百合的生长区域有限，但数量上特别多。在6月下旬至7月，穿过这些名副其实的野生花园可能需要几天时间。在岷江河谷，那些一年大多数时间都有阳光直射的岩石缝隙中，迷人的岷江百合（*Lilium regale*）生长茂盛，它们高0.9～1.5米，叶片纤细，茎干顶端盛开着几朵喇叭形的大花，花瓣外部呈紫红色，内部呈乳白色略带淡黄色，花香芬芳。在大渡河河谷，有比岷江百合更大的通江百合（*L. sargentiae*），它的叶片更宽，珠芽着生于叶腋，花的形状与岷江百合类似，但是花瓣外部为绿色至紫红色，内部为纯白色至黄色，多生于岩石较多的草地和灌丛之中。当地人采集通江百合的花，将其煮熟后晒干切碎，用盐和油一起炒食，就像腌制的白菜一样。卷丹（*L. tigrinum*）及其开白花的近亲川百合（*L. davidii*）

也可煮熟后食用。

在大渡河河谷，常见的草本植物是云南唐松草（*Thalictrum dipterocarpum*），高约1.8～2.4米，具有优美而多裂的叶片和许多较大的淡紫色花，被公认为该科中最漂亮的一种。在岷江和大渡河河谷局部地区，有四川波罗花（*Incarvillea wilsonii*），其高约1.8米高，花很美丽，很像红波罗花（*I. delavayi*）。这种植物一生只能开花和结果一次，虽然我早在1903年就将其引种到英国维彻苗圃，但在人工栽培中还没有开过花。开着较大紫色花的甘西鼠尾（*Salvia przewalskii*），是海拔约2438米以上河谷中常见的另一种优美草本植物。还有很多种其他观赏草本植物，在这里就不一一列举了。在裸露的岩石上，有数种卷柏（*Selaginella*）。毛蕊花（*Verbascum thapsus*）、天仙子（*Hyoscyamus niger*）和曼陀罗（*Datura stramonium*）是路旁常见的杂草，当地人都知道后两种植物有毒。从上述简略的描述可以看出，这些狭窄、干燥、类似沙漠的河谷中，具有异常的温暖气候，虽然植物种类有限，但有许多有趣和有价值的种类。

如前所述，这个地区生活着数个人们知之甚少的独立和半独立部落。整个地区类似于印度和西藏之间的区域，这个比喻也许比大量冗长的细节更能说明问题。按照这些部落的统治者和政权形式，可将其分为4类。

1. 独立状态。不从属于其他部族，对中央政府和喇嘛均怀有敌意，如彝族领地。我对彝族人并没有深入了解，只知道这是一个曾经散布于云南很多地方的民族，但现在局限于大凉山地区，他们那里没有被征服过。他们有自己独特的文字，可能原本就是当地的土著民族。

2. 半独立的状态。敌对中央政府，但受达赖喇嘛和宗教议会的控制，虽然达赖喇嘛和宗教议会本应受中央政府指派的高级专员管控，如瞻对^①（Chantui）、德格（Derge）和三艾^②（Sanai）等部落。这些部落位于雅砻江以西，靠近西藏；总的说来，与先前居住在西藏的民族难以辨别。这些更靠西部的地区被称作"西藏边境"。几年前，一位四川代理总督——赵尔丰被任命为这些边疆的行政长官。他带兵实行强硬政策，迅速让这一地区处于中央政府的管控之下。他粉碎了喇嘛的政权，摧毁了主要的喇嘛庙，斩杀了反叛头目。由于英国人入侵拉萨，达赖喇嘛出逃，使得拉萨当局无法开展支援临近边境的行动，所以赵尔丰轻松完成了任务。（1911年，赵尔丰被委任为四川总督，后来在成都被革命群众杀害。）

3. 受控制的附属状态。由世袭的本地土司统治，日常事务归四川总督管理，但是

---

① 译注：位于今雅砻江上游四川新龙县一带。

② 译注：位于金沙江上游四川白玉县和西藏贡觉县交界处。

由于普遍信仰喇嘛教，或多或少受到达赖喇嘛的强烈影响。主要有甲拉王国（Chiala kingdom）、霍巴政权（Horba states）和嘉戎部落（Chiarung tribes）。他们占据了岷江和雅砻江之间，雅州、打箭炉至河口一线以北的大部分地区。甲拉王国我会在讲述其首府打箭炉时做单独介绍，嘉戎部落将在下章阐述。

4. 一些小部落。由部分独立的首领统治，间接受中央政府委派的专员和附近的附属地区控制。实际上，它们是小型的缓冲地带，非常有利于中国维持更大、更独立的政权或部落之间的平衡。其中许多区域可以看作是由四川局部地区和此腹地遗留的土著居民组成的。这些美丽的小区域散布在这个腹地的东部，从茂州北部经西昌河谷到云南省交界处。当地首领的控制权与这些区域离汉人密集区的远近程度相关，距离很近的地方控制权是名义上的，距离越远控制权越大。

除了上述区域政权，还有一些封建领地，其最高统治者的职权行使直接受中央政府的影响，在军事上听从中央政府的调遣。这些封地的首领是世袭的，最初是乾隆时期作为援助政府粉碎嘉戎联盟的奖赏而赐予的。许多首领的权力很大，如杂谷脑土司，他控制着周围附属领地的日常事务。这个民族的人大多与嘉戎部落有共同祖先。所有这些封地和附属领地的首领们都通过联姻紧密联系在一起。

中央政府对这些民族施行的政策在道义上虽不可取，但还是非常明智的。他们用武力和金钱获得了整个边境地区的宗主权。以前某位皇帝说："要想使部族臣服，边境的行政官员应当主动亲近当地的部落并且熟悉他们的风俗，以避免他们结盟。这样，这些部落不会太强大，易于管控。应当鼓励他们在彼此的斗争中向中央政府寻求指点和保护。当然，政府不必急于平息他们的争端。如果部落受到教训而敬畏政府，并且官员行动得力，很多麻烦都可避免。"中央政府长期以来都照此行事，现在看来，很有成效。

从上述简短和不全面的概述可以断定，这个腹地有诸多民族学问题和其他非常值得研究的问题。希望在不久的将来，能尽快组织一支装备精良的考察队，对这块鲜为人知的区域进行全面考察。

第十四章　嘉戎部落
——历史、风俗和习惯

　　在第十三章划定的汉藏交会地区内，从松潘厅向南到雅州府，向西到铜河或大金河（Tachin River）上游河谷，这一区域被很多同根同源的部落占据，他们被汉人统称为"嘉戎"。该民族实际上以农业生产为生，他们在高地河谷建造家园。虽然隶属于中国，但由其世袭首领统治；每个部落都占据一个界线明确的地区，有自己的首府，整个地区的政治中心是懋功厅。这些部落都不是汉族，也不是这里的土著居民，与曾经在前藏发现的民族也截然不同。他们讲一种很难理解而且很难正确发音的方言，虽然它是西藏方言的起源，但它与西藏现在的语言相差甚远。藏文在这里应用广泛，学者、僧人、官员和商人差不多都能流利地用藏语交流。

　　这些民族的起源尚不清楚，然而，有充分的理由相信，他们起源于雅鲁藏布江（Tsang-po）源头附近的地区，可能与尼泊尔（Nepal）和不丹（Bhutan）等民族具有相同的起源。我个人认为，他们是在13世纪初成吉思汗（Genghis Khan）或者他的儿子窝阔台（Ok-ko-dai）带来协助其征服川西的。作为奖赏，赐予了他们现在的领土。在这期间，他们逐渐变强，对岷江以东的领土构成了威胁，甚至占领了某些地区。在明代，汉人与他们多次交战。后来，他们给清政府制造了诸多麻烦，直到乾隆皇帝决定粉碎他们的势力。经过一场激烈的战斗，一位名叫阿桂（A-kuei）的中国将军取得了胜利。他最先征服了小金河地区，然后历经诸多困难，攻克了大金河首府勒乌围①（Lo-wu-wei），俘虏了土司。土司名叫索诺木（Solomuh），被押往北京，经盛大的朝廷审判仪式后，他被凌迟处死。1775年初，这一地区被彻底征服。然后，政府在具有战略地位的地方进行军事移民，土地肥沃的地区被没收，归移民所有。在粉碎这个部落同盟的过程中，嘉绒部落内部出现了分裂，其中一部分站在了政府军队一方，使政府军队得到了一些部落的帮助。于是政府将把位于战略据点的某些地区分封给他们作为奖赏，并给为每个封地都选了一名统治者，他们的权力可代代相传。政府的策略达到了炉火纯青的境地，他们建立的管理体系直到今天仍保持不变。各部落的势力完全被打破了，从那时起，封地和军事移民确保了政府不再会受到这些民族的任何威胁。不过，远离政府势力范围的部落比那些邻近部落享有更大的独立性，这也是预料之中的。

嘉戎最初只有一种语言，但由于长时间隔离和不同部族的产生，出现了许多截然不同的方言。嘉戎现在分成了18个部落，分别占据大小不等的领地范围，虽然都通过联姻紧密联系，但是彼此之间并没有和平相处。他们长期处于敌对状态，彼此间的战争习以为常，这使得他们的势力一直都很弱，因此，政府的政策是尽可能少地干预。我们在地图上尽可能精确地标出这些部落和封地，但部落的名字几乎都用喉音发出，无法翻译成英语。但好在较为重要的部落，即穆坪（Mupin）、瓦寺（Wassu）、梭磨（Somo）、党坝（Damba）、巴底-巴旺（Bati-Bawang）、鄂克什②（Wokje），发音都不困难。这些民族部落占领的领土从南到北大约400千米，从东到西最宽处约320千米，人口大约50万。

两条大道穿过这个地区，一条来自灌县，另一条来自理番厅，两条路在懋功厅附近汇合。此外，一些乡野小道组成的路网连接着不同的村庄和领地。

嘉戎人基本以农业生产为生，能够熟练地种植小麦、大麦、豆类、荞麦、玉米、马铃薯和各种蔬菜。富人们常常拥有很多绵羊、牛、矮种马和山羊。马匹卖给内地商人，羊毛织成他们自己穿的衣物。他们的饮食中包括大量牛奶、酥油和肉类。他们也制造刀枪，特别是梭磨人，他们制造的武器被本部落和藏东民族广泛使用。许多人是手艺高超的泥瓦匠、建筑工匠和凿井工匠，甚至在汉人中也颇具声誉。每年8月，许多人去岷江上游地区收割农作物；实际上，他们承担了那里的大量劳动。成都和其他城市经常请他们凿井，因为他们的凿井手艺非常高超。

嘉戎人聚居的村寨从几户到几百户不等，所在的地方都易于防御。这些村寨通常在悬崖上或山顶，房屋常常像鹰巢一样筑于高而陡峭的山边。建筑很有特色，每个村寨

---

① 译注：今四川省金川县勒乌乡。

② 译注：指沃日土司。

都有一个或多个类似烟囱的碉楼，形状为正方形、六边形或者八边形不等，高达18～25米，从远处看类似于西方国家某些大工厂的烟囱。这些碉楼的用途很难猜测，但显然它们能用作仓库和瞭望塔，在战乱时期还可作为藏身处或者避难所。它们与宗教也有隐隐约约的联系，可能与中国和缅甸的宝塔有关。房屋几乎呈方形，平屋顶，由页岩和泥土修建而成，很坚固。土司和富人的房屋有三四层高。围墙很厚，有小孔和几个狭窄的格子窗。屋顶的四个角修建有0.9～1.2米高的角塔，有些有不同的样式。插着经幡的角塔上通常还有柏树的绿色枝条。屋顶放置一个香案，用于燃烧芳香的柏树枝条，通常还放置一个栅栏状的晒架，高3～4.6米，用来晾晒谷物。人们常在屋顶举行宗教仪式、吃饭、睡觉和娱乐，在收割季节，屋顶也用作打谷场。底层是一个院子，周围是牛圈、羊圈、厨房，通常还有一个客房。

角楼、围墙上缘、窗户边缘、地基以及围墙底角被粉刷成白色，墙上通常有白色斜线，还有佛教万字符和其他图案。屋顶边缘和独立的结构上，常有球形、半月形和万字标志。喇嘛庙的结构与之类似，只不过更大，层数更多。农民的房屋也是同样的设计，但只有一两层。这些建筑物之间还有一至多个高耸于整个建筑群之上的碉楼。在藏民的房屋和喇嘛庙等建筑物上可以看见对自然崇拜的不同符号和标志，但碉楼是嘉戎特有的。

这个地区另一个特色是桥梁。这里所有的桥梁都与中国其他地方不同，但是与印度锡金（Sikhim）、不丹和尼泊尔的桥非常相似，这说明这些民族具有非常密切的联系。所有小河和山溪上都架设了圆木，以半悬臂的方式安装，在这里不作专门介绍了。大河上都架设了竹索编制的吊桥。这些桥梁类似于锡金和不丹的藤桥。在这些部落占据的领土和介于岷江河谷与红色盆地西部边界之间的狭窄地带，这种桥梁随处可见。这个狭窄地带曾被这些部落占据，现在主要由他们的后代或者说有一半汉人血统的人居住。如第十一章所述，四川西北角的一两个地方也有铁索桥。桥的风格从雅江河谷、铜河的泸定桥（Luting chiao）向南至缅甸边境都相同，它可能源于掸族人[①]（Shan）。在不丹可以看到由铁管和铁链构成的类似桥梁，人们认为它源于中国（怀特著，《锡金和不丹》，第191页）。汉藏交会地区到处都出产铁和竹子，然而奇怪的是，只有某些特定地区用它们来建造桥梁。

溜索桥在整个地区都很多，直到嘉戎领地外西部和南部很远的地方都有。这些简单实用的桥为一条竹缆绳架设在河上，通常从一个较高的点到一个较低的点。缆绳0.2～0.3米粗，其中部会有所下垂，如果河流宽度中等，则并无大碍，若是河流很窄，缆绳中部

---

① 译注：一个居住于缅甸东北部的平原和山区以及中国、老挝和泰国毗邻地区内的部落成员。

▲　竹溜索桥

会下垂得很厉害，如打箭炉周边地区，那里河流很窄，只能依靠别的方式过河。要从索桥过河，首先需要一段结实的麻绳，将麻绳自然悬吊于橡木或者其他结实的木材制成的鞍形滑槽上。滑槽夹住缆绳，麻绳固定在大腿和腰部下面和周围，形成一个护架。当所有准备都已就绪，用手臂轻轻按动滑槽顶部，就会以逐渐增加的速度向倾斜的缆绳下部滑行。下滑过程中获得的冲力使滑行者滑过中间的最低点后，从后半段的缆绳上升到河对岸。如果冲力不足以使滑行者着陆，那么他只能抓住缆绳，一点一点地向上爬。在人们习惯之前，穿过这些索桥是一件令人恐惧的事情。实际上，过桥的速度非常快，只要人们保持冷静并且绳子不断，就没有危险。经常看见背着包裹的人和背着小孩的妇女穿过这些索桥。但是，太重的货物通常要固定在滑槽上，在包裹上系上一根绳子，人工拉过去。

没有哪条穿过嘉戎领土的河流可以像一般的河流那样通行船只，但是宽椭圆形的小皮艇可以从铜河上游的某段顺流而下。这些不太结实的小船也用来在某些地方运送货物和人。它们由牛皮制成，紧绷在坚硬、很轻的木制船肋上。整个皮艇很容易携带，非常类似于古罗马人入侵之前的古不列颠人使用的船只。一个人坐在船尾用短桨来控制船，可以容纳两个乘客。皮艇顺流而下或者穿过河流时会快速划出一系列大的圆圈和半圆。这些东西很新奇而且不一定会有危险，我把皮艇和溜索桥推荐给了世界博览会的组织者和承办者。这种皮艇广泛用于藏东各处和汉藏边境的渡口，严格地说不是嘉戎人独有的。

嘉戎人平均身高至少1.7米，脸通常椭圆形，下巴很尖，鼻子直挺，有些人是鹰钩鼻。他们日常穿着与西番人一样，都是用未染色的哔叽布料自制的衣服。大腿用毡子裹起来，头上缠着头巾或者戴着黑色的杯状毡帽。那些居住在汉族聚居点和公路附近的部落人剃掉了部分头发，像汉人一样梳着辫子。在节日里，他们会穿上有红色的镶边的鲜艳外衣和高毡靴。妇女较矮，平均约1.5米，结实而丰满，有点儿像吉卜赛人，皮肤呈深橄榄色，年轻时通常很好看。她们的日常穿着是一件没有确切形状的自制灰色哔叽布外衣，一直垂到膝盖下方，腰部缠着一条围巾。她们光着腿和脚，或者穿着长筒靴，一般不戴帽子，长长的黑发从中间分开，梳成一根大辫子悬于脑后。她们喜欢佩戴镶嵌了绿松石和珊瑚饰物的银质大手镯和耳环等。在节日里，通常穿红色镶边的蓝色布料外衣，富有的妇女会佩戴大量银质装饰物，头上戴一块头巾裹住她们的大辫子，头巾上用银饰、珊瑚珠和绿松石装饰，头巾下部自由地悬挂在颈部和肩部之后。这些有身份的妇女通常掌管家族事务，据我所知，绝大多数的商业事务也归她们管理。这些妇女非常辛苦，她们要耕地、放牧、到市场上销售农产品、砍柴、挑水，而做饭、制作和缝补衣物和日常家务都由男人来做。妇女的待遇不差，绝不会受到压迫。她们性格乐观，似乎非

▲ 巴底—巴旺少女的裙子

常喜欢自由的户外生活。劳动时，她们会嬉笑和唱歌。她们与人相处时，非常坦率随和，而中国多数地区，妇女还没有享受到这样的自由和地位。我在路上遇到了一群妇女和男人，分别时，他们喝酒饯行，妇女们做东，真诚地邀请我参加。她们欢歌笑语，非常快乐，与她们分别我感到非常不舍。

嘉戎的家庭很小，但是孩子通常强壮而健康。女孩在17～20岁结婚，一夫多妻很常见，没有听说一妻多夫，西藏边境的高地可能例外。在西藏常见的临时婚姻在嘉戎人中也不存在。不过，在某些道德标准较低的领地，妇女怀孕生育前会群婚。在巴底—巴旺，没有结婚的女孩和没有孩子的妇女会将两条类似毛皮袋的毛线编织成的带子或者几块毛皮，挂在腰带上，从髋部上方缠住身体。腿露在外面，但是上半身通常穿一件粗哔叽布外衣。在生下第一个小孩之后，由于已经受到神灵的净化，她们才能穿裙子。怀孕的未婚女子可以从她所爱的男人中挑选丈夫，这个男人就成为她孩子的合法父亲，在这个问题上，她有决定权。实际上，只有怀孕生育决定婚姻，才能真正防止妇女乱交。处女初夜是首领和土司的特权，但并非总是如此。各个年纪的妇女都会赤身裸体在路旁的河里洗澡。在打箭炉也有这样的习惯，温泉是那里男女都喜欢的沐浴场所。但是据说妇女在怀孕生育之后，都保持忠贞，正式婚姻之后离婚或者分居都是不行的。

上述习俗和这些有趣民族的其他奇怪风俗与其宗教信仰有关。虽然正统喇嘛教几乎是至高无上的宗教，但是崇拜生殖器的神秘苯波教（Bonpa）潜伏于嘉戎部落的偏僻河谷。在巴底-巴旺，苯波教是部落公认的主教。此外，中国历史学家笔下著名的女儿国也在这里。实际上，即使在今天，某些部落的女土司都具有名义上或实际的统治权，这些部落的某些权力必须一直由妇女控制。偶尔，也会有被称为"女土司"的男性来统治。

喇嘛教可能有三个教派：黄教、红教和黑教，其中黑教就是苯波教。宗教中心是懋功厅以西约100千米的大金河边的崇化①（Tsong-hua）。但喇嘛庙分散在各地，有的与世袭土司的住所在一起。黄教也称"正教"，是最重要、规模和数量最大的宗教，直接受拉萨控制。非正统的红教的宗教仪式与其他教派完全相同，但它不太重要，僧人可以结婚。

黑教的宗教仪式从表面上看类似于正统喇嘛教，但是实际上几乎没有相同之处。在很多方面，黑教是正统喇嘛教的敌人。他们从左至右转经轮，而不是从右至左；他们从右边递上供奉的物品，而不是从左边；他们也不愿重复玄妙的咒语"唵嘛呢叭咪吽"，而是以他们特殊的方式。我的朋友，中国内地传教会的埃德加先生（Mr. J. Hutson Edgar）

---

① 译注：今四川省金川县安宁乡。

▲ 苯波教寺庙里的神像

曾经来此旅行，并深入研究了这些嘉戎部落，他倾向于把它看作西藏古老自然崇拜的遗存，可能是东亚所有的宗教体系的基础。

在瓦寺领地，有几座苯波教寺庙。我得到土司许可，去参观其中一些寺庙，并拍摄了神像的照片。神像是由石头、木材、稻草和灰泥制成，是具有女性精神的巨人和守护神，墙上装饰画有些不雅。这些寺庙里的内容伤风败俗，令人厌恶，男性生殖器崇拜很明显。瓦寺土司告诉我，苯波教僧人念的咒语是"哦嘛直莫耶萨来德"。他送给我一份经文副本，但我还没有成功地将其翻译成英语。他们使用的主要符号是正反的万字形，并将其称作"雍仲（Yungdrung）"。一种叫作"Chyong"或"Garuda"[①]的鸟被视为富饶多产的象征。在党岭山（Tung-ling shan）靠近瓦寺土司的住所的苯波教寺庙中，我看到了观音菩萨、财神和许多外表类似于一般中国佛教寺庙中常见的恶魔的塑像。从寺庙中广纳众神的现象可以看出，这些人部分接受了佛教和喇嘛教。苯波教的寺庙通常修建于

① 译注：揭路荼，印度神话中鹰头人身的金翅鸟。

难以到达之处，笼罩着一种隐秘而神奇的气氛。苯波教遭到正统喇嘛教的长期迫害，然而，它还是比其他宗教更强地控制了大多数嘉戎部落的人们。在他们心目中，他们是自然之子，他们日复一日的生活就是持续地与荒凉的土地和恶劣的气候做斗争，以求获得赖以为生的粮食，因此，这些人非常自然地倾向于崇拜增产和生殖之神。

▶ 懋功厅附近，山脚下的村庄

第十五章　穿越汉藏交会地区

——灌县至诺米章谷：巴郎山的植物

　　1908年夏季我在成都的时候，决定去打箭炉旅行。1903年和1904年，我曾通过3条不同线路去过那里。这次，我决定从灌县经懋功厅和诺米章谷①（Romi Chango）去那里。我知道的关于这条线路的唯一信息源自原英国驻成都总领事何塞爵士（Sir Alexander Hosie）的一篇报告，1904年10月他从打箭炉回来走的就是这条线路。在这份报告中写到了那个地区的森林，这引起了我的兴趣，唯有亲身经历才能令我满足。此外，这条线路预示着将会进一步了解居住在腹地的民族部落。何塞爵士将这条道路描述为一段艰难的旅程，但是我相信，只要不赶时间，轻装前进，我一定能够顺利地穿越这里。事实证明，我的选择是正确的，一路上森林和山脉的美景，以及发现和采集的植物数量和种类，是这次艰辛旅行的丰厚回报。据估计，这次行程约有663千米，但是，在山区按里程算是不准确的，我倒是认为更准确的数字是400千米。

　　6月15日早上，我离开成都向打箭炉前进，第二天中午到达灌县。一个下午足够我安排完所有相关事务。整个采集队包括18个挑夫、1个夫头、2顶轿子、2个勤杂工、2个护送的士兵、我的侍从和我自己，总共30人。从灌县出发，共走了23天。

　　下面内容从我的日记中汇编而来：

---

① 译注：今四川省丹巴县。

安澜桥（An-lan chiao）是一座著名的竹桥，位于通往懋功厅的路上，桥正在进行每年一度的修缮，因此我们不得不沿河流向下走了约2.5千米，依靠临时的桥梁和渡船穿过岷江的多个河湾。这样我们就有机会了解到，在李冰修建伟大的灌溉工程之前，这个地区可能会是什么样。不算流向成都的河流，我们已经穿过了5个不同的河湾，它们散布于约1600米宽的区域，覆盖着沙、鹅卵石和粗大的芒草（Miscanthus sinensis）。曲折的道路长7.5千米，直到9点我们才到达安澜桥对面。这座桥长约230米，宽约2.7米，完全由竹索建造而成，竹索放置在7个等距离固定于河床的支柱上，只有中间的支柱是石制的。桥面搭在10条竹索上，每条竹索周长约53厘米，由竹竿劈开后拧在一起制成；每边5条同样的竹索形成护栏。竹索都固定于巨大的绞盘上，嵌入石头砌体基座，通过旋转横杆，保持竹索紧绷。桥梁的两侧都用竹绳来固定桥板。侧面的竹绳在适当的位置控制各种竹索，木钉穿过硬质木孔，在适当位置控制着桥面。整座桥梁没有使用一颗铁钉和任何铁片。支撑桥面的竹索每年都要更换，再用这些换下的竹索替换护栏的竹索。桥梁外观优美，极为精巧。

从安澜桥开始，道路沿着岷江右岸向上，道路很宽，维护得良好，但是有许多难走的斜坡。我们在海拔约800米的漩口（Hsuan-kou）找到过夜的住处，这是一个约有300座房屋的集市村，坐落于一条支流与主河道交汇处，主河道从狭窄的峡谷流出，在此有一个急转弯。从安澜桥开始，岷江到这里满是水流湍急的小急流。漩口附近，人们将木材编成木筏，可顺流而下到灌县，然后到达成都和其他地方。

一天中我们见到了一些大树，有黑桦、楠木、毛酸枣（Spondias axillaris），还有日本柳杉（Cryptomeria japonica）的小树，显然是人工种植的。路旁岩石较多的地方有很多通江百合（Lilium sargentiae），花朵喇叭状。零星栽有水稻，玉米是主要农作物。客栈附近大量种植茶叶。

离开漩口，我们从一座小竹吊桥上穿过这条支流，沿着河流左岸一条平坦的道路向上走了15千米，到达水磨口[①]（Shui-mo-kou）。这段路上柳杉（Cryptomeria）很常见。所有的树木都很小，肯定是人工种植的。水磨沟是一个普通的集市村，约有350座房屋，排列于主要街道两旁。然而有趣的是，它是这个方向上最后一座纯粹汉人居住的村庄，也是在到达懋功厅之前最后一个能够购买生活用品并且兑换银两的地方。我另外雇用了一个人，我的所有随从都储备了大米和日常食物。在灌县，多亏我们考虑到前面艰难的道路，将行李减少到平常的2/3。尽管如此，挑夫们仍然挑着沉重的行李，摇摇晃晃地离开水磨口。

---

① 译注：即四川省水磨镇。

在村庄外不远，有一段陡坡，但是数千米后，道路变得平坦，在山坡上蜿蜒曲折。有很多灌丛状的栎树和长势不佳的杉木（*Cunninghamia*），但总的来说植物种类较贫乏。草坡上覆盖着野草莓，结满白色和红色的美味果实。路上我们看见了一些房屋，最后到达海拔约1077米的山脊顶部，这里叫作鹞子山（Yao-tsze shan）。翻越这座山，我们进入瓦寺土司管辖的领地，土司居住在岷江河谷里的党岭山，靠近汶川县。

沿着一条小道向下走，最初很好走，由于有大量松散的岩石，很快变得非常陡峭、艰难，我们在下午6点到达了今天的目的地——黑石场（Hei-shih ch'ang）。在下坡途中，靠近山口顶部，猕猴桃（*Actindia chinensis*）很多，花白色、芳香。在路旁，刺梨（*Rosa microphylla*）非常多，高0.6～1.2米，花大，呈粉红色。有一株山羊角树（*Carrieria calycina*）的小树，具有形状奇怪、蜡质的白花，形成直立的圆锥花序中，引人注目。但是大多植被都被破坏了，土地被开垦种植玉米、燕麦和豆类等农作物。

黑石场海拔约1220米，从漩口至此估计有30千米，这里有三四座房屋，坐落于山溪旁的深谷中，周围是荒野的高山。我们的住处很宽敞，当地人彬彬有礼，也很周到。

第二天早上我们出发时开始下大雨，到上午9点左右雨停了，直到下午4点天色都很阴暗，然后又开始下雨，直到深夜。我们从一座廊桥穿过山溪激流，紧接着陡峭的山坡，由于山上有大量漆树，因此叫作漆山。山坡虽然很陡，但很短，随后的15千米蜿蜒曲折，直至到达赤龙山（Chiu-lung shan）顶峰。从山脊向下，我们进入一条狭窄、多草的山谷，在山谷中海拔约1860米的豪竹坪（Hoa-tzu-ping）唯一的客栈中安顿下来，这一天共走了25千米。

整个地区要么种植着玉米，要么是浓密的灌丛林，一直延伸至河谷。植被不太有趣，类似于川西海拔1220～1830米处的植被。我采集的最有趣的灌木是一种开黄花的五味子（*Schisandra*）、一种开白花的藤山柳（*Clematoclethra*）和云南冬青（*Ilex yunnanensis*），云南冬青的叶片小而整齐，花束略带紫色、芳香，嫩枝被毛。狗枣猕猴桃（*Actinidia kolomikta*）很常见，是一种具有白色、芳香花朵的大型攀缘植物，大量白色的叶片非常美丽。除了被锈色毛的种类，几乎所有猕猴桃属（*Actinidia*）植物和类似的藤山柳属（*Clematoclethra*）植物都有白色叶片，通常随着季节更替会变成浅粉红色。所有植物都是优美的攀缘植物，大多结满美味、多汁的果实。

这个地区的树木尽管数量不多，也没有大树，但有珙桐（*Davidia*）、白辛树（*Pterostyrax*）、银鹊树（*Tapiscia*）、水青树（*Tetracentron*）、桦树和七叶树等重要树种。有很多白色头状花序的四照花（*Cornus kousa chinensis*）偶见分布，给这里增添了生气。胡桃树在房前屋后很常见，野草莓常见于路旁。在多草的河谷中，有优美的猫儿刺（*Ilex pernyi*），还有大量鬼灯檠（*Rodgersia aesculifolia*）和大百合（*Lilium giganteum yunnanense*）。在豪竹坪周围，有一些小片的玉米地，清理出来的空地大多长满了草本植物。

今天我们遇到了许多搬运大块铁杉和红杉木材的人，这些木材经粗加工，捆绑在一个特殊的框架上搬运。我用卷尺测量了一下，有约5.6米长，17.8厘米厚， 22.9厘米宽。令人吃惊的是，他们能够搬运着这样的重物在崎岖的山路上行走。我们与一些用骡子运送茶叶到鄂克什的民族部落人同路。

离开豪竹坪，我们很快到达了山谷的尽头，又进入一条狭窄而丛林覆盖的深谷。攀登了一段15千米的陡坡之后，我们到达了海拔约3048米的牛头山（Niu-tou shan）顶峰，浓雾使景色变得模糊不清。我们又走了10千米长的陡峭下坡路，到达转经楼村（Chuan-ching-lou），并在此过夜。

我对这里的植被非常感兴趣，但由于浓雾遮挡，我只能看到路旁的植物。或许最常见的植物是大叶柳（*Salix magnifica*），到处都很多，特别是河边。这种特别的柳树具有约20厘米长、12.7厘米宽的叶片，柔荑花序约30厘米长以上，形成了高1.5～6米的零乱松散的灌丛，除非开花或结果，否则没有人会认出它是柳树（1903年，我首次发现这种植物；1908年，将其成功引种并实现人工栽培）。牛头山上还有许多其他种类的柳树，从偃伏的灌木到小乔木都有；实际上，这座山以柳树众多而闻名（后来，我从这里成功引种10多种柳树，并实现人工栽培）。前面提到的猕猴桃（*Actinidia*）和藤山柳（*Clematoclethra*）也很多。大花绣球藤（*Clematis montana grandiflora*）开着雪白的大花，粉红溲疏（*Deutzia rubens*）具有可爱的玫瑰色花，都非常优美。我没有看见任何落叶阔叶乔木，但是草本植物很茂盛，特别是鬼灯檠（*Rodgersia*），它覆盖了大片山坡。针叶树是这一天中最有趣的植物。在上坡路上，除了几株冷杉和紫杉外，就只有云南铁杉（*Tsuga yunnanensis*）。云南铁杉在岩石较多的地方生长良好，以一种最奇特的方式着生于悬崖之上。在下坡途中，冷杉、云杉、红杉、铁杉和华山松都有，但是树木很小就被采伐，因此没有看见大树。这里是昨天看到的木材的产地。我在海拔约2865米的糖房（T'ang-fang）下第一次看到四川红杉（*Larix mastersiana*），它在这里很常见，特别是在道路右侧，一直向下分布至海拔约2200米。

转经楼海拔高度2134米，距离豪竹坪25千米，有一座又大又脏的客栈和其他三座房屋坐落于狭窄的深谷中，四周被巍峨的高山环绕。一条咆哮的山溪激流从牛头山流下，流过客栈旁，植被到处都很茂密。牛头山上的道路很难走，许多地方都很危险。人们在坚硬的岩石上开凿出很多台阶供人行走，但是在道上散布着松散的石头，走在上面很不舒服。

就天气而言，我们运气不佳，当我们继续前行时，又开始下雨了。沿着山溪穿过一条狭窄的深谷走了2.5千米之后，我们到达了二道桥村（Erh-tao-chiao），溪流在此与一条源自巴朗山（Pan Lan Shan）的相当宽阔的河流交汇。汇合的河流流过荒野后，在关口汶川县一侧的娘子岭（Niangtsze-ling）脚下汇入岷江。在二道桥转过一个向左的急转弯，我们沿着一条叫作皮条河（Pi-tao Ho）的河流向上走，很快穿过一座半悬臂的木桥来到河流左岸。从这里开始直到卧龙关①（Wu-lung-kuan）的15千米路都很好走，穿过一条狭窄的河谷，里面偶尔有几座房屋和一些农作物。从卧龙关向上，道路逐渐变得难走，许多地方路况很糟糕。有无数条支流汇入主河道，一些较宽的支流随着河谷变窄成为奔腾咆哮的激流。虽然大雾笼罩，但我们能看到的风景非常原始而壮观。到处都是陡峭的石灰岩悬崖，它们透过雾气突显出来，其顶峰覆盖着松树。我们多次来回穿过溪流，走了32.5千米路后到达大岩洞村（Ta-ngai-tung），这是我们今天的目的地。这个小村庄海拔约2316米，有一个大客栈，维护良好，四周完全被陡峭的高山环绕，山上林木茂密，有各种灌木和小乔木，高处山上是针叶林。这里的植被尽管不太丰富，但与牛头山非常接近。除了冷杉外，其余所有的针叶树都有，不过红杉只在客栈附近见过。在二道桥，我拍摄了一株高大壮观的高山柏（*Juniperus squamata fargesii*），树高约23米，干围约6.7米，具有优美而下垂的枝条。还拍到了一种松树，其球果多年不落［后证明是一个新的物种，被命名为高山松（*Pinus wilsonii*）②］，这种松树在悬崖上很常见，而华山松（*P. armandi*）很少见。长叶溲疏（*Deutzia longifolia*）具有可爱的淡紫红色花，翠兰绣线菊（*Spiraea henryi*）具有长约90厘米、开满纯白色花的花枝，西康绣线梅（*Neillia longeracemosa*）开着玫瑰色花，这些或许是正在开花的最常见灌木。杨树是周边地区唯一一种落叶大乔木，槭树也较常见，我还在大岩洞附近采集了香桦（*Betula insignis*）标本，该树具有短而直立的柔荑花序。

第二天清晨，我们继续前进，花了一整天时间艰难地穿过了一条风景原始而壮观的深谷，到处都有丰富的植被。针叶树占优势，种类与前面提到的差不多，只多了几种新的云杉。紫杉不太多，红杉（*Larix potaninii*）非常多，但大树很少。令我吃惊的是，红杉的球果已经成熟，我采集了很多种子。川杨（*Populus szechuanica*）很常见，其叶片很大，背面银灰色，我们见到了一些非常大的植株。有一种蔷薇属植物，花大而呈

---

① 译注：今四川省卧龙镇。

② 译注：*Pinus wilsonii＝Pinus densata*。

鲜艳的红色，形成一道优美的景致，前面提到过的长叶溲疏也开着粉红色花。毛杓兰（*Cypripedium franchetii*）和黄花杓兰（*C. luteum*）开着紫红色和黄色花，但是数量都很少。在河床上，柳叶沙棘（*Hippophae salicifolia*）很常见，从矮小而多刺的灌木到高达7.6米的乔木都有，其叶片细长，背面银灰色，与周围乔灌木明亮的绿色形成对比。多种槭树属植物、椴树和花楸数量都很多，水青树（*Tetracentron sinensis*）较少见，它是一种有趣的乔木，比这个地区所有其他的落叶树都高大。八仙花、绣线菊、金银花、山梅花、悬钩子、蔷薇、猕猴桃（*Actinidia*）、藤山柳（*Clematoclethra*）、荚蒾（*Viburnum*）和其他观赏灌木争相生长。花的种类和数量确实令人惊奇，我觉得在华西没有哪个地区的木本植物比我今天见到的种类更丰富了。

阵雨仍然在下，令人很气恼，但好在雨不大，否则道路就无法通行了。大雾限制了我们的视线，但是每当云雾消散，我们都只会看见陡峭的山坡和悬崖峭壁，少数岩石裸露，大多都覆盖着各种混合植被，最终被针叶林取代。道路很难走，简直难以用语言描述。在悬崖表面有几个地方用木杆水平地固定在小洞里，腐烂的厚木板放在这些木杆上，形成栈道。这里的桥梁是由圆木搭建而成的，大部分都腐烂了，很难走。咆哮的山溪从巨大的山石上泻落下来，冲入相对平缓的地区。有一条从某处汇入的山溪，从水色和水温判断，显然源于终年积雪的山峰。

我们路过一些简陋的小屋，但是没有空间用来种植作物，人们很贫穷。我们在距离大岩洞21千米、海拔约2680米的驴驴店村（Yu-yu-tien）过夜，这里有两家简陋的客栈。与路上所有的客栈类似，虽然很脏却能解决问题。客栈只有一层，木结构，屋顶上铺装石块压着的木瓦。客栈厨房周围的一部分为房主自用。房间的四周都是铺位，中部是放置行李的长凳。由于在客栈里除了少量青菜之外没有其他东西，因此，房客自己携带食物。客栈里能够提供的只有一床棉被和一个可用来做饭和烘干衣物的炉子。但是，外国房客乐于享受这里的安静和自由，没有好奇的人群围观。劳累了一天之后，大家都睡得很香，第二天醒来精力充沛，非常舒服，大家都渴望多领略森林、悬崖和河流组成的奇妙美景。

在驴驴店4千米外的邓生塘（Teng-sheng-tang），峡谷变宽成为一个较浅的河谷，道路沿着草木覆盖的山坡，一直到达河流左岸。到处都长满了小檗灌丛。登上陡峭的山坡，我们越过山肩，这天其余时间都沿着覆盖着色彩鲜艳的高山花卉和草本植物的山脊前进。

主要河流从一些积雪覆盖的山峰流下，我看见了其中部分山峰，并拍摄了照片。有一条较大的支流是从巴郎山的山口流下的。山脉位于这条支流右侧，也在主河道的右侧，直到海拔约3500米处都覆盖着茂密的云杉、冷杉和红杉。河谷底部覆盖着柳树、沙棘（*Hippophae*）和小檗。在海拔约3048米以下，黄花杓兰（*Cypripedium luteum*）在具有腐殖质的大石块上和森林边缘都比较常见。

这条山脊长满草本植物，都是高山类型。大多数生长健壮的草本植物都开着黄花，看上去一片黄色。在海拔约3500米处，绚丽的全缘绿绒蒿（*Meconopsis integrifolia*）开着大型、球状、向内弯曲的亮黄色花，在山坡上绵延数千米。这种优美的高山植物高0.6~0.8米，大片的花非常壮观。我从没有看到过如此茂盛的全缘绿绒蒿。钟花报春（*Primula sikkimensis*）具有芳香、浅黄色的花，在潮湿处很多。各种千里光（*Senecio*）、金莲花（*Trollius*）、驴蹄草（*Caltha*）、马先蒿（*Pedicularis*）和紫堇（*Corydalis*）增添了黄花的景致。在覆盖着禾草的大石块上和干湿适宜的肥沃之处，多脉报春（*Primula veitchii*）开着鲜艳的粉红色花，非常迷人。所有的沼泽地都密被西藏杓兰（*Cypripedium tibeticum*），仅几厘米高的茎干上开着深红色的大花，如此密集以至于不踩到花就无法行走。然而，最迷人的草本植物或许是奇特的毛独花报春（*Primula vincaeflora*），单朵的淡紫色大花长在13~15厘米高的花茎上，形状类似蔓长春花（*Vinca major*）。这种最不像报春花的报春花在草地上特别繁茂。丰富的草本植物使整个乡野色彩斑斓。这些人迹罕至的高山地区总是非常寂静，寂静得让人难以忍受，只有偶尔从空中飞过的云雀才能打破这种寂静。我们惊飞了一只雪鹑，看见了一两群雪鸽，总之鸟类非常稀少。除了一些田鼠和老鼠外，我们没有看见其他动物。据说这里有岩羊和狼出没，岩羊的数量很多。

走了19千米之后，我们到达海拔约3550米的向阳坪（Hsiang-yang-ping），并在此过夜。这个地方部分是寺庙，部分是客栈，由一位僧人管理，从他的穿着和外貌可以看出他是外地人。药用的贝母在这里很常见，有川贝母（*Fritillaria roylei*）等几种。与我们同住的房客雇了很多人挖掘贝母的白色小鳞茎。一些中国商人以每盎司[①]60文钱的价格收购这种药材。在成都的批发价是每盎司400文钱，因此他们的利润很可观。在药材收购者中，有几个鄂克什人，身高约1.7米，身体很结实，鼻子直挺，看起来无所畏惧。其中有两个妇女，如果干净且衣着体面，肯定很漂亮。虽然偶尔阵雨，但我们还是享受到不少阳光，但在我们到达向阳坪之后不久，大雨倾盆而下，一直持续到深夜。

天亮之前雨停了，我们非常高兴，于是很早就出发了。我们缓慢地艰难跋涉，翻越令人畏惧的巴郎山，穿过异常寒冷、浓雾弥漫的山口。上坡路还算好走，尽管很多人在这里会有高山反应，但我们都没有受到空气稀薄的影响。山脊很窄，尖锐似刀，山峰由砂岩组成，里面夹杂着大理石，堆积成锐角，植被很少。几小块冬季未融化的积雪蓄积

---

① 译注：约31.1克。

在山口下部，四周还有很多新下的雪。浓雾遮住了我们的视线，但能看见的小块裸露而荒凉的区域。两三只可爱的蓝大翅鸲（Grandala coelicolor）围绕着积雪飞来飞去，它们浓密的蓝色羽毛与周围白色的地面形成鲜明对比。我越过的山口海拔约4340米，树木线大约为海拔3597米。

海拔约3658米以上，就只有高山植物了，与松潘厅附近以及汉藏交汇区同一高度的其他地区相似。令我惊喜的是，仍有成千上万的全缘绿绒蒿（Meconopsis integrifolia）。开深红色花的红花绿绒蒿（M. punicea）虽然没有在松潘附近那么多，但至少有数千株散布各处。报春花最为丰富，毛独花报春（Primula vincaeflora）可分布至海拔约3962米处，再向上则被可爱的雪山报春（P. sino nivalis）和另一种同类植物取代。

在翻越山口时，我拍摄了一些照片，然后快速下山到达位于海拔约4176米的万尖峰（Wan-jen-fen）的简陋客栈，并在那里吃了午饭。在客栈下面一点有几丛柳树、小叶的杜鹃和锦鸡儿（Caraganas），这是我第一次看到锦鸡儿，当我们下山时，锦鸡儿越来越多。很快，有了落叶松和零星的云杉，到海拔约3444米处，树木就相当繁茂了。川滇高山栎（Quercus aquifolioides）是一种灌木状、常绿而多刺的植物，在这些受风侵袭的山坡上很常见，其叶片背面金黄褐色，非常引人注目［这种栎树几乎与美国加州的黄叶锥（Castanopsis chrysophylla）一样优美，我很高兴地告诉大家它已经被成功引种并人工栽培］。

除了上述灌木外，低矮的刺柏、绣线菊和沙棘也很丰富。这片高沼地区非常有趣，明显比山口另一侧气候更干燥。

一条发源于山口附近的山溪与几条支流汇合后，很快成为一条奔腾咆哮的河流。在名叫高店子（Kao-tien-tzu）的小村庄，道路延伸至一条深谷中。深谷两侧林木繁茂，有很多落叶松和云杉，还有各种各样的灌木。优美的毛丁香（Syringa tomentella）很常见，它具有芳香、淡紫色、有分枝的复总状花序。穿过深谷后，我们越过一条支流，他甚至比主河道更汹涌，前面的开阔土地大部分都是被开垦的农耕地。

我们原本打算留在高店子过夜，但是高涨的热情超过了理智，我们又继续前进了10千米到达了日隆关①（Reh-lung-kuan）。这个打乱了我的计划，采集工作不得不缩短。直到晚上10点，我才吃上晚餐，许多工作不得不拖到第二天。

巴郎山是两个嘉戎部落领地的分界线。我们翻越巴郎山，离开了瓦寺，进入了鄂克什。瓦寺的领地是森林茂密的山区，不适宜耕种，因此人口稀疏，我们一路上遇到的居民很少。主路上的客栈和房屋属于汉人或有汉人血统的瓦寺人。瓦寺男人都很高，有1.7

---

① 译注：今四川省日隆镇。

▲　全缘叶绿绒蒿（*Meconopsis integrifolia*）

米左右，体格强壮，性格直率、坦诚，善于在森林中和悬崖上捕猎。妇女体态结实而丰满，十分直率。男人和女人的肤色都比汉人黑，但恕我直言，他们看上去很不干净。他们非常喜欢珠宝，男女都戴着银质或铜质手镯，以及镶嵌了珊瑚和绿松石的银戒指。妇女戴着常镶有珊瑚和绿松石的银耳环。男人吸食鸦片成瘾，但这可能仅限于那些在主干道附近受雇用的搬运工和赶骡人，他们与汉人联系得最密切。

日隆关海拔约3322米，是一座鄂克什村庄，有120多座房屋、1座小喇嘛庙和1座方形碉楼。我们在这里找到一家价格公道的宽敞客栈，当地人彬彬有礼，并且很热心。我们的挑夫买了一些鸦片和食物。这就解释了为什么今天他们不愿留在高店子，而是希望走37.5千米路到这里。

离开日隆关，我们沿着河右岸向下走，走了16.5千米路到达关金坝村（Kuan-chin-pa）。为了完成昨天剩下的任务，我们必须缩短行程。天气晴朗，凉风阵阵，一整天都可以回头看到巴郎山上的积雪。道路维护良好，沿着河流上方的山坡而上。在远古时期，这个河谷堆满了冰川碎碛，汹涌的山溪流过，形成了深而窄的河床。当地人称这条河为"尼曲（Neichu）"，它是小金河的主要支流。河谷中以前曾开采出相当数量的黄金，一路上我们遇到了许多老矿坑。

这个地区让我想起松潘附近、海拔约2438米的岷江上游河谷。在河流左岸，山坡非常陡峭，主要覆盖着云杉、冷杉和一些松树组成的森林。在河流右岸，山坡较缓，主要为耕地。小麦是主要农作物，在8月初成熟；荞麦居第二位，接下来依次是豌豆、其他豆类和马铃薯。鄂克什人显然熟悉农耕，他们有自己致富的方式。这个部落领地的繁荣可以从大量大房子、众多喇嘛庙和相当密集的人口看出来。然而，客栈都是由有汉族血统的鄂克什人管理，他们是早期汉族移民的后裔。较大的房屋和喇嘛庙通常位于冰川时期的泥土、砂石和石块组成的悬崖上。房屋差不多都呈方形，两层，泥房顶，较为平坦，每个角有小塔楼，上面飘着经幡，经幡旁边通常装饰着一种针叶树的枝条。佛塔和其他喇嘛教的标志物随处可见，此外，雕刻的玛尼石也很常见。农舍很低矮，都只有一层，由砂质页岩建成，屋顶平坦或具有缓坡。

河谷中的植被多为耐旱植物，由此可以看出这里的气候温暖而干燥。主要植物有两种枸子（Cotoneaster）、几种铁线莲（Clematis）、沙棘、多刺的栎树、小檗和蔷薇属植物。我发现了一个奇怪的新种——管花忍冬（Lonicera tubuliflora），它的叶片较小，花为管状、白色、芳香且成对，在当地非常多。另一种常见植物是灌木铁线莲（Clematis fruticosa），具有单生的矩圆形叶和金黄色且下垂的花。还有一种有趣的灌木小叶巧铃花（Syringa potaninii），其淡紫红色的花形成直立圆锥花序，在河谷中很丰富。杨树、具有多刺球果的高山松（Pinus prominens）和白桦是路旁较常见的树种，白桦的树皮被用作草帽的衬里。我采集了一些四川波罗花（*Incarvillea wilsonii*），这种花开得较晚，与红波罗花（*I. delavay*）类似，但平均高度为1.2~1.8米。我采到的另一个新种是类似于天山报春（*Primula sibirica*）的报春花属植物，但其花葶更高，花梗更长。

关金坝海拔约2896米，有两座小而简陋的客栈，旁边有一座高大方塔的遗迹。

在关金坝下游10千米，大约在河流右岸，是达维（Ta-wei）村，它是这个地区相当大的村庄，以一座大喇嘛庙而闻名。这个地方名声不好，但我并没有感到恶意。在拍摄这个村庄时，许多披着深紫红色的袍子的喇嘛聚集在周围看着我，并对我的照相机、狗和枪表现出很大的兴趣。然而，这个村庄的坏名声已经根深蒂固，我奉劝旅行者不要在此过夜。离开达维，我们沿着一条道路穿过河流和群山，到达穆坪^①（Mupin）。

我们继续前进，沿着河流右岸又走了13.5千米，到达了木垭村（Mo-ya-ch'a）。由于以前的塌方挡住了道路，需要绕道左岸。我们从一座半悬臂的木桥穿过河流。这样的桥梁一路上很常见，但这是我今天见到的第一座桥梁。走过桥梁后，我们沿着河流左岸往下走，到达当日的目的地官寨（Kuan-chai）。这里虽然种植了大片小麦，但整个河谷非常贫瘠。除了河边有一些杨树和柳树，只有山腰才可以看到树木。像第十三章里描述的那样，这里的植被类似于腹地的所有主要河谷。川滇蔷薇（*Rosa soulieana*）非常多。我采集了几个新种，但是这个地区太过贫瘠，没有特别有价值的植物。

官寨坐落于海拔约2590米处，是一个小村庄，鄂克什土司的住所就在这里。土司的房屋非常大，上部为木结构，建造精良，整个房屋以数座高塔为主，优美的胡桃树散布于周围。这个小部落的繁荣在一天的旅行中得到证实。大房屋很常见，很多位于陡峭的山坡上。小麦是主要农作物，官寨的小麦正在抽穗。玉米和马铃薯也很常见，还有少量亚麻和大麻（*Cannabis sativa*），它们的种子榨油可用于照明。我们看到了几块种植罂粟的土地，植株只有几厘米高。官寨村坐落于河谷扇形山坡顶部，山坡上生长旺盛的农作物都尽收眼底。

在猛固桥（Ma-lun-chia），有一条较宽阔的溪流从右岸汇入尼曲河。一条小道沿着这条支流向上，通往抚边（Fupien），再到理番厅。道路大部分都很好，我们轻松地走了33.5千米，整天都享受着灿烂的阳光。

在离土司的驻地不远处，我们沿着陡坡向上攀登，这里叫作小官寨（Hsao-kuan-chai）。一百多年前，一队官兵侵入河谷，当地人虽然奋力抵抗，但在官兵的长期围攻下还是被攻破。战壕和古堡的遗迹依然可见。从这里开始，道路一直沿着河流左岸蜿蜒了20千米，最后到达懋功厅。河谷两侧都很贫瘠，植被贫乏无趣。河谷中房屋很少，但

---

① 译注：今四川省宝兴县。

有许多房屋散布于山坡上和麦田周围。在老营（Laoyang），有一条水量几乎相等的河流从右侧汇入主河道。源自理番厅的大道经抚边沿河流而下，在这里与我们走的这条路交会。在抚边河谷中，目之所及似乎与从日隆关下来经过的河谷一样贫瘠荒凉。我们继续绕河湾前行，突然，坐落于岩石岬角上的懋功厅出现在眼前。穿过大门，我们看到一个单独的城区，看起来很繁荣，位于主干道稍偏左侧的山谷中。这就是懋功厅的官府驻地，主要的文武官员就居住在这里。从一座木桥上穿过一条山溪，我们进入了最初从河湾处看见的地方。这原来是一个非常贫穷的古老军营，破旧的房屋散布于长约90米的街道两旁。在离军营约180米之外，有一个叫作新街子（Hsin-kai-tsze）的繁荣的小镇。因此，懋功厅主要包括3部分：官府驻地，老军营和商业小镇。这3个地方都没有单独的城墙，但必须通过大门才能进城。这里的环境优美如画，战略价值也很高。懋功厅是这个地区的行政中心，具有重要地位。这里是两个嘉戎部落——鄂克什和穆坪的边界，河谷剩下的部分至诺米章谷被分成几个土司的封地。

新街子的街道上挤满了人，主要是当地部落的人，他们销售药材，购买所需的各种杂货。在拥挤的人群中，妇女佩戴着银质的衣饰、手镯和耳环，特别引人注目。客栈里都很拥挤，但是最高官员热心地为我们安排了几间房，对我们很周到和友好。当地人天生很好奇，成群地围着我们，但是他们的举止很恭敬。

新街子海拔约2500米，是最重要的药材交易中心，以贝母（*Fritillaria spp.*）、大黄、虫草和川芎而著名。当地部落人采集这些药材，带到这里销售。在市场上出售的还有麝香和鹿茸。

几条道路从这里延伸出去，其中一条源自穆坪首府，穿过夹金山（Chia-chin-shan）的山口，据说此山口比巴郎山的山口还高，周围都是被积雪覆盖的山峰。

鄂克什始终保持着繁荣景象，显然是一个兴旺、幸福的小部落。居民与瓦寺人非常相似，虽然他们可能较矮，而且脸形更尖。这里的人们能听懂汉语，并且能用汉语交流，他们模仿汉人剃头和扎辫子。我们看到很多喇嘛庙，显然喇嘛教在当地居民心中占据着牢固的统治地位。

我原本打算在懋功厅停留一天，但由于城里太拥挤，便决定到达诺米章谷之后再休息。我们住的客栈里挤满了人，碰杯和讨价还价的噪声不绝于耳，因此无法睡一个好觉。

刚离开新街子，我们从一座原木搭的木桥来到河流右岸。这座桥此前虽然已经修缮

过，但还是只有两根很不平的原木。左侧有一根横贯木桥的细绳子作为扶手。穿桥过河真是很危险，脚下的河水非常深，也很汹涌。官府很友好，找了当地的能手来帮我们搬运行李，这些人完成搬运行李的方法着实令我钦佩。我给了他们1000文钱作为报答，他们非常高兴。我的狗被绑到一块平板上，由一个人背过河。它拼命地挣扎，好在这个人在它挣脱到一半前到达河对岸。我走在我的狗后面，当我安全穿过脚下约27米的巨大漩涡，才松了一口气。所有的事情都很顺利，但是我的随从好像很害怕，他们紧紧抓住当地人，大多数人都紧张地发抖。如此危险的体验真是不堪回首，我真心希望我们不再路过这样的桥。穿过这座桥后，我们走了30千米的下坡路，穿过贫瘠的地区，从一条很难走的路到达海拔约2317米的僧格宗村^①（Sheng-ko-chung）。这里的河流宽阔而汹涌，在松散的岩石组成的河岸间流淌。我们只看见了一些杨树、零星的干香柏（*Cupressus duclouxiana*）和开着许多黄花的栾树（*Koelreuteria apiculata*）。该地区人口稀少，但是在更高的山地，尤其是在河流左岸，有一些类似鄂克什建筑特色的房屋。

我们全天都与一群民族部落的人同路，主要是穿着节日服装的妇女。她们非常高兴，一路上几乎都在嬉笑和唱歌。当我们在僧格宗村分别的时候，他们与我们共饮白酒道别，妇女们高雅大气的风度好像与生俱来。

晚上一直下大雨，第二天早晨空气凉爽而清新，我们进入小金川河谷继续前进。在僧格宗村下游15千米，我们看到了一座格鲁派（Gi-lung）大喇嘛庙，整个建筑为白色，坐落于风景如画的河流右岸。这里住着100多个喇嘛，控制着附近地区。在这座喇嘛庙约5千米之外，河流突然变成一连串汹涌咆哮的大瀑布。猛烈的河水令人非常恐怖，河流的险恶简直难以想象。在今天早些时候，我们已经来到河流左岸，在这段汹涌河流的下游，我们从一座极度危险的腐烂木桥上再次穿过河流来到右岸。从此地下行约3.5千米，我们到达了海拔约2164米的盘古桥村（Pan-ku chiao），并在这里过夜。今天我们一共走了35千米。在村子上面，有一条山溪从左侧汇入河流，河谷之上可清晰地看到积雪覆盖的高山。桥梁很少，仅有的几座桥看起来好像从一百多年前这个地区被征服以来，从没有被修缮过。有一件事是确定的，这些桥梁不可能维持太久，我们今天走过的两座桥都已倾斜，非常危险。

这里没有懋功厅附近地区那么贫瘠，不过植被依然非常贫乏。杨树很常见，栾树也一样，它非常漂亮，开着很多花，显然很适应适合干燥、炎热的环境条件。亚灌木状的角蒿（*Incarvillea variabilis*）和金鸡豇豆（*Amphicome arguta*）都具有大型、管状、粉红色的花，在路旁非常多见。其他常见的灌木有羊蹄甲属植物（*Bauhinia*）、白

---

① 译注：今四川省小金县新格乡。

刺花（*Sophora vicifolia*）、开着蓝花的岷山蓝雪花（*Ceratostigma willmottiae*）、女贞属（*Ligustrum*）植物和川滇蔷薇（*Rosa soulieana*）。悬崖上散布着冲天柏（*Cupressus duclouxiana*）。玉米是主要农作物，在这个季节几乎种满了每寸可用的土地。房屋较多，但大多位于河谷较高的山坡上。不少地方的景象峥嵘崎岖、非常壮观。在盘古桥的客栈前面，石灰岩悬崖约610米高，胡桃树散布于山坡上。悬崖上有一座高大的碉楼，附近还有一座已废弃的碉楼，仿佛诉说着昔日的辉煌。

离开盘古桥，我们沿着小金河右岸下行，约21千米后到达小金川与大金川的交汇处。最后一段河道是那一连串大瀑布和凶猛急流的延续，规模较小，但汹涌的河水携带了大量的泥沙。这里多为高耸的裸露悬崖，但是也有一些略平坦的扇形农耕地，房屋隐藏在杨树、柳树和胡桃树林下。君迁子（*Diospyros lotus*）、枳椇（*Hovenia dulcis*）和大叶女贞（*Ligustrum lucidum*）也是这一带的常见树种。玉米显然是主要的夏季作物，小麦也不少，这里的小麦是一种红色、无芒的变种，麦穗较大。人们正忙于收割。很多岩鸽正在成熟的谷物间觅食。

经过岳扎（Yo-tsa）村，我们看见对岸（左岸）有一座大喇嘛庙隐蔽于优美的树林中。喇嘛庙不远处是中路（Tsung-lu）村，这个地方看起来很奇怪，以20多座高高的碉楼而闻名。要用小皮艇渡河才能到那里。

小金川在汇入大金川之前，被一片岩石角阻挡，因而不能呈直角汇入，岩石角显然常常被洪水淹没。大理石和花岗岩是周围地区常见的岩石，花岗岩中富含云母薄片，在太阳下闪闪发亮。我们沿着大金川左岸向上走了几千米，然后走过一座长约82米的竹吊桥，很快到达了诺米章谷小镇。这一天我们只走了22.5千米路，但由于天气炎热，道路崎岖，到达时大家都很疲倦，而且浑身酸痛，迫切需要休息一天。

据我所知，从懋功厅至诺米章谷的沿河地区，大约在1775年被中央政府征服后，被划分为数个封地，分封给某些首领管辖，作为平叛时提供帮助的奖赏。这些首领被称作"守备（Shao-pes）"，为世袭制，他们直接对中国政府负责，确保地方安定。同时，如有必要，他们有义务派出武装人员协助政府处理事务，只有喇嘛可以免除这种军事义务。这里的人民日常以务农为生。守备们受驻扎在懋功厅的政府军队控制。有两位主要守备，一位住在懋功厅，另一位住在宅垄（Che-lung）。宅垄是一座山村，距离小金川左岸10千米，在懋功厅下游30千米。还有一位守备住在大金（Ta-ching），它位于懋功厅东北部60千米。第四位守备居住在汗牛（A'n-niu），它位于宅垄守备控制区西南部的山区。除了最初赐予的封地外，这些封地首领没有得到金钱和其他奖赏。这个体系显然运作得很好，有诸多方面值得称道。它确保了中央政府的最高统治权，同时也允许土著居民由他们自己认可的首领管控。半独立的嘉戎部落首领和守备之间的区别在于，前者是在本部落土地上长期世袭下来的绝对统治者，而后者统治的是中国政府打破嘉戎联盟后，分封给其祖先的一块领地，性质上属于外来统治。这些封地原本都属于嘉戎部落，大多数居民都源自嘉绒族。汉人定居者已经与当地民族通婚，在主要道路附近区域，人口混杂。居住在小金川下游的人是劣等族群，体质很差，而且非常脏。

▶ 灌县，一条快速流动的河流和一座拱形石桥
▶ 灌县，一座吊桥
▶ 灌县，一座有着华丽屋顶的道教寺庙坐落在树木繁茂的山坡上
▶ 灌县，一座有着华丽屋顶的道教寺庙坐落在树木繁茂的山坡上
▶ 灌县的寺庙。围墙包围的寺庙群屋顶华丽，位于一片树林中
▶ 灌县树木繁茂的峡谷和山脚下的河流
▶ 灌县西部土路上的建筑

123

- 灌县西部潘澜山（Pan-lan-shan）峡谷，河流和长着树木的峭壁
- 灌县西部潘澜山（Pan-lan-shan）峡谷中的峭壁和植被
- 灌县西部潘澜山（Pan-lan-shan）峡谷树木繁茂的山坡
- 灌县西部潘澜山（Pan-lan-shan）峡谷树木繁茂的山坡
- 灌县西部潘澜山（Pan-lan-shan）峡谷高地的开花植物
- 灌县西部潘澜山（Pan-lan-shan）峡谷山坡上的野生植被
- 路边神龛后的一株枳椇（*Hovenia dulcis*）
- 四川红杉（*Larix mastersiana*），山坡树木繁茂，山脚下有一条河流

第十六章　穿越汉藏交会地区

——诺米章谷至打箭炉，大炮山的森林

诺米章谷俗称"章谷"，是一个贫穷落后的小镇，小镇没有城墙，有大约130座房屋。它没有行政级别，但有一位隶属于打箭炉府的文官和一位隶属于懋功厅的武官驻留此地。这里是真正的汉人聚居地，位于甲拉王国东北角。在大金川右岸，河流从北部转过一个直角，然后在此与一条源自西部的宽阔山溪交汇。大金川宽约90米，水量稳定，水质混浊，汹涌地绕城流过。河流左岸是高耸的悬崖，右岸是陡峭的山坡，小镇的东部和西部是巍峨的高山，西面矗立着一座巨大的碉楼。在章谷，只有少量的药材和杂货交易。大米、纸张和日用品一般从灌县运来，所有物品都很昂贵。不过，在充分考虑了距离和运输困难之后，这自然就可以理解了。

在大金川右岸有一条小道通往河流下游，沿着这条小道可以到达泸定桥，但非常难走。右岸还有一条向河流上游延伸的道路，通往有趣的嘉戎部落巴底和巴旺，那里完全受苯波教控制。巴底距离诺米章谷只有30千米，它是现在封地部落联盟的首府。土司已经去世，但是他的遗孀得到一位总管的协助，代替她年幼的儿子摄政。巴底—巴旺是中国历史学家笔下古老的女儿国之一，妇女在其统治中具有重要地位。巴底是这两个部落中较大的一个，它储藏着丰富的黄金，但由于严加保卫，近年来尚未被开采。内陆的商人来到这里时会被详细盘问，并严密监视。巴底—巴旺人常常到章谷做生意，我们在章谷停留期间就看见了几个。大多数是乡下的女孩和妇女，她们穿得很少，几乎难以蔽

体。她们身材矮小，好像从出世以来从没有洗过澡。不过，她们是最贫困阶层的"劈柴挑水的人"[①]，所以据此对整个种族进行评判是不公正的。

在章谷，我们住在一家舒适的客栈中，客栈的房间干净，远离街道，并可以远眺河流。我们安静地休息了一天，重新安排前往打箭炉的最后一段行程。当地人并没有过于好奇，客栈老板非常热心。我们到达不久，地方官员派人告诉我，他胃痛、呕吐，希望得到一些药物减轻他的症状。我给了他一些泻盐和一片镇静剂。第二天，他给我传话说好一些了，不过仍很疲倦，还不能离开房间。在旅途中，我常碰到求医求药的事，我发现奎宁、泻盐和镇静剂对治疗疾病最有效，为此，人们总是很感激我。

离开章谷这个海拔约2040米的偏僻小镇，我们沿着支流右岸通往打箭炉的道路向上走。有人告诫我们，道路很难走，要穿过森林和高山。这些话不久就得到了验证。山溪很快变成一条咆哮汹涌的急流，许多地方的道路已被冲毁，需要蹚水过河。我们的挑夫更加艰辛，洪水有数米深，道路几乎无法通行。所有桥梁都腐烂了，很危险。我们看见很高的山坡上有几个大村庄，但是河谷中的房屋非常少——不过这就足够了，每当经过一座房屋时，我们都不得不跨越一个30厘米深、满是粪便和垃圾的臭水沟。如此肮脏的环境是藏民房屋的特征。汉人会把这些污物收集起来施到地里，但是藏民只知道最简单的农业耕作，还不知道厩肥的价值。在这些地方我常翻过篱笆，穿过农田，但是我的随从们不得不艰难地穿过这些污物，他们大声发泄着怒气和诅咒。甲拉人是典型的藏民，用平顶屋的底层作为马厩和牛圈。在章谷上游几千米处，植被开始失去其纯粹的旱生特征，随着高度上升，植被越来越茂盛。较高的山坡上是茂密的杂木林，但是道路附近树木还比较稀少。河流两侧的山坡非常陡峭，通常是悬崖峭壁。这些地方散布着干香柏和叶片多刺、常绿的栎树。

行进了30千米后，我们到达了海拔约2377米的东谷（Tung-ku）村，这里有几座较大的藏式房屋，装饰着经幡，但只有两三家客栈，都很简陋。我们投宿的那家客栈，主人是有名的猎手，店里用许多扭角羚、黑羚羊和黑熊的毛皮作为床垫。他的家人告诉我们，他去追踪麝了，今天不在家；他们还告诉我们，藏马鸡和白腹锦鸡在附近很常见。在村子周围，最多的是胡桃树。小麦是常见农作物，快成熟了。玉米也很多，显然是这些地区主要的夏季作物。

第二天，我们又走了30千米，在贫穷的铜炉房村（T'ung-lu-fang）过夜。我们4次从木桥上穿过河流，木桥一座比一座破烂。有一段河流洪水泛滥，原本良好的路段要么被冲毁了，要么塌方了，还有点被水淹没了。我们常常不得不在山坡上自己开辟道路。

---

① 译注："hewers of wood and drawers of water"，意为：做苦活的人，出自《圣经》。

从章谷带来的一位士兵背我趟过被水淹没的路段，结果他不小心滑倒了，我也掉进了水里。之后我只好自己涉水而过。在所谓的路上没有人来往，不知道挑夫们将如何设法搬运行李。我们的轿子被拆开，一件一件地搬运，尽管那样，经过最糟糕的地方时还是很困难。我们整天都沿着咆哮的河流前进，有的河段实在令人恐惧，洪水猛冲到巨大的石块上，水流翻腾澎湃，犹如被邪恶的魔鬼驱使着。在很多地方，我们的道路实际上悬于山洪之上，走错一步就意味着死亡。

在东谷上游5千米，河流直角转弯与另一条源自西面的水量几乎相等的河流交汇。从这里开始，道路沿着河流，穿过一条狭窄、原始而林木茂密的深谷。槭树、白蜡树、鹅耳枥、桦树、杨树、铁杉和多刺的栎树是这些森林的主要树种，还有吴茱萸（*Evodia*）、漆树、柏木、柳树、榆树、沙棘、竹类和各种灌木。青榨槭（*Acer davidii*）和小花色木槭（*A. pictum parviflorum*）比我在其他地方看到的更大。白蜡树和鹅耳枥都很优美，还有很多云南铁杉（*Tsuga yunnanensis*），它们高达30米以上，干围达3.7～4.6米。

离开这片壮观的原始森林之后，旅途变得乏味无趣。悬崖不太陡峭，岩石裸露，很多山坡被人们开垦。山谷中覆盖着灌木。悬崖和山坡上散布着柏木、华山松、高山松、云杉、冷杉和铁杉，非常壮观。

我们路过一些房屋，都非常简陋。耕地很少，玉米是主要农作物，还有零星的几块小麦和燕麦地。该地区不适宜耕种，令人好奇的是，这里的人是怎样维持生计呢。昨天，我们看到几群小种牛。当地人的身材相对矮小，侏儒很常见。自从离开懋功厅后，一路上遇到的很多人都患上了甲状腺肿大，在这条河谷中，这种疾病也非常普遍。

铜炉房海拔约2682米，有6座分散的房屋。我们入住的一座房屋是藏式建筑，相当干净，房主是汉人。这些房屋都没有给挑夫提供被褥，当然，这里什么东西也买不到——所有的生活用品必须自己解决。

在铜炉房，人们告诉我，我们无法到达牦牛（Mao-niu），因为有几处道路已经被水冲毁，在一些悬崖下，道路积水深达1.2米以上。幸运的是，这个毫无根据的令人沮丧的消息被证实并不准确，我们经过一番艰苦努力，竟设法通过了这些路段。领头的挑夫声称，道路实在太难走，我们根本就没有遇到过这么难走的路，我也同意他的看法，路已经糟糕得不是路了！至少有一半道路被水淹没或者被完全冲毁，我们被迫涉水而过或者在山坡上开辟新路径。我都不记得我们是怎样走过这15千米路的，好在我们都安全通过了，不过被弄得浑身湿透。

牦牛村是该地区的一座大村庄，大部分建筑位于高出山溪约60米的一块平地上，四周种植了大片小麦。这是一块名副其实的绿洲，周围被高山环绕。它曾经是一个小部落领地的主要村寨，并由此得名，现在属于甲拉领地。牦牛的风景和植被与东谷周围地区类似，在此不再赘述。这里的特色是高山松（*Pinus prominens*），似乎地势越陡峭，松树长得越好。高山松树皮呈深沟状裂，上部常为红色；球果多刺，可以保持几年不落；木材含有大量树脂，显然主要作为建筑材料。铁杉很常见，而且都是大树。

在牦牛，源自西面的主河流流向泰宁①（T'hai-ling），那是一个有100多座房屋和几座喇嘛庙的大村寨，也是较大的金矿开采中心，但是声名狼藉。当地人告诉我们，到那里的道路都年久失修，而且大多数桥梁都已被近期的洪水冲毁了。

穿过牦牛村附近的农耕地，我们立即进入了一条狭窄、林木繁茂的深谷，下面是一条宽阔、咆哮的山溪。森林中针叶树占优势，云杉特别多。我们看到一些巨大的树木，平均高24~30米。白桦和红桦很常见，我很幸运地采到了红桦种子。柳叶沙棘（*Hippophae salicifolia*）特别常见，树高9~15米，干围1.2~3.0米。这些树木体量之大令我非常吃惊。柳树、樱桃树和各种梨属植物（*Pyrus*）也很多。溲疏（*Deutzia*）、八仙花（*Hydrangea*）、山梅花（*Philadelphus*）、蔷薇（*Rosa*）和铁线莲（*Clematis*）是主要灌木，其中许多正在开花。鹅黄灯台报春（*Primula cockburniana*）开着橙红色花，是周边最有价值的草本花卉。

在森林中漫游了数千米后穿出森林，到达奎拥（Kuei-yung）村，此处海拔约3080米，距离铜炉房村30千米。这里有6座房屋，是纯正的藏式风格，坐落于山坡上，四周种植着小麦、大麦和燕麦。周围的群山覆盖着茂密的针叶林，远处，积雪覆盖的山峰在地平线上闪闪发光。

我们入住的房屋有3层，为常见的平泥顶。墙壁由页岩砌成，非常坚固。从一道低矮的房门进入，我们必须先穿过一个满是牛粪的院子，然后从猪圈旁爬上很陡的楼梯，那里有两间昏暗的空房间，我们就住在里面。房间里有楼梯通向屋顶，如果不下雨的话，我宁愿在屋顶睡觉。屋里没有桌子、凳子，更别说椅子了，我们不得不自己想办法。藏民都坐在地上吃饭，所以不用桌子和椅子。女主人虽然有些脏，倒是一个非常爽朗的人，她的笑声非常悦耳。她觉得很多事情都很好笑，所以经常笑出声，这让我们感到很愉快。我的随从们对这里新奇的事物很感兴趣。

我在奎拥停留了不止一天，但并不是因为喜欢我们的住所，而是要去拍摄各种树木的照片和调查针叶树。在森林里拍照不仅仅是消遣。有3次为了拍到清晰的树干，我们花

---

① 译注：今四川省道孚县协德乡街村。

费了1个多小时来清除周围的灌木丛和树枝。每次工作一整天，只能拍十几张照片。落叶松等针叶树种和桦树、杨树都非常漂亮。红杉（*Larix potaninii*）虽然不太多，但长得很大，有些树木高达30.5米，干围约3.7米。这片森林的特色是高大的柳叶沙棘（*Hippophae salicifolia*），我从未想到它能长到这么大。我拍摄了两株约15.2米高，干围分别为3.7米和4.6米的老树，还有更高的，但是胸围较小。另一个有趣的树种是西藏野樱桃（*Prunus serrulatibetica*），其树干矮小、粗壮；树皮红棕色，具光泽；叶片类似柳树，长7.6～10厘米；果实呈红色，卵形，着生于下垂的果柄上；树冠宽大，平均树高约9米，冠幅至少18米以上。

第二天早上，我们在奎拥村与爽朗的女主人告别，继续前行。沿着道路，很快进入森林，在大树之间曲折前进。森林非常优美，针叶树通常高30～45米，干围3.7～5.5米。较大的树种包括4种云杉、3种冷杉和1种落叶松。最优美的树木是鳞皮冷杉（*Abies squamata*），其树皮紫褐色，呈片状剥落，类似河桦的树皮。上坡途中，落叶松越来越多，最后超过其他所有树种，一直延伸到树木线。白桦、红桦、杨树和沙棘是仅有的几种常见阔叶落叶树。有一种常绿的栎树（*Quercus aquifolioides rufescens*）非常多，其叶片多刺，类似冬青。在森林的荫蔽处，这种栎树长得较大，但是在阳光更充足的地方，它却长成了小灌木。其木材很硬，能烧制优质木炭。灌木种类不多，主要是忍冬、小檗、绣线菊和铁线莲等。草本植物有钟花报春（*Primula sikkimensis*）、雅江报春（*P. involucrate*）、银莲花（*Anemone*）、驴蹄草（*Caltha*）、金莲花（*Trollius*）和各种菊科植物（*Compositae*），林中空地和沼泽地中色彩斑斓，犹如片片彩云。走在我前面的人看见了几群猴子和一些马鸡，但是我没有看到，我只看见了几只鸟。

我们在海拔约3658米的树木线附近露营，在一株巨大的鳞皮冷杉（*Abies squamata*）下用云杉树枝搭建了一座小棚。我的侍从睡在他的轿子里，挑夫们则围绕火堆睡下。附近地区常有拦路劫匪出没，但是我们认为，我们受到攻击的可能性很小。白天下着小雨，傍晚下了一场很急的阵雨，但是晚上天气不错。然而，这里的海拔高度和低温影响了我们的睡眠。我的狗跟我们一样受罪，它不肯吃晚饭，我从没有见过它如此难受。挑夫们看上去愁眉苦脸，冷得发抖，非常可怜，他们似乎不知道怎样能使自己舒服一点。对他们而言，用云杉树枝搭建一个栖身之所似乎很简单，但是他们对此漠不关心，甚至连生火都不愿意。倒是我们从奎拥村带来的藏民向导，收集了木柴烤火。

清晨有薄霜，露水很重，但是太阳犹如一个火球般升起，很快我们便感到温暖，露水也消失了。道路很好走，沿着一条小河在乔木和灌木之间蜿蜒曲折，直到距离大炮山（Ta-p'ao shan）山口约900米处，上坡路变得更加陡峭。不过，真正难走的只有最后150米。在我们营地上方，针叶树很快变小了，落叶松越来越多，最后成为落叶松纯林。落叶松的分布高度直至海拔约4115米，超过了其他任何乔木。就在落叶松分布上限之下，有一种矮小的刺柏，一直延伸至山口附近。鳞皮冷杉（*Abies squamata*）分布至海拔3810米，有2种云杉至海拔3962米。山口这一侧气候湿润，树木线约4115米。树木线至山口数百米的山坡上覆盖着柳、小檗、小叶的杜鹃、绣线菊、柏树、伏毛金露梅（*Potentilla veitchii*）、金露梅（*P. fruticosa*）和陇蜀杜鹃（*Rhododendron kialense*）组成的灌丛。陇蜀杜鹃是这里杜鹃花科所有大叶种类中分布海拔最高的种类。当然，草本植物也色彩丰富，非常壮观。除了前面提到的种类，还有其他几种报春花（*Primula*）、黄色和蓝紫色的绿绒蒿，包括全缘绿绒蒿（*Meconopsis integrifolia*）、川西绿绒蒿（*M. henrici*），以及各种景天（*Sedum spp.*）和虎耳草（*Saxifrages*）。但是，草本植物中最有特点的是苞叶大黄（*Rheum alexandrae*），这种奇特的植物花序为金字塔形，长0.9~1.2米，从一簇簇较小、卵形、具光泽、类似酸模的叶片中长出，由较宽、圆形、向下弯曲、浅黄色的苞片一片片重叠而成，类似房顶上的瓦片。当地人将它叫作马黄，它喜生于草本繁茂的肥沃沼泽地，牦牛很喜欢吃。在放养牦牛的地方，苞叶大黄和全缘绿绒蒿总是很繁茂。

去年冬季没有融化的积雪在山口正下方成片堆积。在海拔约4450米处，裸露、狭窄的山脊顶部有一座插满经幡的锥形石冢。这个狭窄山隘由板岩和砂岩组成，还有一些大理岩分散在各处，在两个巨大的山脊连接处覆盖着终年不化的积雪。今天阳光明媚，我们难得有这样的机会看到高山地带的风景。除了弯腰时会觉得头晕和呼吸急促外，我并没有产生其他高原反应。挑夫们尽管挑着行李，但只有两三个人感到不适。我认为，缓慢渐进地攀登能有效缓解不适。从过去的经验来看，我真的很担心这个关口可能会给我的随从带来影响，但我惊喜地发现他们轻松地克服了困难。

天气非常好，关口顶部的风景远远超出了我预期。我从未见过如此美丽的景色，真的无法用语言来形容。我们右前方是终年积雪的巨大山峰，非常耀眼，我确信至少有6700米高。在积雪及附近的冰川下，有一堆巨大的岩石和碎屑，看起来很凶险。在远处，可以看到打箭炉周围矗立着终年积雪的群山。在近处，关口的西北方向，耸立着另一组终年积雪的群山。回望来路，两侧是陡峭山脊夹持的狭窄河谷，最高峰覆盖着皑皑白雪，虽然海拔高度未达雪线，但看起来裸露而荒凉。四周风景原始、崎岖而巍峨，不时有阵阵凛冽的寒风吹过。拍摄工作完成后，我们就很快下山了。有几只老鹰和秃鹫在空中翱翔。据说这个地区常见野羊和藏原羚，但是我们并没有看到。

我们沿着一条陡峭的道路下山，穿过一系列松散的板岩、砂质页岩和泥泞的黏土泥灰岩，走了7.5千米后，到达了一条宽阔河谷的入口。关口这一侧比我们攀登上来的一侧更加陡峭。来到河谷之后，我们前方的路与通往泰宁、瞻对和昌都（Chamdo）的大道交会。这条路是打箭炉与西藏通商的大路，沿途有很多优质的牧草场，虽然平均海拔很高，但其关口并没有经过理塘（Litang）和巴塘官道的关口陡峭。大炮山地区以其大路上的抢劫事件而臭名昭著。我们遇到了5个少数民族部落人，他们告诉我们，前一天晚上他们的营地遭到一群武装歹徒袭击，所有物品都被抢走了。有些人生来就有匪性，他们认为他们的行为不会受到惩罚，因而去抢劫。他们肆无忌惮，少数民族部落的人深受其害。

从河谷口到第一个聚居地——新店子（Hsin-tientsze）估计有15千米。道路很宽，但不平坦，它靠近从大炮山流下的山溪，蜿蜒曲折地穿过河谷。河谷两旁山峰的海拔都在雪线之上，较低的山坡覆盖着草、针叶树小树和灌木丛。在河谷中，有很多大灌木，主要是柳树、忍冬、小檗和沙棘。偶尔可见小株的落叶松和云杉。岩鸽很多，我射中了几只作为食物。

从奎拥出发走了60千米，除了海拔约3290米的新店子有一座不干净的简陋客栈外，没有看见任何房屋。在奎拥附近，我们看到了烧制木炭的工地，那里有一些工人，除此之外，在我们越过山口之前，没有遇到任何人。这真是一个人迹罕至的地方，但对于一个自然爱好者来说这是最好不过的。我认为自己特别幸运，穿越山口时天气很好，这是我们离开灌县遇到的第一个晴天。

第二天早上起床时，温度计显示为约2.6℃，虽然已是7月，但我们的耳朵和手指都冻得发痛。客栈里的烟太多，令我无法睁眼，因此，我只好站在道路中间吃早饭。所有人都希望快点离开这个满是的寄生虫和臭味的地方。客栈旁有块麦田，但是小麦看上去长势不佳。在这个海拔高度，生长季太短，气候太严酷，不适宜种植作物。

因受大量牲畜踩踏，道路虽然很宽，但凹凸不平。我们走了30千米后到达了海拔约2987米的热水塘。下坡路比较缓，一整天我们都在一条灌木丛生的河谷中漫游。我们见到了几百只牦牛和矮种马，全都驮着生皮包裹的砖茶前往西藏。负责运输的是一些不整洁、看起来很野蛮的藏民，他们携带着长枪、刺刀和护身符盒子。其中许多人头上梳着长辫子，与一种黑色纱线编织在一起，全部缠绕在头上，并包裹着一张头巾；一些人戴着圆锥状的高顶毡帽。一两个妇女随队照顾牲口，她们的装扮与男人们完全一样。吹口哨和甩石子的能力似乎是赶牦牛人必备的基本功。牦牛是一种行走缓慢、反应迟钝的动物，看见任何陌生事物它们都会停下来站一会儿，然后向前猛冲一下。它们看似温顺，但它们的长角很危险，我们尽量避免和它们同行。每个商队都有一只或数只大狗，它们跟着商队慢跑，不理会任何人，但是当被拴住看守营地时，它们不允许任何陌生人靠

近。这些狗非常强壮，戴着镶有羊毛流苏的红色巨大颈圈，这个装饰物使它们看起来更加凶猛。

这里的植被与前一天下午遇到的一样。除了用来圈养牦牛的空地，河谷和临近的山坡上都布满灌丛。除了前面提到的新店子周围的灌木外，多刺的栎树、柏树、几种蔷薇和西藏忍冬（*Lonicera thibetica*）都很常见，各种小檗也特别多。针叶树很少，而且都是小树；大树都在很久以前就被砍伐运走了。在距离新店子约20千米的龙铺村（Lung-pu），种有一些小麦、大麦、燕麦和豆类等农作物，当我们下到河谷中时，这些农作物更加常见。在热水塘周围，谷物刚刚抽穗。

一整天都很晴朗，我们看到了打箭炉周围积雪覆盖的群峰，以及该镇东南部具有尖顶的陡峭山脊，都十分壮丽。在热水塘周围，有几处温泉，有的泉水甚至在沸腾。这些温泉富含铁，但似乎不含硫。

我们在热水塘的住处比新店子的客栈有很大改进，但我们还是在天亮后不久就离开了。据推说从这里到打箭炉有45千米，但我认为30千米更准确。我们又享受了一天晴朗的好天气。道路很好走，是从大炮山到河谷的延伸。河谷及周围约90～150米的山坡被越来越多地开垦为耕地。谷物、豆类和马铃薯是主要的农作物。农民正在采收马铃薯，我注意到，这里的马铃薯以红色的为主。总的来说，该地区的树木已经被砍伐殆尽，在没有种植作物的地方覆盖着灌丛和粗大的草本植物。在岩石较多的地方分布着华山松（*Pinus armandi*）和高山松（*P. prominens*），还有一些较大的、看起来很特别的桃树，其叶片窄披针形，尖端长，果实很小，外表被绒毛。①

在村庄附近，常见高高的杨树，云杉和白桦也有零星分布。白皮云杉（*Picea aurantiaca*）是一种特别优美的树种，伸展的枝条上长着方形、深绿色的针叶，红棕色、下垂的球果簇生于树梢附近。这里还有苹果、杏、桃、李和一些胡桃树。耕地边是无刺高山茶藨子（*Ribes alpestre giganteum*）和优美的高丛珍珠梅（*Sorbaria arborea*）形成的树篱，高丛珍珠梅开着一簇簇白花，形成大型直立花序。除了上述两种灌木外，还有各种铁线莲（*Clematis*），其中最常见的是开着大量乳黄色下垂花朵的长花铁线莲（*C. rehderiana*）。不过，最美丽的灌木是毛丁香（*Syringa tomentella*），它高3.7～4.6米，粉红色或白色的花形成巨大的圆锥花序，花很香。

---

① 原注：当时我没有注意到这种桃树，但是在1910年我采到了成熟的果实，惊奇地发现桃核非常光滑，与果肉分离，而且相当小——这与普通桃树截然不同。后经证实，这是一个新种，被命名为光核桃（*Prunus mira*）。我认为这是我的重要发现之一。这个新种桃树现在正在进行人工栽培，通过与普通的桃（*P. persica*）进行杂交，可以得到人们喜爱的全新改良品种。

我们从一座悬臂木桥上穿过河流，转过弯后，我们的目的地映入眼帘。我们虽然都精疲力竭，但还是怀着激动而愉快的心情向一排排拥挤的房屋前进，它们坐落于一条狭窄的河谷之中，它就是重要的边城——打箭炉。

▶ 云南铁杉（*Tsuga yunnanensis*），穿着传统服饰的男人背着原木
▶ 云南铁杉（*Tsuga yunnanensis*）和其他植被
▶ 华山松（*Pinus armandi*）
▶ 诺米章谷，河流上的桥
▶ 白皮云杉（*Picea aurantiaca*）
▶ 云杉（*Picea asperata var. ponderosa*）和人

332

第十七章　打箭炉，西藏的大门
——甲拉王的人民及其风俗习惯

　　打箭炉城①大致位于东经102° 13'，北纬30° 3'，海拔高度约2560米。沿着省会成都至拉萨的大路，从成都府到打箭炉的最快需要12天。它是中国内地与西藏交接的地区，两地在那里进行着庞大而繁荣的货物交易。这里也是甲拉王的领地，他统治着非常广阔的土地，对与其邻近的藏民和其他部落都有强烈影响。除了罗马天主教牧师外，第一个来到打箭炉的西方人是已故的库珀先生（Mr. T. T. Cooper），他于1868年到过这里。此后，有许多旅行者来过这里，打箭炉已闻名于世。这是一个超乎寻常的地方，虽然关于打箭炉的方方面面，已经有许多报道，但还远远不够。

　　现在的打箭炉城建于一条峡谷端部山谷的最狭处，雅拉河（River Lu）如瀑布般跌入峡谷中，之后汇入约29千米外的铜河，落差约1220米。雅拉河的一条支流穿过打箭炉城，有3座木桥可以过河，支流在北城门外与另一条源自大炮山的河流交汇。城市四周都被陡峭的高山包围，山上都是野草和裸露的悬崖，一棵树都没有，山顶覆盖着终年不化的积雪。总的来看，打箭炉可能是世界上唯一一个处于这种地理位置的商贸中心。最初，打箭炉城的位置比现在至少高800米，但在大约100年前，一场由冰川移动引起的滑坡将城镇完全摧毁。总有一天，现在的城镇会遭遇同样的命运。

---

① 译注：今康定。

▲　打箭炉城

　　虽然打箭炉具有重要的政治和商业地位，但它却是一个布局简单平庸，而且环境肮脏的城市。除了南门附近有一小段城墙外，其余地方都没有城墙，而且也没有西门。街道狭窄且不平坦，只有当倾盆大雨冲掉了平时覆盖的泥土和污垢后，才能看见路面铺砌的大块大理石。房屋很低，为以页岩为基础的木结构。商铺也没有富丽堂皇的外表，实际上，唯一吸引人的地方是两座中国寺庙和甲拉王的宫殿。宫殿由几座壮丽的半中国式木结构建筑组成，有坡屋顶和顶部装饰了镀金尖塔的弯曲屋檐，整个建筑群形成一个复合的整体，四周是高高的石墙。而官府很简陋，摇摇欲坠，城里的客栈也一样。大量交易就是在客栈中完成的。有些客栈收藏着珍贵的瓷器和青铜器，还有数量巨大的老式法国时钟。这些时钟几乎都不运转了，但是这些大型时钟是怎样来到这个遥远的地方的，是一个谜。

　　打箭炉的人口主要由大约700个藏族家庭和400个汉人家庭组成，加上流动人口，估计总共有9000人。在城内及周边地区，有8座喇嘛庙，居住着800个喇嘛和侍从。这里的居民成分非常混杂，包括纯粹的藏民、纯粹的汉人和混血儿。在打箭炉很少见到纯粹的汉族妇女。

　　藏民是一群奇特的人。他们身材中等，体格敏捷而健壮，举止从容，神态镇定。年轻的妇女都非常活泼，总是很愉快，她们有深棕色的眼睛，脸部轮廓分明。男女都喜欢佩戴装饰绿松石和珊瑚的珠宝，但是他们很少使用肥皂和水，对个人清洁很不在乎。肉类、牛奶、酥油、大麦粉和茶是他们最喜欢的食物，他们还喜欢汉人的白酒。每个人都随身携带一个饭碗，藏民身上通常散发着强烈的腐臭黄油的气味，不论男女。这些人的日常穿着是一件由暗红色或灰色毛纺哔叽布制成的宽松、形状怪异的袍子，有时部分用羊皮代替。男女通常都用内部有绒毛的软皮长筒靴包裹双脚和小腿。男人梳着辫子盘绕在头上，装饰着银子、珊瑚和玻璃制成的珠和环，左耳上常戴一只大的银耳环，上面悬挂着一条长的银质和珊瑚垂饰。妇女的头发从中间分开，梳成许多小辫子，再扎在一起，并在末端系上一条鲜红的绳子，盘绕在头上。总的说来，他们在头饰和衣服上大量使用了银子和珊瑚装饰物。他们的节日服饰更加华丽，外衣上点缀了很多红色的装饰品，富人们穿着丝绸的和毛皮制的长袍，佩戴非常丰富的嵌入珊瑚和绿松石的金银装饰物。喇嘛剃掉头发，穿着一件暗红色或者略带棕色的粗哔叽布制成的衣服，实际上就是一块没有形状的布，简单地披在他们的右肩上，左肩裸露，一块类似的布在他们的腰上缠绕两三圈，一直到达脚踝，看着像一条褶皱的裙子。他们通常光头赤脚，每个喇嘛手

中都拿着一串念珠和一个小的转经筒。他们大摇大摆地穿过街道，神态傲慢，缺少普通藏民的风度。喇嘛庙通常占据很大一片土地，大多坐落于风景迷人的树林中。几乎所有富裕的藏人家庭都供养一个喇嘛来履行宗教职责，其他许多喇嘛依靠为不太富裕的家庭在结婚、疾病或者去世时充当临时法师为生。

打箭炉是最重要的商业中心，它垄断中国内地和西藏之间在这一带的贸易，贸易值估计每年达175万两白银。藏民带来麝香、羊毛、鹿茸、兽皮、沙金和各种药材，换取砖茶和各种杂货。大部分贸易是物物交换，但比松潘厅的少得多。银锭和印度卢比曾经是仅有的金属货币，但是近几年，汉人为了在这里进行交易，专门在成都铸造了他们自己的金属货币。他们坚决要求使用这种金属货币，因此，印度卢比已经不再流通了。大多数贸易一面受喇嘛的控制，另一面受来自陕西的汉人控制。在打箭炉东北部约15千米处，在海拔约3350米的地方埋藏着黄金，很多人在那里淘金。淘金方法与中国西部其他地区一模一样，但是给淘金者支付报酬的方法却很特别——前6筐归矿主所有，第7筐给淘金者。这里也产银。藏民认为黄金与其他贵重金属不同，它能够生长，如果在某一时期挖走太多，就会导致它们死亡。他们有多么相信这个迷信尚不可知，但有时它被作为一个无法反驳的论据。几年前，甲拉首领、矿主和驻打箭炉的官员对于淘金之事出现了分歧。政府官员在这个问题上显然过于贪婪，于是甲拉首领提出了上述说法，无限期地关闭了金矿。大量黄金埋藏于打箭炉西面的理塘封地，打箭炉北面的泰宁周围也有很多。

从北京经成都至拉萨的大路上，官员们经常经过打箭炉，它的政治意义非常重要。尽管只是一个二级城市，但当地的长官具有府一级的最高地方官阶，兼掌驻扎在西藏的政府军队。更准确地说，距离其西部18天行程的巴塘是边境城镇，而打箭炉实际上是西藏的大门。打箭炉周边和外围地区是纯粹的西藏风格，受土著首领的控制。驻军和一些常驻的政府官员维护着国家的利益，敏锐地注视着当地统治者的一举一动。

正如本章开头所述，甲拉王住在打箭炉，这里的一切都值得探究。《西藏旅行指南》介绍说，这里在明代，约1403年，开始受中央政府管控，其首领被赐予二级地方官员，统治铜河以西，南至宁远府的部族。到了清朝，考虑到上述情况，清政府赐予这个首领三级地方官员，并设立了副首领、千夫长和百夫长等56个职位。这位杰出的首领现在统治着6个副首领、1个千夫长和48个百夫长。自宣布这项任命起，中央政府就加强了他们对这些地区的控制，从而削弱了首领的势力和权威。不管怎样，这个地区的藏民将这位首领看着他们的最高统治者，在本地事务中，他具有绝对的权威。他的本地头衔是甲拉甲布（Chiala Djie-po），他的中央政府国的头衔是明正土司（Ming-ching Ssu），意为光明正大的官员。甲拉王和地方官员理应是同级，但实际上，甲拉王是副职，当官方

▲ 玛尼石

巡视时，他必须给地方官员鞠躬。在我与他们的交往中，我发现他们既谦恭又热心，但却彼此怀疑和猜忌。

1908年，我见到了甲拉王，他身材苗条，非常精明，大约40多岁。他对我们在打箭炉周围的采集工作很感兴趣，他弟弟是一位有名的猎手，他们兄弟二人以个人名义拜访了我们许多次。他毫不厌倦地观看我的同伴——查培先生修补鸟皮。他对我在花卉方面的工作也有些许兴趣。查培先生为甲拉王制作了一个戴胜鸟的标本作为临别礼物，他收到礼物时高兴得像个孩子一样。他送给查培先生和我几个礼物作为回报，并强烈要求我们以后有机会一定再来。我们发现这里的藏民对于当地的鸟类和动物了解得很深入，热心的他们成了我们的捕猎伙伴。在前一位首领，也就是现任甲拉王的哥哥在位时，现任甲拉王曾被流放，在流放过程中遭受了难以想象的苦难，挨饿是常有的事儿。住在附近的传教士曾多次帮助过他，我从传教士那里了解到，甲拉王从未忘记他们的帮助。这个家庭的历史是个悲剧，现任甲拉王的哥哥很可能是被毒死的，而且他的两个姐妹死得很早，据说与喇嘛的不法活动有关。

甲拉王的领地相当辽阔，包括铜河、西昌河谷和雅砻江之间的整个地区，从北纬28°至北纬32°。霍尔五家从某种程度上也在甲拉王的控制下。据我所知，这个地区与欧洲出版地图上标注的Menia或Miniak王国很相似。地理学者对Miniak的位置非常迷惑，但有证据表明，甲拉王的领地似乎与它更相似。甲拉的东北部是广阔而富裕的德格，以其铜、银和打造刀剑的匠人而著名。法国驻成都总领事鲍斯先生（Bons d'Anty）在1910年秋曾去过德格，返回后给了我一份关于这个地区的非常有趣的资料。他告诉我，德格是一个农业生产很发达的地区，三面被积雪覆盖的山脉包围。这里各种著名产品不是在城镇里生产，而是由农民独自在其家中生产，然后运到城镇里销售。在雅砻江上游河谷，甲拉西北边境和德格东南边境附近，有一个叫作瞻对的楔形地带，被遗弃的部族在此定居，他们总是与邻邦产生矛盾。还有一个同样的部族在巴塘以北的金沙江河谷也占据了一块楔形地带，他们被称作"三艾部落"。鲍斯先生认为，这些人的祖先是掸族人，是这个地区残存的土著居民。这位权威专家花了很多年研究这里边境地带的民族和人种问题，因此最有发言权。众所周知，云南西部最初由掸人统治，所以，在很久以前他们沿雅砻江和金沙江河谷而上并在那里定居是有理可循的。但是，不论瞻对和三艾的祖先是什么，他们都让邻近的族群感到害怕，邻近的族群将他们看作强盗和刽子手。

甲拉民众信奉喇嘛教，包括正统的黄教和非正统的红教，但是前者的信徒更多，也更强大。有人曾认为喇嘛教非常机械，这个描述生动形象，因为他们主要是用手、水或者风来转动经轮、数念珠、不停地念经或者吟诵神秘的六字真言"唵嘛呢叭咪吽"。拉萨是喇嘛教的精神圣地，所有僧人都到拉萨学习，他们的宗教领袖是达赖喇嘛。在中央政府的援助和支持下，甲拉王在日常事务中从没顺从过达赖喇嘛，虽然在他的管辖范围内，也存在喇嘛教反叛的威胁，但他始终坚持自己的自由和统治人民的权力，不受喇嘛的干涉和约束。1903年，达赖喇嘛向甲拉王下达了最后通牒，威胁要通过战争从他和中央政府手里夺取所有铜河河谷以西的领地。英国探险队阻止他们。毫无疑问，达赖喇嘛有通过侵略附属部落来扩张领土的企图，中央政府也明白达赖喇嘛的意图，幸运的是，英国人介入并推翻了达赖喇嘛的势力。从1903年至1904年间我在打箭炉的见闻可知，英国无意间帮中国"火中取栗"。中国人很快意识到这是绝佳的机会，达赖喇嘛的权力被推翻之后，中国政府立即派人对西藏边境进行管理，并发动了一场旨在征服理塘和其他部落某些富有喇嘛庙的战争。在赵尔丰的指挥下，这场残酷的战争取得了胜利，使得中国政府在该地区的权力得到很大的扩展。战争的间接结果就是甲拉王的权力被大大减弱了。

甲拉王的领地由山脉、谷地和高原组成，实质上是一个高原地区，为牦牛、绵羊和马提供了良好的牧场。一系列积雪覆盖的山峰穿越东部边界。当地人的生活方式、财富和婚姻风俗都受到海拔高度的制约。当地居民的游牧特征比其北部和西部的人更少，但与其他藏民一样，他们的财富取决于牦牛、马、牛、绵羊和山羊的数量。他们擅长捕杀麝、麋鹿、熊和其他野兽，并将这些动物制造的商品销售给汉人。药用的根和药草在高原上也非常丰富。只要海拔条件允许，他们就会进行农业生产，但只是作为畜牧业的补充。小麦、大麦、燕麦、荞麦、豆类和马铃薯是主要农作物。在冬季，这些藏民居住在河谷中建造良好的房屋中；春季，他们迁移到高地上。游牧部落不会漫无目的地移动，而是有指定的区域，而且有头人负责管理。在有农业生产的地方，妇女大多留下来照看庄稼。

　　财富和地理位置决定了这些人的婚姻方式，有一夫多妻制、一夫一妻制和一妻多夫制。在海拔超过3660米的地方，一妻多夫制占优势。这里的妇女都佩戴着独特的荣誉徽章，她们负责家庭的商品交易和管理。一妻多夫的风俗是藏民特有的。下面是我的一个朋友关于这个问题的笔记，他花了多年时间在这些人之中生活，非常值得仔细思考和研究①：

　　"许多能干的学者已经对一妻多夫制进行了描写，因此，下面的内容对于那些人来说可能没有什么兴趣，但对于大多数对藏民及其风俗不太熟悉的人来说，这些笔记可能有一定的价值。我在藏人及其同族部落之中度过了数年时间，还在原始的大草原和农业发达的文明河谷中独自居住了数月。

　　"在这里，'一妻多夫制'适用于（1）妇女有固定住所，长期与一个以上男人合法同居；（2）妇女曾经或者现在与一个以上男人有短暂的婚姻。

　　"前者是真正的一妻多夫，仅限于草原上过畜牧生活的游牧部落；后者是准一妻多夫，在边境地区的商业和政治中心以及西藏各地比比皆是。出现上述两种情况的原因在于：对于两性关系的观念以及当地气候和政治条件的局限。

　　"事实表明，藏人及其同源的部落对女性的贞操十分淡漠，我认为，这是一妻多夫制的间接原因。自古以来，藏人受到的教育认为，女性是一个潘多拉魔盒，有潜在的危险，但也由于她们能为男人服务而具有价值。在古老的野蛮时代，男人以勇猛为荣，而妇女像动物一样，只是部落的一种财产。后来，宗教兴起了，所有那些的原始粗鲁的想法都被神化，已经无法解释。这种宗教可能是神秘的苯波教，它至今还在各部落接壤的偏僻河谷中传播。今天这些地方的妇女还像马可·波罗（Marco Polo）时代的一样。其他种族认为保守贞操是最基本的道德，而这里的人们根本不在意这些。

　　"所有的户外劳动都由妇女完成，她们代表了藏族社会较为低下的阶层，常常满口

---

① 译注：此处有少量删节。

脏话。家庭布置完全没有考虑隐私，男人和女人必须在同一间房吃饭、生活和睡觉。

　　"藏人的道德观使这样一个制度成为可能，即使对藏人知之甚少的人也不会反对这个说法；但是，当我说是由于气候和政治条件，而使改革家难以找到其他方式代替这个制度的时候，很多人都感到非常奇怪。在藏人的思想里，这个制度似乎是必要的。无疑，太高的海拔对妇女不利。藏人将妇女看成一种动物，也就是说，她们能够干很多活。在海拔3660米以上生活和劳动需要非常强悍的体格，妇女很难满足这些要求，加上婴儿的死亡率总是很高，所以在人口相对稀少的高原，妇女数量显然不够。在这里，抢劫和偷盗是司空见惯的事情。显然，家庭责任不仅会带来不便，而且妨碍了妇女的作用，同时，还误导了社会群体中男性的作用。

　　"游牧部落以放牧为生，他们带着羊群和所有物品不停地迁徙。妇女和家庭会影响迁移的自由，于是她和她的财产经常得不到保护。对于游牧部落来说，由于要时常迁徙，同时还要防御劫匪，因此，一妻多夫制似乎非常合理。

　　"一妻多夫也需要有家庭财产。这点非常重要，因为分割羊群和牧场会很快毁掉每一个人。不论这些藏民的理想制度是什么，将一个妻子、一个家庭和一群羊提供给数个男性无疑是最便利的。其他任何方式都是自取灭亡。一夫多妻制和一夫一妻制都预示着种族的扩大，并会形成新的、独立的中心即家庭，但一妻多夫制则保证了藏人的实际需求——一个几乎固定的社会和一份完整无缺的世袭财产。

　　"西部高原人的道德观是一个非常复杂的问题，很难说清其中的原因。一妻多夫现象的间接原因是道德观念不同，更堕落的准一妻多夫制可能也归咎于此。不论我们怎样理解真正的一妻多夫制，从纯粹的道德观来看，它还是一个道德体系，而且解决了很多问题。在不改变现有条件的前提下改变它，无异于强迫那些勇敢的游牧妇女进入城镇，成为中国下层民众和流浪藏民的临时妻子。或许，我的看法会招致诸多反对意见，但罗马天主教徒和新教徒、牧师和普通人对这个问题同样看法不一。

　　"这个制度对妇女的影响是另一个问题，关于这个问题，我们不能武断地评论。藏族妇女年轻时往往很漂亮，但是她们衰老得很快。虽然一妻多夫制不一定是造成这种变化的唯一原因，但毫无疑问，这个制度加上艰苦的劳动、无疑会对妇女产生影响。

　　"高原上的家庭规模很小，许多妇女不育。这也未必不是一件好事，游牧地区不可能维持太多的人口，因为耕地数量太少无法支撑人口聚居。这也是导致一妻多夫制的直接和间接原因。对这一制度稍有了解，就能看出马尔萨斯主义者是怎样达到他们的目的：例如，3个男人将他们的感情集中到1个妇女身上，她一生会养育2～3个孩子；但如果实行一夫一妻制，这3个男人都会有自己的妻子，可能总共养育15个孩子。必须考虑的另一个情况是，一妻多夫制不仅限制了妇女正常的生育能力，而且很多情况下是造成不孕症的直接原因。

"关于家庭内部的情况，我不能妄加评论，但是我从没有听说过一妻多夫的家庭内部不和。常见的情况是，一个或两个丈夫一起外出放牧，在山上拜神朝圣，或者抢劫路人。家庭内部的平衡几乎不会被嫉妒打乱，如果有，也是很偶然的事件。新娘或新娘们（有时候会有两个或更多的姐妹在同一个家庭）的初夜是长兄的权利，出于礼貌，第一个孩子也归他所有；但实际上，群婚的孩子或孩子们属于共同所有。女孩们要么像她们的母亲一样，要么嫁入城镇，成为汉人、喇嘛或者流动商人的临时妻子。在前一种情况下，父母会得到一份财礼；但是在后一种情况下，女人多数时间简单地跟她的一个或者多个丈夫生活在一起。

"只要有藏人，一妻多夫制就可能会以某种形式出现。它的存在可能会被断然否认，但是进一步的调查就会发现，这种令人难以置信的家庭广泛分布。然而，高原东部人口稠密的河谷可能是个例外。在这里，人们崇尚个人主义，形成了新的家庭模式，而且繁荣旺盛。他们完全像古代一样极度恐惧没有子孙后代，因此，在正式结婚之前会有一段试婚期，唯有怀孕生育的女孩才有进入丈夫家庭的权利。在这里，以前一妻多夫制的支持者认识到肥沃多产的土地和妇女会带来财富和人力，从而变成坚定的一夫多妻论者。对于人种学的研究者来说，这个转变表明，该河谷中的居民能够长久存在，而其山区的同胞将会逐渐减少甚至完全灭绝。"

▶ 打箭炉东北部树木繁茂的山坡
▶ 打箭炉附近的草地和山
▶ 打箭炉西部山坡上的植被
▶ 打箭炉，喇嘛建筑和一堆雕刻的石板

第十八章　神圣的峨眉山
——寺庙和植被

    闻名于世的峨眉山壮丽而神圣，它位于东经103°41'，北纬29°32'，距离嘉定有1天行程。山体是坚硬石灰岩形成的巨大的上冲断层，从海拔约396米的平原拔地而起，山顶海拔接近3350米。在晴空万里的日子里，从嘉定城能清晰地看到壮观的峨眉山，如果平原上有雾，峨眉山则显得更高。远望峨眉山，它恰似一只肩部以上被砍去而前肢完好的蹲伏的狮子。向下延伸的裂缝形成了一个近乎垂直的险峻峭壁，垂直高度估计有1600米以上。峨眉山是中国五大神山之一，但是峨眉山为何神圣早已无人知晓。据说在西晋时期（266～316），峨眉山上曾有一座寺院，蒲公①在寺院中供佛。峨眉山的守护神普贤菩萨骑着有6个长牙的巨象降临峨眉山。如今在万年寺中，供奉着一头青铜大象，以示纪念，青铜大象与真实大象一样大小，而且做工精巧。峨眉山上共有70多座寺院，在通往山顶的主路上，每隔2.5千米就有一座寺庙，靠近山顶时，相隔不到2.5千米就会有寺院。这些寺院由方丈掌管，可容纳2000多个僧人，由此看来，整座峨眉山俨然是寺院的财产。大多较低山坡上适合耕作的土地都曾被寺院出售。现在，寺庙的主要收入源于自愿捐赠，尽管很多寺院有钱又有地。

    每年，成千上万的香客从中国各地蜂拥而至，到峨眉山朝拜。在我攀登峨眉山时，

---

① 译注：传说是汉代的采药老人蒲公。

曾遇到几个香客，他们从距离峨眉山大约3200千米的上海徒步而来，以示对峨眉山的崇敬和虔诚。此外，前来朝拜的还有西藏和尼泊尔的香客。峨眉山上有无数塑像和圣物，其中很多由纯青铜或黄铜塑造而成。三个涂漆、镀金的肉身像被奉为神灵，上文中提到的大象和一颗牙齿最受关注。牙长约0.3米，重约8.2千克，几乎可以肯定是象牙化石。在峨眉山最高处，也就是通常所说的金顶，有一处古代寺庙的遗迹，寺庙由纯铜建造而成。据说是由明朝万历皇帝（1573～1620）建造的，1819年毁于雷电。自从那次灾难以来，先后有9位或10位方丈来了又走，没有一个能够筹集到足够的资金重建。寺庙周围堆积着大量金属构件，包括柱子、横梁、板和瓦片，均为青铜制品，其中铜板制作得尤为精美。我测量了其中一块铜板的尺寸，其高约193厘米，宽50.8厘米，厚3.8厘米，有些铜板的尺寸略小，但所有铜板均颇具观赏性，正面雕刻有座佛、花和经卷纹饰，背面雕刻有六边形的阿拉伯式花饰。许多铜板已经被用于建造峭壁之上两座小寺庙中的一座。古铜寺中万历皇帝题写的牌匾如今也被搁置于户外的柴堆中，牌匾为青铜铸造，中空，冠顶已被卸下，如果加上冠顶和底座在内，该牌匾高约228.6厘米，宽约81.3厘米，厚约17.8厘米。那次灾难留下一座巨大的钟，高约137厘米，中部周长约300厘米。在峭壁边缘有两座古代铜塔，每座高约3.7米，还有一座塔只剩残骸，这些都曾是古寺的一部分。看到这些珍贵的历史遗迹被如此无情地忽视，实在令人悲哀。

当天空晴朗，云雾飘浮在深谷中时，从峨眉山顶眺望，可以看到一种与布罗肯幽灵相似的自然现象，我从未亲眼看见过，因为在山上停留的这段时间里，雨一直下个不停。据说会看到一道彩虹围绕着一个金球，飘浮于云雾之上，这种现象就是著名的"佛光"，人们坚信这是佛祖的显现，这也是峨眉山为圣山的重要标志。峭壁边缘设有护栏和铁链，但仍有狂热的佛教信徒们为了追逐佛光，葬身山谷，基于这个原因，这里也被称为"舍身崖"。这里不仅最高而且最为陡峭，并向南延伸约1.5千米。

第一个登上峨眉山的外国人是巴伯尔（E. Colborne Baber），他于1877年7月攀登此山，他对峨眉山的独特而准确的描绘令人望尘莫及。遗憾的是，他并没有关注这里的植物资源。另一位著名的旅行家和作家何塞也是如此，他于1884年攀登峨眉山，同样忽视了这里的植物资源。直到1887年，才有人开始采集峨眉山的植物，他是基督教礼贤教会的传教士法伯尔（Ernest Faber）博士，他也是一位植物采集家。在他攀登峨眉山的两周时间里，共采集了至少70种植物新种。1890年，英国博物学家普拉特（A. E. Pratt）攀登峨眉山，采集了一些植物。总之，自巴伯尔到访后，有数百名外国人攀登过峨眉山。但除了法伯尔和普拉特，没有任何旅行者有采集植物的记载。正因如此，我希望本章的阐述有其价值。巴伯尔和其他旅行者已经对峨眉山及其寺庙做了很好的描述，我就不再重复了，我只想补充一些自己的见闻。

1903年10月13日早上，我从嘉定城出发，考察这座名山的植物资源。我们穿过高度农耕的平原，其间被低矮的山丘和美丽的树林间隔，夜幕降临之前我来到了海拔约387米的一个小镇——峨眉县（Omei Hsien）。次日早晨，我们沿着两侧生长着桤木和楠木的道路行进了5千米，穿过平原，来到位于峨眉山脚的两河口村。道路在这里开始出现分岔，两条不同线路均可到达山顶，且都是由石块铺设，估计耗费了大量劳力和资金。不过，如果没有铺设石板，有些特别陡峭的路段会无法通过。我从其中一条路到达山顶，然后从另一条线路下山，从而可以尽可能看到更多的山景和丰富的植物资源。

在两河口村至山顶的区域里，分布着许多姿态优美、非常壮观的大叶榕（*Ficus infectoria*），当地人称之为"黄葛树"，这些树木非常高大，庇护着一些古寺。我测量了其中最大的一株，高约24米，离地1.5米处的干围约14.6米。我们在途中还发现了一些长势良好的枹栎（*Quercus serrata*）和枫香（*Liquidambar formosana*）。稻田周围散布着成千上万株截了头的白蜡树（*Fraxinus chinensis*），树上寄生着一种昆虫，可生产出颇具价值的白蜡。沟渠两侧生长着一种姜花（*Hedychium*），其花浅黄色，有芳香，穗状花序；还有开着金黄色花的齿叶蠹吾（*Senecio clivorum*）[1]，许多种凤仙花属植物，以及其他喜湿草本。

离开两河口村后，山路变得陡峭起来，我们缓慢而艰难地行走了3天，终于到达金顶。

为了对峨眉山的植被进行分组，我们将峨眉山分为两个部分：（1）从山脚到海拔约1829米处；（2）从海拔1829米到山顶约3292米处。如此一来，峨眉山的植被就被划分为两个明确的海拔带。较低海拔带由喜暖温带气候的植物组成，以常绿乔灌木为主，同时，在阴暗的山谷和沟谷中大量分布有卷柏类和蕨类植物。单就卷柏类和蕨类植物而言，我在一天就采集了60多种。较高海拔带完全是由寒温带植物组成。除了杜鹃和冷杉（*Abies fabri*）[2]之外，该区域几乎全部都是落叶乔灌木和草本植物。海拔1370～1680米是中间过渡带，植物之间的竞争非常激烈，不同植被分布带的重叠融合现象非常明显，而到了海拔约1829米处，植被分布界线则非常明确。

可耕作的区域一直延伸到海拔约1220米处，玉米和豆类是主要的农作物，而在山谷和低洼地带，稻谷是主要农作物。为了生产白蜡而栽培的白蜡树一直分布到海拔约790米处。山脚遍布马尾松（*Pinus massoniana*）、柏木（*Cupressus funebris*）和枹栎（*Quercus*

---

[1]　译注：*Senecio clivorum*=*Ligularia dentata*。

[2]　译注：原著为苍山冷杉（*Abies delavayi*）。据查，原著有误，分布于峨眉山的是冷杉（*Abies fabri*），而不是苍山冷杉，苍山冷杉分布于云南。

serrata）。蜿蜒流经各座小山的河畔分布着大量桤木（*Alnus cremastogyne*）、枫杨（*Pterocarya stenoptera*）和奇特的喜树（*Camptotheca acuminata*）。寺庙和农庄周围有很多楠木（*Machilus bournei*）①和高大的竹类。较为裸露的山坡上生长着芒萁（*Gleichenia linears*）②，形成难以穿过的密集草丛。路旁常见的植物有日本金粉蕨（*Onychium japonicum*）、野牡丹（*Melastoma candida*）、玉叶金花（*Mussaenda pubscens*）。到海拔约914米以上，上述植物均被其他植物取代。之前零星分布的杉木（*Cunninghamia lanceolata*）在这里显著增加，尤其是在海拔760~1370米范围内，大片区域都是杉木纯林。在海拔约610~1520米范围内，除了杉木还有许多樟科植物，大约占木本植物的75%，以常绿乔灌木为主，尤其以润楠属（*Machilus*），山胡椒属（*Lindera*），木姜子属（*Litsea*）种类最为丰富。此外，该区域还分布着一些颇为有趣的单种属：银鹊树属（*Tapiscia*），山羊角树属（*Carrieria*），柞子皮属（*Itoa*），香果树属（*Emmenopterys*）和山桐子属（*Idesia*）。还有常绿、果实蓝黑的水红木（*Viburnum coriaceum*）和5种常绿的小檗属植物。

攀登任何高山，尤其是到达上述海拔高度，留心观察温带植物的入侵是颇有意义的。峨眉山为研究上述现象提供了极大的便利。我们周围的一切似乎在微笑，大自然充满了和平的气息。但实际上，每株植物都必须面对持续不断地、来自所有层面的、对每一寸土地的残酷竞争。幸好植物不会言语，否则，人们必将听到太多胜利者的狂喜和失败者的呻吟。看看植物之间的竞争吧：大叶的梾木（*Cornus macrophylla*）试图将分布范围扩展到山脚，槭属的一些种类与其激烈地竞争，尤其是具有白色条状开裂树皮的青榨槭（*Acer davidii*）。亮叶桦（*Betula luminifera*）和荚蒾属（*Viburnum*）、梨属（*Pyrus*），苹果属（*Malus*），悬钩子属（*Rubus*）以及李属（*Prunus*）的一些种类也参与其中。但主要的斗争还是在中间过渡地带（海拔1370~1676米处），该狭窄区域中有丰富的木本植物，包括许多特有植物，如白辛树（*Pterostyrax hispida*），云南枫杨（*Pterocarya delavayi*），领春木（*Euptelea pleiosperma*），猫儿屎（*Decaisnea Fargesii*），天师栗（*Aesculus wilsonii*）以及水青树属（*Tetracentron*）、香果树属（*Emmenopterys*）、珙桐属（*Davidia*）等单种属。此外，该区域还至少有5种槭属植物，而且每种都有许多姿态优美的植株，卫矛属、野木瓜（*Holbaellia*）、猕猴桃属（*Actinidia*）以及冬青属的一些种类也很常见。种类繁多的樟科植物在该区域竞争中被打败，取而代之的是栎属和栲属（*Castanopsis*）的常绿树种。就动物而言，猴子颇为常见，它们喜食猫儿屎属（*Decaisnea*）的蓝色荚果状果实，其种子扁平，为亮黑色，但是

---

① 译注：*Machilus bournei=Phoebe bournei*。

② 译注：*Gleichenia linearis=Dicranopteris linearis*。

据我观察，猴子无法消化其种子。

离开一处密集的灌木丛后，展现在我们面前的是一片狭窄的山梁峭壁，海拔约1860米，景色颇为壮观。向上仰望，可以看到塔状高耸的石灰岩峭壁，近1600米高；而俯视下方，则可以欣赏到广袤绵延的山谷和平原，积云密集如絮，形成一片云海，山峰钻出云海，恰似海上的石岛。向西则可看到西藏边缘的皑皑雪峰，直线距离约130千米，极目远眺，壮观的景色一直向北、向南延伸。植被分布带之间的对比同样令人惊讶。俯首鸟瞰，云层消失处，分布着大片深绿色植被；抬眼仰望，则可欣赏到许多秋色叶植物，叶色淡黄至深红，叶色深绿的冷杉丛林映衬其间，颇为壮观。一切景色都沐浴在阳光之下，微风吹拂，美丽的蝴蝶翩翩起舞，似乎根本不知道冬季就要来临。周围一片寂静，唯有附近丛林中的鸟鸣声偶然传来，非常悦耳动听。这风景真是令人永生难忘。

在海拔1890米处，杉木稀少，且株型矮小，长成了不起眼的灌木。冷杉成为该区域的主要树种，颇有王者风范，在整个远东地区都不会有比它更漂亮的针叶树种了。其球果直立、匀称，紫黑色，通常大量集生于树梢。峨眉山较高处的寺庙几乎全部都是由冷杉的木材建造。在峨眉山海拔约1830米处，冷杉株型不大，姿态也不美观；而在海拔约1980米处，该树种非常优美；到了海拔2590～3048米时，该树种最为高大。在该海拔区域，成百上千株冷杉均高达24～30米，干围3.1～3.7米。此外，该区域还散布着云南铁杉（*Tsuga yunnanensis*），通常为树形规整的大乔木。偶有红豆杉（*Taxus chinensis*），山顶还有玉山圆柏（*J. squamata*），这些几乎就是峨眉山上高海拔分布的所有针叶树种了。之所以能够形成令人难以忘怀的秋色叶景观，是因为这里分布着丰富的荚蒾属、葡萄属（*Vitis*）、苹果属、花楸属（*Sorbus*）、梨属和槭属（*Acer*）植物，还有秋叶橙色和猩红色的毛叶吊钟花（*Enkianthus deflexus*）。

在海拔约1890米处，攀登越来越困难。我们艰难地爬过一段高约240米的陡坡，到达一个叫洗象池的寺庙，并在此休息。峨眉山上的所有寺庙都坐落于景色优美的浪漫之地，但该寺庙所处位置最佳。其一侧是悬崖边缘，另一侧掩映在一片冷杉树林里。好客的僧人用茶水和糖果款待了我们，还为我们讲述了一些奇闻趣事，他们说普贤菩萨在这里从大象上下来，让大象在附近的一个水池里洗澡缓解脚痛，如今该处已成为蓄水池。

离开寺庙不久，我们又攀登了两个陡坡，随即经过一段下坡路，来到了一个树林茂密的小高地，边上是垂直的峭壁。这里有西康花楸（*Sorbus munda*），呈灌木状，其果实白色，引人注目。冠盖绣球（*Hydrangea anomala*）可以攀缘到树木的顶端，同属其他

一些种类和花楸属的两三个种则附生于较大的树木上。此外，这里还有相当多的杜鹃花属植物，尤其在峭壁边缘。就海拔高度而言，杜鹃花属植物在峨眉山分布的最低海拔约1460米，我在峨眉山上采集了13种杜鹃花属植物。但与西部相比，峨眉山的杜鹃花属植物便显得贫乏。报春花属也一样，我们只发现了4种。

在海拔约2740米处，最为艰难的阶梯出现了，当爬到海拔约3078米的阶梯顶时，我已筋疲力尽。这里充满着浓厚的冬日气息，大多数木本植物都已落叶。在海拔约3048米处，主要分布着矮竹林，且随着靠近山顶而增多，最后将其他植物完全排挤出局，占据了整个空间，形成高1.2～1.8米的密集竹林。

走上最后一个台阶，一条由木板铺设的小径通往山顶。我们到达山顶时，夕阳已经躲在了西藏边缘冰雪覆盖的群山之后。

当晚的夜景也颇为优美，我们对次日的旅行充满期待。但第二天醒来时，却大失所望，外面浓雾弥漫，细雨蒙蒙。眼前是一片可怕的峭壁，而后面是略微陡峭的山路。为了看到山顶真面目，我们走了很长一段路，但最终却收获甚微，倒是全身湿透了。山顶不是很平坦，有一段缓坡通往峭壁。到处都是密集的灌木丛，以箭竹（*Arundinaria nitida*）为主，还散布着柳属、桦木属、花楸属、小檗属、杜鹃花属、绣线菊属以及峨眉蔷薇（*Rosa omeiensis*）等丛生植物。上述灌木广泛分布于河道附近。经常能见到攀爬在灌木林丛上的晚花绣球莲（*Clematis montana var. wilsonii*）。山顶上至少有5种杜鹃花属植物，从结果量来判断，开的花不多。在背风一侧，存留有小片冷杉树林；而在阳光充足的开阔处，该树株形颇为矮小，明显遭到风雨侵害。在多石处，有很多茎扭曲、多节的玉山圆柏（*Juniperus squamata*）。

在寺庙周围，栽有小片的青菜、萝卜和马铃薯，还有不少大黄、黄连（*Coptis chinensis*）、党参和当归等药材。

在峨眉山上，随处可见小商小贩的货摊，他们向游客销售当地的土特产，主要有药材，豪猪刺，长石制作的水晶，甜茶，以及上山朝圣的拐杖，拐杖由桤木（*Alnus cremastoyyne*）制成，上面雕刻着龙和佛像。甜茶是峨眉山的特产，由茶荚蒾（*Viburmum theifenum*）的叶子加工而成，该植物的果实颇具观赏性，我已将它成功引入花园栽培。

▶ 梾木（*Cornus macrophylla*）
▶ 开花灌木猫儿屎（*Decaisnea Fargesii*）
▶ 玉山圆柏（*Juniperus squamata*）
▶ 山坡上繁茂的冷杉（*Abies fabri*）
▶ 冷杉（*Abies fabri*）的枝和球果

115

0346.

- ▶ 冷杉林（*Abies fabri*）
- ▶ 冷杉林（*Abies fabri*）
- ▶ 冷杉（*Abies fabri*）
- ▶ 冷杉（*Abies fabri*）

333

第十九章　穿越老林
——从嘉定经由瓦屋山到马烈

　　1908年9月4日，我们离开了嘉定，沿着主路前往雅州府。我们先在夹江县（Kiakiang Hsien）住了一晚。这是一个小城，海拔约366米，距离我们的出发地点约35千米。清晨，下起了暴雨，但在我们出发之前，雨停了，尽管天色阴暗，但凉爽而清新。道路很宽，大多铺设了石板，所经之处都是高度开发的农耕区，人们非常富裕。在嘉定周围，稻谷已经收割完毕，许多土地已重新翻耕，种植了其他农作物，主要是荞麦和萝卜。但是在距离该城几千米处，稻谷熟得没那么早，尽管有部分已经在收割，但全部成熟可能还需要几周时间。

　　稻田周围种植着许多树木，用于生产虫白蜡，其中以截头的白蜡树（*Fraxinus chinensis*）为主，有些地方也有女贞（*Ligustrum lucidum*）。许多白蜡已经被采收。在一个地方，我们有幸看到虫白蜡的培育和采集过程，并且拍摄了照片。很明显，这里的蚕桑业发达，所有河漫滩都种植了桑树，但柘树并不常见。该地区的蚕桑业有其特别之处，人们同时采集桑树和柘树的叶子喂蚕，据说这样产出的丝绸更加坚韧。

　　在这一带，黄葛树（*Ficus infectoria*）是最为优美的树种，其树冠伸展，浓荫蔽日，遮蔽了路旁的庙宇。在这些优美的树木下，时常会有一些售卖薄饼、花生以及水果的临时摊位。道路沿着红砂岩质低山的山脚延伸得很长，而且大部分与雅江[①]平行，沿途可

---

① 译注：即青衣江。

以欣赏到雅江的全景。低山丘陵上分布有马尾松（*Pinus massoniana*）、柏木（*Cupressus funebris*）、矮灌丛、攀缘的铁芒萁（*Gleichenia linearis*）、栎树、板栗树和较高大的赤杨也颇为常见。当然，高大的竹丛随处可见。在砂岩质的峭壁上，有许多方口的石窟，景色颇为独特，令人心情愉悦。

第二天早上6点半，我们离开夹江，很快就来到一个渡口，随后穿过宽阔、多石、水浅的雅江。距离雅江很近的地方有两座非常秀美的大型古寺，分别叫作毗卢寺（Ping-ling-ssu）和惠灵寺（Kuei-ling-ssu）①。特别是前一座寺庙，里面有一些非常美观的佛像。尽管两座寺庙都已经荒废许久，但还是能够看出往日的荣光。位于渡口的砂岩质峭壁都曾经过精细雕刻，但很快就遭到严重的风化侵蚀，许多东西都已无法辨认，并被植物覆盖。

这里的路特别长长，晚上7点我们才到达止戈街②（Che-ho-kai）。这一天的行程约40千米，由于要经过三个渡口，耽误了很长时间。当我们傍晚经过洪雅县（Hungya Hsien）时，发现其附近种植了大面积的白蜡树，而且到处是稻田，产量也比通常高，人们正忙于收割和脱粒。这里有很多树形优美的榕树，桤木也是如此。在寺庙和房屋周围总能见到姿态优美的楠木。我们还注意到这里有一些南酸枣小树，树上挂着不少黄色、长圆形的果实，可以食用。总的看来，这里的植被与嘉定一带相似，只是这里杉木较多，而松和柏较少。

海拔约427米的止戈街是一个规模很大的重要集市村，它坐落于雅江右岸。村庄里的客栈非常好，我住在一间可以眺望雅江的大房间里，但是，我后来才发现我房间楼下就是猪圈和厕所。

第二天，我们开始了真正的旅行。我们没有穿过河流，而是从前往雅州府的主路，沿着河流右岸而上，在距离止戈街还有数千米处我们渡过一条相当大的支流。粗大的杉木杆扎制的木排从柳江场③（Liu ch'ang）顺这个支流而下，而普通的竹排可逆流而上到达这里。路上我们爬上一些低矮的山丘，道路呈"Z"字形延伸，穿过稻田和丛林，一路上我们饱览了雅江河谷不同寻常的美丽风景。经过东岳场④（Tung-to ch'ang）这个小山村，我们来到了观音铺⑤（Kuang-yin pu），此时是上午10点45分，我们已经走了15千米路。

---

① 译注：这两个寺庙均已不复存在。

② 译注：即止戈镇。

③ 译注：即柳江镇。

④ 译注：即东岳镇。

⑤ 译注：今四川省洪雅县柳新乡。

从观音铺开始，我们进入了一段陡峭的上坡路，石板铺设完好，但很狭窄，经过4小时的攀登，我们到达了海拔约1250米的Fung-hoa-tsze①山顶。这里的山脊是由红色砂岩组成，覆盖着许多杉木小树，从山路两侧的一直分布至山顶，形成一片针叶树纯林。尽管这里的杉木没有特别大的，但它们的生长状况却是我所见过的最好的。乔木少的地方，灌丛就非常密集，是典型的暖温带性质，略显无趣。

刚下山时道路平缓，我们穿过一些杉木林和铁芒萁（*Gleichenia linearis*）组成的密集蕨类草丛，很快来到了栽有玉米的耕作区。接着，经过一段陡峭的下坡路到达农耕平原。道路在小片林地覆盖的山丘和稻田间蜿蜒曲折，经过一处山隘，我们来到了海拔约716米的小村庄——两岔河②（Liang-ch'a Ho），这里距离我们的出发点约32.5千米。我们在这里找到了不错的住所，所需的生活用品应有尽有，唯一讨厌的是蚊子很多，而且它们非常饿。

第二天早上，下起了暴雨，我们推迟了出发时间，直到中午11点才出发。此时，我们发现所有的溪流都涨水了，我们要穿过比平时大的溪流，不得不向当地人寻求帮助。我们沿着陡峭的山路从两岔河向上攀登了约150米后，穿过一条狭窄的山脊，来到了宴场（N'gan ch'ang）村，这也是个集市村，但是很穷，部分已荒废，位于一条溪流的右岸，这条溪流在止戈街上方1千米处汇入雅江。离开宴场村，我们沿着溪流右岸而上，到达海拔约790米的宝田坝③（Pao-tien-pa），这个村落人烟稀少，没有客栈，但是我们在一所学校找到了住处，这所学校实施新学教育（即西方知识），该校一名学者最近去日本学习深造了，校长很以此为傲。村落有一个倒塌的亭子、一座寺庙和一座石门，标志着村庄从前的繁荣。

在短短的12.5千米路程中，我们看到了种满水稻的田野，树林茂密的小山和砂岩断崖。植物种类很普通：山桐子（*Idesia polycarpa*）和刺楸（*Acanthopanax ricinifolius*）颇为常见，但树都比较小。山沟边和路边有很多忽地笑（*Lycoris aurea*），其株形优美，花金黄色，花被片向后弯曲而皱缩，颇为艳丽喜庆；还有同属的石蒜（*L. radiata*），但数量要少得多。当地人称忽地笑为"老鸦蒜"，意为"乌鸦爪似的大蒜"，形象生动地描绘了忽地笑的花形。

第二天，天气晴朗，虽有云遮挡但还是有些炎热。这天的行程仅有17.5千米。我们一早就出发了，但行进缓慢。沿着较为陡峭的山路向上攀登了7.5千米后，来到海拔约1250

---

① 译注：原地名不详。

② 译注：今四川省成都市蒲江县西来镇两河村。

③ 译注：即宝田村。

米的柴山（Tsao shan）山顶，山脊上都是令人厌烦的杂草丛、灌木丛以及生长杂乱的杉木。但在登山途中，我采集到了栲属（*Castanopsis*）的一个新种。

从柴山山顶，我们第一次看到了瓦屋山，它山体巨大，雄伟壮观，山形奇特，与瓦山相似，就像一艘飘浮在云雾之上的巨大的诺亚方舟。我们沿着一条平坦的山路，穿过一片长有常绿栎树、楠木和栲属植物的漂亮树林，下到马桥沟村（Ma-chiao-kou）。这里有一座横跨于宽阔急流之上的铁索吊桥。这个山村有一个大房子和一个造纸坊，造纸坊制造的竹纸为当地特有，优质而坚韧，大部分销往雅州府用于包装砖茶。竹子是从周围山上采伐的，其茎干暗绿色，直径相当于人的大拇指粗，高3.7 ~ 4.6米。穿过铁索吊桥时，我拍摄到一棵株形优美的赤杨叶（*Alniphyllum Fortunei*），这是中国最稀有的树种之一。随后，我们先向上攀登一段陡峭的山路，接着经过一段长长的下坡路，来到了一条相当宽的溪流边，溪水清澈，溪流上方有一座铁索吊桥，长约45米。过了桥，我们很快到达了海拔约880米的炳灵祠（Ping-ling-shih）[1]，这是一个又小又脏的集市村，约有50间房子，坐落于小溪的左岸，小溪从雅州府下方约5千米处汇入雅江。在炳灵祠可以看到瓦屋山全貌，瓦屋山是这老林地区最重要的地方。

这一天中，我们见到的植物比前几日都有趣得多。到处都是树林密布的小山，常绿树种颇为普遍，尤其是栎和栲，且树木高大。我采集到了4种栲属植物标本，都为树形优美、浓荫蔽日的乔木。还见到一株奇特而美丽的榛子（*Corylus heterophylla var. crista-galli*），树高约18米，干围约1.5米，是最值得关注的树种之一，其坚果藏于壳斗之中。杉木很多，是我们唯一见到的针叶树种。自从离开雅江河谷之后，一个显著特征是没有松树和柏树类植物。总的来说，这里乡野土地破碎，遭受严重破坏，砂岩断崖陡峭，树木稀少的地方被大片灌木草丛覆盖。

为了从炳灵祠登上瓦屋山，我们必须对路线进行调整，绕道登山。据说出发点距离山顶有35千米，但由于山路陡峭难走，需要花两天时间。于是，我们决定将笨重的行李留下，只带了些轻便的必需品出发。离开炳灵祠，道路沿着一条满是岩石的支流而上，我们穿过一片满是稻田和农作物的农耕区，走了大约15千米，在上午11点到达了双洞溪（Tsung-tung-che）的一座大寺庙。此处海拔约1220米，坐落于瓦屋山的山脚，是攀登瓦屋山的真正起点。寺庙为木结构，非常古老，缺乏修缮，由一位僧人和他的一位助手管

---

[1] 译注：即炳灵镇，现已被水库淹没。

理。房子昏暗潮湿，有很多跳蚤。但因为寺庙与山顶之间再也没有其他可居之所，我们也只好这样了。我把床搭设在一个大殿里，里面有三尊巨大的佛像，用慈祥的目光俯视着我。上午时有阵雨，但到了下午大雨就下个不停，让我们宽敞而破烂不堪的空房更显得阴森。

在到达寺庙前，我们曾经过铜厂河村（Tung-ch'ang Ho），那里有一家很大的炼铁厂，雇用了大量工人。村子周围山上有很多铁矿石，铁矿石价格是每1万斤12000～13000个铜钱。每1万斤铁矿石可炼出大约4000斤品质优良的生铁，而一担（100斤）生铁可以卖2500～3000个铜钱。炼铁采用木炭加热的熔炉，成本是每斤12～13个铜钱。炼铁通常在冬季进行，而夏季主要采集木炭和铁矿石。此外，这里还生产制造相当数量的大铁锅。

铁矿石的分布区也有铜矿，但是在山的另一面。最初，这里也加工和冶炼铜，"铜厂"这个名字就是铜器店和炼铜厂的意思。据我所知，自从铜矿的开采和冶炼产业被政府官员控制垄断后，该产业就停止了，距今已有至少10年时间。当地人告诉我，每担铜的价格只要低于36两银子他们会赔钱，而政府官员只付给每担铜28两银子，所以他们不愿意再从事这一产业，而改为炼铁。附近分布有一种坚硬的无烟煤，但应用不多。不管怎样，炼铁厂、煤矿和废弃的炼铜厂，使铜厂河成为重要的矿业中心。

在寺庙周围，有许多树形优美的栲属植物，我还看到一株姿态最为优美的树种——银鹊树（*Tapicia sinensis*），银鹊树为单种属，高约24米，干围约3.7米。寺庙里还有许多漂亮的桂花（*Osmanthus fragrans*）。溪畔有大量桤木（*Alnus cremastogyne*），而山上则多为杉木。

大雨下了整整一夜，当我们次日早上6点30分出发时，仍下着毛毛细雨。随着我们不断前行，雨越下越大，最后变为倾盆大雨。出发时路就非常难走，最初的760米还有明显的道路，有些地方交叉铺着一些细碎的木片。随后的760米高度是崎岖的上坡，穿过竹林和灌木丛，然后通往山顶。我们沿着山的东北偏北角向上攀登，尽管途中没有遇到危险，但整个过程非常艰辛。我们只能抓住陡坡上的灌木不断向上爬，因此，我觉得那些背着货物的民工能够翻越如此险峻的高山真是一个奇迹。在攀登过程中，稍有不稳，就会出现向前一步后退两步的情况。

抵达山顶，我们又走了6千米来到了观音坪（Kwanyin-ping）的一座寺庙，此处海拔约2774米，山顶呈波状起伏，风景非常优美。山上覆盖着密不透风的矮竹林，竹子从厚厚的泥炭藓中长出，平均高约1.8米。有一定数量的冷杉（*Abies fabri*）零星分布，该植物的中文名表明它只生长于寒冷环境中。我没有发现长势良好的优美植株，这里的树明显都受风蚀、老化和腐烂的影响。山顶的小路宽约0.8米，路面铺满劈开的冷杉树干，各处都有不少倒伏的冷杉树，略作修整就可用于铺设小路。沿途我们发现有3座破败的寺庙废墟，没有发现任何人类生活的迹象。暴雨和浓雾使所有的景色变得模糊，只能看到20～30米范围之内的东西。我们抵达寺庙时，浑身都湿透了。我们的行李在大约两小时后送到了，也都被弄湿了，我们只好花时间把东西烘干并整理好。

观音坪的寺庙规模非常大，有许多附属建筑，均为木结构，寺庙里面有几十座神像，但都年久失修、非常破旧。这里的主路通往距离该寺庙60千米的荥经县（Yungching Hsien）。在每年农历五六月份，都会有大约两三千名朝拜者来到这里参拜，但是其余时间几乎无人问津。除了朝拜季节，僧人都住在荥经县，只留一个年轻的小和尚看守寺庙。小和尚独自一人，甚至连一条做伴的狗都没有。他每天有1.5斤米作为食物，每年还可以获得2000个铜板（差不多就是1美元）作为报酬。尽管很孤单，但他已经看管寺庙3年了，他真是一个非常乐观的人，他总是动作敏捷，满脸笑容，无论走到哪里，都唱着赞歌或念着经。我们一到，他就迅速为我们生火，帮我们烘干湿透的身体和衣服，他总是有求必应。他的愉快和乐观不仅使自己很充实，而且极大地影响了与我同行的随从，他们很快就停止种种抱怨。这个小和尚告诉我们山上最早的寺庙建于东汉朝（25～87）。曾经有一段时间，这里有多达40座寺庙，但在明朝的时候大多数被毁，而寺庙中的金属装饰物都被熔化。如今，这里只剩下两座可以供人居住的寺庙，每座寺庙中都只有一个人常年看管。他还告诉我们，连日的暴雨是由于砍伐树木造成的。意识到这点的乡民们反对继续砍伐树木，但是荥经县的官员对此置之不理，他们继续乱砍滥伐，从而导致这里常年阴雨连绵，除了冬日，雨水变成了雪水。

第二天早上，天色灰暗，似乎又要下雨，但最终太阳出来了，我们享受到晴朗美好的一天。寺庙在洪雅县境内，坐落于峭壁边缘。由此眺望，向东北可看到雅江河谷，向西可见雄伟壮观的西藏群峰。寺庙附近一些近乎垂直的石灰岩峭壁上长满了形态奇特的冷杉。周围环境浪漫而富有野趣，的确是一个神圣的地方。

瓦屋山是三座圣山之一，它常被误称为瓦山。三座圣山围成的蛮荒、人烟稀少的三角地带，被称为"老林"。即使最新的地图，也注明该区域居住着彝族人，但事实上，这里并没有彝族人居住，仅有的一些人都是汉人——包括农民、烧炭者、采矿人以及采药者。先前的旅行者们已经对三座圣山中的两座——峨眉山和瓦山——进行过描述，但可能除了罗马天主教的牧师外，我是第一个登上瓦屋山山顶的外国人。

就像它的姐妹山一样，瓦屋山也是巨大的坚硬石灰岩隆起形成的，但海拔略低于其余两座山，仅约2800米。山体为巨大的长圆形，由一系列至少610米高的垂直峭壁组成，高耸于红色砂岩之上。山顶平坦，遍布砂岩和泥板岩，据说整个山顶长30千米，宽20千米，但这个说法有些夸张。比较真实的数据可能是长15千米，宽7.5千米。山体远观的外形前文已有描述，越是靠近山体，给人的印象就越深刻，俨然一片垂直耸立的高大岩壁。关于瓦屋山与瓦山外形上的相似性前面已有所提及，但我深深地怀疑从峨眉山顶眺望所看到的不是瓦山，而是瓦屋山。由于这两座山都有异常垂直的峭壁和平坦的山顶，在中国西部群山中别具特色。

从植物学的角度来看，瓦屋山颇令人失望。首先，山的海拔比我预期的要低大约460米；其次，山上所有树木都已经遭到砍伐，用作烧炭或其他用途，仅有植物种类并不丰富的密集灌丛；最后，山顶除了冷杉外，没有其他针叶树，茎秆纤细的竹林密不透风、无法穿越，很难开展进一步调查和探索。山上分布的植物种类大多也常见于和该区域海拔相近的其他山上。但是，和其他山脉一样，山上当然也有一些特有植物。这里的特色是有丰富的竹林灌丛，而且山顶覆盖着大量像地毯一样的泥炭苔藓。尽管这种苔藓在瓦山和该地区其他山脉海拔2440～3500米之间也有分布，但都没有瓦屋山广阔和繁茂。

晴朗的天气使我能够欣赏到所有美景。瓦屋山山顶由许多森林茂密的低矮山丘、小山谷以及林中空地组成。随处可见一片片沼泽地，在那里，我们惊飞了一只沙锥。羽毛状的竹子非常美丽，零星分布的冷杉如哨兵一般，形成一幅优美的画卷。山顶还有极少的铁杉。有的冷杉高达30米，干围3.1～3.7米，但所有树木都有很多腐烂坏死的木质。到处都是低矮的小树，但它们几乎不能与竹子竞争生存空间。曾经有一段时期，低缓的山坡上有珙桐（*Davidia*）（包括毛叶和光叶两种类型），水青树属（*Tetracentron*），木兰属（*Magnolia*），槭属（*Acer*），梨属（*Pyrus*），栲属（*Castanopsis*），常绿的栎树和樟科植物，但如今，这些植物都已经被从伐木桩上萌生的灌木丛林代替了。杜鹃花属植物颇多，大约有10种，其中有一种高约7.6米，干围0.9～1.2米，现被证明为新种，定名为尖叶美容杜鹃（*Rhododendron openshawianum*），以纪念在雅州府的奥本霄牧师（Rev. Harry Openshaw）。此外，还有很多五加科植物（*Aralaids*），大多已有成熟的果实。杉木可分布至海拔1370米，除了杜鹃花属植物以外，极少有常绿植物能分布到海拔1830米以上。当然，这里还有草本植物，但是都没有很高的价值和观赏性。

我造访瓦屋山时，正值当地一个非常重要的生产季。人们在6周之前，就开始采集和准备竹笋以供食用了。能够产竹笋的竹子有大拇指粗，高约3.1米。当竹笋长出地面20～30厘米时便可采收。人们将外壳和笋尖除去，仅留下中间白色、脆嫩的多汁部分，将其置于开水中煮熟，然后挂在封闭房间的椽子上，用当地制造的煤球生火，对其进行持续加热烘干。待其完全干燥后，打包装好，运至成都和其他城市，成为美味佳肴。我们看到至少有20处简陋的小屋都在忙着生产加工竹笋。在这个地区，鲜竹笋的价格为每斤6个铜板（16两=1斤），加工好的成品称为"笋干"，笋干在炳灵祠的售价为每100斤8～9两白银，一包笋干约20两。该地因出产笋干而远近闻名，同时，该产业也为当地乡民提供了大量就业机会。

据说，瓦屋山有许多野生动物，包括羚牛、鬣羚、青羊、豹和熊，但是要想捕获它们几乎不可能。我们没有看到任何动物，但我对于以上说法并不怀疑，在这个灌木丛林密布的山区出现动物是正常的。

经过一天的调查，我们于次日早上大约9点离开了瓦屋山，经过一天的艰难旅行，在下午5：45回到了炳灵祠。

接下来，我们的目标是穿越"老林"地区最宽处，前往铜河河谷的某个地方。为此，我们重新调整行装，第二天继续前进。从一座摇摇晃晃的铁吊桥上穿过一条支流后，我们很快就将炳灵祠抛在了身后。沿着主河右岸的道路上坡，道路经常高出水面不少，偶尔会离水面近一点。溪流进入石灰质地区后，变得非常狭窄，河周围是陡峭的悬崖。路面凹凸不平，从出发到抵达余家坪（Yueh-ch'a-ping）共花了5个小时，行程15千米，显得很漫长。余家坪只有一座房屋，位于溪流分叉处附近，一个支流通向东南方向，与其相伴的一条道路可能能到达黄木场（Huang-mu ch'ang）。另外一条支流来自西南方向的，我们绕着瓦屋山山脚，沿着这条支流旁的道路上行。经过一片耕作区后，进入了一段深而狭窄的峡谷。这条高出溪水很多的道路很难走，但沿途风景非常美丽——峡谷两侧，悬崖陡峭，要么裸露要么生长着灌木。我们行进缓慢，到达只有一座房屋的厂河坝（Chang-ho-pa）时已是下午5点，此处海拔约1220米。整个行程约25千米。

这一天，我们沿途看到了许多有趣的树种，不仅采了标本，还拍了照片。山羊角树（*Carrieria calycina*）在这里分布广泛，在溪畔的多石地区颇为常见，它树冠平展，树上满是鱼雷形、具绒毛的灰色果实，但尚未成熟。银鹊树也相当多，但树形都较为矮小。该地区最引人注目的树种可能是山青木（*Meliosma kirkii*），树形整齐、美观，枝条坚硬，羽状复叶长0.6米，颇为秀美。常绿的栎属植物、各种樟科植物、株形高大的竹类以及棕榈（*Trachycarpus excelsus*）都表示这里的气候温暖湿润。杉木是唯一的针叶树种。在旅途中，沿途分布着大量杉木，其优美整齐的树形成了一道亮丽的风景线。最终，我们离开了稻田耕作区，进入了一片仅栽有玉米的区域。尽管这里所有可利用的土地都被用于耕种，但人烟稀少。炳灵祠周围地区种植着茶树，但这里茶业的商业地位很低。

厂河坝的乡民告诉我们，前方的道路将比之前遇到的更艰难。我们离开住处的前5千米路比较平坦，使我不禁开始怀疑当地人的说法，但随后的路无疑证实了他们的说法。溪流从一连串峡谷中流过，有的狭窄而蛮荒，山路或在溪流上方100多米处，或在溪水边；它蜿蜒曲折，起伏很大，时而向上，时而向下，反反复复，乏味得令人气恼。路上长满了杂草和灌丛，使得小道非常狭窄，都很险峻。人们将之称为"道路"，真是有愚弄和误导别人之嫌。哪怕是山羊时常穿行，踩出的路也比现在的好。

尽管雾气和毛毛细雨总会影响我们的视线，但我们还是欣赏到了壮观的景色。悬崖上的植被以灌丛为主，大树则常见于溪畔。这里常绿阔叶树种丰富，显然气候潮湿而温暖。最常见的灌木或小乔木可能是野核桃（*Juglans cathayensis*），它的6~12个果实排成总状果序，叶长达90厘米。其他比较有趣的树种有天师栗（*Aesculus wilsonii*），香花槐（*Cladrastis sinensis*），鹅耳枥属和槭属植物。空旷地和荒废的农耕地上长满了美丽的野棉花（*Anemone vitifolia var. Alba*），其株高1.2~1.5米，花大而繁茂，颇具观赏性，这是我在旅途中见过的最旺盛的草本植物。山崖下的潮湿处，生长着成片的秋海棠、凤仙花、蕨类以及浆果苣苔属植物（*Cyrtandrae*）等草本植物，颇为美丽动人。在海拔约1460米处，杉木未见分布，因为杉木不喜石灰岩地区，自从离开红砂岩地区，杉木就迅速变得稀少。

农耕地和农舍都非常少，且彼此之间距离很远。但是，令我感到奇怪的是，如此险峻的山野居然也会有人烟。我们在白沙河村（Peh-sha Ho）的一座小房子里过夜，这个小山村位于海拔约1524米处，由3座小房子组成，距离厂河坝有20千米路。房子坐落在陡峭的河岸上，从这里可以俯瞰溪流，只见溪流在不远处分叉，较大支流从南面奔流而来。

离开白沙河，我们奔着较小支流的源头——一条山溪而去，我们整天都在努力辨别道路，尽量避免迷失方向。我在清晨迷了一次路，在竹林中浪费了两个小时，而我的仆人在下午犯了同样的错误。采收竹笋已经成为这里的一个产业，正如山的另一侧一样。人们在采收竹笋时踩出了很多小路，而我们走的路还没有那些小路清晰，而且，道路周边往往长满了植物。山路无数次穿过溪流，但很难找到能涉水通过的浅滩。我们在途中没有看到任何房屋和人烟，只好自己开辟出一条路来。整天都下着大雨，使我们感到更加不适。

这一天我们想探寻一些铅矿，但是到了下午，我们发现显然已经不可能在夜幕降临之前到达目的地了。夜幕慢慢降临，眼看着我们就不得不在山溪边的树林中过夜了，突然，一线火光从一个草棚射出，令我们喜出望外。于是，我们爬下一个陡坡，穿过山溪，很快来到了草棚。这是一个小破屋，但是炭窑散发的热量使我们倍感舒适，因为此时我们浑身上下和所有物品都已经湿透了。我的床搭设在一个堆放木炭的棚子里，他们则在小屋里。感谢上天，我们终于找到了一个能够遮风避雨的地方。

回顾这一天，我们大多数时间都在拼命穿过灌木丛林和竹林，想尽办法越过溪流。只要雾气散开，就能看到四周密被植被的悬崖峭壁。这里的植物种类显然非常丰富，但我们无法去调查。所有较大的树木都已经被砍伐并烧成木炭。路旁常见的树种有珙桐（*Davidia*），水青树（*Tetracentron*），连香树（*Cercidiphyllum*）和四照花

（ *Cornus chinensis* ）^①，但都生长成低矮的丛生状树木。还分布着大量槭属植物和生长健壮的攀缘植物，如猕猴桃属（ *Actinidia* ），藤山柳属（ *Clematoclethra* ）以及八月瓜属（ *Holboellia* ）等。

炭窑由两个人掌管，他们说这个地方叫炭窑子（Tan-yao-tzu），我们只走了15千米路。由于所有硬木^②都已经被砍伐，现在人们只好利用冷杉和铁杉等软木^③，据说软木树种大量生长在较高的峭壁上。木炭主要用于炼铅。

炭窑小棚的屋顶漏水很严重，还好，有一块油布遮挡，我的床还算干燥。我美美地睡了一觉，天亮后不久，我们醒了，雨还在下。离开这个海拔约2210米的小屋后，我们穿过两条小溪，翻山越岭，终于再次回到了主路上。不久，我们来到了一个长满灌丛的山谷，沿着陡峭、曲折的小路，到达了峰顶，这里就是铅矿了。在上山途中，疏叶杜鹃（ *Rhododendron hanceanum* ）及同属其他两种杜鹃花特别多，形成了灌木丛林。长叶毛花忍冬（ *Lonicera deflexicalys* ）也大量分布，其果实橙色，硕果累累。四川白珠（ *Gaultheria cuneata* ）常见于腐殖质丰富的岩石处，株形矮小，匍匐生长，果实雪白。位于铅矿区的木屋非常破旧，但可躲避风雨和御寒，我们感到满心欢喜。整个山上似乎都是铅矿，方铅矿^④的含铅量非常高。采矿时采用平坑矿井掘进，坑道水平延伸到山体中，方铅矿由安装于滑道上的矿篮从矿井中一次次运出。矿石经手工敲打粉碎成小颗粒，采用液体沉降法分离出铅，将铅贮藏于大木桶中，随后将其熔成大型长圆形铅块，运输到成都和叙府。将铅块从铅矿搬运到最近水路运输点的费用高昂。附近地区铅矿冶炼已有多年，这里的铅矿归一个嘉定人所有。每个月他要支付给劳工1800个铜钱，据说去年的铅产量是1万斤，但这个说法不可信，因为这个数字实在太小。但该地区生产铅矿的方法原始，生产速度慢，且费用高。为了冶炼铅矿和其他目的，这座山上的所有木材都已经被消耗殆尽，如今是一片杂草丛生、灌丛遍地的荒野。该铅矿的海拔约2865米，也就是说，比炭窑海拔高约610米。铅矿周边裸露而多碎石，生长着一种花色深黄的类似景天属的植物，这是一个我不认识的新种。

离开铅矿，穿过一个小山坡，我们来到一条流水潺潺的小溪边，沿着小溪边的道路前进数千米，然后开始攀登一个陡坡。不久，我们到达一个长满禾草的山脊，这里的海拔约3170米，一条深深的峡谷将我们与分水岭隔开。接着，我们沿着极为陡峭的山路向

---

① 译注： *Cornus chinensis=Cornus kousavar. chinensis* 。

② 译注：多为阔叶树。

③ 译注：多为针叶树。

④ 译注：即硫化铅，是提炼铅的重要矿石矿，是分布最广的铅矿物，化学成分为PbS，含铅可达86.6%。

峡谷下行，山路多石而难走，高差约490米。我们走到了一条河边，就是先前那条自南面而来的白沙河村边的小河流。

我们到达河边时雨停了，雾气迅速散去，这是最近四天里太阳第一次露面。周边的乡野原始、蛮荒，一系列石灰岩峭壁形成壮丽的景观，只有最陡峭的悬崖上还生长着饱受风雨侵蚀的冷杉，其他地方树木都已经被砍伐殆尽。

自溪流而上，我们继续艰难地向上攀登了约300米，终于来到了海拔约3080米的分水岭顶峰。在这里，我们饱览了整个地区乡野的全景，连绵不断的峭壁和悬崖上生长着饱经风霜的冷杉，在更难以到达的小块区域有密集的阔叶树林。

这一天的剩余时间，我们沿着一条十分艰险的道路往山下走。下午6点，我们到达海拔约2317米的一个小山村——仰天池（Yang-tien-tsze）。全天共走了15千米，花费了11个小时。负责运输粮食的两个劳工刚好在天黑时抵达，并告诉我们其余的行李要很晚才能到。老实说，我们的住宿条件非常恶劣，但是经过一天的艰辛，大家都筋疲力尽，所以也就无所谓了。晚餐过后，我将一块油布铺在客栈床上，躺在上面睡觉，但不久就被讨厌的跳蚤吵醒了，随后，尽管我非常疲劳，但都无法入睡。大约凌晨1点钟，我自己的床和其他一些行李到达住处。由于搬运工们要等到月亮出来才能看清道路，考虑到他们都已经竭尽全力，并且走过了这么艰难的道路，我实在不能对他们的迟到有所抱怨。第二天天亮后不久，我们的其他行李也到了。上午7：30，我们离开仰天池，沿着一条易走的山路下山，行进15千米后，我们在中午之前来到了海拔约1615的马烈村（Malie），这里非常贫穷，位于峨眉县经瓦山至富林的主路上。

至此，我们已经从东北面向西南面翻越了整个老林地区。就我个人而言，我再也不想重复这样的旅行了。连绵不绝的雨水极大地增加了旅程的难度，使得原本就十分难走的道路变得更加难走，而且我们意识到即使天气很好，也会非常艰难，这实在是一次极为艰难痛苦的旅行。降雨和浓雾毁掉了旅行中最大的亮点——风景。除了偶然的几次机会，我几乎看不到45米外的景物。恶劣的天气状况也使植物调查根本无法进行，我们只能看到路边的植物。不过据我观察，该地区木本植物种类与四川西部相同海拔的地方类似。就物种丰富度而言，它根本不能与峨眉山或瓦山相比。但也有一些有趣之处，该地区是明显的暖湿气候，阔叶树种明显比一般地区具有更高的海拔分布，尤其是栎属和樟科树种。还有大量杉木和一些有趣的树种，比如珙桐属，水青树属，香槐属（Cladrastis），木兰属，七叶树属（Aesculus），连香树属以及野核桃（Juglans cathayensis）。健壮的攀缘植物也大量分布，比如八月瓜属（Holboellia），猕猴桃属以及藤山柳（Clematoclethra），我还获得了一些种类的种子。同时，这里也有多种花楸属植物，其果实有白色、红色以及紫色，我也采到了它们的种子。忍冬，悬钩子以及杜鹃也大量分布。桦木，山毛榉，落叶的栎属植物，板栗等较稀少，而松、柏和杨树则完全没有，这是该地区非常重要的特征。在海拔较高处，冷杉和铁杉是仅有的两种针叶树，尽管我在某些较高的峭壁上似乎看到了一些云杉属植物。在这些针叶树中，我并没有看到漂亮的植株，它们在峭壁之上或其他人类难以到达之处，每年都要遭到风和恶劣天气的危害。在砂岩分布区域有大片密集的铁芒萁，密不透风的矮竹林在海拔1830～3048米范围内随处可见，也是整个地区植被分布的重要特征。该地区的采矿业是导致林木被大量砍伐的重要原因。

没有像样的道路，人烟稀少，居住条件恶劣，悬崖陡峭，蛮荒险峻，山上丛林密布，所有这些都足以称该地区为"老林"，意即蛮荒之地。

▶ 山坡上的杉木（*Cunninghamia lanceolata*）
▶ 山坡上的杉木（*Cunninghamia lanceolata*）
▶ 山上的杉木（*Cunninghamia lanceolata*）和下面的神龛
▶ 河边的杉木（*Cunninghamia lanceolata*）和小路
▶ 两株杉木（*Cunninghamia lanceolata*）
▶ 杉木（*Cunninghamia lanceolata*），树下的人，远山
▶ 鹅耳枥变种（*Carpinus turczaninovii var. ovalifolia*）和人
▶ 桂花树（*Osmanthus fragrans*）

549

0183.

- 洪雅县，树木繁茂的山坡
- 洪雅县，植被繁茂的悬崖
- 洪雅县，低矮山坡上的树木和植被
- 洪雅县，山脉和山谷的植被
- 洪雅县，植被繁茂的峡谷
- 洪雅县，岩石峡谷
- 面向洪雅县，浓雾延伸至地平线
- 刺楸（*Acanthopanax ricinifolius*）

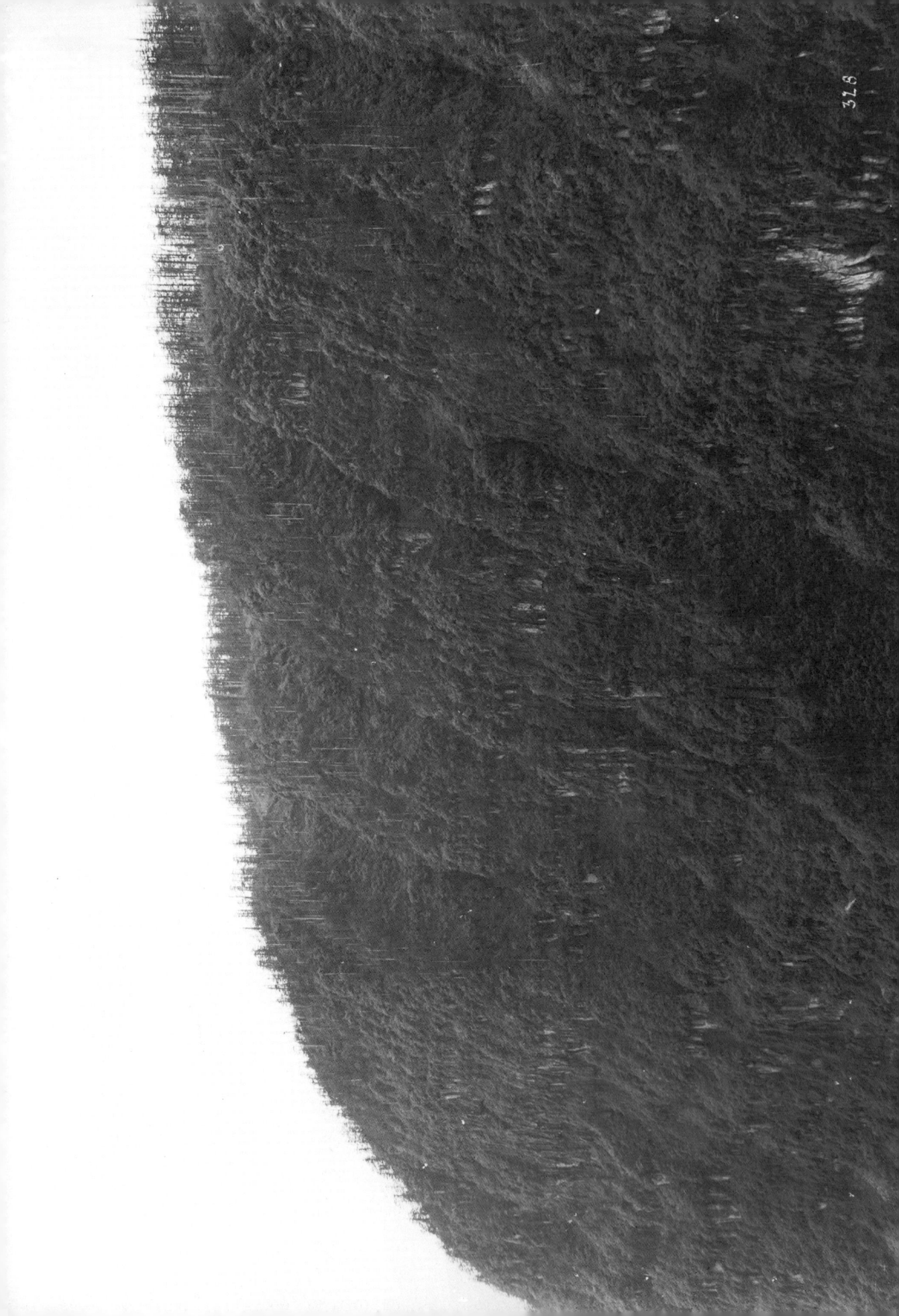

第二十章　瓦山及其植物区系

　　瓦山[①]（Wa-shan）与峨眉山是姐妹山，位于东经103°14'，北纬29°21'，从嘉定出发有6天的行程（约129千米）。其间多山，自然风貌原始粗犷，但路况十分恶劣。第一位造访并攀登瓦山的外国人是巴伯尔，他也是第一个攀登峨眉山的外国人。据记载，瓦山的海拔约为3214米，比周围的地区高约1390米，但据我观测，瓦山的海拔约为3429米，比周围地区高约1570米。考虑到气压计的误差，我认为瓦山海拔不会低于3353米。山上的植被情况很好地证明了其海拔高于峨眉山（海拔约3292米），这恰好与当地人的说法一致。

　　从峨眉山山顶眺望，瓦山恰似一艘巨大的诺亚方舟，直冲云霄。若近距离观察，可以发现瓦山是由一系列石灰岩峭壁垂直层叠排列而成，仅有一处严重破裂，而山顶特别平坦。从山脚低洼处的大天池村（海拔约1859米）仰望，瓦山呈方形，四边略呈直角。虽然瓦山看似仅比村庄高约610米，但实际高差却有约1524米。当我初次近距离（约32千米）观察此山时，我真的无法相信眼前就是瓦山，它看上去就像一个巨大无比的悬崖，其雄伟远远超过了其高度给我带来的震撼。

　　正如上文所述，第一位造访瓦山的外国人是已故的巴伯尔，他于1878年6月5日攀登

---

① 译注：今四川省乐山市金河口区。

瓦山。巴伯尔对瓦山的描写颇为精妙，令我望尘莫及，只好引用其原话："瓦山给人一种刻骨铭心的感觉，令人难以忘怀，山的上部是由12～14层峭壁组成，层叠状排列，彼此之间的高差接近（约61米），每层峭壁的四角都比下层峭壁略有退缩。每层峭壁沿着四面有规律地延伸。或者我们可以将它比作13级台阶，每一级高约55米，宽约9米；还可以将它比作13层方形或略呈椭圆形的石灰岩层板，每层厚约55米，每条边长约1600米，极规则地水平堆叠在一起，安放在海拔约2438米的基座之上；也可以将它比作一个水晶立方体，嵌入一组不规则的宝石之间。或者，它无与伦比，无法比拟。总有一天，旅行者会来到那里，用'精妙的语言'将它描绘出来，他会发现那里的风景再好不过了，可是将它描绘出来真是个糟糕的主意。最好的方式是默默欣赏并思考一阵子，然后什么也不说，继续赶路。"

1903年6月30日的下午，我首先来到了人口稀少的大天池村，由此可以登上瓦山。这个小村庄坐落于一个卵形的低洼区域，四周环山。整个低洼区长约1.6千米，最宽处尚不足0.8千米，低洼区的较低处有一个小湖，湖周绿树环绕。这里有一种开蓝花的乌头属植物，数量很多，当地人称之为"乌头"，并认为它们有毒。农舍周围栽植着玉米、豆类、荞麦以及马铃薯。村民们大多信奉基督教，一座天主教堂是村庄里唯一像样的建筑。

我们请了一个导游，于7月1日早上5：45离开旅店，开始登山。此时薄雾笼罩着万物，感觉有点儿阴冷。路很窄，蜿蜒且陡峭，十分难走。下午2：30开始下雨，并一直持续到我们下山。我们抵达旅店时，已是晚上6：30，大家都浑身湿透。

曾经，在未经砍伐时，瓦山满山都是茂密的冷杉林，如今大量的树木倒在原地并已腐烂。腐烂的树干上生长着杜鹃花属植物的灌丛，高达6米以上。这些冷杉树最小的也有45米高，干围约6米以上。山顶仍然生长着一些树木，但株形矮小，而且几乎所有树木的顶端都因风吹或雪压而折断。瓦山与我曾经造访过的其他山脉一样，非常真实地体现了中国人的破坏性。假如这种情况再持续50年，中国中部、南部和西部地区将不会再有一亩森林存在。仅烧炭这一项就使山上的阔叶乔灌木遭到严重破坏。制备钾盐是中国西部山区的常见产业，也是残忍毁灭植被的另一种行径。栎树、水青冈和鹅耳枥的日益稀少甚至灭绝，正是发展烧炭业的恶果。

除了冷杉（*Abies fabri*），其他的针叶树还有云南铁杉（*Tsuga yunnannensis*），刺柏（*Juniperus formosana*）和米条云杉（*Picea complanata*）。杜鹃花属植物在当地植被中占

据重要地位，由于其木材不能用于烧炭而得以幸存。杜鹃花属植物从海拔约2286米处开始有分布，但直到海拔约3048米以上才大量分布。在登山途中，我采集了16种杜鹃花属植物，它们株形多样，从高仅10～15厘米的小灌木到高达9米以上的小乔木都有。它们的花形和花色也丰富多样。随着我们不断向上攀登，杜鹃花属植物一种接一种地出现，非常有趣。其中，最常见的种类是秀雅杜鹃（*R. Yanthinum*），其花色为不同深浅的紫色。

我们从距离客栈约90米的地方开始登山，到了海拔约1890米处，不再有耕地存在。再往上约300米，我们发现了一块曾经被开垦过的区域，但现今已杂草丛生，其间生长着大量羽叶鬼灯檠（*Rodgersia pinnata var. Alba*）、绣线菊（*Spiraea aruncus*）、落新妇属（*Astilbe*）和马先蒿属（*Pedicularis*）植物，还零散分布着长叶溲疏（*Deutzia longifolia*）、毛柱山梅花（*Philadelphus wilsonii*）、野漆（*Rhus toxicodendron*）等灌丛。再往上约150米，有生长茂密的矮竹林，尤以箭竹（*Arundinaria nitida*）生长最为茂盛，其茎干细，平均高约1.8米。再往上，我们来到一片高地，这里混合分布有多种灌木和草本植物，主要有西蜀丁香（*Syringa komarovii*）、藤绣球（*Hydrangea anomala*）、柔毛绣球（*H. villosa*）、川康绣线梅（*Neillia affinis*）、鸡骨菜（*Dipelta ventricosa*）、长序茶藨子（*Ribes longeracemosum var. Davidii*）、毛叶吊钟花（*Enkianthus deflexus*）、绣线菊属（*Spiraea*）、槭属（*Acer*）、苹果属（*Malus*）和花楸属（*Sorbus*）植物，椭圆果绿绒蒿（*Meconopsis chelidonifllia*）、纤细草莓（*Fragaria filipendula*）、云南大百合（*Lilium giganteum var. Yunnanense*），以及较低海拔也有分布的草本植物。有些杜鹃花属植物主要生长在悬崖上。

高地（海拔约2590米）宽约800米，到处是沼泽，密布着灌丛状植被和矮竹林。除了前面提到的植物外，这里还有六蛾戏珠（*Hydrangea xanthoneura*）、峨眉蔷薇（*Rosa omeiensis*）、楤木（*Aralia chinensis*）、一种驴蹄草属（*Caltha*）植物，以及少量松柏类植物。随着我们继续前行，杜鹃花属植物越来越多。穿过这片高地，我们到达上一层的西北角。沿着一条狭窄、多石且蜿蜒曲折的小路向上攀登，穿过茂密的混生灌丛，到达海拔约3048米的狭窄岩脊，混生灌丛逐渐被杜鹃花属植物取代。在低海拔地区，花期已过的峨眉蔷薇在这里却依然盛开着美丽的白花。此外，这里还有2～3种忍冬属植物和各种唇形科植物，在荫处岩石上至少有3种报春花属植物，包括大叶宝兴报春（*P. davidii*）。

从海拔约3048米到瓦山山顶，就群落中的木本植物而言，杜鹃花属植物占99%，剩下的1%由松柏类植物、忍冬属（*Loniceras*）植物、峨眉蔷薇、晚花绣球莲（*Clematis montana var. Wilsonii*）、马醉木属（*Pieris*）植物以及毛枝白珠（*Gaultheria Veitchiana*）构成。在草本植物中，报春花属植物数量最多，我们发现了该属的5个新种，包括虽不常见但开着美丽黄花的雅砻黄报春（*P. Prattii*）。其他可爱的植物还有蓝花的紫堇，开着黄色大花的杓兰

（*Cypripedium luteum*），覆盆子（*Rubus Fockeanus*）和其他草本植物。在多荫的岩石处，分布着大量株形奇特的岩匙（*Berneuxia thibetica*），最初法国学者弗朗谢（Franchet）把这种有趣的植物归入岩扇属（*Shortia*），后来曾任巴黎自然博物馆所属植物园主任的迪赛森（Decaisne）将它命名为一个新属，其花小，不显著，为白色或浅粉红色。在裸露的岩石处，我采集到了开着漂亮的白色钟状小花的岩须（*Cassiope welaginoides*）。

不过，我主要的注意力还是在杜鹃花属植物上。这里，成千上万的杜鹃花竞相开放，花朵如此绚烂多姿，以至于我难以用语言形容。杜鹃花多为株形大小各异的丛生灌木，高约9米，而冠幅更大，花相当繁茂以致几乎看不到绿叶。花色不一，有深红、鲜红、肉红、淡红和纯白色。它的茎干粗壮，多皱，扭曲缠绕成各种形状，树干上挂着的苔藓和地衣，以长松萝（*Usnea longissima*）为主。这些杜鹃花能够扎根于狂野的悬崖和峭壁之上，真是一个奇迹。很多杜鹃花生长在冷杉倒木树干上，有些为附生植物。杜鹃花下生长着大量泥炭藓，形成大片漂亮但危险的地毯。在裸露的悬崖上，我采集到了两种株形矮小的杜鹃花属植物，株高均只有几厘米，一种花深紫色，而另一种花浅黄色。

浓密的大雾遮挡了视线，但太阳在大约10点时冲破云层，露出了片刻的笑脸，展现了一幅美丽的图画，这使我们更加充满期待。我们斜靠在崖壁上，依稀能够听到约610米或914米之下急流的怒吼。靠近山顶的三个悬崖高约12米或15米，只能靠木梯向上攀登。向上攀登时，我带着狗，可没想过怎么下来。等到下来时，狗开始害怕了，尽管我们蒙上了它的眼睛，但它还是使劲挣扎，有一次差点儿使我失去平衡，还好我们安全下来了。梯子固定在高达12米的垂直峭壁上，两侧都是云雾缭绕、深不可测的无底深渊。沿着梯子向上攀登需要集中所有精神。在海拔约3260米处，我们开始攀登第一架木梯，峭壁很狭窄，宽不及2.4米。由此向上到达山顶的数米内，路突然变得很陡，很难行走，且十分危险。当登上最高一层阶梯后，出乎意料，有一条平缓的小径直达山顶，我们走在上面就像在家乡的林间小道漫步，最后终于到达山顶。

山顶是一片稍有起伏的高地，面积1万多平方米。有高大的杜鹃花丛林，上面攀爬着晚花绣球莲（*Clematis montana var. Wilsonii*），就像挂着花饰；还有冷杉的树桩和小苗，这个"巨人"曾经覆盖着壮丽的高山；林间空地上长满秋牡丹和报春花，小溪随处可见。巴伯尔称瓦山为"世界最迷人的天然公园"，的确恰如其分。

瓦山山顶曾有一些寺庙，如今大多只剩遗迹。目前仅存一座寺庙，里面供奉着身骑泥塑大象的普贤菩萨，寺庙用冷杉的木材建造而成，且修葺完好。寺庙周围种植着一小片大黄，一些白菜和马铃薯。

从瓦山山脚到山顶，有半灌木状的血满草（*Sambucus adnata*），以及马先蒿属、微孔草属（*Microula*）、纤细草莓（*Fragaria filipendula*）、东方草莓（*F. elatior*）等草本植物。其中，纤细草莓是值得关注的一个草莓属新种，其果实红色，略呈圆柱形，通常长约2.5厘米，口味极佳，广泛分布于中国西部，我曾在打箭炉尽情品尝了许多伴有牦牛奶油的这种草莓。

两天之后，我登上瓦山的另一个山峰（海拔约3048米），采集到一些新的植物种类。其中包括川赤芍（*Paeonia veitchii*）、三色莓（*Rubus tricolor*）、须蕊铁线莲（*Clematis fabei*）、桂叶茶藨子（*Ribes laurifolium*）、伏毛银露梅（*Potenilla veitchii*）、鹿蹄草（*Pyrola rotundifolia*）、瓦山安息香（*Styrax perkinsia*）、木香马兜铃（*Aristolochia moupinensis*），以及槭属（*Acer*）、银莲花属（*Anemone*）、梨属（*Pyrus*）、花楸属（*Sorbus*）、小檗属（*Berberis*）、报春花属（*Primula*）植物。悬崖高处大量分布着火绒草（*Leontopodium alpinum*）和一些香青属（*Anaphalis*）植物，在泥炭藓生处有至少3种石松属（*Lycopodium*）植物，在有水滴落的阴湿岩石和杜鹃花树干上，有很多峨眉膜蕨（*Hymenophyllum omeiense*）。

在山上4天的采集工作中，我共采集了220多种植物。每天的工作都非常艰难，弄得我们汗流浃背，但每当晚上回到旅馆，谈起登山途中的状况时，我们都会觉得温馨。有一次，我曾和死神擦肩而过，当我走过一堆松动的石堆时，差一点从陡峭悬崖跌落，幸好一个挑夫在边上拉住了我，我才得以获救。

就动物而言，瓦山及周围的荒野中有野牛（*Budorcas tibetanus*）。但我只看到了它们的足迹，这种动物的体型大小与家养的牛相近。就鸟类而言，这里是5种雉鸡的栖息地，包括血雉和白腹锦鸡。

我曾经攀登过中国不同地区的许多山脉，并在那里采集植物，有些比瓦山要高得多，但其寒温带植物的丰富度都不能与瓦山相提并论，开花灌木尤其如此。总之，瓦山拥有丰富的植物资源，独特的动物区系，奇特的地质构成以及宏伟壮丽的山顶天然公园，值得博物学家们特别关注。

▶ 云雾缭绕的瓦山
▶ 瓦山山脊和山坡上的植被
▶ 瓦山的牧场和山脉
▶ 瓦山山脉和陡峭的峡谷
▶ 瓦山山脉和陡峭的峡谷
▶ 瓦山附近，山脉一侧山体滑坡
▶ 拍摄于瓦山的三只野鸡
▶ 拍摄于打箭炉和瓦山的两个动物头骨
▶ 拍摄于打箭炉和瓦山的两个动物头骨
▶ 米条云杉（*Picea complanata*）

607

第二十一章　中国西部的植物
——世界最丰富多样的温带植物区系简述

在前面的章节中，我已介绍了华西地区多山的特点。在这样的一个区域里，海拔跨度极大，气候多样，降水量充沛，自然会孕育出一个丰富多样的植物区系。不过在估量了这个地区的有利条件后，其丰富的花卉资源仍然令人惊讶，而且远远超出了植物学家的想象。权威专家们估计，中国植物至少有15000种，其中有一半是这个国家特有的。但这个数字并不准确，他们至今还无法对中国丰富的花卉做出准确统计。华中和华西的偏僻山区绝对是一个植物天堂，各种乔木、灌木和草本植物会聚在一起，让人手足无措。第一次来到一个新奇而陌生的国家时，连认出那些本已熟悉的植物都很困难，需经数月才能熟悉周围常见的植物。在我旅居中国的11年里，一共收集了大约65000份植物标本，包含约5000种植物，并且送回国超过1500种不同植物的种子。不过，直到后期我才对中国植物区系有了一个比较清晰的概念，并能恰当评价它的丰富性及各方面的问题。

毫无疑问，中国具有世界上最丰富的温带植物区系。在中国发现的不同种类的乔木，比在整个北温带其他地区的总和还要多。北温带地区的所有重要阔叶乔木，除悬铃木属（*Platanus*）和刺槐属（*Robinia*）外，在中国均有分布。除北美红杉属（*Sequoia*）、落羽杉属（*Taxodium*）、扁柏属（*Chamaecyparis*）、金松属（*Sciadopitys*）和雪松属（*Cedrus*）外，其他松柏类植物的属在中国也均有分布。在北美（不包括墨西哥），约有阔叶乔木165属；而中国有超过260个属。在《邱园乔灌木手册》（1902年版）中收录的300个属的灌木中，大半在中国有分布。

中国植物的真正价值和重要性不在于其种类丰富，而是它的优越的观赏特性和大量适于世界温带地区公园和户外花园应用的植物种类。在中国，我的工作是发现并介绍许多新的植物到北美、欧洲和世界其他地方。但是在我的工作开展之前，中国植物的价值已经为人们所熟悉和欣赏。有这样一个事实可以证明，即在整个北温带地区，没有哪个有些名气的花园中不包含几种原产于中国的植物。我们的香水月季、攀缘蔷薇、菊花、杜鹃花、山茶花，温室栽培的报春花、牡丹和大花铁线莲，全部源自中国，这些植物在华中和华西地区仍处于野生状态。还有其他20来种受人喜爱的花卉，同样源自中国。中国还是甜橙、柠檬、橘、桃和杏的原产地。园艺界众多受人喜爱的宝贵植物资源都受惠于远东，她的恩泽也将随着时间的流逝不断增加。

我们对中国植物的了解和认识是慢慢积累起来的。旅行者、传教士、商人、领事、海关官员和各种身份的人都有自己的贡献；但在地理和其他与远东有关的知识方面，罗马天主教的传教士们发挥了重要作用。中国的排外政策给那些想获得这个国家详尽信息的欧洲人带来了困难，因此，一切荣誉都应归功于过去那些探索中国的考察者。

受伦敦园艺学会等其他机构的委派，罗伯特·福琼作为先驱者，在18世纪40至50年代来到中国考察中国庭园。但是旅行的困难导致他几乎没有调查野生植物资源。除了6种野生植物外，他带回的其他植物均是中国庭园的栽培植物。但他带回的一种野生植物云锦杜鹃（*Rhododendron fortunei*）对杜鹃花的育种具有难以估量的巨大价值。

受维彻公司派遣来华采集植物的查尔斯·马里斯先生，于1879年溯扬子江而上到达宜昌。他发现当地人不太友好，因此只待了一个星期，就被迫返回了。尽管如此，在他短暂停留期间，他采到了今天最具价值的观赏植物之一——四季报春（*Primula obconica*）。在九江附近，他采集到金缕梅（*Hamamelis mollis*）、檵木（*Loropetalum chinense*）和一些价值较低的植物，然后便离开中国去往日本了。由于某些动机，他断定他的前辈罗伯特·福琼已经彻底研究并收集了中国的植物资源，而他的结论居然被接受了！在宜昌时，哪怕他只用三天时间到北边、南边或西边考察一下，就会获得大批新植物，而这些新植物是植物学界和园艺学界做梦都想不到的。由于命运的嘲弄，他把原本已经到手的发现拱手让给了后来的两三个人。

众多的中国人口，特别是长江下游附近地区，又有巨大的冲积三角洲和平原，这无疑误导了查尔斯·马里斯。如同别的人一样，他认定在人口如此稠密的中国，每一小块合适的土地都被用于农业生产。中国人的农业水平比任何其他国家高水平农业专家还强。虽然他们不知道旱地耕作和集约耕作这些名词，但早在远古时期他们已经在应用和实践了。他们不断耕作和施肥，土地从来没有闲置过。不过，尽管他们异乎寻常的勤劳，但华西和华中大量的偏僻山区土地仍无法耕作。因此，在这些区域里，令人惊奇的植物多样性得以保存。这些区域人口十分稀少，而且难以到达，几乎不为外界所知。

两个法国天主教传教士戴维（Les Abbes David）和德拉维，以及俄罗斯旅行家普热泽瓦尔斯基（N.M.Przewalski）和海关官员奥古斯丁·亨利的植物采集工作，才使人们对华中和华西异常丰富的植物种类有了第一次真正的洞察和认识。德拉维采集的总数约3000种，而亨利采集的数量更多。植物学家们为其中异常丰富的新种和新属感到震惊。这个新发现无疑为他们打开了新世界的大门，那些原本被认为源自别处的植物，如今被证实都产自中国，如杜鹃花属（*Rhododendron*）、百合属（*Lilium*）、报春花属（*Primula*）、梨属（*Pyrus*）、悬钩子属（*Rubus*）、蔷薇属（*Rosa*）、荚蒾属（*Viburnum*）、栒子属（*Cotoneaster*）和槭属（*Acer*）。

虽然每一小块能利用的土地都用于耕种了，但丰富得令人震惊的植物种类依然存在。在海拔610米以下的地区，植物只存在于路边、峭壁和其他人类无法接近的地方。要想从这里看出这个地区植物的原始状态是不可能的，因为很多种类由于耕地而消失了，更不用说那些为了经济目的而破坏的森林了。

为了说明这一地区丰富多彩的植物区系，可先按海拔高度把它分成数个带或区。这种分区方法符合这个地区多山的特点，而这也许是处理如此巨大、复杂问题的唯一可行方法。下文中的图表描述了这个区域的理想分区，可能比文字表达得更为清晰：

1区：耕作带——海拔610米。长江河谷至海拔610米的地区，主要是亚热带气候。主要夏季作物有水稻、棉花、甘蔗、玉米、烟草、甘薯和豆类；冬季作物有豆类[1]、小麦、油菜、大麻、马铃薯和白菜。这是一个高度农耕区，植物种类并不丰富。下面是一些具有代表性的野生植物：印度箣竹（*Bambusa arundinacea*），毛竹（*Phyllostachys pubscens*）等竹类；棕榈（*Trachycarpus excelsus*），楝树（*Melia azedarach*），紫薇（*Lagerstraemia indica*），毛柞木（*Xylosma racemosum var. Pubscens*），黄葛树（*Ficus infectoria*），栀子（*Gardenia florida*）[2]，金樱子（*Rosa laevigata*），小果蔷薇（*R. microcarpa*），楠木（*Machilus nanmu*）以及同属其他植物；马尾松（*Pinus massoniana*），皂荚（*Gleditsia sinensis*），桤木（*Alnus cremastogyne*），女贞（*Ligustrum lucidum*），白花泡桐（*Paulownia duclouxii*）[3]；橙，桃及其他果树；蕨类，特别是铁芒萁（*Gleichenia linearis*）；田间杂草；各种灌木和乔木，包括枫杨（*Pterocarpa stenoptera*），朴属（*Celtis spp.*）植物，云实

---

① 译注：指蚕豆、豌豆等。

② 译注：*Gardenia florida=Gardenia jasminoides*。

③ 译注：*Paulownia duclouxii=Paulownia fortunei*。

（*Caesalpinia sepiaria*），油桐（*Aleurites fordii*）^①以及柏木（*Cupressus funebris*），后两种树木在多岩石处分布特别多。

2区：雨林带——海拔610~1520米。由大量常绿阔叶乔木组成，主要有栎属、栲属（*Castanopsis*）、冬青属和各种樟科植物（*Laurineae*）。樟科植物组成了这个区域中超过50%的植物成分。其他主要有蕨类植物、常绿灌木、杉木（*Cunninghamia lanceolata*）和柏木。颇为有趣的是，该地带是中国90%单种属树种的原产地，这些单种属植物是中国植物区系的重要特征。比较有趣的植物是：杜仲属（*Eucommia*）、栀子皮属（*Itoa*）、山桐子属（*Idesia*）、银鹊树属（*Tapiscia*）、山白树属（*Sinowilsonia*）、化香树属（*Platycarya*）、珙桐属（*Davidia*）、山羊角树属（*Carrieria*）、青檀属（*Pteroceltis*）和香果树属（*Emmenopterys*）。该区耕地较少，冬季作物更少。这个地区的作物与较低海拔处类似，只是玉米取代了水稻成为主要作物。该区在湖北范围很小，与四川西部相比，几乎可以忽略不计。

3区：寒温带——海拔1520~3048米。该分区是所有地带中最大且最重要的。植被组成主要是落叶、开花的乔木和灌木，有典型的寒温带特点，并且在属的组成上也与寒温带相似。此外，这里还分布有针叶树林和许多高大的观赏草本植物。该区的开花乔灌木惊人地丰富，它们是该区植被的特色：铁线莲属（*Clematis*）植物60种，忍冬属（*Lonicera*）60种，悬钩子属（*Rubus*）100种，葡萄属（*Vitis*）35种，卫矛属（*Evonymus*）30种，小檗属（*Berberis*）50种，溲疏属（*Deutzia*）40种，八仙花属（*Hydrangea*）25种，槭属（*Acer*）40种，荚蒾属（*Viburnum*）70种，冬青属（*Ilex*）30种，李属（*Prunus*）80种，千里光属（*Senecio*）110种。而实际种类可能更多。梨亚科植物包括梨属（*Pyrus*）、苹果属（*Malus*）、花楸属（*Sorbus*）、水榆属（*Micromeles*）等是该区一个重要的植物类群，它们在中国的分布状况就如山楂属（*Crataegus*）在美国的表现一样突出。

在如此丰富的植物种类中做出选择实属不易，但如果要选出一个最特别的类群，我认为应是杜鹃花属。因为在喜马拉雅地区和中国西部，杜鹃花属都广泛分布。该属在中国植物资源中种类最多，已发现的就有300多种。我大约采集了80种，并将65种引入栽培。杜鹃花属植物的分布范围很广，它始于海平面，但到海拔约2440米以上，才开始大量分布，最高海拔分布可以到达木本植物的分布极限（海拔约4570米）。杜鹃花属植物成群分布，几乎每一个种都有其明确的海拔分布范围。它的株型大小多变，从仅几厘

---

① 译注：*Aleurites fordii*＝*Vernica fordii*。

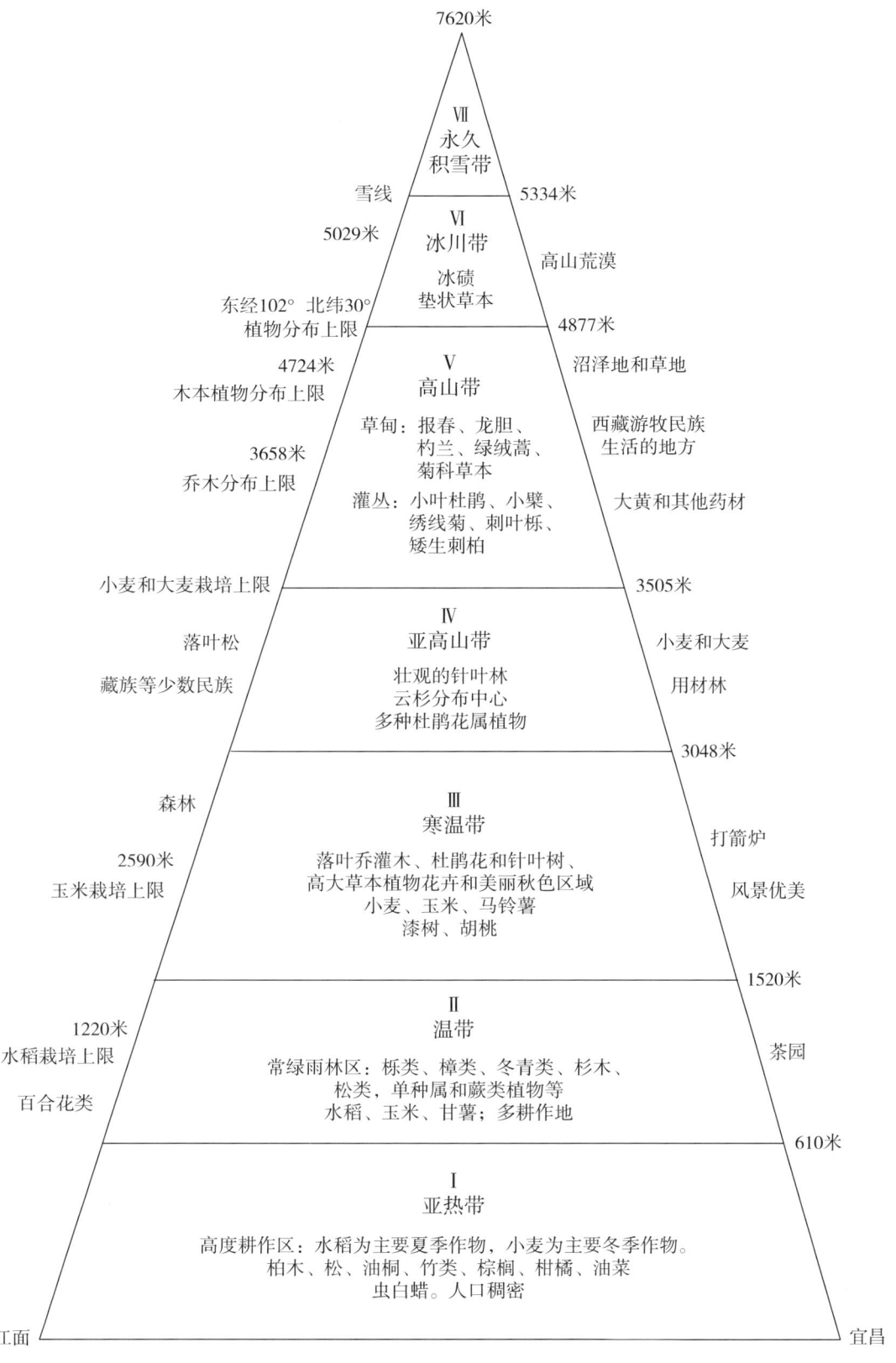

7620米

VII
永久
积雪带

雪线   5334米

5029米   VI
                  冰川带

                  冰碛   高山荒漠
东经102° 北纬30°   垫状草本
植物分布上限   4877米

4724米   V
木本植物分布上限   高山带   沼泽地和草地

             草甸：报春、龙胆、   西藏游牧民族
3658米   杓兰、绿绒蒿、   生活的地方
乔木分布上限   菊科草本

             灌丛：小叶杜鹃、小檗、   大黄和其他药材
             绣线菊、刺叶栎、
             矮生刺柏

小麦和大麦栽培上限   3505米

落叶松   IV   小麦和大麦
             亚高山带
藏族等少数民族   用材林
             壮观的针叶林
             云杉分布中心
             多种杜鹃花属植物

                               3048米

森林   III
             寒温带   打箭炉
2590米
玉米栽培上限   落叶乔灌木、杜鹃花和针叶树、   风景优美
             高大草本植物花卉和美丽秋色区域
             小麦、玉米、马铃薯
             漆树、胡桃

                               1520米

1220米   II
水稻栽培上限   温带   茶园

百合花类   常绿雨林区：栎类、樟类、冬青类、杉木、
             松类，单种属和蕨类植物等
             水稻、玉米、甘薯；多耕作地

                               610米

             I
             亚热带

             高度耕作区：水稻为主要夏季作物，小麦为主要冬季作物。
             柏木、松、油桐、竹类、棕榈、柑橘、油菜
             虫白蜡。人口稠密

江面   宜昌

植被垂直分布带示意图

米高的高山植物到高达12米以上的乔木。它花色丰富，从纯白色、黄色到猩红色和深红色。每当6月底杜鹃花盛开的时候，漫山遍野都五彩缤纷，景色颇为壮观。

4区：亚高山带——海拔3048～3505米。在华西，当海拔上升到3048米后，植物分布会发生巨大改变，即海拔3048～3505米之间的地带，形成了温带与高山植物带的过渡带。这个狭窄地带多为沼泽地，当条件适合时，会出现壮观的森林。这个地带被低矮的小叶杜鹃花和矮小的灌木覆盖，主要有小檗属（*Berberis*）、绣线菊属（*Spiraea*）、锦鸡儿属（*Caragana*）、忍冬属（*Lonicera*）、金露梅（*Potentilla fruticosa*）、威氏金露梅（*Potentilla veitchii*）和柳叶沙棘（*Hippophae salicifolia*）及柳树、带刺的矮生栎、粗大草本植物、禾草类植物和密集的矮竹灌丛。森林几乎全部由针叶树组成，主要有落叶松、云杉、冷杉、铁杉和一些松属树木，也有一些红桦、白桦及杨树，它们主要生长在溪流附近。关于这些森林的构成，我们知道得特别有限。它的丰富性可从我在最近一次的旅行中收集到的16个种云杉种子和5种冷杉种子中看出。不幸的是，这些森林正在迅速消失，而且仅存于那些不易到达的地方。乔木分布的极限海拔根据雨量而变化，可能在海拔3505～3810米之间。

5区：高山带——海拔3200～4880米。这一带丰富的草本植物确实令人惊讶。草本植物种类几乎无穷无尽，而且花色非常鲜艳。马先蒿属（*Pedicularis*）有100多种，可能是最主要的成分。马先蒿属植物是高大的群居植物，成千上万株植物聚集在一起，除了蓝色和紫色，还有多种颜色，非常让人着迷。但它们的半寄生特性使其无法引种栽培，这是最大的遗憾。千里光属（*Senecio*）有100种，花黄色，株型大小变化很大，从低矮的垫状植物到高达1.8米甚至更高大强壮的草本植物。开蓝色花的龙胆属（*Gentiana*）植物，多达90种。龙胆也是群居植物，大片聚集在一起，在阳光下，绵延数千米的土地上全是蓝色的龙胆花毯，非常壮观。紫堇属（*Corydalis*）有70种，开黄色和蓝色花，其地位也不可忽视。还有奇妙的高山报春，这个家族在中国有100多种，其中4/5产于华西。这些报春跟龙胆一样，覆盖大片的土地上，形成巨大的天然花毯。有时在湿地上，有时在裸露的岩石间，有时在溪流边。其中最漂亮的是锡金报春（*Primula sikkimensis*），它沿着小溪边和池塘周围生长，像英国草地上的连香报春花一样普遍。还有开紫色花的同属植物帝叶报春（*Primula vittata*）。另一个特别的种类是川西报春（*Primula cockburniana*），它开橘红色花，是这个属中花色最突出的。值得一提的还有粉被报春（*Primula pulverulenta*）和樱草（*Primula japonica*），樱草的花梗有90～120厘

米高，被白粉，花色绯红。常见的还有维氏报春（*Primula veitchii*），可以把它看成像耐寒的四季报春（*Primula obconica*）。其他引人注目的草本植物有全缘角蒿（*Incarvillea compacta*）和大花角蒿（*Incarvillea grandiflora*），两者都开大型的红色花；还有西藏杓兰（*Cypripedium tibeticum*），它是一种开巨大囊状深红色花的陆生兰。我们还发现了6种绿绒蒿属（*Meconopsis*）植物，包括开紫色花的亨利绿绒蒿（*Meconopsis henrici*），开深红色花的红花绿绒蒿（*Meconopsis punicea*），开黄色花的全缘绿绒蒿（*Meconopsis integrifolia*）。全缘绿绒蒿的花径至少有20厘米，它也许是最华丽的高山植物了。

6区：高寒带——海拔4876米以上。植物分布的上限约海拔5030米，数种石竹科（Caryophyllaceae）、蔷薇科（Rosaceae）、十字花科（Cruciferae）和菊科（Compositae）的垫状植物，以及一种微小的报春花属（*Primula*）植物和总状绿绒蒿（*Meconopsis racemosa*），是最后要列举的几种植物。在海拔5030米以上，是广阔的冰碛和冰川，终年积雪。雪线至少不低于海拔5334米。西部干旱的青藏高原和高地显然影响了雪线的海拔，使雪线更高。

已对不同海拔区域进行了概括性描述，对每一类地区一些有显著特征的植物也进行了说明，下面就列举一些比较重要但中国没有的植物。中国没有荆豆属（*Ulex*）、金雀儿属（*Cytisus*）、欧石南属（*Erica*）、石南属（*Calluna*）的植物，半日花科的岩蔷薇属（*Cistus*）和半日花属（*Helianthemum*）植物也没有记载。荆豆属和金雀儿属植物被连翘属（*Forsythia*）、锦鸡儿属（*Caragana*）、小檗属（*Berberis*）植物和各种迎春花取代。欧石南则可被矮小的小叶杜鹃花取代，后者大概有至少20种。中国没有半日花科植物，金丝桃属（*Hypericum*）可作为其替代植物。

在华中和华西，没有真正的草地，但与英国的牧场一样开阔的乡野被诸如小檗属（*Berberis*）、绣线菊属（*Spiraea*）、白刺花（*Sophora viciifolia*）、锦鸡儿属（*Caragana*）、火棘属（*Pyracantha*）、栒子属（*Cotoneaster*）、山梅花属（*Philadelphus*）、冬青属和各种蔷薇等灌木覆盖。西部河谷中的异常环境和特有的植物群落，已在前文有所记述。

另一个与湖北西部的植物有关的特别现象是，有数种拉丁学名以日本"japonica"为种加词的植物虽然在日本有栽培，但实际上却原产于中国。下面是几个比较熟知的例子：蝴蝶花（*Iris japonica*）、秋牡丹（*Anemone japonica*）、金银花（*Lonicera japonica*）、槐树（*Sophora japonica*）、日本千里光（*Senecio japonicus*）和枇杷（*Eriobotrya japonica*）。也许其中有些植物在中日两国都颇为常见。但在我深入研究后

发现，中日两国均常见的植物种类要比想象的少得多。

中国的植物种类大多为本国特有，考虑到中国的面积，就知道原产中国的植物种类颇为丰富。而且，在植物分布方面，除了其一般的地域性特征，仍有许多有趣的问题。例如，中国有翠柏（*Libocedrus marcrolepis*[①]），而我们知道这个属的其他种类分布在加利福尼亚、智利和新西兰。另外一值得一提的是，小石积属的华西小石积（*Osteomeles schwerinae*），它原产中国最西面，而这个家族的另一种却散布在太平洋诸岛上。但最令人惊奇的是薄柱草属的一个种——薄柱草（*Nertera sinensis*）原产中国峨眉山，而这个类群的其他成员，则全部分布在遥远的南半球诸岛。

中国植物区系与邻国和远距离国家之间的亲缘关系，是一个有趣的话题，值得深入研究。属于喜马拉雅植物区系的若干植物种类，在华中和华西有分布，而在这两个地区的植物区系，有相当程度的亲缘关系。这种情况是可以预见的。然而这里出现了一个特别有意思的问题，即印度锡金的植物成分最突出。对不丹、印度锡金和中国西部植物区系的研究发现，印度锡金是某些中国西部植物分布的最西端，但不是其真正的分布中心。中国西部地区也常能见到的喜马拉雅植物区系的成分，与本书密切相关的有如下几种：大花卫矛（*Evonymus grandiflora*）、大果领春木（*Euptelea pleiosperma*）、绣球藤（*Clematis montana*）、粗齿铁线莲（*Clematis grata*）、小蓑衣藤（*Clematis gouriana*）、绢毛蔷薇（*Rosa sericea*）、小叶蔷薇（*Rosa microphylla*）、锡金报春（*Primula sikkimemsis*）、总苞报春（*Primula involucrata*）、桃儿七（*Podophyllum emodi*）[②]和毛子草（*Amphicome arguta*）。中国云南的植物和马来西亚—印度植物区系之间也有非常密切的亲缘关系。

通过下面这些当地十分常见的草本和灌木，可看出斯堪的纳维亚植物区系的入侵性：马鞭草（*Verbena officinalis*），欧龙芽草（*Agrimonia eupatoria*），毛茛属植物如毛茛（*Ranunculus acris*）、匍枝毛茛（*Ranunculus repens*），石龙芮（*Ranunculus sceleratus*），鹅绒委陵菜（*Potentilla anserina*），地榆（*Poterium officinale*）[③]，水柏枝（*Myricaria germanica*），稠李（*Prunus padus*）和车前草（*Plantago major*）。

在北部和西部的高地河谷以及高原，有若干种中亚和西伯利亚植物分布。如鲜

---

① 译注：*Libocedrus marcrolepis=Calocedrus macrolepis*。

② 译注：*Podophyllum emodi=Sinopodophyllum emodi*。

③ 译注：*Poterium officinale=Sanguisorba officinalis*。

卑花（*Sibiraea laevigata*）、高山绣线菊（*Spiraea alpina*）、水枸子（*Cotoneaster multiflora*）、瓣蕊唐松草（*Thalictrum petaloideum*）、翠雀花（*Delphinium grandiflorum*）和刚毛忍冬（*Lonicera hispida*）。

乍一看，人们自然会认为中国植物区系与欧洲，至少与亚洲关系密切，但并非如此。事实上，与中国植物区系亲缘关系较近的是大西洋彼岸的美国。

阿萨·格雷（Asa Gray）博士在研究早期采自日本的植物标本时发现了这一事实。目前，对中国，尤其是中国中部的最新研究提供了更多强有力的证据，从而完全证实了阿萨·格雷的结论。这样的例子很多，比如某个属只有两种植物为人所知，其中一种分布于美国东部，而另一种则分布于中国，最典型例子有鹅掌楸、皂荚、檫木和莲。中美两国有许多共同的植物类群，其中大部分种类在中国分布。就同一个属而言，通常美国分布有一种，而中国则分布多种；当然偶尔也有相反的情况出现。典型的例子是木兰属（*Magnolia*）植物，它在欧洲和北美西部均未见分布，而在北美洲大西洋沿岸则有7种，中国和日本有19种。

下面这个简表，能更进一步地说明这个事实：

中国、日本和美国大西洋沿岸共有的植物属

属名	中国日本种数	属名	美国种数
木兰属 *Magnolia*	19	木兰属 *Magnolia*	7
五味子属 *Schisandra*	10	五味子属 *Schisandra*	1
鼠刺属 *Itea*	5	鼠刺属 *Itea*	1
大头茶属 *Gordonia*	3	大头茶属 *Gordonia*	2
金缕梅属 *Hamamelis*	2	金缕梅属 *Hamamelis*	2
岩扇 *Shortia*	3	岩扇 *Shortia*	1
梓树属 *Catalpa*	5	梓树属 *Catalpa*	2
槭属复叶槭 *Negundo*（*Acer*）	5	槭属复叶槭 *Negundo*（*Acer*）	1
紫藤属 *Wistaria*	5	紫藤属 *Wistaria*	2
落新妇属 *Astilbe*	10	落新妇属 *Astilbe*	1
鬼臼属 *Podophyllum*	6	鬼臼属 *Podophyllum*	1
八角属 *Illicium*	6	八角属 *Illicium*	2
紫茎属 *Stewartia*	5	紫茎属 *Stewartia*	2
勾儿茶属 *Berchemia*	8	勾儿茶属 *Berchemia*	2
蓝果树属 *Nyssa*	1	蓝果树属 *Nyssa*	4
山核桃属 *Carya*	2	山核桃属 *Carya*	15

还有一些同一种在中美两国都常见的例子。最典型的是美洲山荷叶（*Diphylleia cymosa*）。山荷叶的两个分布地区相隔遥远，距离140个经度，而且植物形态完全一样，没有变异。

在上面列举的这些植物类群在世界其他地方均未发现。其他如栎属、鹅耳枥属、榆属、桦木属、白蜡属、山毛榉属和栗属，这些类群在包括新旧大陆在内的整个温带区域都有分布，相比欧洲的种类，中国特有的种类通常和北美的种类亲缘关系更近。

这种现象，可以从史前时期北半球的冰川作用找到答案。在那遥远的年代里，亚洲大陆和北美大陆相连的地方，远远比今天多，而且植物的分布能延伸到更北边。逐渐向前移动的冰盖，迫使植物向赤道地区迁移。后来，随着最冷冰期的结束，冰盖后退，植物回迁，但是冰盖留在比以前更南的纬度上，继而让许多以前覆盖着森林的地区因过于寒冷，导致植物无法生存。冰河期之后的重新组合使东西半球的大陆断裂，结果造成植物区系的切割和地理隔离。虽然还有其他因素的作用，但上述简明粗略的说明已经解释了为何今天如此相似的植物区系在地理上分隔得如此遥远。

中国植物区系非常古老，这从其中包含的许多古老类型可以看出。例如，在远古时期，银杏（*Ginkgo biloba*）不但存在于亚洲，在西欧、北加利福尼亚和格陵兰都有发现，因为这些地区的侏罗纪地层中都发现了银杏化石。今天它仅作为栽培树木存在于中国和日本，佛教徒和其他的宗教团体把它种在寺庙附近，得以保存至今。苏铁属（*Cycas*）、三尖杉属（*Cephalotaxus*）、榧树属（*Torreya*）和红豆杉属（*Taxus*）也都是古老的植物类型。今天在中国，它们既有栽培种也有野生种。很多古老的蕨类植物，如紫萁属（*Osmunda*）、里白属（*Gleichenia*）、马蹄蕨属（*Marattia*）和观音座莲属（*Angiopteris*）植物在中国都很常见，分布范围也很广。谈及那些古老蕨类植物，值得一提的是奥古斯丁·亨利，他在云南发现了观音座莲科（*Marattiaceae*）的一个新属，现被命名为原始观音座莲属（*Archangiopteris*）。

摆在我们面前的诸多事实证明，中国的植物区系在冰河时期受的损失比欧洲和北美洲都要少。这或许是因为，与欧洲和美洲大陆相比，亚洲大陆的土地与赤道具有更强的连续性。

▶ 珊瑚蕨（*Gleichenia glauca*）
▶ 三尖杉（*Cephalotaxus fortunei*）、篱笆和人
▶ 红枝柴（*Meliosma olhamii*）和人
▶ 水枸子（*Cotoneaster multiflora*）
▶ 白花泡桐（*Paulownia duclouxii*）的花序

第二十二章　主要用材树种

　　如今，中国的森林分布区域都远离人口稠密地带，只有荒无人烟的地方才能发现大片森林。那里不适宜发展农业，且河流湍急，河中布满礁石，不宜通航。正因为这个原因，也很少公路通到那里。这些地方通常海拔相当高，人烟稀少。那些交通便捷的地区，土地被耕地占用，只有房屋、寺庙、坟堆或小溪两旁栽有树木，只有悬崖的顶端可能有一小片树林。全国各地都感到木材紧缺。经粗加工的原木经很长一段陆运到达水路，再从水路向其他地方运输，因而价格昂贵。沿海及长江下游的港口城市从华盛顿州的普捷特海湾和加拿大大不列颠省进口大量木材，用于建筑。另有一定数量木材从日本进口。从马来西亚进口其他各种用途的硬木，而铁路用的枕木从澳大利亚进口。中国著名的红木家具并非本国木材所造，而是来源于曼谷、西贡及中南半岛等地的木材。植物学上有关中国红木的来源至今尚不清楚，现在所谓的孟买红木取自阔叶黄檀（*Dalbergia latifolia*），中国红木可能来源于与其亲缘关系较近的一种植物。中国西部的木材比中国其他地区的木材品质都要好得多，这是中国西部的优势，因此，这里根本就不需要进口木材。然而，建筑用的木材仍然奇缺，在过去的20年里，木材价格翻了一番，中国古代寺庙及房屋所用的大型木料，现在已无法找到。

　　由于木材严重缺乏，人口稠密区域每棵树的木材都有利用价值。本章只简单介绍一些较为重要及用途广泛的木材种类。

毫无疑问，中国最重要的"木材"是竹竿。基督教传教士尼古拉·特里戈（Nicolas Trigaut）在他1615年出版的一本关于中国的著作中写道："他们有一种类似芦苇秆的植物，葡萄牙语称为'Bambu'，它几乎和铁一般坚硬，其中最粗的种类两只手都握不住。它中空，有节。中国人用它做柱子，长矛柄等600多种家庭用具。"

上述对竹子的描述已经过去几个世纪，今天，竹子依然在人们的生活中发挥着重要作用。在中国，竹子的用途确实广泛。它满足了人们日常生活各种各样的需要，与人们的生活息息相关。竹竿可以做成各式各样的日常用具和家具，也可用来建造房屋，还能做成各种农具、船的桅杆和传动装置、竹筏、绳索、桥、灌溉水车、水管、燃气管、盐水桶、轿椅、烟筒或鸦片烟枪管、鸟笼、雨伞、雨衣、竹帽、鞋垫、内衣、凉鞋、梳子、乐器、花瓶、盒子，以及笔和纸，等等。总之，竹竿的用途数不胜数，涉及生活的方方面面，实用性和装饰性都很强。从最高官员头上的帽子到苦力挑担用的扁担，都离不开竹子，足见其适用范围之广。竹子还记载过整个民族的历史，在纸张发明前，史学家们将文字书写在竹片上，然后串联成一卷，就像折扇一样。这些竹片上的历史记录在地底下埋藏了600年后，于281年挖掘出土，它记载了秦国公元前784年以后的历史，而中国的历史恰好比这一时间早了1500年。

竹子的刨花可用来填塞木船的缝隙，也可用来做枕头和床垫的填料。竹笋是营养价值颇高的蔬菜。据民间传说，在饥荒年代，慈悲的神灵会让竹子开花，然后产生大量谷物，帮助人们度过饥荒。

在远东地区，随处可见生长茂盛的竹子。在竹子的映衬下，无论是农民的农舍、乞丐的竹棚，还是寺庙庭院或富人宅邸，都非常美丽。除了中国最为寒冷的地区外，竹子可在任何地方旺盛生长。西方国家没有一种乔木或灌木能够像东方的竹子一样具有如此广泛的用途。

中国人将竹类植物统称为竹，不同种类的竹子前缀不同，比如某某竹。当地人能轻松区分各种竹子，但是植物学家发现对竹子进行分类很难。《中国植物名录》中收录了33种竹子，但本章只涉及其中的四五种。

毛竹（*Phyllostachys pubescens*）遍布整个长江流域，分布至海拔762米处，是最常见的竹子之一。其茎长矛状，高达9~12米；植株弯拱形；叶片羽毛状，颇为美丽；竹茎粗7.6~10厘米，幼嫩时是鲜明的深绿色，老时变黄色；竹材厚度适中，用途极为广泛。在宜昌以上的长江上游，毛竹被用以制作拖船的缆索。同属的水竹（*P. heteroclada*）比毛竹小，高不及6米，在湖北西部普遍用于造纸。

在四川较为温暖的地区有一种很常见的竹子——印度簕竹（*Bambusa arundinacea*，常被称为*Bambusa spinosa*），它株形优美、壮观，茎高15~22.9米，茎基部粗20~25厘米，株形紧凑，团状丛生，枝叶繁茂，茎干很多，具细长尖刺，致使丛林密不可穿。该竹子节间的中空小，竹材非常粗厚，通常用于制作家具，如箱子、脚手架等，还有其他上百种用途。

龙竹（*Dendrocalamus giganteus*）是四川西部最为高大的竹子。它仅分布于四川温暖地区。它散生成丛，茎高18.3～24.4米，粗25～30厘米，竹竿节间中空部分很大，竹材薄而轻，通常用于制造竹筏，在四川西部水流湍急的浅河中漂流使用。当然，它还有许多其他用途，还是制作竹筷的上好材料。

观音竹（*Bambusa vulgaris*）也是一种广泛种植的竹类，其竹竿色浅，高9～15米，竹材薄，有多种用途。但相对于前面几种竹子，观音竹价值略低。观音竹的竹笋一出土就被采摘，作为蔬菜食用，新鲜的竹笋呈白色，硬而脆。

除竹子外，杉木（*Cunninghamia lanoeolata*）也是重要的用材树种，它广泛分布于中国的暖温带地区，尤其偏爱红砂岩环境。在雅州和成都平原西北部边缘的山地中，杉木特别常见。杉木通常高24～36米，主干通直，似桅杆，如遭砍伐，能从老桩重新萌发长成植株。杉木树皮通常用于盖屋顶。它的木材材质轻，易于加工，且有芳香气味。可用作一般的建筑用材和制作室内木器，是中国最受欢迎的木材。同时，杉木也多用于制作棺材，其木材含有的芳香成分被认为具有防腐作用。普通棺材由几根原木加工成板后从侧面钉紧，这种又宽又厚的板称为"合板"，四块合板，再加上两头，就构成一副棺材。买得起棺材的人都将棺材漆成亮黑色。如果每一块合板由一根整木制成的，价钱就偏高。最贵的棺材是用香木或阴沉木（长期埋藏着的木头）制成的，这种棺材价格高达400～1000两白银。阴沉木通常产自建昌河谷，可能是由于发生地震，树木被埋在了地下。1904年，我沿铜河河谷前往打箭炉，在从富林到磨西面[①]（Moshi-mien），接近万峒（Wan-tung）村的地方，遇到当地人正在一条狭窄的溪谷中挖掘埋在地底的木材。在溪谷上游有一股湍流，人们建了水坝，聚集的水通过一个水闸依需要不时地泄出，冲走大量残渣淤泥。这些木材大都埋藏在足有15米深的地下。地底还埋藏了其他各式各样的木材，但人们认为只有香木有价值。我颇费了一番心思才弄到了这种树木的一个标本，在显微镜下观察后，发现它其实就是杉木。当地人认为这些树木已经在地底埋藏了两三百年，木料保存完好，与新伐的杉木相比，质地更坚硬，香味更浓。用香木做成的"合板"平均76厘米宽，2米长。我在中国西部的旅途中，仅见过一株与那些埋藏在地下的巨大香木树干大小相当的活杉木。

在成都及其相邻城市，有一种被称为冷杉（*Abies serrata*）的木材，它一般用于建造

---

① 译注：今四川省泸定县磨西镇。

▲　杉木（*Cunninghamia lanceolata*），高约37米，干围6米

中国乃世界花园之母

屋梁、柱子和木板。冷杉树形优美，广泛分布于西部海拔较高的山区，但生长于雅州地区的最易采伐，因此这里成为冷杉木材的主要供应地。冷杉材质软，不是很耐用，但其原木树干粗大，使之成为用途最广的树木。松属植物颇为常见，其中分布最广泛的是马尾松（*Pinus massoniana*），该树种分布范围从海平面至海拔1220米。较高海拔处的木材纹理细密，富含树脂，持久耐用；而低海拔处的木材材质松软，纹理粗糙，用途不大。其他硬松类在较高海拔处也有分布（最高海拔可达3048米），比如巴山松（*P. henryi*），高山松（*P. densata*，*P. wilsonii*，*P. prominens*），它们木材价值高，但仅分布于人迹罕至、无法采伐的地方。华山松（*P. armandi*）广泛分布于多山地区，该树不够高大，但其木材持久耐用，富含树脂，适合作为建材和制作火把。

所有针叶树的木材都有价值，但很不幸，在易采伐的地带，这些树木都不多见了。在打箭炉周围，最有价值的用材树种是红杉（*Larix potaninii*）、云南铁杉（*Tsuga yunnanensis*）和南方铁杉（*T. chinensis*），它们可用于制作屋顶的盖板，做成木板也有一定价值。在龙安府，麦吊杉（*Picea complanata*）是非常有价值的用材树种，可满足一般建造需求。山上分布的其他云杉属植物、冷杉、落叶松属植物共同形成了中国西部仅存的针叶林。在松潘北部，方枝柏（*Juniperus saltuaria*）常见分布，可用于建筑。此外，干香柏（*Cupressus duclouxiana*）分布于西部的干旱峡谷，红豆杉（*Taxus chinensis*）和铁坚油杉（*Keteleeria davidiana*）散布于中国西部海拔610～1525米范围内，但数量不大。

从宜昌往西，一直到海拔1070米的地带，柏木（*Cupressus funebris*）是仅次于松树的常见针叶树种，在一些多石灰岩地区，柏木比松树更常见。柏木株形优美，小枝下垂，通常栽植于坟墓与寺庙周围。木材白色，坚硬，沉重，非常结实，长江中上游多用于建造船只，制作船舷、舱壁以及横梁和甲板，也常用于制作椅子、桌子和其他家具。一般而言，木船的上部结构用杉木建造而成，而底部主要是用栎树和楠木建造。

栎属植物广泛分布于海平面至海拔2440米，但大树很少，仅坟墓和寺庙附近以及其他神圣之地有少量分布。人们将该类树种统称为"栎"，中国人将其细分为很多种类，比如白饭栎、瓦栎、红栎、团栎及猪栎等。但从植物学上看，该区域大约分布有20种栎属植物，最为常见的种类有枹栎（*Quercus serrata*）、栓皮栎（*Q. variabilis*）和槲栎（*Q. aliena*）。所有栎属植物都材质优良，纹理细密，价值高，除用于造船外，其他方面的应用价值也很高。

楠木包括润楠属（*Machilus*）和楠木属（*Phoebe*）的许多种类，均为常绿树种，且树形非常美观。在四川省，该类树种大多栽植于房屋和寺庙周围，是成都平原地区和峨眉山的特色。它树形高大，主干干净、通直，树冠开张，浓荫蔽日。木材纹理细密，有芳香，呈绿褐色，易于加工，非常持久耐用。非常适合制作家具，有钱人家用楠木修建房

屋，寺庙里用楠木做柱子，它还可以做船底部的板。楠木是中国所有用材树种中价值最高的，也是最优美的常绿树种。香樟（*Cinnamomum camphora*）和楠木一样，木材有芳香，可用于制作高档家具，它散布于湖北西部和四川，分布海拔最高可达1066米。取自其粗壮主根的木材被称为"瘿木"，适合用于细木工。

在四川，制造家具最好的木材取自红豆树（*Ormosia hosiei*），它与槐属（*Sophora*）亲缘关系密切。春天，红豆树长出大型的圆锥花序，花像豌豆，呈白色和粉色。红豆树一年四季都很漂亮。它的木材比重比水还大，颜色为深红色，有美丽条纹，是当地所有木材中价值最高的，如今已非常罕见。在四川中部偏北地区还常能见到红豆树，但在成都平原，只有在寺庙和神龛周围才能见到。当地人称该植物为"红豆树"，因其包于豆状荚果中的种子为红色。与之亲缘关系密切的黄檀（*Dalbergia hupeana*）产出的黄檀木也颇有价值，其材质泛白色，非常重，而且极为坚硬。在成都平原，该木材被广泛应用于制作手推车；也可用于制作木匠工具的把手，榨油机的塞杆，船上用的木架滑轮，以及其他一切需要耐压、耐拉材料的地方。该树种高可达24米，但树干直径不大，广泛分布于中国西部，最高分布海拔可达910米。

另外三种豆科植物国槐（*Sophora japonica*）、皂荚（*Gleditsia sinensis*）和大叶合欢（*Albizzia lebbek*）也能产出有一定价值的木材。这三种树都很常见，且槐树和皂荚是西部气候干燥的溪谷区域的典型植被。

核桃（*Juglans regia*）广泛分布于炎热干燥的河谷地区，分布海拔最高可达2590米。因其果实营养价值高，还可用来榨油，所以被广泛栽植。最近，新建的兵工厂用此木材制造枪托，导致其供不应求，以致采用楠木作为替代品，但楠木的木材较轻，不如胡桃木好。

优质的船舵轴杆是用黄连木（*Pistacia chinensis*）的木材制作的。黄连木树体高大，分布广泛，最高分布海拔可达1500米。一端有天然分叉的黄连木原木是制造大船上用的平衡舵的上好材料。枇杷树（*Eriobotrya japonica*）也因其木材沉重，强度极大，而用于制作船舵。黄连木的嫩芽被称作"黄连芽子"，可作为蔬菜烹调食用。香椿（*Cedrela sinensis*）[1]树的嫩芽也可作为蔬菜，其木材呈黄褐色，间有美丽的深红色条纹，很有价值，外国人称之为"中国桃花心木"。香椿木材易加工成，不会扭曲和开裂，是制作窗框、门梁及其他家具的上等材料。香椿树可长到24米高，它的树干笔直，分枝少，在湖北西部很常见，分布海拔可达1370米，但在四川要少得多。

---

[1] 译注：*Cedrela sinensis=Toona sinensis*。

盛装高级茶叶的茶盒是由枫香（*Liquidanbar formosana*）木材制作而成。枫香树形优美，高24～30米，干围3.7～4.6米，广泛散布于西部地区，最高分布海拔可达1070米，它的叶到秋季会变成深红褐色，直到冬天才落。

最好的扁担是由厚壳树（*Ehretia thyrsiflora*）[1]和粗糠树（*Ehretia dichsoninii*）的木材制成的。它们的木材材质很轻，但非常结实。栎树和竹类也可以用来制作扁担，且价格便宜。刺楸树（*Kalopanax septemlobus*）[2]的木材是船和寺庙中制鼓的上等材料，因为其易于加工，且柔韧性强，能产生共振效果。鼓的两端用兽皮包裹。

中国人拜佛祭祀等场合用的枝香通常是将樟科树木的叶子和枝干捣成糊状制成的，因为这些种类都含有丰富的芳香油。柏木属和桦木属植物的木浆也经常拌入其中以次充好。

马尾松常见于宜昌周围及其他一些地区贫瘠的丘陵，常被用作木柴。成都平原的溪流之畔和河道周围常栽植桤木（*Alnus cremastogyne*），其用途与马尾松相同。桤木、松以及竹类是仅有的因其木材有价值而栽植的树种。尽管山上还有其他一些有价值的用材树种，比如山毛榉、白蜡树、杨树、板栗树、鹅耳枥、桦树等，但因其生长的地方交通不便，难以采伐，所以应用不广泛。

▶ 马尾松（*Pinus massoniana*）
▶ 马尾松（*Pinus massoniana*）
▶ 马尾松（*Pinus massoniana*）林
▶ 马尾松（*Pinus massoniana*）林
▶ 马尾松（*Pinus massoniana*）和人
▶ 马尾松（*Pinus massoniana*）和人
▶ 马尾松（*Pinus massoniana*）和人
▶ 马尾松（*Pinus massoniana*）和一个男人
▶ 马尾松（*Pinus massoniana*）树干和人
▶ 马尾松（*Pinus massoniana*）树干和一个男人

[1] 译注：*Ehretia thyrsiflora*=*Eh. acuminata*。

[2] 译注：*Kalopanax septemlobus*=Acabthopanax ricinifoius。

476

021.

N·468

N.445

- ▶ 马尾松（*Pinus massoniana*）林
- ▶ 山坡上的马尾松（*Pinus massoniana*）和桑树（*Morus alba*）
- ▶ 山坡上的马尾松（*Pinus massoniana*）
- ▶ 山坡上的马尾松（*Pinus massoniana*）和一个男人
- ▶ 山坡上的马尾松（*Pinus massoniana*）
- ▶ 水边的马尾松（*Pinus massoniana*）
- ▶ 雪地里的马尾松（*Pinus massoniana*）
- ▶ 采伐迹地中的马尾松（*Pinus massoniana*）
- ▶ 香椿（*Cedrela sinensis*）。人们在树上采集椿芽，后面是梯田和树木繁茂的山坡。
- ▶ 枹栎（*Quercus serrata*）
- ▶ 粗糠树（*Ehretia macrophylla*）、小径和人

0330.

313

第二十三章　野生和栽培的水果

　　一些已在世界各地广泛栽培的果树都原产于中国，如柑橘、柠檬、柚子、桃和李。中国南部有大量热带果树，如香蕉、菠萝、番木瓜、槟榔、荔枝、龙眼和橄榄，但只有最后3种生长在本书提到的地方，而且数量很少。在中国北方，尤其是芝罘①（Chefoo）附近地区，广泛栽植着引种自美国的苹果和梨，都品质优良。北方也种有品质优良的葡萄，但产出的果实质量不高，因为人们不注重果树的修剪和疏果。总的来说，中国大部分水果质量都不高，主要是由于人们总是在水果尚未成熟时便将其采摘，这严重影响了水果的风味。在中国中部和西部地区，果树种类多、产量大，这种问题尤为突出。除了橙、桃和柿子外，其他水果都品质低下。毫无疑问，这里本可以生产出最佳品质的水果，但遗憾的是，人们对果树栽培的重视远远不够。

　　自长江而上，从宜昌下游的山麓向西直至叙府，到处都是成片的柑橘林，重庆和泸州之间的区域最多。每年12月，柑橘树上挂满了成熟的果实，成了一道靓丽的风景线。柑橘树适宜在多石山坡的背风面或者山脚下生长，因为那里避风；而且尤喜红色盆地的黏质灰岩或砂岩。在四川西部，种植最多的就是柑橘（*Citrus nobilis*）。在采收季节，

---

① 译注：今山东省烟台市。

▲ 结果的柑橘树

1先令①可以购买500~1000个橘子，但这种柑橘不易储藏。将剥掉的橘皮晒干，可以制成一种名为"陈皮"的药材，颇受欢迎。橘皮内包裹的新鲜果肉的纤维和类似于髓的物质也可以做成药材，称为"橘络"。在峡谷地带，一种被当地人称为"山柑子"的甜橙（*C. aurantium var.*）更加常见。在中国广为人知的"宜昌橙"就是这个类型中的一种，它的价格比橘子高，而且易储藏。在成都，这种橙子直到第二年夏天都能保持新鲜，但我没能搞清楚具体的储藏方法。

宜昌峡谷内也生长着柠檬（*C. ichangensis*），但不常见。其果实卵形，风味极佳。还有葡萄柚（*C. decumana var.*），但其果肉很少，仅有髓和种子，与其名不符。金橘（*C. japonica*）有零星栽培，其果实用糖腌制后非常美味。香橼（*C. medica var. digitata*）也偶有栽培，其果形奇特，常被称为"指橙"或"佛手"。

柑橘类果树的繁殖方法是在从果树基部长出的小枝上刻痕，随即在刻痕周围覆裹土壤，再用一个竹片筒或破陶罐将土块固定。当覆土块中长出了许多根系时，将小枝从母株上完全分离，随后将新植株定植。不幸的是，中国西部的柑橘园常有蛀干害虫，会造成毁灭性的破坏，农民们不知如何防控，只能依靠果树自身顽强的生命力与之对抗。

桃（*Prunus persica*）在中国湖北和四川广泛栽培，栽培范围从河面到海拔约2740米。桃树种类繁多，有核肉分离和不分离的，有果实卵圆形和扁圆形的。宜昌附近出产的桃味道极佳，可能比其他任何地方的都好，究其原因，气候可能是最大的影响因素，因为人们对于这些桃树的管理很少，且常长有介壳虫。桃树通常栽植于果园或房屋周围，但半野生的桃树常见于路旁和峭壁上。据我所知，中国北方的人们用桃核榨油，但中国西部没有人这样做。

桃是大约公元前300年从波斯②引入小亚细亚和欧洲的，但中国在非常古老的年代就开始种植桃树，因此，桃可能是从中国通过一条古老的贸易路线经布哈拉（Bokhara）③到达波斯的。尽管现在世界公认中国是桃的原产地，但尚不清楚哪一种是其野生类型。在中国北方发现的山桃（*P. davidiana*）通常被认为是现代栽培桃树的始祖，但我并不赞成这一观点。我认为这是另外一个完全不同的种，现在，野外再也找不到现代栽培桃树的原始种了，与其亲缘关系最近的是广泛分布于湖北西部和四川峭壁之上或路旁的半野生植株。说到这里，我想到了我在打箭炉附近发现的一个桃的新种，它被命名为羌桃（*P. mira*），是典型的核肉分离的桃，其卵圆形的果核小而光滑。

---

① 译注：英国的旧辅币单位，1先令=0.05英镑。

② 译注：今伊朗。

③ 译注：今乌兹别克斯坦境内。

人们普遍认为杏（*P. ameniaca*）的学名暗示其原产于亚美尼亚，中国在很久以前就将其引种栽培。但是，马克西莫维奇（Maximowicz）[①]认为该植物原产于中国，因为他在北京附近的山林中曾发现其野生植株。杏树通常很高大，高达12～15米，其果实俗称"杏子"，它纤维多，且味道极涩。中国的杏品种还有待进一步改良。杏在印度北部经过加工制成杏干，经中国西藏运至中国西部其他地区，深受藏族人和汉族人的喜爱。

李树也称"苦李子"，在中国常见栽培，其果实圆形，有绿色、黄色、红色和紫色，它们的口味都差不多。现代栽培的各种李树都源于李（*P. salicina*），这个原始种在湖北和四川的灌木林和林缘比较常见，并以"日本李"之名传入美国加利福尼亚州、南非以及其他地方，现已广泛栽培。欧洲常见栽培的李树则源于扁桃（*P. communis*），它在中国没有记录，很可能没有分布。梅子（*P. mume*）在中国和日本均广泛栽培，且被矮化培育成各种奇特的树形，因其花期早而深受人们喜爱，在湖北西部和四川有其野生种，被称为"乌梅"。乌梅果实为圆形，通常一侧红色，另一侧黄色，因其果核与果肉粘连、多毛，使其口感更差。

普通的巴旦杏在中国未见分布，但在1910年，我在松潘附近发现了一种与巴旦杏有亲缘关系的植物，后被命名为西康扁桃（*P. dehiscens*）。该植物的果实成熟时开裂，露出果核。果仁可食，深受当地人喜爱。植株多为密集的多刺灌丛，高1.5～3.7米，在岷江上游河谷大量分布。其果实可以用"干瘪"一词来形容，因为果肉极少。目前该种类又增加了一种，的确有趣。

樱桃大量分布于森林中，且种类繁多。在《威尔逊植物志》一书的第二部分，柯恩[②]（Koehne）根据我收集的材料描述了不下40种樱桃。但是，樱桃很少有栽培。宜昌等地的樱桃都很小，且口味差。但它成熟季节早，4月底就能上市，这是它的主要优势。宜昌一带栽培的是樱桃（*P. Pesudoceresus*），而欧洲栽培樱桃的野生种欧洲甜樱桃（*P. avium*）和酸樱桃（*P. cerasus*），在中国均未见分布。

梨在中国广泛栽培，尤其是中国西部的河谷上游，在湖北西部的峡谷高处也较常见。它的种类多样，有些梨树的果实特别大，且如石头一样坚硬，虽然可用于煮食，但作为水果价值不高。梨树繁殖通常采用高枝嫁接法，但嫁接后的管理工作经常被忽视。在中国，梨树的所有品种都是由本土物种——可能是沙梨（*Pyrus serotina*），秋子梨（*P. ussuriensis*）和麻梨（*P. serrulata*）——经长期栽培演变而来，与西方梨树的来源不同，西方的梨树种源是欧洲梨（*P. communis*）。北京一带栽有一种奇特的梨品种，被人们称

---

① 译注：俄罗斯植物分类学家卡尔·伊万诺维奇·马克西莫维奇（Carl Johann Maximowicz，1827～1891）。

② 译注：德国植物学家和树木学家。

为"白梨"，其果实形状似苹果，直径约4.5厘米，淡黄色，口味极佳，可能是秋子梨（*P. ussuriensis*）的一个优良品种。

　　苹果和梨常栽在一起，但其栽培范围要比梨小得多。相比于湖北，松潘和打箭炉一带的苹果更多。该地区苹果果实小，为绿色，较好的品种通常一边黄绿色，另一边玫瑰红色，有一种苦中带甜的味道。还不能确定这一品种属于哪个种，很有可能是楸子（*Malus prunifolia rinki*）。

　　木瓜在中国中部常见栽培，但西部栽培较少。其籽可榨油；其果实芳香，可作为室内装饰，深受人们喜爱；还可整株入药。中国有两种：木瓜（*Chaenomeles sinensis*）叶近圆形，花玫红色；毛叶木瓜（*C. cathayensis*）叶细长，花白色，且略带粉红色。与木瓜亲缘关系很近的移依（*Docynia delavayi*）在云南大量分布，其果实被称为"桃衣"，可作为柿子的催熟剂。将桃一与柿子分层相间排列于大缸内，上面盖上米糠，10小时后，柿子就变软可食了。移依在四川西部分布稀少，人们也不知道利用其果实。

　　在中国，枇杷（*Eribotrya japonica*）既有野生的，也有栽培的，而且分布范围很广，最高可达海拔1220米，尤其在多石地区分布更多。枇杷为常绿乔木，树形优美，高可达9米；花期初冬，花白色，有芳香；果实于4月成熟，成熟的果实为橙色，味道微酸，但其浅褐色的种子硕大且软，因而果肉很少；种子味道似扁桃，可做调味品。

　　中国不同地区栽有不同种山楂属植物，人们种植山楂是为了采摘其果实。湖北有湖北山楂（*Crataegus hupehensis*），在兴山县有湖北山楂的果园。湖北山楂的果实深红色，果径近2.5厘米，但味道很一般。

　　在中国栽培的所有果树中，柿子（*Diospyros kaki*）是口味最佳的水果之一。它很常见，分布海拔最高可达1220米。柿子树通常株形优美，树高可达18米以上；果实卵圆形或扁圆形，有核或无核。柿子必须在完全成熟后才能食用，因为此时果实内部的单宁酸全部转变成了糖。中国有许多催熟柿子的方法，具体的程序主要分层、铺糠、密封。柿子通常可以在树叶凋落之后挂在树上很久，每到这时，满树都是橙红色的柿子，景色颇为壮观。

　　在泸州一带，有专门种植荔枝和龙眼的果园，这两种果树在该地区生长健壮，而且果实的价格很高。该地区还栽有橄榄（*Canarium album*）。在西部干旱河谷，常栽有枣（*Zizyphus vulgaris*）[①]，但果实品质较差，果实大小和口味均不能与山东和东北地区的相比。在气候较为温暖的地区，石榴（*Punica granatum*）常见栽培，但其果实几乎无法食用。云南的石榴最优质。尽管石榴在中国分布广泛，且在许多地方看似土生土长，但权

---

① 译注：*Zizyphus vulgaris=Zizyphus jujuba*。

威人士认为石榴是引入的外来物种。

葡萄在中国西部有少量栽培，但其品质无法与北京一带的相提并论。普遍栽培的品种是都是葡萄（*Vitis vinifera*）的不同类型。布雷特施奈德（Bretschneider）[1]认为，葡萄是在公元前2世纪从西亚引入中国的。在九江一带，刺葡萄（*Vitis davidii*）常见栽培，其果实黑色，球形，大小适宜，外观美丽，但味道极涩，是中国西部山林中常见的野生植物。

核桃（*Juglans regia*）在本书提及的区域分布极为普遍，尤其是在四川西部的干旱河谷地带和湖北的山谷中，最高分布海拔可达2600米。核桃果实的大小、形状以及果壳的厚度各异，以果大、壳薄的种类为佳。核桃不仅可作为食物，而且可榨油，核桃油香甜可口。野核桃（*J. cathayensis*）在森林和灌丛中也颇为常见，其果仁可食，但果壳很厚，很难打开。

银杏（*Ginkgo biloba*）树的果实被称为"白果"，烘烤后是一道美食，与莲子和花生价值差不多。菱角（*Trapa natans*）广泛栽培，其果可食。

在森林和灌木丛林中有多种可采食野果。其中包括悬钩子属（*Rubus*）的很多种类，在中国有记录的悬钩子属植物就超过100种，大多数果实可食，有些品质比世界其他任何地方的都好。我成功引种了大约30种，希望将来有志之士能对悬钩子属植物栽培做深入研究，通过杂交选育出优秀的新品种。在我引进的悬钩子属植物中，味道最好的3种是菰帽悬钩子（*Rubus pileatus*）、秀丽莓（*R. amabilis*）和山莓（*R. corchorifolius*），它们的口味似葡萄，形状如覆盆子。川莓（*R. omeiense*）和弓茎悬钩子（*R. flosculosus*）的果实黑色，也可食用，口味俱佳。粉枝莓（*R. biflorus var. quinqueflorus*）、白叶莓（*R. innominatus*）和宜昌悬钩子（*R. ichangensis*）的果实橙色或红色，价值与上述植物相似。在宜昌，早春时节常有茅莓（*R. parvifolius*）的果实售卖，当地人称之为"栽秧泡子"（泡子泛指浆果）。在松潘，每年8月人们只需花几枚铜钱就可以买到大量美味的黄果悬钩子（*R. xanthocarpus*）果实。

每逢六七月份，山林中会有大量野草莓，其果实美味可口。常见的有两种：果实白色的地泡子（*Fragaria elatior*）和果实红色的蛇泡子（*Fragaria hlipendula*）。在打箭炉，有牦牛奶制成奶油，因此，我在那里享受了许多奶油草莓和草莓派。蛇莓（*F. indica*）[2]也叫蛇泡子，常见于路旁，其分布范围广，分布最高海拔可达900多米，该植物果实颜色鲜亮，但味道很淡，当地人认为它有毒。

---

① 译注：德国人，清光绪时任俄罗斯驻北京大使馆的医生。

② 译注：*F. indica=Duchesnea indica*。

在森林中，有两种常见的茶藨子属（*Ribes*）植物，果实分别为红色和黑色。其中，长序茶藨子（*R. longeracemosum*）的果实较大，为黑色，口味佳；总状花序长约3.8厘米。长序茶藨子目前已有栽培，可作为杂交亲本。大刺茶藨子（*R. alpestre var. giganteum*）在中国海拔2400～3350米的川藏边界一带常作为树篱，它的果实又小又圆，为绿色，味道极涩。四照花（*Cornus kousa var. chinensis*）①广泛分布于湖北海拔600～1800米的林缘和灌木丛林中，在四川西部也有少量分布。其果实红色，扁圆形，表面粗糙，多汁，口味尚佳，当地人称之为"杨梅"。但在云南，人们所说的"杨梅"是指头状四照花（*C. capitata*）②它与四照花同属。只有在中国东南部，人们所说的"杨梅"（*Myrica rubra*）才是与英国的甜香杨梅（*Myrica gale*）相近的一种同属植物。

中华猕猴桃（*Actinidia chinensis*）为攀缘植物，湖北人称之为"羊桃"，而四川人称之为"毛儿桃"，它广泛分布于海拔660～1800米间的区域。它的果实近圆形或卵圆形，长2.5～6.4厘米；皮薄，呈褐色，通常多毛；果肉绿色，多汁味美，是一种美味的水果，且耐储藏。1900年，我有幸把它引种到宜昌外国人的居住点，深受到他们的喜爱。目前这种"宜昌醋栗"已经在整个长江流域广为人知，后来，我又将该植物引种到欧洲栽培，并于1911年在英国首次结果。该植物除了果实可食用之外，其叶、枝、花均具观赏性，花大，芳香，白色而渐变为浅黄色，是一种优良的园林植物。唯一缺点是花杂性，因而在栽植时务必确保有雌雄同株类型，以保证结果。同属其他一些植物也有口味上佳的果实，红茎猕猴桃（*A. rubricaulis*）就是其中最好的种类之一，如今已有栽培。

八月瓜属（*Holboellia*）植物俗称"八月楂"，为粗壮的藤本，其荚果状的果实蓝紫色，内部的白色果肉可食。胡颓子属（*Elaeagnus*）一些种类乳头状的果实俗称"羊母奶子"，也可食用，味道微酸可口，但通常有收敛性。枳椇（*Hovenia dulcis*）的果柄肉质、肥厚，俗称"拐枣"，也可以食用，并有解酒之效。

栗属植物大量分布于山林中，最高分布海拔可至2300米。它可结出优质的坚果，俗称"板栗"。最常见且分布最广泛的一种是板栗（*Castanea mollissima*）。茅栗（*C. seguinii*）大量分布于低山丘陵至海拔1070米的山地，属于灌木，通常仅高0.6米，果实小而多，味道极佳，一般高1.5～2.4米的植株结出的果实口感最好。锥栗（*C.henryi*）的果实口味最佳，该植物为大乔木，高18～24米，叶无毛，每个多刺的果实内只有一粒卵圆形坚果，这与同科其他所有植物都不同。当地农民也会采摘栎属、栲属

---

① 译注：*Cornus kousa var. chinensis=Dendranthamia kousa*。

② 译注：*C. capitata= Dendranthamia capitata*。

▲ 四照花（*Cornus kousa chinensis*）

（*Castanopsis*）、榛属（*Corylus*）和水青冈属（*Fagus*）一些种类的坚果食用。

　　华山松（*Pinus armandi*）大量分布于海拔1070～2745米的山区中，其松子可食用。但人们采收得不多，因其经济价值要比红松子（*P. koraiensis*）低得多。

▶　龙眼
▶　野核桃（*Juglans cathayensis*）
▶　野核桃（*Juglans cathayensis*）林、溪流和人
▶　田地里的柑橘树（*Citrus nobilis var. deliciosa*）
▶　前面是柑橘树（*Citrus nobilis var. deliciosa*），后方是悬崖

第二十四章　中药材

中医对人类解剖学的认识很粗浅，只擅长把脉。中国人只相信少数外国药物，比如奎宁，他们更相信中药。接种预防天花已经得到长期实践，针灸技术也长久以来用于治疗风湿病。汞对于某些疾病的治疗效果已被人们熟知，并得到广泛应用。中药材内容广泛且复杂多样，还包括很多特别的东西，从虎骨到蝙蝠粪便，甚至更恐怖的东西。但主要还是草本植物，在中国发现的绝大多数植物都或多或少具有药用价值。在所有这些植物中，只有大黄和甘草被西方认为确有价值。大多数中药材被认为有滋补和壮阳功效，而且功效越强，其价格越高，比如人参和鹿茸。

在中国的民间传说中，神农帝①是中医的祖先，也是"农业之神"。据说在神农帝公元前2737～前2697年在位期间，为了给他的子民治病，对草药做了深入研究，且卓有成效。他曾一天内发现了70种有毒植物，同时又发现了同等数量的解药。传说他的胃部有一面镜子，他可以通过镜子看到每一种草药在他体内的消化过程，并记录该草药对身体的影响。据说，神农帝撰写了一部医学著作②，构成了中国伟大的医药著作《本草纲目》的核心。如今，在每一间有名的药铺里，都挂有神农帝的画像，以作纪念，人们都将神

---

① 译注：即炎帝。

② 译注：即《神农本草经》。

农帝视为医学界的神。

上文提到的《本草纲目》出版于1590年，编著者是李时珍，他花费了30年时间来编写此书。参考了大约800多位前辈的相关著作和资料，从中选取了1518条处方，并新增了374条处方。全书按照科学、系统的方式编排成52章，装订成40卷，受到了皇帝的高度赞赏。随即，皇帝下令由国家出资连续出版了数次。事实上，该书是在所有之前出版的著作基础上的一次大飞跃，让后来的学者望尘莫及。李时珍可能是中国第一个用中文撰写自然科学著作的重要学者。

但是，在这本内容丰富的古书中，也有许多奇怪的描述。比如："白马、猪、牛、母鸡的心脏经干燥、研碎，浸酒后服用，可治疗健忘症。""马膝关节上的夜眼（肉赘），有助于其夜间行走，可用于治疗牙疼。"再比如："假如一个人想睡觉时总觉得心神不宁，那么可以将骷髅灰和水混合后服用，并用一个骷髅作枕头，便可安然入睡。"

一些非常特别的治疗方法一直沿用至今。比如，认为人奶可以为体力衰弱的老年人提供力量，因而，对于女儿、孙女或其他女性晚辈而言，为年老体衰的亲戚提供乳汁被认为是非常孝顺的举动。在1908年，重庆就发生过一件离奇的事情。当地一位医生告诉一个年轻妇女，要救她母亲性命的唯一办法就是给她吃一块人肝。于是这个年轻妇女就毅然将一把大刀插入自己的身体，切下一块肝，用来拯救自己的母亲。当时，品德高尚、具有自我牺牲精神的德国医生阿斯米博士（Dr. Asmy）在重庆行医，他听说后立即赶去，成功地救下了这位自残救母的年轻妇女。事后，阿斯米博士将那块肝脏浸泡于酒精中，存放于自己的医院作为纪念。那些旧时的中国士兵们坚信吃敌人的心，就能够变得勇敢。

然而，这些令人作呕的荒谬想法并非全部出自中国的《本草纲目》一书，其实在同时代的西方医学文献中，也有许多类似的内容。在欧洲，直到16世纪末，不论普通民众还是专业学者，都从完全功利性的角度看待植物。他们认为世间万物都是为人类创造的，每一种植物中都一定有一种潜在的力量，一旦释放出来，就会对人类带来好处或者坏处。他们自以为洞悉了许多植物的内在奥秘，甚至可以将某些植物的叶、花、果与人类身体的某些部位联系起来，认为植物器官可能对应着人体器官。比如，与肝脏形状相似的叶子可治疗肝脏疾病，心形的花可治疗心脏疾病。因而产生了所谓的"人体与植物形态特征对应学说"，并由瑞士炼丹士帕拉塞尔斯（Bombastus Paracelsus，1493～1541）将其发展到极致，在16～17世纪产生了重要影响，时至今日还残存于江湖郎中里。

在古希腊，有一个特殊的药用植物从业者协会"Rhizotomoi①"，其成员们采集认为有治疗作用的植物根、茎、叶，直接出售或经由药剂师售卖。这与如今的中国医药行会的职责类似，但后者的起源比希腊的类似行会要早得多。如果说现在的中国药物学落后于西方好几个世纪，但至少有一段时期中医药学曾经领先西方好几个世纪。马可波罗对中药的价值有过详尽的阐述。比如："在青藏高原的山上，遍布着大量的大黄，商人都到此购买，然后销往世界各地。"

中国的所有地区都有出产药材。但是，除了人参、桂皮、樟脑和槟榔外，几乎所有价值较高的药材都产自中国西部高山的森林和灌丛。著名药材人参产自朝鲜和中国东北，质量最佳的人参甚至价比黄金。对中国人而言，这种药材是命根子，对青年和老年人都有恢复体力、强身健体的功效。所以，以前最好的人参都只能给皇帝使用。中国人认为这种药材毫无疑问是强大的滋补用品和壮阳药，而西方人则不这么认为。在中国西部森林中也有一些类似人参的植物，但价值很低。

桂皮是肉桂（*Cinnamomum cassia*）的树皮、芽和叶，产自中国南部广东的禄步（Luh-po）、罗定（Lo-ting）和广西的苍梧（Tai-wu），在那里栽培广泛，销往全国各地，并出口到其他国家。桂皮可作为滋补品、兴奋剂或者调味品。槟榔果是槟榔（*Areca catechu*）的种子，产自中国南方，云南也有，有时也从越南进口。中国人并不喜欢咀嚼槟榔果，更多的是将其作为药物，在医学上主要用做收敛剂和驱虫剂。

樟脑几乎在中国各地均有应用，最有价值的是从马来西亚婆罗洲（Borneo）进口的龙脑香（*Dryobalanops camphora*），中国人将其作为滋补品和壮阳药。樟脑产自中国台湾和福建，是从香樟中提取的，中国人并不看重，主要用于出口到其他国家。

英国皇家海关官员们非常关注中国药物。1889年，据已故总监罗伯特·哈特爵士（Robert Hart）的指示，列出了一份中国药物名单，这份名单是根据各个通商口岸的统计数据汇总得到的。随后，他们试图确认生产各种药材的植物及其产地。尽管要持续深入地开展这项工作存在很多困难，但还是取得了很大的成效。英国驻华总领事何塞在他的《四川省情报告》中给出了一份四川药材名单，提供了非常准确的资料。只有完整地采集到包括有花和果实的植物标本，并将其交给欧洲的大型标本馆鉴定之后，才有可能为中国如此丰富的药用植物提供准确的拉丁学名。

---

① 译注：古希腊一位药用植物学家。

何塞的名单包括了220种药材，其中189种来自植物。药材贸易价值非常大，仅1910年通过重庆海关出口的药材价值就超过154万两白银，而从汉口海关出口的药材价值超过178万两白银。

我不打算详细阐述中国的药材资源，只想简要地介绍一些比较重要的药材及其用途，这样可能更有趣一些。据我所知，中国最有用且分布广泛的药材可能是大黄，它广泛分布于汉藏交接的高原地区，但在马可波罗游历中国的那个年代里，最好的大黄来自于青藏高原。大黄的分布区域从松潘向西北方向伸展，包括今天甘肃省部分地区。大黄通常生长于海拔2300～3800米的灌木丛林和多石的溪水边缘。大黄栽培广泛，但其野生植株药用价值最高。最好的大黄是从唐古特掌叶大黄（*Rheum palmatum var.tanguticum*）中提取的，这种植物在中国西北部和西藏地区最为常见。从打箭炉外销的大量二等大黄，主要是从药用大黄（*R. officinale*）中提取的，当然，其附近也少量散布有唐古特掌叶大黄。大黄属（*Rheum*）的其他种类生长于中国西部，用做掺杂物。湖北西北部的森林中分布有药用大黄，当地农民也有栽培，但药材质量低劣。唐古特地区[①]气候干燥、阳光充足，较其他地区更适合药材加工，或许这一点也影响了药材的质量。在中国，大黄通常作为泻药，医学上的应用与西方相同。

最优质的甘草也产自松潘西北部的草原，中国其他地方也有，但质量较差。松潘产的甘草其原植物为甘草（*Glycyrrhiza uralensis*），通常用作镇静剂，几乎每一个处方中均加入少量，然后内服。在中国被称为"虫草"的药材是一种由虫草菌（*Cordyceps sinensis*）和一种毛虫在特殊条件下形成的菌虫结合体，是中国西部高原出产的另一种有价值的产品，分布于海拔3660～4600米之间。毛虫的身体浅黄色，真菌的子实体黑色，两者结合在一起，成棒状，长约13厘米。它的功效很多：与猪肉一起煮可作为解毒剂，以解鸦片毒或治疗鸦片瘾；与猪肉和鸡肉一起煮可作为康复期病人的滋补品和兴奋剂，使其快速恢复健康和体力。

贝母（*Fritillaria roylei*）和其他同属植物的白色小鳞茎被称为"贝母"或"尖贝母"，是中国西部高山地区价值较高的药材之一，分布海拔为3660～4600米。懋功厅和打箭炉有大量此种药材外销到其他地区。将其鳞茎捣烂，与干燥的橙皮和糖一起煮，可用于治疗肺结核和哮喘。在湖北，两种地生兰科植物独蒜兰（*Pleione pogonioides*）和亨氏独蒜兰（*P. henryi*）的假鳞茎也常可制作类似药物，被称为"川贝母"。这两种植物生长于海拔910～1520米的林下潮湿、富含腐殖质的岩石上。

长久以来，人们一直在湖北西部和峨眉山森林中的空地上种植黄连（*Coptis*

---

chinensis）以获利。黄连的根状茎干燥后可作为常用药物，健胃效果尤为明显。其汤剂可供治疗消化不良症，如用于哺育期妇女，据说有催乳功效。如将根状茎捣烂，与鸡蛋清调和，可作为治疗疔疮的膏药。我可以证明黄连确实有一股开胃的苦味。

伞形科许多植物的粗壮根系具有较高的药用价值，通常用作滋补品和清血药物。其中，最为常见栽培应用的是当归（*Angelica polymorpha var. sinensis*）。桔梗科植物桔梗（*Platycodon grandiflorum*）根煮后的提取物，可治疗胃寒。猪牙皂荚（*Gleditsia officinalis*）的小荚果切片后与当归一起煮，其汤剂可用于治疗咳嗽和感冒。

乌头（*Aconitum wilsonii*）也广泛栽培供药用，其根磨成粉末后，与鸡蛋清调和，可外用治疗疔疮。瓜叶乌头（*A. hemsleyanum*）以及其他攀缘种类有同样的功效。此外，其根持续煮沸后，可用于治疗咳嗽，效果非常显著。另一种攀缘草本植物川党参（*Codonopsis tangshen*）常在山地栽培，其粗壮的根常用作滋补品。

许多树木的树皮可入药，对这些植物的鉴定不像草本植物那么困难。其中，厚朴（*Magnolia officinalis*）是最重要的种类之一。最优质的厚朴树皮价值为一两1000文钱。厚朴树皮煎出的药液可作为滋补品、壮阳药和感冒药。厚朴干燥的花芽经煮沸后的汤剂可用于治疗妇女月经不调。

杜仲（*Eucommia ulmoides*）的树皮捣烂、煮沸后，与酒和猪肉同服，可治疗肾、肝和脾脏疾病，也可作为利尿剂、壮阳药和滋补品。"苦楝子"是苦木（*Picrasma quassioides*）的树皮，煎汁后服用，可治疗腹痛和胃痛，也可作为解热药。川黄檗（*Phellodendron chinense*）的树皮是全能药材，可外用或内服治疗各种疾病，因其价格便宜，成为穷人的万能药。

上述例子虽然数量不多，但也足矣。毫无疑问，中国人使用的许多药物都有良好的药效，非常值得西方药学家研究。

▶ 川黄檗（*Phellodendron chinense*），树后有一座房子和峡谷

第二十五章　花园和造园

——中国人最喜爱的花卉

观赏园艺在中国的发展历史可追溯到远古时代，中国人天生喜爱花卉和花园。除了最贫穷的人，几乎每家每户都有花历，上面写满了赞美牡丹、山茶、梅花、菊花、荷花、竹和其他花卉的诗篇，人们对著名花灌木的开花充满了期待，专门远足乡间，只为一睹自己钟爱的花卉开出第一朵花。即使再贫困，人们也会在农舍周围栽植一两株奇特的植物，以增添生机和活力，店铺和客栈老板经常会为自家庭院里栽种的花卉而感到自豪。寺庙周围的景色更是迷人，文人雅士和富贵人家的住宅一般都有颇为有趣的花园。此外，经济发达城市，比如苏州、杭州和广州，拥有享誉全国的开放园林和私家园林。我见过的最美园林莫过于颐和园了，它位于北京城外几千米的地方，这里充分展现了中国园林艺术，得到了广大访客的高度评价。

中国的造园艺术在当今的日式庭院中得到了最充分的体现，日本人在吸收中国造园艺术的基础上将其提升，但是毫无疑问，日本的造园艺术源于中国。在所有园林之中，他们都追求奇异的风格，景观效果完全是人工的。他们认为中国人是最有技艺和最具成就的造园家。只要给中国的造园师一块土地，哪怕面积很小，位置很差，而且完全没有自然景致，他们都可以耐心地将其建成袖珍的山川景观。他们用苍劲的奇石、低矮的树木、竹子、草本植物和水，将这块小小的土地变成有山脉和溪流、森林和田野、平原和湖泊、洞穴和幽谷的胜景，狭窄的小径蜿蜒穿行于园中，形式多样的石桥横跨于小溪之上。所有这些都只是在一个几平方米的小空间里，但看到的景色却好像有数千米。在较大的园林中，往往有一个水池，其中栽有荷花，池边有小亭，可供主人和宾客在此品茶饮酒、畅谈赏花。当没有男性宾客时，花园就成了家中女人们的常去之处，这是她们最喜爱的地方。

中国人并不追求种植大量不同种类的植物，尽管各地的植物由于气候和当地条件差异而有别，但各地园林植物的组成大致相同。所有生长于中国园林中的花卉都蕴含着一定的特殊意义和美学价值。他们将一种被称为"兰花（*Cymbidium ensifolium*）"的兰科植物誉为"花中之王"，它的外貌朴实无华，但花香迷人，非常优雅。梅花（*Prunus mume*）的花朵美丽、花香沁人，它在冬季开花，由于此时开花植物很少，所以更显高贵，被誉为"优雅之花"。在北京一带，这个名字也被用于榆叶梅（*P. triloba*）和其重瓣品种。蜡梅（*Meratia praecox*）①也深受人们喜爱。

多种多样的竹子，一年四季都很美丽，它是高雅和文化的象征，也是不可或缺的园林植物。道家有句名言"宁可食无肉，不可居无竹"。菊花和牡丹也是花中上品，因其花色、花型均颇为美丽而受到人们喜爱。莲花是纯洁的象征，观音菩萨总是端坐于莲花的中央。水仙在中国栽培广泛，生产供应量大，尤其是中国东部。水仙是非常重要的春节花卉，因其花芳香，生长繁茂，是繁荣富有的象征，深受人们喜爱。但水仙并非原产于中国，而是产于地中海地区，很久以前由葡萄牙商人将其引入中国。水仙和石榴一起是仅有的两种深得中国人喜爱的外来花卉。

珠兰的花芳香，在中国安徽省用于制作花茶，并销往全国各地。麦冬因其姿态优雅，宜放于书桌之上，在阅读和学习时有助于眼睛休息和放松。最后要说的是苍松，它的寓意是尊敬老人。苍松不仅仅指松属植物，也包括一些其他针叶树种。

如果要做一个完整的中国人喜爱的花卉清单，还需要包括如下一些种类：山茶花、南天竹、桂花、紫薇、吊钟花（*Enkianthus quinqueflorus*）、金银花（*Lonicera japonica*）、杜鹃花、蔷薇月季类、凤仙花和黄杨（*Buxus microphylla var. sinica*）。上述植物全部或部分可以在中国的知名园林中找到。从栽培技术角度而言，虽然对很多植物都经过矮化或修剪造型，但这种处理绝不会影响花的品质和它们之于文学或诗歌的贡献，中国陶瓷上的装饰画完美诠释了中国人对美丽花卉和奇特树木的喜爱。

---

① 译注：*Meratia praecox=Chimonanthus praecox*。

中国是一个矛盾的国度，没有哪种表述或观点能够得到普遍认同。尽管中国人钟爱自己花园中奇特的人为景观，但又表现出对自然之美的强烈热爱。这一点可以从寺庙、神龛以及富人墓地的选址中看出。除了非常注重位置外，他们还喜欢将神龛建于高大乔木的树荫之下，而且这逐渐成为一条潜规则，通常要穿过林荫道或高大乔木形成的小树林才能到达神龛。尽管其中也不乏一些落叶乔木，但常绿树木往往更受青睐。北京周边的寺庙外，常可以看到由高大的圆柏、榆树和槐树组成的林荫大道；在中国南部、中部和西部，寺庙外的林荫大道基本由马尾松（*Pinus massoniana*）、杉木（*Cunninghamia lanceolata*）、柏木（*Cupressus funebris*）、楠木（*Phoebe nanmu*）及其近缘种、椤木石楠（*Photinia davidisoniae*）、柞木（*Xylosma racemosum*）、黄葛树（*Ficus infectoria*）等其他常见树种组成，其中许多树种在这些宗教圣地外已经很稀少。

绝大多数人都没有意识到宗教团体在许多树种的保护方面做出的重要贡献。比如，在欧洲，绝大多数梨树的优良品种都来源于法国和比利时的宗教场所附属庭园，在滑铁卢战役之后引入英国和其他国家。在中国，每一寸可利用的土地都用于农业，如果没有佛教和道教的及时介入，大量树种在很久之前就已经灭绝了。最重要的例子是银杏，在中国各地和日本部分地区，这种树型优美而壮观的乔木总是与寺庙、神龛、宫廷院落以及富人宅邸结合在一起，但没有一个地方的银杏是真正野生的。银杏是非常古老的孑遗植物，地质证据表明，银杏是一个古老植物科的最后幸存者，在古生代二叠纪甚至更久远的时代，银杏生长繁茂；在中生代，银杏属植物是北温带地区木本植物的重要成员。在欧洲、北美洲以及格陵兰岛，都发现了几乎与现存的银杏种类完全相同的化石。

尽管现在中国的庭园、苗圃和寺庙都没有任何新颖的观赏植物或经济植物，但在19世纪中叶则不同。我们对于中国植物的了解是从采自中国庭园中的植物开始的，尤其是广州一带的庭园。这些植物在18世纪末到19世纪初通过商船（尤其是东印度公司的商船）从中国运到欧洲。英国的一些园艺和植物学机构的赞助商出资并派出专门的采集家前往中国调查植物资源，并将所能找到的植物全部送回英国。

通过这些方式，英国园林中有了蔷薇和月季、山茶、杜鹃、温室报春、栀子花、牡丹、菊花、翠菊等常见植物品种。例如菊花，自古以来在中国和日本就有栽培，其亲本菊花（*Chrysanthemum sinense*）和野菊（*C. indicum*）是中国宜昌和其他地方的常见野花。在欧洲，最早栽培菊花是1689年在荷兰的花园中，当时已知的种类至少有6种，但之后未能得以保存。当1789年约瑟·班克斯（Sir Joseph Banks）爵士的机构再次将菊花引入荷兰时，荷兰的园艺师们竟不认识菊花。著名的园艺学家菲利普·米勒（Philip Miller）于1764年在切尔西药用植物园栽培了野菊（*C. indicum*），这种野菊是1751年奥斯伯克（Osbeck）在中国南部澳门附近发现的。事实上，相比于菊花（*Chrysanthemum sinense*），野菊对现代菊花形成和发展的影响要小得多。

西方园林中香水月季（*Rosa odorata*）的亲本及月季花（*R. chinensis*），在中国栽培历史悠久，至今在中国中部和西部地区仍有其野生种。这两种植物是约瑟·班克斯爵士于1789年引入英国的。温室栽培的报春（*Primula sinensis*）的亲本大约在1820年由约翰·理维斯（John Reeves）从广州引入英国肯特郡布罗姆利地区的托马斯·帕默（Thomas Palmer）花园；其近缘种巴蜀报春（*P. calciphila*）原产于中国湖北，它大量分布于宜昌的峡谷及沟谷中的干燥石灰岩峭壁上，这种野生花卉为多年生植物，花型整齐，紫红色。另一种温室栽培的报春四季报春（*P. obconica*）与巴蜀报春分布于同一地区，但生长在潮湿肥沃的环境中。

西方园林中的杜鹃花和其他20多种美丽的植物都是通过各种途径从中国的庭园引种的。的确，在引入这些植物后，我们进行了大量的育种和改良工作，培育了许多新品种，使它们几乎已经失去了原来的模样，而且，中国开始从我们这里引进这些变种。但是，假如没有早期从中国引入的植物资源，不知道我们今天的花园和温室将会多么贫乏和可怜。在过去的日子里，甚至在一个世纪以前，我们对中国的了解还非常肤浅，笼统地称之为"东印度群岛"（Indies），这个错误的地理名称已经永久地烙在了某些植物拉丁名的种加词"indica"中[1]。19世纪中叶，西方引进了许多日本庭园中的观赏植物，植物学家们以为这些植物是日本原产的，因而在命名时将这些植物的种加词定为"japonica"[2]。但事实上，随后的研究证明许多原先认为原产于日本的植物其实都产于中国，所谓的日本植物仅仅是中国植物的栽培类型。因而，地理学家和植物学家无意中影响了中国"花卉王国"的称号。

▶ 柞木（*Xylosma racemosum var. pubescens*）
▶ 柞木（*Xylosma racemosum var. pubescens*）
▶ 黄葛树（*Ficus lacor*）和柞木（*Xylosma racemosum var. pubescens*）
▶ 圆柏小树林（*Juniperus chinensis*）
▶ 路边的槐树（*Sophora japonica*）、建筑和人

---

[1] 译注：让人误解为原产于印度的植物。

[2] 译注：让人误解为原产于日本的植物。

第二十六章　农业
——主要的粮食作物

　　把中国称作"商铺之国"可能很合适，但尽管他们精于商业，农业依然是中国的支柱产业。由于中国人口众多，每一寸可利用的土地都用于农作物栽培。人们付出了巨大努力，以从土地中获得最大的回报。即便如此，中国还有数百万人挣扎在饥饿的边缘，几乎每年的干旱或洪涝灾害都会给中国部分地区带来饥荒。

　　土地使用权大多归氏族或家族所有，不限定继承人，但也不会出现大幅地扩张。土地所有权都直接归属于官府，老百姓没有自己真正的土地。百姓每年都需要支付一定的土地税即田赋给官府，其中还包括个人给官府的服役费。土地持有者到当地官府注册登记，从而获得一份原始契约（称为"红契"），这样只要支付田赋就可以拥有这块土地了。由于土地的肥力、地理位置以及自然状况存在差异，各地的田赋各不相同，但都不高。当然，越好的土地需要支付的田赋越高。父亲的土地和财产主要由长子继承，但其他儿子及其家庭也可分得部分遗产，并将其传给他们的孩子。女儿和外姓养子没有继承权。土地抵押时，接收抵押的一方获得土地使用权的同时，必须承担纳税责任。未经政府许可不得围垦新形成的冲积地。开垦荒山瘠地，官府在评估田赋之前会给予充分的时间回收开垦花费的成本。

　　由于中国人的食物一直都来自国内，所以从远古时代开始，农业就被看作最重要的产业。据传说，神农帝（公元前2737～前2697年）建立了农业学科，他亲自检测各种土壤并指导农民适地适种，教会农民制作犁，并指导他们采用最好的耕作方法，从而迅速改善了他们的生活条件，这让后世对他感恩戴德。他被人们奉若神明，受到全国各地人们的顶礼膜拜。在北京的一个大公园内，有一座专门纪念他的祭坛①。以前，每当春分时节，皇帝就会带着群臣来到这里举行纪念仪式，在公园里亲自犁一小块地。

中国民众多为素食者，他们除了节日，很少吃肉。中国人最喜欢的肉类是猪肉、鸡肉、鸭肉和鱼肉。但是，对于绝大多数中国人而言，肉是奢侈品，偶尔才吃得到。中国人的主食是水稻，正如西方人的主食是小麦一样。对于普通的中国人而言，只要能够吃上米饭就是很开心的事了，但是我们却并不会因为仅得到面包而高兴。对中国人而言，除了水稻，其他比较重要的粮食有小麦、玉米、豆类和白菜。中国人通常将蔬菜用油炒后食用，因而经常会用到植物油。用得最多的植物油是从一些十字花科植物的种子、大豆（*Glycine hispida*）和芝麻（*Sesamum indicum*）中榨取的，即菜油、豆油、芝麻油。

尽管中国人栽培了各种各样的蔬菜，但是如果以英国的标准衡量，这些蔬菜的质量非常低劣。除了玉米和红薯，没有其他蔬菜能引起我们的关注。在本章里，我会根据自己旅居中国11年的观察，对这一主题进行详尽的阐述。这些观察主要基于云南、湖北和四川三省，土地面积约为96.55万平方千米，比美国缅因州到乔治亚州之间的大西洋沿岸各州或得克萨斯州、阿肯色州、密西西比的面积都大。中国其他地方也有一些当地特有的蔬菜。而且，在有外国人居住的各个通商口岸，也引种了一些西方的蔬菜品种自用，但除了个别种类外，它们几乎没有在我所提及的几个省份栽培。

中国的耕地都非常小，因而，将它们称为果菜园比农场更合适。人们经长期经验积累，知道如何在不过度使用土地的前提下获得最大收获。中国农业的特殊之处在于，尽管栽培历史悠久，土壤却丝毫没有退化的迹象。中国农民不知道有化肥，普通的农家肥也很少用，几乎可以忽略。不断翻耕，大量施用人的粪尿是作物丰收的保证。城市和农村的人粪尿用桶装好输送到田间，世界上没有哪个地方像中国这样，把人粪尿看得如此重要，而且还如此费力地收集它。中国人需要全面学习选种、育种以及更先进的农业技术。只要条件允许，他们会充分利用作物轮作和通过种植豆科植物来增加土壤肥力。

水稻（*Oryza sativa*）当然是中国人最喜爱的谷物。但由于水稻属于热带植物，且需要水生环境，其栽培范围在中国受到限制，可能有1/3的中国人只有在过节时才能吃到大米。在中国南方，水稻一年两熟，但在大多数地方每年只能生产一季，水稻生长时间是5月至9月初。

在栽培水稻的过程中，中国人民的耐心、才智和难以置信的勤劳得到了淋漓尽致的

---

① 译注：即先农坛。

体现。他们为了确保水的流动而建造梯田，无论在平原上还是在陡峭的山坡上，目之所及都是种植水稻的梯田。这简直就是一个奇迹。细想一下，中国稻田区都采用技术要求颇高的梯田耕作，需要耗费大量的时间和劳力，这是多么艰巨的任务。至于灌溉，中国人曾是行家里手。尽管他们不懂得如何将水引上山，但却运用了各种发明创造，用人力将水从溪流和水沟中输送到各个地方。用于灌溉的设施很多，尽管制作原理简单，但细部结构非常复杂，不过效果很好。有些用手操作，有些用脚操作，还有许多可以借助水的流动自动运行。下一页的照片展示了中国中部和西部应用非常普遍的大型水车。

水稻的栽培涉及许多烦琐的细节，外行可能很难理解为何中国所有作物都是人工种植。人们将水稻种子密集播撒于苗床上，待小苗长至12～15厘米高时，将其移栽至已经灌满水的稻田中。不论男女都要参与插秧，他们的速度惊人，待秧苗种下后，立即用脚将周围的泥土踩实，使其牢固扎根于土中。随后，要及时清除田间杂草，并持续供水，直至水稻成熟后，将稻田放干。人们手工收割成熟的稻谷，并立即将其置于木桶中打谷脱粒，随即干燥、贮藏。中国栽培的水稻有3种：普通稻、红米稻和糯稻，前两种水稻仅供食用。相比于其他种类，红米稻（*O. sativa praecox*）最耐寒，可栽培的海拔更高，但不仅限于高海拔处。红米稻因其表皮红色而得名，米粒也带一点红色。糯稻（*O. sativa var. glutinosa*）不能完全取代前两种水稻，只能用来换换口味。糯米可以酿造低度酒，也可以制糖和甜点。与其他品种相比，糯稻的成熟期较晚，而且价格往往较高。在云南省，还有一种无须水田就可生长的稻——旱稻（*O. sativa var. montana*），但其产量较低，品质很差。

虽然中国人是以稻米为主食的民族，但要知道除了极少数外，中国还有数百万人口平时根本吃不上米饭。对于这些人而言，小麦、玉米和荞麦是主要粮食作物。在中国栽培水稻的地区，小麦（*Triticum sativum*）是冬季作物，生长时间是10月至第二年5月初。在多山地区和气候较为寒冷的省份，小麦是一种非常重要的夏季作物。我已经发现了至少5个地方性的小麦品种，既有红色的，又有白色的；既有具芒的，也有无芒的。在8月底，四川西部的山谷和山腰上，连绵不断的小麦在微风吹拂之下翩翩起舞，景色颇为壮观。在该区域，海拔2440～3200米的范围内为小麦栽培带。人们手工条播小麦种子，每穴数粒，穴间间隔数厘米。在长江流域，如果小麦的成熟期太晚，则将其翻耕以便种植水稻。在中国中部平原地区，小麦收割后马上脱粒。在西藏边界地区，人们将麦子收割后捆成束，麦穗朝下，放置于高高的晒架上，等到天气合适时再进行脱粒，这种做法也适用于燕麦和其他作物。麦子可碾碎磨成面粉，制成饼或面条。中国的面粉通常多沙，颜色难看。

大麦除了在长江流域一带有零星栽培外，仅在临近西藏边界地区大面积栽植。汉人不喜欢食用大麦,大麦主要用于酿酒或用于喂猪等家畜。相反,藏民则极为喜欢大麦,他们将其烘烤、碾磨成粉后,与茶及酥油混合,制成当地的特色食品——糌粑,这是他们的主食。由于大麦比小麦更耐寒,可栽培的海拔范围更宽,可一直延伸到较高海拔处。据我了解,其最高海拔可达约3660米。汉人和藏人都栽培有几种大麦,六棱大麦（*Hordeum hexastichon*）是最受人们喜爱的种类。在松潘附近,大面积栽有一种内稃紫色的大麦,其耐寒性更强。这种大麦显然是当地特有的种类,与喜马拉雅山地区栽培的两棱褐色大麦（*H. caeleste*）差别很大。普通大麦（*H. vulgare*）相比于前述种类,栽培量少。在湖北和四川西部的河谷地带,我发现了少量六棱大麦的变种（*H. hexastichon var. trifurcatum*）,中国人称之为"米麦"。

在山区,栽有少量野黑麦（*Secale fragile*）,其谷粒可食。

燕麦在我经过的汉人聚居地很少栽培,但在藏人和其他少数民族聚居的高山地区常见栽培。汉人喜欢莜麦（*Avena nuda*）,并称之为"燕麦",而藏人和少数民族则比较喜欢野燕麦（*Avena fatua*）。这两种谷物可经烘烤研磨成麦片,或整粒煮食。

玉米（*Zea mays*）是仅次于水稻和小麦的重要谷物,中国人又称之为"苞谷"。该作物原产美洲,但在中国的栽培历史非常悠久,何时引入中国已经无从考证。在水稻栽培区,不适合种植水稻的区域可种植一季或两季玉米。在多山地区,玉米是主要粮食。人们经常将其种植于溪谷和山坡上,有的种植区域非常陡峭,以至于我们很奇怪他们是怎么进行播种和收割的。野猪有时会侵入玉米地,当玉米抽穗时,农民们会在晚上敲锣,尽可能制造嘈杂的声音,从而吓跑野猪。在空旷的乡野,农民会建造一个高高的茅草亭,然后让小孩或者妇女白天坐在亭子里面看守玉米地,以防盗窃。

在长江流域,玉米通常是夏季作物,一年可种植两季。在山区,其最高海拔可达2438米,如果是特别适宜的地区,其海拔可以更高。嫩玉米是一种美味的素食,但中国人一般不这么吃。他们在玉米成熟后,将其穗轴上的外皮向后折叠,露出玉米粒,随后绑成一串,挂于屋顶下干燥。干燥后玉米粒经研磨可制作成玉米饼,也可用于酿酒。玉米的茎秆有时可榨糖,但主要作为燃料。

高粱（*Sorghum vulgare*）主要用于酿酒,在中国中部和西部地区常见栽培,但是栽培面积和规模都不如中国北部地区,特别是中国东北地区。据我所知,栽培面积和规模最大的区域是在岷江和涪河的河流冲积地。该作物的极限分布海拔与玉米相同,而且,和玉米一样是夏季作物。常见栽培的是两个地区性品种:一种是紫穗,另一种是黄穗。高

梁偶尔也可作为食物，特别是在山区，但90%都用于酿酒。

其他黍类作物还有小米（*Panicum miliaceum*）、粟（*Setaria italica*）和龙爪谷（*Panicum crus-galli var. frumentaceum*），但栽培量都不大。采收的谷物可用于制作薄饼或喂食宠物鸟。薏米（*Coix lachryma*）在中国中部和西部地区有小面积栽培，主要作为药用，偶尔也用来煮粥。据说薏米中含有滋补和利尿成分，可治疗肺结核和浮肿。

常见栽培的荞麦有两种，即甜荞麦（*Fagopyrum esculentum*）和苦荞麦（*F. tataricum*）。它们都是重要作物，尤其是在高山地区。在适宜的气候条件下，一年可两熟。甜荞麦多种植在山坡梯田上，开花时颇为美丽壮观。苦荞麦植株比甜荞麦高一倍，花为绿白色。荞麦的极限分布海拔与大麦相同或者更高。将荞麦种子脱粒后加水磨粉，用细筛去除外壳，然后与少量食盐混合，再添加一些石灰，就制成生面团。可将生面团制成面条煮食。荞麦是中国多山地区和偏远少数民族地区的重要粮食。荞麦非常容易栽培，因为它可以在极为贫瘠的土壤中健康生长，而且易于播种和收割，且成熟期短。

由于中国人大多是素食者，豆科植物必然是非常重要的农作物，其中，以豌豆（*Pisum sativum*）、蚕豆（*Vicia faba*）和大豆（*Glycine hispida*）为主。前两种在河谷地区为冬季作物，而在高原地区为夏季作物。大豆在任何地区都是夏季作物。豌豆和蚕豆既可直接食用，又可干燥后食用，还可以碾碎成面粉制成面条。豌豆的嫩梢可食用。大豆的价值高于豌豆和蚕豆，在田边和田地里随处可见，常作为玉米和高粱的下层作物。根据大豆种子的颜色可将其分为3类：黄色的、绿色的和黑色的。黄色种子的大豆有3种，绿色和黑色种子的大豆各有两种。黑色种子的大豆比其他两种的结实期晚整整1个月。大豆煮熟后可直接食用，或者碾成面粉制成面条，还可以与食盐混合后腌藏成美味的酱菜。此外，大豆还广泛用于制作酱油和醋。一种籽粒小的黄色大豆大量用于制作豆腐。在中国中部和西部地区，大豆是广泛栽培的粮食作物。在中国东北地区，栽培大豆仅仅是为了用其种子榨油和利用其豆粕。豆油广泛用于制造肥皂和烹调；豆粕可作为肥料，中国各地都需要大量豆粕。在中国东北的牛庄（Newchwang）港口，中国的大豆大量出口欧洲。

有两种菜豆——绿豆（*Phaseolus mungo*）和红豆（*P. mungo var. radiatus*）均为夏季作物。其中，绿豆的种子尤其是绿豆芽价值最高。将绿豆与水放置于罐子中，然后密封，绿豆会迅速长出长达几厘米的苗芽，这就是绿豆芽，它是非常重要的蔬菜。红豆有两三种，其种子可直接食用，也可碾碎制成面粉，用于制作糕饼和甜点的馅。

兵豆（*Ervum lens*）常与豌豆和蚕豆一起作为冬季作物，但种植得不多。其种子煮熟后可食用。有时，其种子也可榨油用于照明。其他豆类还有扁豆（*Dolichos lablab*）、直生刀豆（*Canavalia ensiformis*）、菜豆（*Phaseolus vulgaris*）、芸豆（*Vigna catiang*）、木豆（*Cajanus indicus*）等，均为常见作物，栽培广泛。尽管前4种作物的种子可食，但更多的是将其荚果切片炒食。芸豆的荚果圆柱形，长45～60厘米，有铅笔那么粗。中国人很喜欢它，但我觉得这只不过是一种淡而无味的蔬菜。在长江流域的部分地区，野花生（*Melilotus macrorhiza*）作为冬季作物零星栽培。有时人们取其绿色新梢作为蔬菜食用，其种子可作药材，用于治疗感冒。

中国有一些特有的甘蓝品种，而这些种类与英国栽培的品种有很大差异。其中，中国人最喜爱的品种是白菜，即他们所说的"山东大白菜"，它的外表更像一个巨大的莴苣而不是甘蓝。这种蔬菜到处都有栽培，但在中国较寒冷地区生长最佳。在长江流域，它作为冬季作物栽培时生长最佳。另一种优良的品种是金苔菜，其叶肋白色，据说为四川特有。除了上述品种外，还有大约6种甘蓝也广泛栽培。甘蓝类蔬菜可直接食用或用食盐腌制后置于阳光下晒干。就美国人的标准而言，这些蔬菜都不值得栽培，因为它们的品质很差。罗马天主教徒曾将欧洲常见的甘蓝品种引入中国，尽管被广泛栽培，但中国人还是更喜欢自己的品种。中国的甘蓝实际上都源于芸薹（*Brassica campestris*），但他们却将其归属于青菜（*B. chinensis*）。在长江流域，绿羽衣甘蓝和暗红羽衣甘蓝是常见栽培的冬季蔬菜。芥菜（*Brassica juncea*）和油菜（*B. campestris var. oleifera*）的嫩梢和羽衣甘蓝一样可食用。

中国人栽培了许多瓜类作为食物，整个葫芦科的植物都被俗称为"瓜"。有些种类可生食，而有些则需煮熟后食用。有些瓜类植物的雄花也可食用。西瓜的种子被认为是美味佳肴。炒过的西瓜籽很受欢迎，几乎所有宴会上能见到。人们聚集在茶馆或饭店闲谈时，也会享用这些美味的瓜子。西瓜籽与糖混合后腌制也很美味。在长江流域，以下这些葫芦科植物是常见栽培的夏季作物：西瓜（*Cucurbita citrullus*）、西葫芦（*C. pepo*）、南瓜（*C. moschata*）、笋瓜（*C. maxima*）、金瓜（*C. ovifera*）、甜瓜（*Cucumis melo*）、黄瓜（*C. sativa*）、冬瓜（*Benincasa cerifera*）、瓠子（*Lagenaria vulgaris var. clavata*）、菜瓜（*L. leucantha var. longis*）。苦瓜（*Momordica charantia*）的幼嫩的果实可食用，老熟的果实可作药材。丝瓜（*Luffa cylindrica*）的果实幼嫩时可煮熟后食用，老熟果实中的纤维可作药材。葫芦（*Lagenaria vulgaris*）坚硬的外壳可加工成盛水、油或酒

的容器。此外，有些瓜类植物的果实有观赏性，采收后可作装饰用。

在长江流域和云南省的山谷、平原和低山边缘地区，红薯（*Ipomaea batatas*）是最重要的根茎类作物。常种植于土垄上，用老块茎或插条繁殖。块茎宜5月种植，而取自红薯嫩枝的插条宜7月至8月初种植，到了10月和11月就可以收获了。老块茎上长出的植株8月就可以采收。红薯经煮熟、烘烤、切片后非常美味。由于甘薯不易储藏，可将其切成片，烫熟后置于太阳下晒干；也可加水磨粉，制成粉条。在湖北，红薯被称为"红苕"，而四川人则称其为"白苕"。

在多山地区，马铃薯（*Solanum tuberosum*）取代了红薯，当地人称马铃薯为"洋芋"，它与玉米一样，也原产于美洲，如今已成为中国的重要作物之一。马铃薯是罗马天主教神父在大约60年前的大饥荒时代引入中国的。在中国，马铃薯的栽培非常广泛，尽管它受到了平原地区那些以水稻为主要粮食的中国人的排挤，但它是高原地区重要的粮食作物。在山谷地带，它是晚冬作物；而在高山地区，则为夏季作物。人们对马铃薯的栽培了解不多，经常种植过密，没有适当培土。马铃薯有红皮和白皮两种，但口感通常都很差。不过，峨眉山的僧人们栽培的马铃薯味道还不错，我在中国品尝过的最好的马铃薯是松潘一带的西番人栽培的。

常见栽培的薯蓣有两种，一种是参薯（*Dioscorea alata*），又称"脚板苕"，块根极大，扁平，有分枝；另一种是薯蓣（*D. batatas*），又叫"排苕"；两者都可煮熟后食用。在宜昌一带，还有一种薯蓣的块根可食用，即盾叶薯蓣（*D. zingiberensis*），又称"黄姜"，其块根味苦，主要用作药材。薯蓣的口感与马铃薯不同，在中国栽培得并不广泛。在成都一带，地瓜（*Pachyrhizus angulatus*）常见栽培，其块根白色，肉质坚实，似萝卜，可生食或煮熟后食用。

白萝卜有长形和圆形两个品种，中国各地均有栽培，但味道较差。所谓的红萝卜才是真正的萝卜（*Raphanus sativus*）。上述萝卜采收后都可直接食用或煮食，也可切成片后腌制晒干。大头菜（*Brassica napus var. esculenta*）颇为常见，尤其是在成都平原。大头菜经腌制后可作下饭菜。四川人也经常栽培优质的球茎甘蓝（*Brassica oleracea var. caulo-rapa*）。

常见栽培的天南星科植物有芋头（*Colocasia antiquorum*）及其变种（*Colocasia antiquorum var. fontanesii*）。其块茎煮熟后有多种食用方法。它们都栽于漫灌田的土垄上。芋头紫色的叶柄切成片，腌制后可食用。这两种植物块茎的味道与菊芋相似，但口

感较差。慈菇（*Sagittaria sagittifolia*）在四川和云南均有栽培，其块根可煮熟后食用，食用方式与芋属（*Colocasia*）植物相同。荸荠（*Scirpus tuberosus*）和菱角（*Trapa natans*）均为极常见的水生植物，前者食其块茎，后者食其果实。

莲（*Nelumbium speciosum*）的种子和根状茎常作为食物，但由于价格昂贵，仅仅是富人们享用的奢侈品。其根状茎中的纤维可用作药材。生姜（*Zingiber officinale*）栽培非常广泛，食用方式多样。在广州，用糖腌制的生姜被大量销往中国各地。魔芋（*Amorphophallus konjac*）在长江流域有零星栽培，在峨眉山和四川西北部栽植较多，其块茎加水磨粉后可制成凝胶状食品。卷丹（*Lilium tigrinum*）既有野生分布，也有人工栽培，它白色的鳞茎在中国的售价比英国高。煮熟的鳞茎口感尚佳，味道有点像欧防风。

葱蒜类植物中的大蒜（*Allium sativum*）和洋葱（*A. cepa*）栽培广泛，而且大蒜更受重视。洋葱常被当作大葱食用，人们不知道它的鳞茎也可食用。韭菜栽培颇为广泛，将其叶下弯，盖上土壤使其黄化，这种黄叶即韭黄，是一种美味佳肴。在多山地区，常见野韭菜（*A. odorum*）、薤（*A. chinense*）以及其他种类，人们将其采摘后食用。在四川，尤其是一些河流冲积地，胡萝卜（*Daucus carota*）大量栽培，而且口味极佳。芫荽（*Peucedanum sativum*）也有栽培，但其根系还不及铅笔粗，可整株煮熟后食用。

尽管在中国中部和西部栽有多种油料植物，但是75%的食用油取自两种十字花科植物。经调查，这两种植物是*Brassica juncea var. oleifera*和*B. campestris var. oleifera*。后者被中国人称为"大油菜"，而前者被称为"小油菜"。居住在中国的外国人则将这两种植物通称为"油菜"。但我在旅行途中，并没有发现真正的"油菜[①]"。在整个长江流域，到了冬季，大量土地都用于栽培上述两种作物。尽管小油菜引入中国较早，但大油菜栽培得更为广泛。上述植物在2～3月开花，4月即可采收。将种子碾碎、蒸熟后就可榨油。在四川，菜籽油可食用或用于照明，还有很大一部分用于制造蜡烛。

此外，花生（*Arachis hypogaea*）、罂粟（*Papaver sommiferum*）、向日葵（*Helianthus annuus*）、棉花（*Gossypium herbaecum*）、大豆（*Glycine hispida*）和一些十字花科植物的种子都可榨油，高原地区的亚麻（*Linum usitatissimum*）种子也可榨油。这些油都可食用或用于照明，还可以掺杂在价值更高的菜油里。但是，除了花生油以外，这些油的应用都不是很普遍。在湖北和四川两省，芝麻作为夏季作物有零星栽培。在云南，芝麻栽培更普遍。从芝麻种子中提取的油被称为"香油"，它的营养价值颇高，市场价格也很高，可用于拌食煮熟的蔬菜。紫苏（*Perilla ocymoides*）种子中榨取的油被称为"苏麻"，与芝麻油相似，用于拌凉菜，但这种植物较为罕见。

---

① 译注：指欧洲油菜，拉丁学名为*Brassica napus*。

有很多种植物都可作为食物，且食用方式多样。有部分野生的，但绝大多数为人工栽培，其中很多都很新奇。茄子（*Solanum melongena*）广泛栽培，其果实美丽但无味。中国人发现了至少5种茄子，每种的颜色、形状和成熟期都有显著差异。有些种类的果实非常大，重达1.1千克，长达30厘米，每年6～10月上市销售。番茄（*S. lycopersicum*）是由外国人引入中国的，在云南常见有逸生的半野生植株。据我了解，中国人并不食用番茄。

一种小果的辣椒（*Capsicum frutescens*）常见栽培，以在大渡河和岷江炎热干燥河谷中生长最佳，它们从那里销往中国各地。平原地区尤其是成都平原栽有菜椒（*C. annuum*）的长形和圆形（心形）品种。辣椒是中国人最重要的调味品。当其果实还是绿色的时候，经过油炸可与米饭和白菜一起食用。当果实成熟时，人们将其置于研钵内碾碎，随后与水混合，制成酱汁。若将辣椒烘烤后研磨成粉，可作调料。成熟的辣椒也可油炸，以充分发挥其辛辣之味，炸出的油可长期保存。真正的中国椒是花椒（*Zanthoxylum bungei*），花椒为具刺灌木，在中国各地均有少量栽培，人们常将其研磨成粉使用。但据我观察，只有岷江河谷地区有大量栽培。

如前文所述，竹笋既可鲜食，又可制成笋干或用盐腌制后食用。煮熟或制成凉菜的竹笋非常可口，但有些人将其比作芦笋，简直是太荒唐了。在中国较温暖地区，印度簕竹（*Bamusa arundinacea*）和龙头竹（*B. vulgaris*）的竹笋可食用，这是该地区向中国其他地区销售的商品之一，在多数大城市都可买到由这类竹笋制成的笋干。在多山地区，其他竹类幼嫩的肉质竹笋也可食用。在中国西部，最为常见的竹类是可爱的华西箭竹（*Arundinaria nitida*）。

芹菜（*Apium graveolens*）和莴笋（*Lactuca scariola*）栽培普遍。芹菜从不白化，莴笋主要食用其茎干而不是叶子。此外，以下这些植物的叶和嫩梢都可作为蔬菜食用：香椿（*Cedrela sinensis*）①、黄连木（*Pistacia chinensis*）、茼蒿（*Chrysanthemum segetum*）、茇葵②（*Malva parviflora*）、冬葵③（*M. Verticillata*）、灰菜（*Chenopodium album*）、野苋菜（*Triglochin chenopodioides*）、蕹菜（*Ipomaea aquatica*）、旋叶香青（*Anaphalis contorta*）、芫荽（*Coriandrum sativum*）、蒲公英（*Taraxacum officinale*）、甜菜（*Beta vulgaris*）、野苦荬菜（*Lactuca denticulate*）、菠菜（*Spinacia olecacea*）、

---

① 译注：*Cedrela sinensis*＝*Toona sinensis*。

② 译注：即毛冬寒菜。

③ 译注：即冬寒菜。

黄花菜（*Crepis japonica*）、落葵（*Basella rubra*）、鸡冠花（*Celosia argentea*）、亚谷[①]（*Amaranthus paniculatus*）。

茭笋（*Zizania latifolia*）颇为常见，其肉质茎和非常幼嫩的花序均可煮熟后作为蔬菜食用。在欧洲人看来，这是一种非常不错的食物。蕨菜（*Pteridium aquilinum*）的根状茎中可以提取类似于葛根粉的物质，即蕨粉。在山区，农民们以蕨菜的嫩叶为食。野葛（*Pueraria thunbergiana*）粗壮的木质根中也能提取到类似葛根粉的物质，但是它的市场需求量很少，而且不耐储藏。翻白委陵菜（*Potentilla discolor*）和多裂委陵菜（*P. multifida*）含有淀粉的根有时也可用作粮食。

通江百合（*Lilium sargentiae*）、黄花菜（*Hemerocallis flava*）以及锦鸡儿（*Caragana chamlagu*）的花均可食用，锦鸡儿的花黄色，似豌豆花。大车前草（*Plantago major*）的种子有黏性，可用于制作凉粉，适宜夏季食用。中国人对某些菌类非常喜爱，并且从中筛选出许多可以食用的菌类，其中最受欢迎的是毛木耳（*Hirneola polytricha*）、鸡油菌（*Cantharellus cibarius*）、口蘑（*Tricholoma gambosa*）、松乳菇（*Lactarius deliciosus*）和普通的蘑菇（*Ayaricus campestris*）。中国从日本进口大量的紫菜类，大型城镇和农村的商店里均有销售。此外，中国人还利用紫菜（*Porphyra vulgaris*）制作极富营养的果冻状美食。

要想弄清这些已经长期栽培的植物的原始种，并给予正确的科学名称，真是一件非常困难的事情，所有曾经致力于研究常见园艺植物历史的人都能理解这一点。在前面的内容里，我无法保证一点儿错都没有，但我已尽我所能，力求准确。

---

① 译注：即繁穗苋。

第二十七章　重要的植物产品
——野生和栽培的重要经济树种

中国以植物为原料的粗产品异常丰富，比如油脂、生漆、单宁酸、染料、纤维以及造纸原料。其中，部分产品的出口量正与日俱增，这无疑会在将来发展成为巨大的产业。本章和下一章就将具体阐述中国中部和西部重要的植物产品，长江流域巨大中转港汉口港出口的商品中，绝大多数原料来源于此。

桐油是最重要的产品之一。它是从油桐属的两种植物的种子中提取的。油桐属是大戟科植物，种类少，均为小乔木。多数情况下，这两种植物的地理分布范围不同，但在福建省却有两种植物生长在一起的记录。在中国南部，桐油是从木油桐（*Aleurites montana*）中提取的，该植物的花着生于当年生枝上，花叶同放，果实卵圆形，先端锐尖，外皮有不均匀的棱，人们称之为"木油树"。而在中国中部和西部，桐油是从油桐（*A. fordii*）上提取的，人们称之为"桐油树"，其花着生于二年生枝顶端，先花后叶，果实扁圆形，苹果状，先端略尖，外表极为光滑。植物学家很容易混淆这两种树，因而在此特别强调一下两者的区别。两种树中，油桐抗寒性较强，分布也更为广泛，中国国内使用和出口的桐油90%都取自油桐树。因桐油可作为亚麻油的替代品，所以受到了美国和欧洲国家的高度重视。这些国家每年都要从中国进口大量桐油，而且进口量快速增长。化学家们对上述两个树种中提取的桐油进行了分析，发现两者并没有显著差异。

木油树在梧州一带到广州西部很普遍，从中提取的桐油在当地广泛使用，同时，也销往香港，但贸易量不大，据估计1910年约为52106担。

桐油树大量分布于长江流域，从宜昌向西，直至重庆，尤其在峡谷和丘陵地带，最高分布海拔约为760米。该植物通常为山地植物，多生长于多岩石、土壤贫瘠、年降雨量不低于737毫米的地方。它耐干旱，稍耐霜冻，为速生树种。通常高不及8米，分枝多；树冠平展，冠幅4.5～9米，甚或更大；花和叶的观赏性较强，盛花期4月，花白色，略带粉红色，有黄色斑点，尤其是花冠基部更为明显；叶大，亮绿色，心形；果实绿色，似苹果，9月成熟，藏于叶间；每个果实含有3～5粒种子，有点儿像鲍鱼果，但要小得多。

桐油树的果实完全成熟后会自然开裂成3片，但人们一般都在此之前采收。采后堆积起来，盖上稻草或干草，任其发酵，薄薄的果肉会迅速分解，这样就可以将种子轻易取出。榨油的过程非常简单。首先将种子置于一个厚重石磨下方的环形石槽中，用马或牛拉动石磨将种子碾碎。随后用一个浅口铁锅将粉末炒热，再置于底部用枝条编制的木桶中蒸透，然后将蒸透的粉末置于直径约45厘米铁圈内，外面裹上稻草，制成圆饼，竖立摆放于榨油槽内，之后不断加入木楔撞击压榨，就压出了褐色、味浓的油，油流入下方的大桶内。桐油装桶后放入竹篓，以待外销。种子的出油率约为40%。油粕可用作田间肥料。

桐油是中国主要的涂料，用于所有木制品表面。作为干性油，其质量甚至超过亚麻油。中国的船只通常不进行上漆，而是涂油。长江流域和其他河流中的船只，及船上的防水设施采用这个工艺。生桐油煮一个小时后就变成糖浆状，被称为"坯油"，这就是船只和家具上使用的涂料。如果生桐油和某些矿物质（陀生）一起煮2个小时，就可以形成一种被称为"光油"的涂料，涂在绢网和茧绸上可防水。桐油也可作为灯油，也是古代混凝土——三合土的组分，还可与石灰、竹刨花混合后填塞船只缝隙。桐油还有很多其他用途，比如可掺入生漆使用；桐油或油桐果壳燃烧后会产生炭黑，是制造中国墨的主要成分。桐油的贸易量非常大，就汉口港而言，1900年的出口量约为33万担，贸易额约为256万两白银；而1910年出口量上升到约75.7万担，贸易额约为645万两白银。

之所以如此详尽地阐述桐油，是因为西方国家的制造商们对它越来越关注。美国农业部已经将油桐（*Aleurites fordii*）引入试验站，欲在美国某处发展桐油产业。世界其他国家也逐步关注该植物，比如南非、澳大利亚、阿尔及利亚、摩洛哥等地。这些国家都可栽培油桐，英国殖民地和法国属保护国的农业部门对于引种试验栽培更有优势。在中国的所有经济植物产品中，桐油对于发展殖民地产业具有极其重要的价值。

44

大戟科的另一种树木乌桕（*Sapium sebiferum*）能够产出价值颇高的植物油脂，它在中国较温暖的地区广泛分布，其秋色叶景观迷人。在中国，它有几个俗称，南方人称之为"柏子树"，中部人们称之为"木子树"，而西部的人们称之为"川子树"。该树种寿命长，成年树高12～15米，干周长可达1.5～1.8米。在湖北，这一产业受到高度重视。为了便于采果，大枝条被截顶砍下。果实有3室，扁圆形，果径约15毫米，成熟时为黑褐色，外表木质，可用手直接采摘或者用竹竿敲落。采收后，将果实摊晒于阳光下，开裂后种子脱出。每个果实中有3粒椭圆形的种子，种子表面的白色物质就是油脂。将种子放在一个竹筛上熏蒸，竹筛筛孔大小以种子不下落为准，同时不断搓动。将溶解的油脂收集后制成饼状，称为"皮油"。将除去油脂的种子碾成粉便可榨油，步骤和制作桐油的一样，这样榨出的油称为"清油"，人们通常直接将包有白色油脂的种子碾碎榨油，这样的油称为"毛油"。种子的出油率大约为30%。在中国，上述三种油均广泛应用于蜡烛制造业。纯的皮油比清油或毛油熔点高。中国的所有蜡烛外面都有一层虫白蜡，但如果蜡烛是由皮油制成，则只需极薄的一层虫白蜡即可（约1：160）。上述三种产品大量出口到美洲和欧洲，用于制作肥皂，是某些特殊肥皂必需的原材料。中国的乌桕油脂产业正变得日益重要。仅汉口1910年的出口量就达到约17.8万担，出口额达188万两白银。

大家都知道中日两国的漆器，但漆器在西方国家没有什么市场，因为制作漆器的生漆中含有某种有毒物质，而西方人还在找寻着正确、安全使用的方法。漆器的主要原料是生漆，它采自漆树（*Rhus verniciflua*）。漆树通常高7.6～18米，羽状复叶长30～80厘米，非常美丽；绿色的小花组成大型圆锥花序；果实富含油脂。中国中部地区的森林中有其野生种，但它却在湖北西部和四川东部的山区广泛栽植，多栽于田野边缘。分布海拔在910～2290米，最适宜的海拔是1220～1520米。正如漆器工艺一样，该树种也是在很早的时候从中国传入日本的，如今在日本已有栽培。这是从中国经由日本传到欧洲的众多植物之一，因而西方人错误地认为该植物原产于日本。

在中国，漆树和生漆都是地主的财产，而不是租用耕地的佃户。当漆树的树干达到约15厘米时，人们就开始间断地从树上割漆，直至树龄达50年或60年。假如割得太多，或者树木过于年幼，树木就会受伤甚至死亡。割漆通常于6月底或7月初进行，与花期一致，一直持续到夏季结束。在树皮上切一个长10～30厘米、宽约2.5厘米的深达木质部的斜切口，让树液流到预先准备好的贝壳、竹管或类似的容器中。树干上打有木楔，以便攀爬接近主要枝干。一般在清晨割漆，每天晚上收漆。遇上阵雨天，树液会迅速干燥，需要经常刮割。切口分泌树液会持续约7天，将切口上一层新的薄皮去掉，树液会继续渗出。这一工作大约每7天重复一次，共重复7次，如此一来，每棵树大约要持续"工作"50天。树木放液后需要5～7年才能恢复，之后打开愈合的老伤口，再进行割漆。一棵大树可以产2.3～3.2千克生漆。树液流出时为纯白色，但会迅速氧化为灰白色，然后变成黑色。为了避免接触空气，提取的生漆应尽快用数层油纸覆盖。

天然的生漆只有一种颜色——黑色，用来漆木地板或柱子最为经久耐用。为了得到棕褐色的漆，可以在生漆中添加25%～50%的坯油，具体要根据所需褐色的深浅来决定坯油的用量。坯油添加得越多，漆干得越快。在褐色漆中添加朱砂（硫化汞）可以制得红色漆，朱砂用量约为50%；在褐色漆中添加雄黄（硫化砷）可以制得黄色漆，雄黄的用量略低于50%。

大量生漆从中国中部销售到其他地区，并出口到日本。仅1910年，汉口港的出口量就达1.5万担，出口额约为10.4万两白银。但是生漆中经常会掺有桐油，可以通过以下3种方法进行判断：（1）闻气味。（2）将生漆挑起，然后让其自然滴下，如成线不断，则是纯的；但如果掺有其他物质，则会断开。（3）将生漆置于柔软的宣纸上，如有扩散，则证明其中掺有桐油，因为纸能够吸收油分。居住在中国各地的外国人都将生漆称为"宁波漆"。这个名称的来历非常有趣，因为它本身并不是产于宁波一带，而是从汉口和其他地区运来的。早年当外国人定居于上海时，替他们装修房子的木匠大多是宁波人，在装修室内木板、柱子和家具时这些木匠都用这种生漆，因此外国人将其称为"宁波漆"。

宁波漆确切地说应该称为"中国漆"，它的一个重要特性是仅能在湿润环境中硬化，若暴露于太阳下或热环境中则呈黏胶状。在中国，该油漆仅能在周围空气湿度达到过饱和的阴天或下着毛毛细雨的天气里使用。当用于室内作业时，人们通过在室内悬挂浸透水分的衣服，使油漆迅速变干。用于船上的油漆大约含50%的坯油，即使在中等干燥和较热的天气里也会快速变干。这一特性非常重要，可以从如下的故事中得到证实：许多年前，宁波漆作为一种试验性材料被寄到了英国伦敦，当地人用与普通树脂生漆一样的方式使用，结果在阳光剧烈的炎热环境中，这些油漆无法硬化，始终保持着黏胶状态，被误认为毫无价值。

油漆在常温下变干的过程中会缓慢吸收氧气，吸收量最多可达初始重量的5.75%。不过它会在一种"漆化酶"的作用下完全氧化，该酶只在一定的空气湿度范围内有活性。但有人对这种特殊酶产生了质疑，他认为氧气的吸收与一种尚不知名的含锰的蛋白质状化合物有关。天然的中国漆有毒性，会导致人的皮肤肿胀和出疹，正如与该物质关系密切的植物毒漆（*Rhus toxicodendron*）一样。某些人对该毒性有免疫力，但这种毒性妨碍了它在西方国家的应用。或许将来有一天，化学家们会发现一种方法来将其毒性中和或清除。

漆树（*R. vernicflua*）的果实鲜亮，浅黄色，两端钝圆，长6～10毫米。采用榨桐油的方法将其种子碾碎榨出的油脂叫"漆油"，可用于制作蜡烛。

有三个不同科的树种都可以结出富含皂角苷的果实，通常用来洗衣。其中，最为常见的是皂荚树（*Gleditsia sinensis*），该树种树形优美，广泛分布于长江流域，最高海拔可达1060米。树高18～30米，主干粗壮；树皮光滑，灰色；树冠伸展，分枝多；羽状复叶小；花浅绿色，不显著，雌雄异株或同株；雌雄同株的个体可产生荚果，果实成熟时黑色，长15～36厘米，宽1.9～3.8厘米。该果实开裂后，可用于洗衣，无论冷水还是热水洗涤都效果良好；也可用于制革。果实之中含有的肥皂脂是唯一可利用的物质，其坚硬、扁平得褐色的种子则被丢弃。或许，被称为"肥皂树"的植物不止一种，因为该类植物的分类需要进行修正。在云南，有一种具有同样价值的树种——滇皂荚（*G. delavayi*），其果实更长（50厘米）更宽。而在北京附近，还有另外一种具有同样价值的树种——*G. macracantha*。此外，还有一种更为罕见的肥皂树——肥皂荚（*Gymnocladus chinensis*），仅分布于九江一带，是原产北美的肥皂荚属肯塔基咖啡树[①]的亚洲对应种。它的树高15～18米；尽管偶尔可见其树冠略平展，但通常只有短枝；树皮光滑，浅灰色；叶多回裂，通常宽约0.6米，淡绿色，颇为美丽；花集生，紫色；荚果扁平，褐色，长7.6～10厘米，宽约3.8厘米。如将荚果在热水中浸泡一段时间，它就会膨胀变圆，然后用竹片将它们串起来，就可以出售了。当地人称这些膨胀的荚果为"肥皂豆"，将其捣碎后可用来洗衣服，特别适合清洗上等的织品。也可将这些荚果切成碎片，然后与檀香、丁香、木香、麝香以及樟脑一起制作成浆状物，然后再与蜂蜜混合，制成香皂，称为"冰麝肥皂"。冰麝肥皂是一种深色的软皂，妇女常用其洗发、洗手和化妆，也可用作刮胡须的油膏。

还有一种肥皂树是无患子（*Sapindus mukorossi*），俗称"猴耳皂"；广泛分布于长江流域，最高分布海拔约915米；高18～24米，主干粗壮；树皮灰色，光滑；树冠伸展；羽状复叶长20～30厘米；花小，绿白色，顶生圆锥花序大；果实亮褐色，球形，像一颗大石弹。果实可用于洗涤白色衣物，而且效果优于皂荚属（*Gleditsia*）植物的果实。每个果实含有1枚圆形的黑色大种子。种子可以串成念珠和项链，通常在天气炎热时佩戴。

近年来，可用于制革的植物产品的需求量正逐步变得供不应求。中国的虫瘿是世界上最好的制革材料，这种虫瘿叫五倍子，长在于白麸杨树——即盐肤木（*Rhus javanica*）——的叶片上。一种蚜虫刺破该植物的叶片产卵，导致植物的原生质体受到刺激，出现异常生长，从而产生瘤状虫瘿。该树种矮小，广泛分布于长江流域，分布海拔最高约为1070米，尤其是在多岩石地区分布更多。其花白色，圆锥花序，花期8月至9月。虫瘿中空、易碎，且形状和大小多变，或多或少有些不规则，长2.5～10厘米。在中

---

① 译注：即北美肥皂荚，拉丁学名为*Gymnocladus dioica*。

▲　皂荚树（*Gleditsia chinensis*），树干用来作稻草垛

国，五倍子作为染料使用，可将蓝色的丝绸和棉布染成黑色。五倍子在西方国家供不应求，因而每年中国的出口量都在增长。仅1900年从汉口港出口的就达24800担，出口额约为4.5万两白银；而1910年从汉口港出口的五倍子为53784担，出口额约为9.4万两白银。

另一种比较少见的植物是青麸杨（*R. potaninii*），它的虫瘿被称为"七倍子"，在中国作为药物使用。市面上迫切需要一种不掉色的黑色墨水，这种虫瘿或许可以解决这一难题，它们很有研究价值。

在本书有关果树的章节中，我已经描述了柿树（*Diospyros kaki*）的栽培，但在这里有必要提一下油柿这种野生植物。该植物大量分布于中国中部和西部，分布海拔最高约为1220米；大树的树高可达15～18米；果实椭圆形至卵形，果径1.9～6.4厘米，成熟时深金黄色，果实颜色恰好可与同属的狗柿子①（*D. lotus*）区别开，后者的果实椭圆形，完全成熟时为紫黑色。这种树因能产漆而受到重视。7月，当果实大如山楂、尚未青色时将其采下，用木槌将其捶打成浆状，然后置于一个盛有冷水的大型陶罐中，并盖上盖子，不时搅动，任其分解。30天后，将果肉的残余物去掉，余下的液体就是近乎无色的生漆，然后将其倒入其他罐子中。为了使生漆呈暖褐色，可将女贞（*Ligustrum lucidum*）的叶子在罐子中浸泡约10天，具体视所需的颜色深度而定。这种漆常用做防水剂，主要用于制伞。这种生漆还可作为伞面的几层纸之间的胶漆，它既有胶合作用又有防水作用，最后伞上再涂一层薄薄的光油。柿漆应用广泛，而且需求量大，中国的大部分地区都有生产，但很少作为商品出口。

中国的造纸技术可以追溯到西汉，在此之前，丝绸和布料都曾用于书写，但是中华民族的早期历史是记载在竹简上的。在孔子（公元前552～前478年）时代，人们就在竹片上写字。至于中国人最早使用的造纸材料是什么，已无从查考，但很可能是竹子或构树（*Broussonetia papyrifera*）。而后者可能性更大，因其内皮比竹子更易加工。真正的纸币最初出现于宋朝建立时（960年）的四川。当时某位状元用纸币来替代金属钱币，因为金属钱币非常重，携带困难。上述这些纸币叫作契纸，明显是由构树的内皮制成。马可·波罗谈到忽必烈在北京的造币厂时说："他让员工们采用某种树的树皮，那种树其实是桑树，桑树叶子可养蚕，这些树非常之多，整个地区到处都是。他们取得外层的厚皮与木质之间的白色内皮，将其制作成为类似纸片的东西，但颜色是黑的。"这位著名的威尼斯人的错误在于将该树称为"桑树"，但是情有可原，因为构树与桑树的亲缘关系非常近，而且外表有些相似。现在仍有纸币用构树树皮制造的"皮纸"制成。由于其韧性好，还可用来包银子，也可作为丝绸的标签，以及毛皮衣或棉衣的毛里或棉里与

①　译注：即君迁子。

外衣之间的衬料。构树分布于中国各地，分布海拔最高可达1220米。在自然状态下，该树种为分枝繁多的乔木，高10~14米，树皮暗灰色，光滑。在路旁和悬崖上也有大量分布，但生长成灌丛状。中国西部使用的绝大多数纸张都是由该树种制成，叫构皮纸，主要产于贵州。在湖北，人们将该树种的幼龄树和灌丛状植株上的细长枝条剪成小段，然后置于大桶里蒸，剥下树皮制成绳索。

广州印度纸（实为中国产品，非印度产）的制造原料尚不得知。可能是从苎麻（*Baehmeria nivea*）中提取的原料制成，但我对此表示怀疑，我认为应该是由构树的树皮制成。

竹子制成的高级纸张有印刷、书写、糊窗等上百种用途。用于造纸的竹子有数种，最普遍的是水竹（*Phyllostachys heteroclada*），该竹子大量分布于中国中部和西部，尤其是在溪畔的冲积地带，分布海拔最高可达1220米。这种竹子高3.7~5.5米，茎秆略细瘦，暗绿色，通常形成密集竹林。将其茎秆切成段，绑成捆，浸泡于三合土水池中，在其上方压重石，使其沉于水下。3个月之后，将竹子取出，解绑后彻底清洗，然后再将其分层堆放，每层上都撒些含有钾盐的水溶液和石灰。两个月之后，竹子完全腐烂，将这些含有纤维的物质进行清洗，去除石灰，再蒸15天。之后将这些含纤维物质取出，再置于三合土水池中，用木耙将其搅成纸浆，用于造纸。将适量纸浆置于盛有冷水的水槽中，水中加入从黄葵（*Hibiscus abelmoschus*）[①]中提取的黏液。然后拿一个带有细小网孔的长方形竹帘，竹帘的大小取决于准备制纸的尺寸，工人抓住竹帘两端，将其斜插入纸浆中并反复捞浆，形成薄片状的湿纸。将湿纸多余的水分挤出后，逐张扬起，晒干或焙干，即制成纸。不过，通常晒干的纸张质量较差。由于在整个造纸过程中需要很多的水，造纸厂往往设在溪流边。

日常生活中比较常见的纸是由稻草制作的，制作过程与竹制纸相近，但比较简单快捷。常见于中国西部的茅草（*Imperata arundinacea var. koenigii*）的茎秆，在当地也用于造纸，经常与稻草混合使用。

中国宣纸的原材料取自通脱木（*Tetrapanax papyrifera*）的木髓，该植物为灌木，俗称"通草"，与欧洲常见的常春藤亲缘关系密切。通草具有美丽的掌状叶，茎中心密布纯白色的木髓。用锋利的大刀以旋转的方式将木髓切成薄片。以前宣纸多产自重庆，而其原材料是从贵州购买的。中国的艺术家们利用宣纸作画，也用其制作假花。

养蚕业和丝织业是四川两大重要产业。该省的每个地方几乎都产蚕丝，但是有些地区的丝绸业更为著名，比如嘉定府、成都府和保宁府。据何塞估计，该省生丝的年生产

---

① 译注：*Hibiscus abelmoschus=Abelmoschus moschatus*。

量达24.7万千克，价值150.2万两白银。由于何塞等人已经对丝绸业进行了详尽的研究和讨论，我在此仅简要提及几个叶子可养蚕的树种。四川绝大多数蚕丝都产自普通的家蚕（*Bombyx mori*），它们主要以桑树叶为食。桑树的栽培颇为广泛，最高分布海拔约为910米。在四川省人口较为密集的地区，随处可见成片的桑林。栽培的桑树都被截顶矮化，以便采摘桑叶，但其他管理很少。由于罂粟的栽培受到国家禁止，地方政府开始转而发展和推广养蚕业。中国最好的丝绸产自浙江省杭州一带，这里栽培有优良的阔叶桑树（*M. alba var. latifolia*），其叶宽大，可供蚕食用。成都农业局的官员已经将杭州的桑树品种引入成都，以期提高本地的丝绸质量。在过去的两三年里，由于养蚕业的发展，成都的经济得到了快速发展，但可能存在生产过剩的危险。现在，人们应该加大对纺纱业的重视，以生产出更为均匀的丝线，从而制造出更为光滑的优质纺织品。

在嘉定府一带，幼蚕孵出后的头22天用柘树（*Cudrania tricuspidata*）细碎的叶片喂养。该树种株形较小，常呈丛生灌木状，与桑树的亲缘关系颇为密切，枝有刺，叶硬质，暗绿色。在接下来的26天里，则用桑叶喂养蚕。据说，这样喂养出来的蚕产的丝线韧性更强，更为持久耐用。何塞是第一个发现这个有趣的现象并向国外报道的人，随后的观察证实了他的观点。

在北部的保宁府和南部的綦江县，一些蚕丝产自柞蚕（*Antheraea pernyi*）。它以各种灌木状栎树的叶子为食，每年产两批丝线。这里涉及的栎属植物主要有栓皮栎（*Quercus variabilis*）、枹栎（*Q. serrata*）、白栎（*Q. fabri*）、槲栎（*Q. aliena*）。尽管这些树种可以长成高大的乔木，但在海拔610～1220米的山坡上，普遍长成灌丛状。这种以栎属植物的叶片为食的蚕是许多年前从山东省引进的，但这一产业在贵州比四川要发达得多。人们称这种蚕丝为"野蚕丝"，它的质地比普通蚕丝硬，而且是从干茧抽丝，而普通蚕丝是水煮后抽丝。

1907年，在房县西北角海拔约760米的鲁阳河（Luyang-ho）村附近，我碰巧发现当地种植了许多刺樗（*Ailanthus vilmoriniana*），喂养樗蚕（*Attacus cunthia*）。这些树都还只是小树苗。这是我在中国见到的最独特的养蚕方式。据了解，这在中国东北地区较为普遍，那里用的树种是颇为常见的臭椿（*Ailanthus glandulosa*）[①]，外国人称之为"天堂树"。

---

① 译注：*Ailanthus glandulosa=Ailanthus altissima*。

- 皂荚（*Gleditsia sinensis*）
- 皂荚（*Gleditsia sinensis*）、石墙和丘陵
- 皂荚（*Gleditsia sinensis*）、建筑和人
- 皂荚（*Gleditsia sinensis*）和肥皂荚（*Gymnocladus chinensis*）的荚果和豆
- 无患子（*Sapindus mukorossi*）。树后有一座桥，上面有穿着传统服饰的人们
- 雪地里的肥皂荚（*Gymnocladus chinensis*）
- 肥皂荚（*Gymnocladus chinensis*）和远处的山
- 肥皂荚（*Gymnocladus chinensis*）
- 肥皂荚（*Gymnocladus chinensis*）及后面的建筑和人

9

467

0357

687

第二十八章　重要的植物产品

——具有经济价值的栽培灌木和草本植物

中国的农业主要是致力于生产粮食供当地消费，多余的粮食可出售，获得的利润用于购买当地无法生产的生活必需品和奢侈品。然而，在中国较为富饶的地区，也广泛栽培着除了粮食作物以外的经济作物，供出售或交换。特别是在富裕的四川省，出产众多此类产品，下文简要介绍其中几种比较重要的经济作物。

罂粟曾是一种重要的经济作物，但由于政府颁布了禁止栽培罂粟的相关法令，所以这里只简单地介绍一下。中国于1906年9月20日正式发布禁令，10年内在全国范围内禁止栽培和购买罂粟。我与许多人的观点一样，认为通过颁布这样的法令达到预想目的是徒劳的，尽管出发点很好。想要在很短的时间内完成如此艰巨的任务几乎是不可能的。公众显然支持这一法令，但是对于某些省份而言，比如四川和云南，鸦片的生产销售是当地的主要经济来源。任何到过中国西部的游客都清楚地知道，禁用印度鸦片，除了对居住在海滨港口有钱的鸦片吸食者有一定影响外，不会对任何人造成不便。1908年，四川的罂粟种植面积比以往任何时候都大得多，但当我于1910年游历该省所有地区之后，我惊奇地发现，以前种植罂粟的地区都已经完全消失了，只有少数偏远地区仍在偷偷地种植罂粟。自1910年底，我就不知道那里的情况怎么样了，但从我自己那段时间的亲眼所见和人们对鸦片吸食者的极度痛恨来看，我不得不相信罂粟和鸦片会在不久的将来从中国消失，正如在日本一样。摆在政府官员面前的问题是，必须寻找到一种可以获益的资源，以取代罂粟种植所带来的收益，特别是中国西部各省。据何塞估计，1904年四川鸦片的产量约为25万担；到了1910年，经由宜昌港的鸦片总量仅约为28530担（四川、云南、贵州三省生产），价值约为2900万两白银；而在1909年，宜昌港外销的鸦片总量约为51817担。在此之前，仅从四川输出鸦片总值就几乎足以支付该省进口的所有棉纱、布匹和日用品。

有关中国鸦片和吸食鸦片的文献很多，除了上文的描述，我仅想再补充三个重要的事实。这些事实即便已为人所知，但也未受到普遍重视。有观点认为中国人吸食鸦片成瘾是英国政府唆使印度引起的。我觉得这一观点有失偏颇：第一，鸦片早在中国的唐朝（618年）就已经为人所知，唐代末年（大约900年），四川就开始栽培罂粟，以作药用；第二，用于吸食鸦片的烟枪是中国人自己特别设计的；第三，在中国西部栽培的罂粟种类与波斯的罂粟亲缘关系密切，而与印度的种类差别很大。

众所周知，很早以前桃、柑橘、丝绸都是通过古老的贸易路线从中国经中亚到达波斯，然后再从那里传到欧洲，所以，是不是有足够的理由相信罂粟也是经由同样的路线从波斯传到中国？

在四川省，罂粟是冬季作物，每年4～5月割鸦片，因而有足够的时间准备稻作。罂粟极高的经济价值是任何一种作物都无法取代的。

中国还栽培有若干种纤维植物，以供制作纺织品和绳索。在四川，具有上述用途的最重要的植物是大麻（*Cannabis sativa*），俗称"火麻"，该作物在温江县和郫县一带大量栽培，为春季作物，于2月播种，5月底至6月初正值开花时即可收获。大麻常密集栽培，茎秆高可达2.4米，将茎秆收割后去除叶片，便可立即将纤维剥下。但更常见的做法是，将茎秆置于水池中，使其沤烂数日，然后取出晒干，堆积成中空的圆锥形，围以席子，在麻秆下方燃烧硫黄进行熏白，之后将纤维质的茎皮用手剥下。将已经除去皮的木质茎秆烧掉，产生的灰烬与火药混合，可制造鞭炮。大麻是中国西部最好的纤维作物，通常用于制作绳索。同时，当地人也用它制作麻袋和粗布衣，保宁府有相当数量的大麻用于制作粗布衣。当地河上的船只顺流而下将大量大麻销售到中国其他地方。在高海拔地区，大麻属于夏季作物，栽培大麻主要是为了获得其含油的种子，榨出的大麻油可用于照明，而且在极冷的天气也不会凝结。在湖北，当地人称之为"唐麻"。

另一种常见栽培的一年生纤维植物是苘麻（*Abutilon avicenae*），四川和湖北称之为"通麻"或"苘麻"，在中国西部作为夏季作物广泛栽培，最高海拔可达910米。该作物上提取的纤维质量较差，但价格比大麻便宜，当地人用来制作绳索和造船时的填塞材料，不属于四川外销的主要商品。黄麻（*Corchorus capsularis*）在成都平原和其他地方零星栽培，不用于外销。

在长江流域，取自棕榈树（*Trachycarpus excelsa*）叶基部的褐色纤维是"棕榈纤维"，湖北人称之为"棕麻"。这种纤维成捆包装，从四川大量销往外地。该纤维可供制作绳索、席子、床垫、刷子，也可制作成粗制的雨披①。总之，棕榈纤维是一种用途广泛的纤维。

中国最重要的纤维植物是备受关注的苎麻（*Boehmeria nivea*），它属于荨麻科，在中国温暖地区均有野生种和栽培种，最高海拔可达1220米。该植物为多年生草本，高0.9~1.8米；叶阔卵形，基部锐楔形或截形，边缘有锯齿，叶背面银白色。在湖北，人们称其野生种为"苎麻"，而称其栽培种为"线麻"。在四川，人们也将该植物的栽培种称为"线麻"，有的人也称之为"原麻"。各种俗名非常复杂，极容易混淆。

在四川，几乎每家农户的房屋周围都可以发现小面积的苎麻。在重庆西南部和泸州北部的一些地区，苎麻的栽培范围颇广。大多苎麻用于编织夏布，一部分供当地使用，一部分外销到长江中下游。四川出产的夏布比中国南部地区的同类产品粗糙，质量差很多，因而不是中国西部主要的外销商品。1910年经由汉口港出口的苎麻总量约为12万担，价值约1.8万两白银。这只是海关公布的苎麻纤维的数据，不包括那些已经织成的夏布。

相比于上述作物，棉花栽培业是相对新兴的产业，于11世纪初从和田引入，但是遭到了丝绸、苎麻和其他种类纤维生产者的强烈抵制，所以直到元朝（1206~1386）才算是真正发展起来。当时，一位有公益心的妇女黄道婆，在长江地区散播棉花种子，如今那些地方已经成为中国重要的棉花产区。众所周知，中国棉花的纤维短，但这类纤维牢固耐用。不过，因缺乏选种，而且在同一地区长期栽培，毫无疑问，棉花的品质已经退化。新政府应及早重视棉花栽培，可从印度、埃及、美洲及其他地区引进优良的棉花品种进行试验性栽培。毫无疑问，只要有了新的适宜品种，并辅以恰当的栽培措施，中国肯定可以生产出比目前质量好得多的棉花。

在中国西部，棉花的栽培量很少，因而棉纱和棉布是四川重要的输入商品。重庆进口的外国商品价值达2000万两白银，其中5/6是棉制品，绝大多数来自印度。

在从国外进口矿物油之前，中国民众普遍使用的是装有植物油的油灯，这种光线微弱的油灯如今的中国西部仍然普遍应用，尤其是贫困阶层。油灯的灯芯是灯芯草（*Juncus effusus*）的髓制成，灯芯草也被称为"灯草"。因此，灯芯草栽培广泛。该植物高0.9~1.8米，通常也用于编织坐垫、床垫。在四川各地，灯芯草栽培尤其广泛。这一产业在叙府最为发达，不只是整条的灯芯草有用，剖开的也有用。在云南，荸荠草（*Scirpus*

---

① 译注：即如蓑衣。

lacustris）常用于制作垫子，它的茎秆高1.8～2.4米，基部圆柱形，向上逐渐变细，近顶端成钝三角形。荸荠草在四川也有零星栽培，但是主要用作包扎商品的绳子。

稻草大多用于制作床垫和草鞋，偶尔也用于制作草绳。麦秆通常用于编织宽边的大草帽。有些地区，比如成都附近的双流县以生产麦秆编织物闻名，但仅在当地具有重要意义。

烟草（*Nicotiana tabacum*）在中国叫作"烟"，可能是与玉米一起从美洲引入中国的，但这是一个存在争议的问题。有些汉学家认为引进烟草的时间大约是1530年。烟草在中国各地均有栽培，而且以四川栽培生产的烟叶品质最好。在水稻栽培带，烟草为春季作物，于10月播种，第二年6月中旬就可以采收。在玉米栽培带，烟草为夏季作物，但栽培量不大。位于成都平原的金堂县和郫县地区是重要的烟草种植区，在这些地区，每年仅生产一季烟草；但在四川靠近长江的温暖地区，烟草可以生产采收三季。

烟叶的加工有如下3种方式：第一，将大的叶子置于隔板上干燥，保持平展，然后包扎成捆，称为"大烟"；第二，较小的叶子采用同样方式干燥，称为"二烟"，若再用菜籽油和红土处理后，压紧，刨成细丝，可放在水烟筒中吸食，称为"水烟"；第三，"索烟"，剪取烟叶时保留一小段茎使其成钩状，将叶片悬挂于屋檐下或者室内的橼上晾干后会自然卷缩，然后将其卷成粗制的烟卷，装入长管的旱烟斗吸食，这种烟叶也从四川外销。小叶的黄花烟草（*Nicotiana rustica*）在当地叫"兰花烟"，可分布至海拔约2740米，采收的烟叶不经任何加工，直接在阳光下晒干，质量非常差，只在当地使用。

毫无疑问，四川的气候和土壤条件适宜烟草的生长，但遗憾的是，中国人处理烟叶的方法非常马虎，因而生产出的烟草产品质量低劣。中国正迅速成为一个烟草消费量巨大的国家。四川生产的许多烟草本可以由正规的香烟制造厂制作成为香烟。目前，汉口等地已有香烟制造厂。一般而言，香烟制造厂都建造在烟草种植地附近。

甘蔗是中国西部非常重要的作物，在四川稍干旱的某些水稻栽培区有大量栽培，海拔可达750米。栽培的甘蔗（*Saccharum offcinarum*）有两种类型：（1）红甘蔗，用于嚼食；（2）白甘蔗，用于榨糖。红甘蔗（*Saccharum offcinarum rubricaule*）的茎秆高约2.4米，至少2.5厘米粗，作一年生作物栽培。当其成熟时，立即收割出售。也可将生长季末存留的植株在11月时连根拔起，清理干净后储藏于地窖，直到需要出售时再取出。大约到3月底，将这些甘蔗纵向埋于地下，在适当的季节，甘蔗节处便会发出新芽，最终长成新的甘蔗。红甘蔗秆外表暗紫红色，内部浅黄色，非常坚硬，富含糖分。

白甘蔗（*Saccharum offcinarum sinense*）作多年生作物栽培，更新之前可生产两至三季。白甘蔗茎秆高3.0～4.6米，茎节长，粗约2.5厘米。相比于红甘蔗，它栽培得更为广泛，几乎提供了当地使用和外销的所有蔗糖。中国人榨糖的方法非常不完善，其精炼过程也非常原始。这种甘蔗含糖量高，假如能对加工工艺进行改善，糖业将会成为非常重要的产业。

糖类作物的栽培在中国具有非常悠久的历史，全国各地都称之为"糖"，可能是为了纪念中国历史上最著名的朝代——唐朝（618～907）。但是，糖至少在2世纪就已经被中国人所知，因其出现在了78～139年的诗歌中。

从前，中国人只用植物染料为丝绸和其他织品上色，但令人遗憾的是，和世界其他地方一样，中国的植物染料也很快被提取自煤焦油的苯胺染料取代，后者比较容易操作，但是颜色不持久。如今，在中国西部，任何小镇和集市都可以买到从德国进口的小瓶苯胺染料。

目前在四川广泛栽培的染料作物只有山蓝（*Strobilanthes flaccidifolius*），该植物可以提取靛蓝。在成都平原的某些地区，如绵州等地，该植物大量栽培，但是栽培量正在逐步下降。山蓝常栽植于土垄上，土垄之间长期保持有水。当生长至约0.9米高时，人们就将其砍倒，把茎叶置于三合土冷水池中。浸泡约5天后，将茎叶去除，仅留下绿色的水，然后向其中加入熟石灰，使得靛蓝沉淀，接着将水排干，染料即沉积在池底。

湖北沙市一带栽培的蓼蓝（*Polygonum tinctorum*）可作为靛蓝染料，主要用于棉布染色。

由于红花（*Carthamus tinctorius*）中可以提取红色染料，曾广泛栽培。尽管它可以为昂贵的绸缎上色，但如今只偶见栽培。凤仙花（Impatiens balsamina）俗称"指甲花"，它的花具有同样的功能和价值。

黄色染料可从姜黄（*Curcuma longa*）的根中提取，姜黄在岷江下游的犍为县（Chienwei Hsien）大量栽培。分布广泛的槐树（*Sophora japonica*）的花也可以提取黄色染料。此外，栾树（*Koelreuteria apiculata*）[①]的花也可以提取黄色染料，但该树种非常少见。栀子（*Gardenia florida*）的果实可为某些木材染上黄色，也可以作为绘画用的黄色颜料。

绿色染料以前多取自冻绿（*Rhamnus utilis*）的叶子。冻绿是中国非常普通的鼠李属植物，其叶的形状和大小颇为多变，为多刺灌木，常分布于路旁，分布海拔可达1220米。另一种同属植物圆叶鼠李（*Rhamnus tinctorius*），俗名"蕉绿子"，也有类似用途，但这些植物染料都几乎完全被苯胺染料取代。

前文已经提到，取自盐肤木叶上的五倍子是黑色染料，可广泛用于织物上色，尤其是丝绸上色。两种非常普通的栎属植物枹栎（*Quercus serrata*）和栓皮栎（*Q. variabilis*），俗名分别为"瓦栎"和"瓦壳栎"，它们的碗状壳斗是常见的褐色染料，可

---

① 译注：*Koelreuteria apiculata=Koelreuteria paniculata*。

用于绢丝和织物上色，能将织物的原色完全覆盖。化香（*Platycarya strobilacea*）奇特的松球状果实通常用作黑色染料，用于棉纱和棉织品上色。马尾松（*Pinus massoniana*）的枝条燃烧后得到的松烟，也可作为黑色染料，用于棉织品上色。

一种薯蓣的块茎可作为暗褐色染料和鞣料，在云南常见使用，并大量销往到日本等地，这种薯蓣很可能是一种台湾常见植物薯榔（*Dioscorea rhipogonioides*），常用于染渔网。在湖北西部，木香（*Rosa banksiae*）的根皮称为"红皮"，也有类似功能和用途。

在中国西部，芝麻和大豆都广泛栽培，但仅供当地消费。经汉口出口的大量芝麻和大豆是由京汉铁路而下。四川种植了大量有价值的经济作物，但产品外销的重要前提是必须有廉价、便利的运输系统。当备受关注的汉口至四川的铁路完工后，中国西部的原料产品就可以大量出口，从而极大地推动该区域的农业发展。

第二十九章　茶和产茶植物

——面向西藏市场的茶产业

茶叶无疑是中国最广为人知的产品，如今在印度、锡兰①、爪哇等国家已有大量栽培，其他一些国家也有试种。中国很早就认识到茶叶的价值。在汉朝早期（公元前202～25年），四川已栽培茶叶。不过在7世纪以前还未普及到所有社会阶层。欧洲最早于17世纪初才开始对茶有所了解，当时是荷兰商人从日本带过去的。

茶树（*Thea sinensis*）②被认为原产印度阿萨姆邦，很早引入中国栽培。1896年，奥古斯丁·亨利从一个他培训过的中国植物采集者处得到了真正的野生茶树。亨利写道："迄今为止，野生茶树只是在印度阿萨姆发现过，中国记录的野生茶树非常可疑，我在四川、湖北的旅行中从未见过野生茶树。而这个采自原始森林（云南东南部最南角）的茶树标本无疑是野生的，它离任何一个产茶区都非常远，离得最近的普洱在它西面约320千米。布雷齐内德（Bretschneider）在《中国植物》（*Botanicon Sinicum*）一书第二部分的第130页提到了中国茶叶的古老历史。或许发现野生茶树的这些南部省份在很久以前并不是中国的领土。我敢说从蒙自（Mengtse）到思茅（Szemao）的山林中一定能找到野生茶树，因为它根本不可能从阿萨姆邦那样遥远的地方引种过来。"我特意将亨利的结

---

① 译注：今斯里兰卡。

② 译注：*Thea sinensis*=*Camellia sinensis*。

论性观点用斜体字表示，以此说明我完全同意他的观点。正如本书第九章所述，我在四川中北部地区的荒野中发现了茶树，有充分理由认为它们是野生的。但是，考虑到茶树长期的栽培历史，我只能说它们可能是野生植株。值得一提的是，就在同一个区域，我还发现了一定数量的野生月季花（*Rosa chinensis*）植株。茶树是常绿植物，生长在中国温带雨林地区，相当于整个长江河谷的水稻种植带。但在很早以前，除了很陡峭的地方外，其他全都被开垦为农田了。这就解释了为什么现在整个区域没有发现野生茶树。

中国茶叶主产区位于中国中东部地区。茶叶出口贸易在19世纪最后25年中大幅下滑，大约19世纪初，茶产业引入印度和锡兰，到了20世纪初，这些国家的茶叶出口贸易占据了世界茶叶贸易的大部分。中国茶产业下滑主要是由于落后的茶叶栽培和加工制作方法，种植业者间缺乏合作，以及沉重的税收。说真的，中国茶叶的质量和风味远在印度和锡兰茶叶之上，但是普通的喝茶者已经习惯了后者这种较粗糙的深色茶叶。中国人的保守已经扼杀了在中国曾盛极一时的茶产业和出口贸易。汉口是中国的大型茶叶销售市场，但其贸易大多被俄罗斯人掌控。大型茶厂的建立都是为满足俄罗斯的茶叶市场，而进口印度和斯里兰卡的茶叶旨在进行茶叶拼配。1910年，经由汉口港出口的茶叶价值为约1842万两白银。

对于中国东部地区茶产业的发展状况，我了解的不是很多，但中国西部特别的茶产业值得详细描述。四川各地均有茶叶生产，以满足全省的茶叶需求，但在四川西部，茶的栽培量要大得多，这里将茶叶加工后专供西藏市场。茶是中国内地销往西藏最重要的商品，包括压缩茶砖和大捆包形式的茶叶。中央政府给拉萨和西藏其他地方的补助也用茶来支付。

对西藏人来说，茶绝对是生活必需品，没有茶叶就无法正常生活，没茶喝他们浑身不舒服。当没有茶叶时，他们常用栎树树皮代替，足以见得茶叶对他们来说多么重要。当地人的日常膳食是用茶混合少量的酥油和盐，打成酥油茶，加上炒熟的青稞炒面，揉成均匀的面团食用。酥油茶也是藏民的日常饮料。对美国人来说，藏民制作的这种调制品与茶的味道相去甚远，似乎根本就与茶没什么关系。我经常尝试着品尝，但始终无法说服自己去喜欢它。

关于印度茶叶种植者想要分割西藏茶叶贸易份额的报道有很多。阿萨姆靠近拉萨和藏东南，看似困难不大，实际上茶叶贸易进展很小，喇嘛们的反对和藏民的顽固守旧，是真正的困难所在。另一个不容忽视的重要因素是茶叶的性质和质量，可以肯定的是印度茶厂制造出的茶绝对比一般藏民喝的茶好。但这还不是最重要的，为了稳定贸易份额，印度茶叶种植业者准备供应给藏民的，必须是藏民习惯使用的茶产品，所以虽然他们的质量更优越，但也未必好。西藏的贸易量非常可观，而且还会与日俱增，因而值得争取。英国探险队到拉萨时我正在这一带旅行，我与中国对西藏茶叶贸易感兴趣的商人就中国和印度分享贸易份额的可能性做过讨论，他们显然很担心印度的竞争，并对此非常敏感。从大吉岭到拉萨只有30驿站（大约563千米），而从打箭炉到拉萨的路程超过3个月，从中国内地运输茶叶的实际困难要远远大于印度，但西藏人仍然坚持从内地购买茶叶。而且中国内地的茶叶，除了可用麝香、兽皮、羊毛、黄金和药材交换外，还可用印度卢比购买。

销往西藏市场的砖茶与那些在汉口生产而远销俄罗斯的茶叶不同，而且与中国各地的普通茶叶也不同。在我漫游中国西部的过程中，我有幸经过专门针对西藏市场的产茶区域和茶叶市场。我的这些观察可能会提供一些非常有趣且有价值的信息。

中国内地和西藏间的两个大型贸易中心分别位于四川省西部的打箭炉和该省西北角的松潘。前往拉萨的官道经过打箭炉，这个小镇是面向西藏南部和中部，包括拉萨、昌都和德格在内的贸易市场；而面向安多和库库诺尔地区的贸易市场位于松潘。松潘市场纯粹是易货贸易，茶叶被用来交换皮毛、羊毛、麝香和药材。两个市场的茶产品生产工艺差别巨大，因为两个地区的茶树生长环境不同。因此，最好对两个市场的茶产品分别讨论。

打箭炉市场的茶叶来自雅州府，主要种植在其西北部和南部的山地上，生产经营由中央政府和地方当局掌控，中央政府和地方当局向雅州府范围内的雅州、名山（Mingshan）、荥经、天全（T'ienchuan）各县签发一定数量的经营许可证。雅州东北部独立的行政区邛州也分得了一定的贸易份额，但其许可证由中央政府签发，与地方当局无关。茶叶栽培产业非常古老，公元纪元之初，这里就已经种茶了。

农民和农场种茶供给许可开业的茶厂，茶树的种植地扩展到海拔约1220米，茶树种植在山地梯田里，很少精心管理，任杂草肆意生长。茶树高0.9~1.8米。夏季，将茶树的叶子和嫩枝采下，每次数捧放入热铁锅里翻炒几分钟，之后摊开曝晒于太阳下干燥。干燥后收集起来，置于大麻袋中或绑成捆，运到山下的市镇或村庄，卖给茶厂的代理收购商。茶树衰老后整株砍倒，将枝条在阳光下晒干，成捆运到山下出售。茶农常把嫩叶和茎尖摘下来制成茶，供自家饮用或在当地市场出售。对西藏人来说，粗大的老叶和枝条制成的茶已经足够好了。

我在雅州参观过一家砖茶厂，观察了制茶的整个过程。布袋里的叶片和成捆的带叶嫩枝经过几天发酵后，由妇女和儿童手工将其叶片和嫩枝梢采下，按照叶片大小和老嫩程度分成4个等级，然后用大铡刀将去除叶片的枝条（通常茎围2.5~5厘米）切成小段，与粗大叶片和废料混合，成为第四级茶叶。将这些最差的粉碎茶末包成小包，插在每个竹笼的末端，作为给打箭炉的包装工和赶骡人的赏金。

某位英国领事把这种砖茶比作"压成饼状的乌鸦巢"，对第四级产品来说这个比喻很贴切。但雅州生产的一级茶质量真的非常好。我非常惊异于他们制茶的投入与专注，茶叶加工过程如下：茶叶分级后，放在布上吊于蒸锅上方用蒸汽蒸，将蒸过的茶叶放入一个可折叠的模具里，加入少量用糯米汁处理过的黏稠的小枝粉末，然后大力加压。脱模后茶叶呈砖形，每块长约27.94厘米，宽10.16厘米，重约2.72千克。干燥3天后，用盖有制茶者注册商标印记的包装纸包裹，再贴上一小张含金量很低的金箔或小片红纸，以标注质量。然后4块砖茶头尾相接地装在竹编长竹篓里打包，封口，即准备发运。长竹篓装满砖茶后被称为"包"，每个包重约11.34千克，长约122厘米。茶包由苦力背到打箭炉，在那儿转手给西藏人。运往拉萨和遥远藏区的质量较好的砖茶用牦牛皮重新包装，12块一包，皮子有毛的一面向里，皮边整齐地缝合。质量较差的茶叶大多在西藏东部销售，无须重新包装。从打箭炉到各地均用牦牛和骡子运输。

在雅州城打好的"包"重量常为18斤（24磅），但在其他地方，"包"的重量因质量不同而变化，通常为12斤、13斤、14斤、15斤或16斤，每个城镇不同质量的"包"都有其特定的重量。雅州和荥经县出产的茶沿大路运输，名山和天全的茶叶沿小路运输。两条路线在泸定桥会合，那里要付费过河。两条路都很艰险，使人惊讶的是搬运工背着如此沉重的货物，竟能够克服崎岖艰险的山路，翻山越岭，到达目的地。一般而言，货物由10包组成，每包重18斤，但由12或13包组成的货物也非常普遍。有几次，我发现搬运工竟然背了20包，尽管每包的重量只有14斤，但整个货物的总重竟达280斤。

雅州到打箭炉的距离约为224千米，背茶苦力来回需要20天。尽管这份工作非常艰辛残酷，但还是有数以千计的男人和男孩参与进来。由于货物非常重，每行进90米左右，他们就不得不休息一下，然后继续前行。如果这些货物着地的话，他们根本不可能再将它背起来，所以他们随身带着短拐杖，每当休息的时候，就用拐杖支撑货担，身子靠在拐杖上休息。

从雅州到打箭炉，苦力得到的报酬是每包400铜钱（约30美分），但需自己解决食宿。不管怎样，这样的报酬对于中国的苦力来说已经很好了，所以才吸引了那么多的人不畏劳苦参与这项工作。

茶叶贸易准确数据难以获得，但从各种来源的可信资料统计，每年进入打箭炉市场的砖茶，最少约为5400吨，价值约75万美元。

供给松潘市场的茶叶分别栽培于成都平原西部和北部至西北部。每个地方都有其独

特的产品包装方式。在西部茶叶产区，茶树种植于灌县靠近岷江岸边的山地，产业的中心是叫作水磨口的集镇，距离灌县大约45千米。这里的茶叶不压制成砖茶，而是制成大约长0.8米、宽0.8米、高0.3米的长方形大包，重约120斤，并用竹席包裹。这种茶叶大部分销往嘉戎族，其分销中心是懋功厅和理番厅。西北部的茶叶产区位于安县和石泉县的多山地区，种植中心是安县境内的擂鼓坪。但茶产品外销必须通过石泉县，由指定的官员管控。该地区将茶叶包成卵形，每个重65~70斤，外面用常见的竹席包装。

灌县和石泉县的茶要运到茂州集中，茂州是岷江上游北岸的重要城市，在松潘厅南边，距离松潘厅约6天行程。茶叶运往茂州主要靠人力，通常每担为两个小包或一个大包。从茂州到松潘则常用骡子和小马运输，其载货量是人的两倍。男人和妇女都在参与茂州向北运输茶叶，尽管如此，商人们还经常抱怨运输能力不足。

供应松潘市场的茶叶，制作工艺不如上述砖茶精细。茶树叶和嫩枝采下后先用平底铁锅加热杀青，然后放在太阳下晒干。铁锅加热杀青的过程有时做得比较马虎，有时甚至被省略。非常普遍的做法是将枝条与长得高的杂草一起收割，置于太阳下晒干，然后绑成捆。将茶树叶采收后装入袋或包中，与成捆的枝条一起运到乡村集市上卖给茶叶加工厂，茶商将茶叶堆置发酵几天，经粗略地分拣后，将枝条和老叶剁碎放在大蒸锅上蒸，再将加热后潮湿的原料压制成包，裹以席子，待其干燥。

如此生产的茶叶比运往打箭炉的最劣质茶叶好不了多少，但价格便宜是它的优势，一包重达120斤的茶叶在松潘的售价仅为8两白银。这项茶贸易被五家茶商垄断，他们给位于成都的省政府支付固定税银，大约每斤1分银子。支付的方式是购买印有政府图章的许可证，称为"银票"，销售一包120斤的茶叶或两小包茶叶就需要支付一次许可费，约1.2两白银。

在打箭炉，茶叶直接卖给西藏人；而在松潘，茶叶贸易仍然处于五家茶商的垄断经营中。这些商号是由中国伊斯兰教会管理的，他们除了在当地开展大量的茶叶贸易活动之外，还委托代理商游走整个西藏东北部地区，用茶叶交换毛皮、羊毛、麝香、药材以及其他商品。

松潘的茶叶贸易是经过改进的，但是我们无法获得该地区茶叶贸易的可靠数据。当然，可以通过每年上交的银票数量推算茶叶贸易量，但那里的官员贪污腐败现象非常普遍，以至于推算出的数据毫无可信度。据我三次造访松潘获得的信息估计，松潘平均每年的茶叶贸易额约为37.5万美元。

综合以上所有数据，中国与西藏的茶叶贸易总额每年大约为125万美元。尽管从表面上看这个数字并不是很大，但是如果考虑到西藏稀少的人口和异常困难的交通运输，那么这个贸易额确实是很可观的。印度茶叶无法在西藏中部和西部与中国茶叶竞争，但在西藏南部和拉萨一带，印度茶叶应该能开拓市场。

在四川省所有大型药店里都可以买到一种名为"普洱茶"的茶叶，中国其他地方偶尔也有。它被包装成圆饼状，顶端和底部都是平的，直径约20厘米，上面盖以竹笋壳，并用棕榈叶扎紧。这种茶树主要生长在掸邦，以彝区山地为主，原植物是茶树的变种 *Thea sinensis assamica*。茶叶名字来源于普洱府（P'uerh Fu），是云南省南部的一个府，为该茶产地和贸易中心。叶子经过必要的初步加工后，蒸软压成饼状，便于运输。普洱茶有苦味，因其被中国人用作药物而著名，他们认为它有助于消化和提神。该茶也销往西藏那些富裕的喇嘛庙，其药用价值受到高度评价。

尽管中国人都喝茶，但并不是所有茶都是用真正的茶叶沥泡而成。在中国中部和西部山区，有许多替代品，他们难得尝到真正的茶。在湖北西部，湖北海棠（*Malus hupehensis*）[1]和其他几种酸苹果及野梨的叶子混在一起，俗称"棠梨子"，也可作为茶叶，并销售到沙市。这些叶子沥泡的茶呈深褐色，味道非常可口，而且解渴，被称为"红茶"，通常为中国西部较贫困的人饮用。

细圆齿火棘（*Pyracanthus crenulata*）的叶子也常用于泡茶，这种常绿灌木到处都有分布，最高分布海拔约1370米，俗称"茶棵子"。正如与它同属的欧洲种类一样，秋季会结出大量猩红色果实。绣线菊属［翠蓝绣线菊（*S. henryi*）、珍珠绣球（*S. blumei*）、中华绣线菊（*S. chinensis*）、疏毛绣线菊（*S. hirsuta*）］植物叶片也用来代茶，称为"翠兰茶"，但并不常用。垂柳（*Salix babylonica*）的叶子也偶尔用作茶，在岷江上游河谷，柳木切片也用于泡茶。我品尝过所有这些不同的"茶"，柳木切片沥泡的茶味道最差。

在介绍峨眉山的章节中，提到过用荚蒾属汤饭子（*Viburnum setigerum*）[2]的叶片泡制的甜茶。桑树叶采摘蒸后菜油混合，压制成饼状，称为"苦丁茶"（苦茶），适合炎热天气用来解暑。

所谓的茶油并不是来自茶树，而是用一种叫作"茶油棵子"的油茶（*Thea oleifera*）[3]的种子压榨的油。它是茶的同属植物，嫩枝有毛，可以容易地区别开。油茶是灌木，在四川中部至北部的砂岩峡谷里为一常见的野生植物，在中国东部作为油料作物大量栽培，但在中国西部，我仅在安县见到过。不过，据记载，在邛州和其他地方也曾栽培过。这种油掺在菜油中使用，还被中国妇女们用来做发油。茶油粕是有价值的肥料，用在稻田中据说能够防治危害水稻秧苗的地下害虫。

---

[1] 译注：*Malus hupehensis=M. theifera*，也称"茶海棠"。

[2] 译注：*Viburnum setigerum=V. theiferum*。

[3] 译注：*hea oleifera= Camellia oleifera*。

第三十章　虫白蜡

　　在嘉定府，虫白蜡的产业地位仅次于养蚕业。它已经引起了许多旅行者的注意，而且曾被多次谈论。虫白蜡很有价值，是四川西部一种不容忽视的经济产品。虫白蜡是白蜡虫（*Coccus pela*）①积聚在白蜡树（*Fraxinus chinensis*）或女贞（*Ligustrum lucidum*）的树枝上生产的。这种昆虫先在一个地区繁育，然后运输到另一个地区，用以生产虫白蜡。上述过程听起来似乎很简单，但事实上人们用了将近5个世纪才把它弄清楚。据中国史书记载，人们最早了解虫白蜡是在大约13世纪中期。1615年，耶稣教会的传教士尼古拉斯·特里戈写了一些中国西部的虫白蜡产业的报道。在随后的几个世纪里，中国虫白蜡产业得到公开报道。但直到1853年，居住在上海的洛克哈特先生（William Lockhart）才寄送了一些原白蜡的样本到英国，至此，生产白蜡的虫子才得到科学解释。在原白蜡上，人们发现了许多已经干燥的、发育成熟的雌虫，经维思沃（Westwood）鉴定，确认其为介壳虫的一个新种。1853年，罗伯特·福琼在浙江宁波一带游历时，也注意到了这一产业，他认为"白蜡沉积的树木无疑是一种白蜡树"。1872年，著名的里希特霍芬对中国西部的虫白蜡产业进行了阐述，使西方人对此开始有所了解。

　　1879年，巴伯尔先生通过对富林附近地区的实地调查，撰写了一篇有关中国西部的

---

①　译注：*Coccus pela=Ericerus pela*。

长篇报告。遗憾的是，这位能干的观察家缺乏植物方面的知识，被当地植物的俗名误导，使植物种类方面更加扑朔迷离。

1884年，重庆新任领事代办何塞先生，受英国皇家植物园邱园委托，承担了该项目的深入调查工作。他跑遍了四川省所有的主要产蜡区，采集了两种寄主植物和白蜡的标本，并记录了产蜡和制蜡的全过程。这两种寄主植物经英国皇家植物园邱园专家鉴定，被认为是女贞和白蜡树，前者用于虫子培育和饲养，而后者用于沉积和形成白蜡。几乎确信无疑的是，女贞是白蜡蚧虫的天然寄主。但是，女贞在中国有两三个俗名，这给搞清楚问题带来了许多困难。在中国中部和西部，人们通常称之为"蜡树"或"虫树"；但在中国东部，人们称之为"冬青树"，意为"冬季常绿"，而这一名称通常指常见于神龛和坟墓周围的柞木（*Xylosma racemosum*）。人们对这种冬青树有许多猜测，使问题变得更加复杂。

嘉定府的峨眉县和洪雅县是产蜡业的中心，但是，白蜡虫是在宁远府的建昌河谷培育的，距离产蜡所在地将近320千米。少量白蜡虫是在犍为县附近培育的，距离嘉定有一天行程，但据说这些白蜡虫所产白蜡的数量和质量都不如建昌河谷的好。

白蜡虫在冬季繁育，到第二年4月底左右就开始脱去球果状的鳞片或虫瘿，仅剩下细小的虫卵。据我观察，白蜡虫繁育时始终寄生在女贞上，而巴伯尔先生则认为两种树都可以，这很有可能。

将一些装满虫卵的球果状鳞片置于薄纸袋中，整齐地放置在通风的板条箱中，然后尽快运送到洪雅，分发给农户。在5月份，数以百计的苦力忙着做这项工作。幼小的白蜡虫会迅速孵出，特别是在天气热得早时，在这种情况下，运输大多在晚上提着灯笼进行。这段将近320千米的艰难山路的需要大约6天才能走完，如果用接力的方法运输，那么每天可以行进48～64千米，但通常情况下，一天只能行进32千米。

生产白蜡用女贞还是白蜡树并不重要，有些地方喜好用白蜡树，而有些地方则喜欢用女贞。普遍情况是两种植物并排种植，通常种植于田边，在距离地面1.5～1.8米的位置截头。通常将白蜡虫放在一年生或多年生的侧枝上。这些树种的繁殖方法是选取粗壮枝条，切去部分树皮和少量木质，在切割处周围填以泥土和稻草，根系在泥球中长成后将枝条从母株上分离，并种植于田边，可迅速长成完整植株。

在嘉定府的产蜡区，有数百万株截头的树木。5月，当蜡虫还未运达时，将要放置蜡虫的枝条的下半部侧枝清理掉。养虫者购买了虫种后，用宽大的叶片轻轻包裹少量球果状虫种，然后悬挂在白蜡树或女贞的枝条间。幼虫迅速孵化，沿着树向上爬，直至到达叶子，在叶子上停留14天，直到白蜡虫的口器和肢体变得强壮。在这期间，白蜡虫会脱掉多毛的外壳，这一阶段为幼年期。随后，白蜡虫向下爬到去掉叶子的裸露枝条上，集聚在枝条下方，开始沉积蜡质。在这个时期，农民们最怕雨和大风，因为它们会弄掉虫子，严重影响白蜡生产。在初期，积聚的蜡看上去很像枝条上的白霜，蜡的沉积一直持续到8月底（从悬挂蜡虫到蜡沉积结束大概需要100天）。蜡往往集中在枝条下方，不会均匀分布。

大约在8月底，人们从枝条上刮下白蜡（更多时候是直接剪下枝条），将其置于热水中，白蜡随即溶解，漂浮于水面，然后挑出蜡质，用模具塑成碟状饼。虫子则下沉到盛有热水的桶底，将白蜡虫集中粉碎，榨出其中的蜡，剩下白蜡虫用于喂猪。

蜡质的分泌曾被归因于白蜡虫有疾病，但它似乎更像是蜡虫为了防止天敌伤害的一种保护手段。中国人认为白蜡虫以露水为食，然后体内分泌出蜡。

白蜡虫的天敌是一种瓢虫，与白蜡虫同时孵化，并捕食其幼虫，中国人称之为"蜡狗"。当白蜡虫幼虫孵化出来后，农民每天中午天热时在树木周围走动，用棍棒敲打树干，以赶跑白蜡虫的天敌。

白蜡产业中两个不同地区之间的合作带来了很多麻烦。对于这种生产方式的解释是，两个地区气候条件不同，建昌河谷有利于白蜡虫繁殖，而嘉定府有利于产蜡。但不管怎样，很明显，白蜡和白蜡虫不可兼而有之。为了获得白蜡，就必须将白蜡虫浸泡于热水中杀死。我确信这种合作和相互依赖仅仅是因为两个地区人们的为了各自的利益而已。

虫白蜡与鲸蜡非常相似，但更为坚硬。虫白蜡无色无味，且易碎，在15.5℃时易研成粉末，稍溶于酒精，易溶于石油，会结晶，它的熔点约为82.2℃。它能漂浮于水面，据说长期浸泡于冷水中可增加硬度。

在中国，白蜡大多用于生产蜡烛。将少量蜡与脂肪混合作为蜡烛芯，外表涂一层白蜡。最好的蜡烛每磅约含71克白蜡，劣质蜡烛中所含白蜡不及28克。通常油脂的熔点大约37.8℃，而白蜡的熔点高，所以外层包裹白蜡的优点显而易见。在纸店，虫白蜡大多用于较高级的纸张上，以增加其光泽。在药店，虫白蜡普遍用于药片的包衣，而且据说它本身也含有药用成分。此外，虫白蜡也可作为玉、皂石以及家具的上光剂。还可用于为衣服增加光泽，以及制成佛像。但是，虫白蜡的主要用途是生产蜡烛和作为纸张的上光剂。

虫白蜡的年产量变化很大，因为这个产业几乎完全依赖于适宜的气候条件。在低产年份平均产量为5万担，而高产年份的产量是前者的两倍还要多。以前，保宁府能生产不

少白蜡，但最近几年被渐渐忽视。如今，中国西部所有虫白蜡的生产都在嘉定府。

尽管进口蜡烛和煤油的消费量日益增长，但是对虫白蜡的需求仍然稳定，产蜡业也没有显示出丝毫的衰退迹象。在中国西部，主要是因为长江上游的航运困难而危险，而且运费昂贵，所以外来商品属于奢侈品，仅供富人享用。随着铁路的出现，肯定会发生巨大的改变，我估计虫蜡产业可能会在将来某个时候消失。

> ▶ 藏柏。树旁有一栋2层小楼，能看到墙壁和台阶
> ▶ 灯台树（*Cornus controversa*）和后面的建筑
> ▶ 寺庙入口处的毛丝桢楠（*Machilus bournei*），门口还有人和狗
> ▶ 生长在多石山坡上的开花植物石海椒（*Reinwardtia trigyna*）
> ▶ 开花的无齿华苘麻（*Abutilon sinense*）
> ▶ 秋枫（*Bischofia javanica*）
> ▶ 西蜀四照花（*Cornus ulotricha*）
> ▶ 鳞皮云杉（*Picea retroflexa*）
> ▶ 森林里的鳞皮云杉（*Picea retroflexa*）
> ▶ 瘿椒树（*Tapiscia sinensis*）
> ▶ 蜀榆（*Ulmus bergmanniana var. lasiophylla*）

33

- ▶ 云南黄果冷杉（*Abies beissneriana*）
- ▶ 云南黄果冷杉（*Abies beissneriana*）
- ▶ 山上的云南黄果冷杉（*Abies beissneriana*）
- ▶ 凹叶木兰（*Magnolia sargentiana*）
- ▶ 两株华西枫杨（*Pterocarya insignis*）
- ▶ 秦岭梣（*Fraxinus paxiana*）和人
- ▶ 绢毛稠李（*Prunus ruformicans*）
- ▶ 仿栗（*Sloanea hemsleyana*）
- ▶ 油樟（*Cinnamomun inunctum var. longepaniculatum*）和岩坡上的人
- ▶ 树木繁茂的峡谷和崖壁
- ▶ 悬崖上开花的藏报春（*Primula sinensis sabine*）

189

559

451

- ▶ 毛梾（*Cornus walteri*）和人
- ▶ 毛梾（*Cornus walteri*）
- ▶ 紫果冷杉（*Abies recurvata*）枝上的两个球果
- ▶ 紫果冷杉（*Abies recurvata*）的枝和球果
- ▶ 树木丛生的山坡上的紫果冷杉（*Abies recurvata*）
- ▶ 树木丛生的山坡上靠近河边的紫果冷杉（*Abies recurvata*）
- ▶ 林木繁茂的山坡上的紫果冷杉（*Abies recurvata*）
- ▶ 两个人，其中一人背了很多碗。
- ▶ 长阳县的草地和高山
- ▶ 长阳县的草地和高山
- ▶ 长阳县的雪山和寺庙

- 谋口（Mou-kou）山和山脚下的村庄
- 津池（Ching Chi）县，岩石山坡
- 飞岳岭，山脚下的一座寺庙
- 威州，山脚下的村庄
- 威州附近的跨河索桥和瞭望塔

中国乃世界花园之母

图书在版编目（CIP）数据

中国乃世界花园之母 ／（英）E.H.威尔逊著；包志毅等译. —北京：中国青年出版社，2017.8
ISBN 978-7-5153-4853-7

Ⅰ.①中… Ⅱ.①E… ②包… Ⅲ.①游记—作品集—英国—现代 Ⅳ.①I561.65

中国版本图书馆CIP数据核字（2017）第189868号

责任编辑：彭岩
*
中国青年出版社出版 发行
社址：北京东四12条21号　邮政编码：100708
网址：www.cyp.com.cn
编辑部电话：（010）57350407　门市部电话：（010）57350370
北京科信印刷有限公司印刷　新华书店经销
*
787×1092　1/16　36.25印张　400千字
2017年9月北京第1版　2021年6月北京第2次印刷
定价：108.00元
本书如有印装质量问题，请凭购书发票与质检部联系调换
联系电话：（010）57350337